诗
想
者

H I P O E M

生 活 ， 还 有 诗

诗想者·读经典

出口成诗的民族

——中国古典诗歌微观艺术解密

孙绍振　著

GUANGXI NORMAL UNIVERSITY PRESS
广西师范大学出版社
·桂林·

策 划 人/ 刘　春
责任编辑/ 郭　静
责任技编/ 王增元
装帧设计/ 翟昱翔

图书在版编目（CIP）数据

出口成诗的民族：中国古典诗歌微观艺术解密 /
孙绍振著. --桂林：广西师范大学出版社，2022.4
　（诗想者·读经典）
　ISBN 978-7-5598-4653-2

　Ⅰ．①出… Ⅱ．①孙… Ⅲ．①随笔－作品集－
中国－当代 Ⅳ．①I267.1

　中国版本图书馆 CIP 数据核字（2022）第 019980 号

广西师范大学出版社出版发行
（广西桂林市五里店路 9 号　邮政编码：541004 ）
网址：http://www.bbtpress.com
出版人：黄轩庄
全国新华书店经销
广西广大印务有限责任公司印刷
（桂林市临桂区秧塘工业园西城大道北侧广西师范大学出版社
集团有限公司创意产业园内　邮政编码：541199）
开本：880 mm × 1 230 mm　1/32
印张：14　字数：310 千
2022 年 4 月第 1 版　　2022 年 4 月第 1 次印刷
定价：88.00 元

缘　起

经典作品总是常读常新，其魅力不会因为时间的流逝而削弱。阅读经典，不仅能拓宽我们的知识面、开阔视野、增强思想的深度，更重要的是，经典作品能够延展我们生命的维度和情感的纵深，让我们度过一个更有意义的人生。因此，任何一种经典，都值得我们穷尽一生去阅读，去领会，去思索。

作为"诗想者"品牌重要组成部分的"读经典"书系，以对文学艺术领域的经典作品、代表性人物的感受和介绍为主。所选作者，多为具有突出的创作成就的作家，他们对经典作品的感悟、解读、生发、指谬，对人物的颂扬与批评，对"伪经典"的批判，均秉承"绘天才精神肖像，传大师旷世之音"的宗旨。在行文造句中，力求简洁、随和、朴实，不佶屈聱牙、凌空蹈虚。

做书不易，"诗想者"坚持只出版具有独特性与高品质的文学图书，更是充满孤独与艰辛，但对文学的这一份热爱，值得我们不断努力。"读经典"书系既是对古今中外杰出作家与作品的致敬，也是对真诚而亲切的读者的回报，同时，我们也期望通过这一系列图书，为建设书香社会尽绵薄之力。

广西师范大学出版社

2018 年 9 月

目 录

下编　诗话词话争讼札记

经典阅读是一场搏斗

—— 对读者中心论的反思

对于文学经典，一般读者光凭直觉也能欣赏玩味，但是直觉并不一定可靠，修养不足，造成误读，不仅在一般读者，就是专家也在所难免。近日央视某节目中讲到杜牧《山行》："远上寒山石径斜，白云生处有人家。停车坐爱枫林晚，霜叶红于二月花。"专家王立群解曰：中国诗人对时令的转换很是敏感，秋气萧森，引发诗人"悲秋"之感。其实，细读"停车坐爱枫林晚，霜叶红于二月花"，秋天的枫叶比春天的花还鲜艳，哪里还有什么悲凉之感？明明不是悲秋而是颂秋。为什么明摆在眼前的颂秋却视而不见？因为人的心理不是一张白纸，并不像美国行为主义者所设想的那样，对外界一切信息刺激皆有反应。皮亚杰发生认识论指出，只有与主体心理图式（scheme）相应者才能同化（assimilation）而有所反应。我国悲秋诗歌母题源远流长，学养不足者，以为这就是一切。其实古典诗歌中颂秋亦有经典之作，如刘禹锡的《秋词》："自古逢秋悲寂寥，我言秋日胜春朝。晴空一鹤排云上，便引诗情到碧霄。"这种误读非常普遍，有老师讲马致远《天净沙·秋思》，一开头便说，"秋"下加一"心"，是为"愁"，乃曰逢秋即愁，其实，这只是汉字构成最初的历史痕迹，至于论断此乃中国古典诗歌写秋最佳者，则无视古代诗话家几乎一致认同杜甫《秋兴八首》乃唐诗七律"压卷"之作的事实。再如王维《山居秋暝》："空山新雨后，天气晚来秋。明月松间照，清泉石上流。竹喧归浣女，莲动下渔舟。随意春芳歇，王孙自可留。"王维把秋天的傍晚写得这样明净，心态宁静自如，把昏暗的"秋暝"写成明净的"春芳"，完全是歌颂秋色宜人。

读者片面的经验、粗浅的积累，会形成某种强制同化模式，导致自我蒙蔽，其最典型者莫过于对《木兰诗》的解读。论者出于英雄的现成观念，乃论断木兰英勇善战。有专家还考证，北方兄弟民族耕战合一，英勇强悍，置生死于度外。然细读文本，几无诗句正面写木兰征战：与战事有关者如"万里赴戎机，关山度若飞。朔气传金柝，寒光照铁衣"，然而严格说来，这是写行军宿营。正面写到战事的是"将军百战死，壮士十年归"，乃是他人战死，木兰凯旋。英勇善战，并不出于文本，而是出于读者（专家）内心固有的男性英雄文化观念。其实，木兰形象之价值，乃在其为女性，故其神韵不在战事，而在其女性取代男性保家卫国之天职。故写沉吟代父从军时叹息八句，买马及马具四句，宿营思念双亲八句，归来受到父母姐弟欢迎六句，恢复女儿装十句。其策勋十二，功绩辉煌，取侧写，仅一句。与男性建功立业、衣锦还乡不同，木兰只为回归享受亲情之和平生活。其最突出价值，乃在以女性之"英雌"对于男性"英雄"的成见之挑战。这个挑战，其实就在最后的一组脍炙人口的比喻："雄兔脚扑朔，雌兔眼迷离。双兔傍地走，安能辨我是雄雌？"虽然这个比喻已经成为日常成语，但是，一千多年来居然没有启动读者"英者为雄"的文化反思。

可见阅读并不是一望而知的，而是一场和文本的搏斗。

首先是读者的自我搏斗，读者的自以为是，阻拦着读者真正读懂文本。这种自发的自信，构成了心理的封闭性。这是因为心理同化图式虽狭隘，然有预期性，预期之外皆视而不见，感而不觉。西方读者中心论之偏颇，乃是预设文本一目了然。殊不知阅读本欲读出经典之新意，而心理预期却只能涉及读者内心的旧意，以主体现成观念强加于文本。读者中心论之武断，完全无视新批评提出的"感受谬误"（affective fallacy）。这种自我蒙蔽倾向具有规律性，自古而然。我国诗话中，早就诟病"附会"之论，如韦应物《滁州西涧》："独怜幽草涧边生，上有黄鹂深树鸣。春潮带雨晚来急，野渡无人舟自横。"有论者解读："草生涧边，喻君子不遇时；鹂鸣深树，讥小人谗佞而在位。春水本急，遇雨而涨，又当晚潮之时，其急更甚，喻时之将乱也。野渡有舟而无人运济，喻君子隐居山林，无人举而用之也。"明代唐汝询就批评其"穿凿太甚"（《唐诗解》）。穿凿附会之风，于今遗风不息。故有权威教授从贺知章《咏柳》中读出歌颂"创造性劳动"者。

心理的封闭性表现为心理狭隘的预期性。预期的狭隘性与经典文本的无限性是永恒的矛盾。《周易》有"仁者见之谓之仁，智者见之谓之智"。后人发挥曰：仁者不能见智，智者不能见仁。此乃"所秉之偏也"（李光地），人的心理局限性，相当顽固。鲁迅说，一部《红楼梦》，"经学家看见《易》，道学家看见淫，才子看见缠绵，革命家看见排满，流言家看见宫闱秘事"（《〈绛花洞主〉小引》）。读者看到的往往并不是文本，而是自己故欲参透经典奥秘，避免误读，第一要务，不但要防止心理封闭性对文本创新特征视而不见，而且要防止将预期强加于文本，牵强附会地扭曲文本。

对于此等弊端，不能像西方读者中心论那样，以一千个读者有一千个哈姆雷特将误读合理化，相反，当与之做顽强的搏斗。此等搏斗相当艰巨，往往超越一代读者，故西方有说不尽的莎士比亚，中国有诉不尽的《红楼梦》。每一代精英要把最高的智慧奉献到经典解读的祭坛上去燃烧，前赴后继，百年不息。

阅读的第二障碍，乃是理论的封闭性。

正是因为自发阅读心理有封闭性，乃求诸理论，意在纠正直觉的片面性和表面性，但是，没有一种理论是绝对完美的，一方面有其澄明性，另一方面又有其封闭性。《诗大序》曰："情动于中而形于言，言之不足，故嗟叹之；嗟叹之不足，故永歌之；永歌之不足，不知手之舞之，足之蹈之也。"显然说的是激情，这和英国浪漫主义的"一切好诗都是强烈感情的自然流泻"（华兹华斯）如出一辙。这种理论长期得到普遍性认同，结果，对不合激情者如闲情，不是做强制性阐释，就是盲视性弃释。如对陶渊明、王维、柳宗元的闲情、逸情，甚至柳宗元《江雪》那样无动于衷之诗，不是视而不见，就是强行解读。

　　一味以西方文论解读中国古典诗歌，肯定有凿枘难通之处，一味拘泥，导致误读的历史教训良多。故李欧梵先生有言，西方文论不能不学，仅以之为"背景"，激发自身之思想，但不能以之"挂帅"（《文论于我有何"用"》，《读书》2017 年第 6 期）。李先生所言十分警策，惜乎未能充分论述为何只能当背景，不能挂帅的道理。这里有一个科学思维的普遍规律。人类探索任何对象不能没有任何理论。面对第一手材料，没有任何理论，只能是混沌无序的，所以需要一个向导，这就是理论，不过一切理论都不是绝对完美的，但是其外部形式是自洽的、封闭的。因而对理论的封闭性，要以搏斗的勇气将其打开，这也就是批判。波普尔说："没有理论，我们甚至不能开始。因为没有别的东西可以依照——随着时间的推移，我们就能对理论采取一种更为批判的态度。如果借助于理论已经了解它们在何处使我们失望，那么我们就能试图用更好的理论代替它们。因此就可以出现一个科学的或批判的思维阶段。而这个思维阶段必然有一个非批判思维作为先导。"（《猜想与反驳》）从"五四"到当代，我们从西方取经。但是，我们忘记了，这个向导来自外国，它并不是绝对完美的，不能以之挂帅，不能以之为大前提，让研究沦为证明它们绝对正确之举例。须知理论是普遍的，涉及的对象是无限的、不可穷尽的，而举例只能是有限的，如果普遍性（无限）是分母，举例（有限）则是分子。例子有限加有限，分子还是有限，不管举多少，其结果都是无限分之有限，结果只能是零。按胡适先生所说，输入西方学理本身并非目的，目的在于与中国文化结合，创造新说，再造文明。在文学理论方面则是本土文论的创造。西方文论挂帅扼杀了本土文论创造的初衷。

一切理论的发展，不是证明，而是证伪，也就是批判。要论证著名的命题"一切天鹅都是白的"，不管举多少例子都不能穷尽无限，但是，只要举出一只天鹅是黑的，就足以推翻此命题，而只凭此一例，就足以证明一切天鹅并不都是白的。

西方文论先导证伪之道，不外两种可能，一是就其理论对其反诘，这样从理论到理论的反诘运用的前提和方法是西方的，故往往不得要领，缺乏独创性；另外一种方法，就是回到中国传统诗话文论之精华，与之对话，对话意味着争辩，实质乃弱势文化对强势文化的挑战，无疑又是一场艰难的搏斗。试举一例：

对唐人贺知章之《咏柳》，有学者解其妙处曰："碧玉妆成一树高"写出对柳树之总体印象，"万条垂下绿丝绦"则更进一步具体到柳丝茂密。其妙处在于最能反映"柳树的特征"。此论断源于西方机械唯物论，其实与中国传统之"诗缘情"的基本原则相悖，与王国维《人间词话》"一切景语皆情语"亦不符。在中国古典诗话中，质疑机械唯物论之思想资源相当丰富。杜牧作

《江南春》"千里莺啼绿映红，水村山郭酒旗风"几百年后，明人杨慎发出疑问："'千里莺啼'，谁人听得？'千里绿映红'，谁人见得？若作十里，则莺啼绿红之景，村郭楼台，僧寺酒旗，皆在其中矣。"（杨慎《升庵诗话》）清代何文焕《历代诗话考索》给出了很机智的回答："余谓即作十里，亦未必尽听得着，看得见。题云'江南春'，江南方广千里，千里之中，莺啼而绿映焉。水村山郭，无处无酒旗，四百八十寺，楼台多在烟雨中也。此诗之意既广，不得专指一处，故总而命曰'江南春'。"诗以情动人，而不当以写物之真动人。物之形由诗人的情感来决定。清代黄生《诗麈》说诗贵在"以无为有，以虚为实，以假为真"，焦袁熹说"如梦如痴，诗家三昧"。用今天的话来说，"以假为真""梦境"就是想象境界。在古典诗话中，真和假是互补的，虚和实是相生的。故在《咏柳》中，柳树不是玉，柳条亦不是丝，却偏要说是玉、是丝；春风不是剪刀，偏偏要说它是剪刀。柳乃客观之物，情乃主体之情，二者不相干。欲将主体之情渗入客体之物，则须通过虚拟、假定、想象，以贵重之玉和丝承载贵重之情感，赋形于柳。这样柳树的形象就带上了玉和丝的性质。最能反映"柳树的特征"之说，乃拘于机械咏物之真，不敢以中国传统诗论之"以虚为实，以假为真"对话，必然缘木求鱼。

吾人坚持以"诗缘情"解读中国古典诗歌，前提乃是拒绝西方文论二十世纪的所谓语言转化，如俄国形式主义者，认为诗是语词的陌生化，与情感无关。俄国日尔蒙斯基说："诗的材料不是形象，不是激情，而是词。"（维克托·日尔蒙斯基《诗学的任务》）也拒绝了美国新批评的以"反讽""悖论"等修辞手段来解读诗歌的套路。这就需要搏斗的勇气，需要高度的自信。

但是，非常遗憾的是，具有这种勇气和自信的学人并不很多，即使诗词研究界学养极高者，也往往出于弱势文化的自卑，而屈从于西方这种机械论，如解读苏轼之《念奴娇·赤壁怀古》曰："上片即景写实，下片因景生情。"（吴熊和《唐宋词汇评》）其实，《念奴娇·赤壁怀古》一开头"大江东去，浪淘尽、千古风流人物"，与其说是实写，不如说是虚写。登高望远是空间，而望及"千古风流人物"则为时间，时间不可见，想象使无数的英雄尽收眼底，纷纷消逝于脚下，以空间之广向时间之远自然拓展，使之成为精神宏大的载体，这从盛唐以来，就是诗家想象的重要法门。陈子昂登上幽州台，看到的如果只是遥远的空间，那就没有"前不见古人，后不见来者"那样视接千载的悲怆了。"念天地之悠悠"，情怀之深沉就在视觉不可及的无限的时间之中。悲哀不仅仅是因为看不见燕昭王的黄金台，而且是"后不见来者"，也来自时间无限与生命短暂之间的反差。

这里隐含着一个非常重要的理论问题，那就是"情"与"感"的关系。从常识言之，则真情必有实感。然而从科学分析观之，真情与实感相矛盾。有真情其感必虚，故"情人眼里出西施""月是故乡明"才会脍炙人口。这个问题在中国古典诗话中早有阐释。清人吴乔《围炉诗话》回答诗与文之区别曰："二者意岂有异？唯是体制辞语不同耳。意喻之米，文喻之炊而为饭，诗喻之酿而为酒；饭不变米形，酒形质尽变。"吴乔当时的散文，基本上都是实用文体，是不重抒情的。在诗中一旦抒情，表现对象就像米变成酒一样"形质俱变"了。这个理论比之英国诗人雪莱在《为诗一辩》中所说的"诗使它触及的一切变形"要早一百年。雪莱只注意到形变，吴乔的深刻之处，在于他意识到了质变。这种质变之"感"乃由诗人之"情"所决定。同样是写柳树，在李白笔下便不再如贺知章那样美好，而是一个有意志的生命："天下伤心处，劳劳送客亭。春风知别苦，不遣柳条青。"(《劳劳亭》)唐人有折柳送别的风俗。不让柳条发青，则不能送别，友人不离。故同样是枫叶，在杜牧是"霜叶红于二月花"；在《西厢记·长亭送别》崔莺莺眼中是"晓来谁染霜林醉，总是离人泪"；在鲁迅《送增田涉君归国》中，则是"枫叶如丹照嫩寒"。

　　故阅读不像读者中心论所想象的那样，任何观感都是合理的。作者创新艺术，固然离不开对象之特征，但须经《诗品》所谓"万取一收"之提纯，将其化作形变质变的意象群落，并以起伏的情志使意脉贯穿，在审美、审丑、审智价值中加以分化，遵循特殊形式规范，自由驾驭其开放性，构成有机统一之形象，以某种生活本来如此的虚拟状态呈现出来。此等艺术匠心，并不显露于形象表层，而是隐秘于深层，越是隐秘越是精绝，此所谓"不着一字，尽得风流"。在小说中，如草蛇灰线法等，皆如张竹坡评点《金瓶梅》所说，作者旨在"瞒过"读者。作者匠心独运时，是主动的，富有多方面的自由，读者阅读文本时却没有同样的自由，基本上是被动的，受到作者隐秘的艺术匠心的制约。所以，阅读首先要与自发的被动性做搏斗。

因而，有效的阅读不但要与走马灯似的西方权威文论划清界限，而且要与中国传统文论中的烦琐、穿凿做斗争。往往是对一经典作品之奥秘，就是把全部理论资源调动起来，也不足以充分、彻底地阐释。因而在证明与证伪之间，做长达千年的反复搏斗，也是正常现象。每一时代，往往要把最高的智慧放到经典的祭坛上去燃烧，即使这样，也不能保证取得进展，于是就产生了文学的虚无主义和解读的悲观主义。

搏斗的目的就是为进入文本扫清道路，进入文本，接受文本同化，自我调节，逼近诗人之匠心。故克罗齐有言："要了解但丁，我们必须把自己提升到但丁的水准。"（朱光潜《克罗齐哲学述评》）诚哉，斯言！阅读是提升精神价值和艺术品位的系统工程，搏斗面临着许多方面：第一，是将自己从普通读者提高到艺术审美、审智的经典境界的过程，而绝对的读者中心论、无准则的多元解读则相反，实质上是将但丁降低到读者自发的、狭隘的、浅陋的原生状态，也就是放任新批评的"感受谬误"（affective fallacy）。这就意味着，不仅要和自身自发的盲目性做搏斗，而且要和作品的局限性做搏斗。弄珠客在《金瓶梅·序》说："读《金瓶梅》而生怜悯心者，菩萨也；生畏惧心者，君子也。"这个提升的难度就比克罗齐要大得多。这里不仅仅是提高到作者水准，而且要超越作者的局限性。对理论要加以批判，对文本亦如是。弃其糟粕，提升其精华。这是一个更复杂的搏斗过程，很可能会遭遇作家的"意图谬误"（intentional fallacy）。如鲁迅评论《三国演义》说："文章和主意不能符合——这就是说作者所表现的和作者所想像（象）的，不能一致。如他要写曹操的奸，而结果倒好像是豪爽多智；要写孔明之智，而结果倒像狡猾。"（鲁迅《中国小说的历史的变迁》）这个问题的复杂性在于，鲁迅所说于曹操非常深刻，而于孔明则有误。事实上孔明之多智，不能孤立评价，其艺术奥秘在于，其多智是被其盟友周瑜的多妒逼出来的，而多智的草船借箭，则因曹操的多疑而取得了伟大的胜利，于是多妒的更加多妒，多智的更加多智，多疑的更多疑惧，最后多妒的终于感到智不如人，就活不成了，临终发出了"既生瑜，何生亮"的悲叹。从艺术上来说，多智的超越科学，乃是揭示人物心灵谱系的假定性，其艺术想象的合法性，读者和作者是心照不宣的。弄珠客接着说读《金瓶梅》"生欢喜心者，小人也；生效法心者，乃禽兽也"。没有搏斗，就可能走向相反的极端：堕落，与作品中之精神糟粕同流合污。由此观之，宣称作者死亡，放任读者精神自流之论，何其殆也！

阅读的第三个障碍，乃是艺术经典的封闭性。其艺术形象，并不是一个平面的结构，而是一种立体结构。呈现在表层的，只是意象群落。王国维说，一切景语皆情语，景是显性的，而情则是隐性的，隐于景语意象，特别是意象群落之间，是诗人并不直接说出的情感的脉络，我称之为意脉。没有意脉，没有情感的脉络，则意象群落可能散乱。王夫之《姜斋诗话》曰："无论诗歌与长行文字，俱以意为主。意犹帅也。无帅之兵，谓之乌合。"宋人范温《潜溪诗眼》曰："古人律诗亦是一片（篇）文章，语或似无伦次，而意若贯珠。""（杜甫）《十二月一日》诗云：'未将梅蕊惊愁眼，要取楸花媚远天。'梅望春而花，楸将夏而繁，言滞留之势，当自冬过春，始终见梅楸，则百花之开落皆在其中矣。以此益念故园。"他强调说，最忌是"不求意趣（意脉）关纽"，"但以相似语言为贯穿"，也就是显性地直接说出来。正因如此，阅读就是要和"似无伦次"搏斗，才能将第二层次的"意若贯珠"领悟出来。

文本的第三层次更为隐秘，那就是艺术形式。这一点，通常被黑格尔的内容决定形式遮蔽了，而歌德却以为是最深邃的秘密，是一般读者难以感觉到的。形式一旦成熟，特别是诗，不但有被内容决定的一面，而且有决定内容的一面。安禄山从发动叛乱到攻破潼关，再到唐明皇仓皇出逃，在《资治通鉴》中只是几百字的散文，如果将其照搬到《长恨歌》中，就不成其为诗了。白居易只用了四句："渔阳鼙鼓动地来，惊破霓裳羽衣曲。九重城阙烟尘生，千乘万骑西南行。"就概括了散文所不能省略的时间上数月的过程和空间上数百里的距离，而且把唐王朝失败的狼狈景象写得很美。诗人的意脉是：讽喻中略带遗憾。这一点，就是号称对中国古典诗歌有相当研究水准的叶维廉也没有领悟出来。

因而，还要和隐藏得更深的形式规范搏斗，才能真正读懂经典诗歌的艺术奥秘。

总体来说，西方前卫文论放弃文学审美解读，其根本原因在于，囿于将作品当作成品接受，其实是被动的，因而不可避免被封闭。要打开这三重封闭，就要把自己当作作者，和作者主动地对话，不但接受这样写了，而且想象没有那样写。鲁迅这样说：

凡是已有定评的大作家，他的作品，全部就说明着"应该怎样写"。只是读者很不容易看出，也就不能领悟。因为在学习者一方面，是必须知道了"不应该那么写"，这才会明白原来"应该这么写"的。这"不应该那么写"，如何知道呢？惠列赛耶夫的《果戈理研究》第六章里，答复着这问题——"应该这么写，必须从大作家们的完成了的作品去领会。那么，不应该那么写这一面，恐怕最好是从那同一作品的未定稿本去学习了。在这里，简直好像艺术家在对我们用实物教授。恰如他指着每一行，直接对我们这样说——'你看——哪，这是应该删去的。这要缩短，这要改作，因为不自然了。在这里，还得加些渲染，使形象更加显豁些。'"（鲁迅《且介亭杂文二集》）

后西方大师的海德格尔也有如下的论述：

作品的被创作存在只有在创作过程中才能为我们所把握。在这一事实的强迫下，我们不得不深入领会艺术家的活动，以便达到艺术作品的本源。完全根据作品自身来描述作品的作品存在，这种做法业已证明是行不通的。（马丁·海德格尔《艺术作品的本源》）

进入作者经典创作过程，是一个非常艰巨的任务，因为经典作家是天才，是一个时代的精神最高水准。对于普通读者来说，阅读是向上攀登的过程，是与自我原生水准的自发性和理论的权威性搏斗的过程。这个过程，不仅是个人的，而且是民族历史的，失败是免不了的，但是，历史的积累也是必然的。西方前卫文论之失，我国明星学者之失，就在于把攀登的艰巨当作了散步，因此就免不了甘于落伍。

不积跬步，无以至千里；不积小流，无以成江海。笔者不敢妄自尊大，也不妄自菲薄。其间的失败和突破，有待读者明鉴。

孙绍振

2018 年 6 月 8 日初稿

2020 年 9 月 30 日修改

上　编

古典诗词的
现代解读及其方法

经典诗作与大众文化融合的要务

——评《中国诗词大会》

　　《中国诗词大会》，引发了全国性热潮。各个年龄段、各行各业的古典诗词爱好者，空姐、石油工人、警察、航天科学家、博士等纷纷参与，呈风起云涌之势。如此众多的国人对古典诗歌烂熟于心的程度，令人惊叹不已。在世界上，还没有哪一个民族有这样的诗学文化奇观。

　　和个人阅读不同，《诗词大会》的特点是万千人同时共读同样的文本。在熟悉程度上的交相竞争和互补，构成了上亿观众如痴如醉的诗化狂欢。

　　从理论上说，诗歌是文学中的文学，古典诗词更是如此，将高级精英文化大规模地引入大众传媒，是一次勇敢的尝试。

　　电视传播属于大众文化，着重收视效

果，强调趣味性，这和诗词的民族文化艺术积淀的深厚性存在着矛盾。为了适应趣味性，编导和主持人把诗词和游戏性竞赛结合起来，将诗词单纯化，取全诗之片段，以单句问答，或以词牌、作者为题，判断是非、多项选择，把一句五言或七言诗放在九个字当中，测试排除干扰字眼。参赛者、百人团和天南海北的观众一起聚精会神，处在辨析的紧张和期待之中，速度的游戏性比拼将欢乐氛围延伸至现场以外，大河上下、长城内外一体同心，营造了世界上最大的文化赛场。但是，摘句寻章的明显不足乃是放弃了整首诗歌深厚的文化意蕴和艺术奥秘，对于民族审美文化的深层来说，则是欢欣鼓舞的自我蒙蔽。一位上海的小学老师在他（她）的微信公众号"童书撷趣"中这样说："古诗已经倒背如流，却不解其妙，《春晓》《登鹳雀楼》《静夜思》这许多诗歌早已随着儿时的诵读沉入骨血里，化为肌肉记忆。但是它们好在哪里？我半个字都说不上来。"这说明，游戏的紧张期待和互动的热闹，并不能满足人们对于古典诗歌的理解和提升心灵品位的渴望。

人们更关注的是，千年不朽的诗好在哪里，其与平庸的诗、坏诗区别在何处，以什么样的准则和方法来品评？将这样的课题置之不理，必然导致传统文化的深厚性被大众文化的娱乐性（游戏性）压倒。

通俗化、娱乐化、游戏化是电视节目先天的宿命吗？编导和主持人显然并不认同。不言而喻，这不是一般的娱乐节目，更不是那种娱乐至死的节目，其最高宗旨乃是深厚的文化传统的继承和在新时代的发扬光大，战略目标是提高民族文化的自信、自尊。这个大前提毋庸置疑。节目设置了专家点评。专家们的成功在于介绍作者生平、写作背景、相关的掌故和趣闻，加上了知识性，对于娱乐性不无互补之效。在所有专家中，康震先生是最有学养、最自觉地弥补摘句寻章的局限的一位，故其解说往往不限于句而兼及全诗，甚至是作者全人。在解读李白的《将进酒》"黄河之水天上来"时，他将诗歌主题定位为岑勋和元丹丘、李白三人会饮，甚为到位。解读毛泽东"湘竹一枝千滴泪，红霞万朵百重衣"时，指出湘竹与泪的典故，联系到杨开慧的小名霞姑，又深化到楚文化，皆醒人耳目。他指出张九龄《感遇》的写作背景乃在罢相，表面上孤芳自赏，实际上清高自守。接着张九龄上台的是李林甫，从此唐王朝江河日下。康震不但善于把作品还原到诗人当时的处境和心态中，而且诗画并长，常常以画引诗，成为节目的亮点。有些专家则长于知识性的点拨，虽然对古典诗歌烂熟于心的参赛者来说，这些内容在注释本中已是司空见惯，但对于现场观众仍然不无新鲜之感。

但是编导、主持人和专家一样，似乎并未清醒地认识到这一切并不能完全消解游戏性带来的缺陷。康震先生有时的以画引诗，也存在画不达意、歪曲诗意的情况。例如：曲折山路，远处白云屋角，近景大车，一人坐于石上，身边些许树叶。参赛者立马猜出是杜牧的《山行》："远上寒山石径斜，白云生处有人家。停车坐爱枫林晚，霜叶红于二月花。"专家和主持人董卿女士皆首肯，并未发现这幅画中其实有一个极其低级的错误。"停车坐爱"的"坐"是坐在石头上的意思吗？小学三年级语文课本上，就有注解："坐，因为。"车子停下来，不再神往远在白云生处的隐逸之所，因为突然发现身边的枫叶比春天的鲜花还要美艳。更令人惊异的是，专家王立群说，这是一首"悲秋"之诗，中国诗人对于季节的转换、生命的盛衰非常敏感，故秋季即引发悲凉。董卿随即附和，秋天都会引发诗人悲凉的感情。但是，秋天的霜打了的枫叶，都比早春二月的鲜花还要鲜艳了，这样的秋天还是悲凉的吗？在古典诗歌中，固然有大量悲秋的经典，从宋玉开始就有"悲哉，秋之为气也"，到杜甫的《秋兴八首》，以及元曲中马致远的《天净沙·秋思》"枯藤老树昏鸦，小桥流水人家，古道西风瘦马"都是悲秋的神品。但是，如果逢秋皆悲，感情进入老套，不是为诗之大忌吗？后来的节目显示，颂秋的作品也不乏佳作，如刘禹锡的《秋词》："自古逢秋悲寂寥，我言秋日胜春朝。晴空一鹤排云上，便引诗情到碧霄。"孤立地摘句寻章，造成了个案分析错误，也使整套节目前后矛盾。在第四季第一场，说到毛泽东《采桑子·重阳》将刘禹锡的"秋日胜春朝"发展为"不似春光，胜似春光"，专家偏偏不联系《山行》做悲秋颂秋的对比，只说此诗歌颂重阳节。至于王维的《山居秋暝》："空山新雨后，天气晚来秋。明月松间照，清泉石上流。竹喧归浣女，莲动下渔舟。随意春芳歇，王孙自可留。"把秋天的黄昏写得洁净、明亮，最后把这种秋天归结为"春芳"，也未将"悲秋"和颂秋在矛盾中展开：王维笔下春天化的秋天，没有杜牧的鲜艳夺目的色彩，没有杜牧的激赏，却有平和、宁静、安详的欣慰。更遗憾的是，讲到毛泽东青年时代写的《沁园春·长沙》："独立寒秋，湘江北去，橘子洲头。看万山红遍，层林尽染；漫江碧透，百舸争流。鹰击长空，鱼翔浅底，万类霜天竞自由。"竟没有在悲秋和颂秋之间做系统的对比和分析。本来整套节目应该具备有机统一的构思，将纷纭的情志做谱系的展示，以拓展观众的情感空间，提高节目的思想境界，自是题中之义。

专家水平良莠不齐，对作品的解读带有相当的随意性。如刘禹锡《乌衣巷》："朱雀桥边野草花，乌衣巷口夕阳斜。旧时王谢堂前燕，飞入寻常百姓家。"蒙曼解读说，燕子不落常人家，迎来归燕，写出富贵气象。百姓居家是"革命的家""和平幸福"的家。这似乎有些离谱。乌衣巷为晋时王导、谢安等大贵族所居，堂宅豪奢，繁华鼎盛，如今却野草丛生，夕阳残照，为寻常百姓所居。而燕子不觉盛衰变幻，不辨贫富，仍依季候往还。刘禹锡表达的是高门贵第化为野草丛花的沧桑之感，哪里谈得上什么寻常百姓和平幸福？王立群先生解读《诗经·硕人》说，表现庄姜之美在"三高"：一是身高，这还说得过去；二是颜值高，这也还可信，但严格说来，并不准确，因为所写不单在面貌，还在肌肤"手如柔荑，肤如凝脂"，动人的不仅是笼统的面容（颜值），更在美目"巧笑倩兮，美目盼兮"；三是"性情高"，这就完全架空了，因为全诗根本没有涉及其性情。不管是苏辙还是朱熹的集解，都只说"此言其容貌之好也"。王先生的解读，时有不着边际之说，如解读屈原《离骚》中的"制芰荷以为衣兮，集芙蓉以为裳"，说中国男性在古代早就有化妆的习俗，魏晋就已有面部化妆，明末男性也有化妆之风。这样的解读令人困惑，芙蓉为裳，芰荷为衣，能够保暖御寒，经得起风吹雨打吗？其实，以美好花草为衣裳，表现的是屈原自诩的"内美"。"扈江离与辟芷兮，纫秋兰以为佩"，并不是外部的化妆，而是其内在品质的象征。如果相信王先生的解读，"朝饮木兰之坠露兮，夕餐秋菊之落英"，真能把肚子填饱吗？王逸《楚辞章句》说："《离骚》之文依《诗》取兴，引类譬谕，故善鸟香草以配忠贞，恶禽臭物以比谗佞。"这在古典文学研究中应该是常识。王逸说的是"比"，更准确地说，应该是象征。在中国诗学发展史上，屈原突破《诗经》的实写，在形象的构成上提供了系统的象征。香草美人，美在内在的品性，而不是外在的妆容。第四季第五场中，有张九龄的《感遇·其一》："兰叶春葳蕤，桂华秋皎洁。欣欣此生意，自尔为佳节。"就是以香草象征高洁的品质的。

王先生对于审美情感的微妙更不在意，说韩愈的《早春呈水部张十八员外》"天街小雨润如酥，草色遥看近却无。最是一年春好处，绝胜烟柳满皇都"，好处是写早春之美在于草，草色之美在雨中。这就太粗心大意了。韩愈赞美的不是一般雨中的芳草，也不是茂盛的春草，而是远看则有、近看则无的"草色"。一般的事物，应该是近看则有、远看则无，早春的"草色"却相反。写出这样远近视觉效果相反的"草色"，不但是对早春的特点的发现，而且是诗人心灵默默的、微妙的激动的表现：这样不起眼的、若有若无的草色，比满城烟柳还要美。韩愈此句之所以千古不朽，原因就在于此。

编导和专家对于中国古典诗歌的抒情和理性的逻辑与历史的

发展并无系统的准备，对于中国古典诗歌中情与理的矛盾转化也无清醒的认识，遇到一些特殊理念的诗作，没有系统的准备，只能是隔靴搔痒。如讲到柳宗元《江雪》："千山鸟飞绝，万径人踪灭。孤舟蓑笠翁，独钓寒江雪。"来自南京的专家说，柳宗元被放逐，母亲死了，只剩下他自己，说这场雪乃是"他心中的雪"，是他"和自我的和解"。这真是让人摸不着头脑了。后世词话家认为这是唐人五言绝句之首。中国古典诗歌大多是抒情的，也就是《诗大序》所谓的"情动于中"，以情取胜。当然还有孔夫子，即所谓"乐而不淫，哀而不伤"的温情，此外还有闲情、逸情等。大体来说，都离不开一个情字。但是，自佛家传入，特别是禅宗流行以后，在诗歌中产生了相反的倾向：不是情动于衷，不是激情，也不是温情，而是以恬然、淡然、悠然超越情感为上。如陶渊明之"采菊东篱下，悠然见南山"，若为"望"南山，苏东坡就论之为煞风景了。"见"南山好在平平静静，不劳心神；"望"就是有心了。陶氏《归去来兮辞》有"云无心以出岫"，柳宗元《渔翁》有"岩上无心云相逐"。"无心"也就是不动心的境界。在禅宗中有个著名典故：二僧见旗动，争辩是旗动抑或风动，六祖惠能曰，不是旗动，也不是风动，是二位心动。(《坛经》)可见禅宗要义在不动心。故柳宗元《江雪》不是抒情的，不属于"一切景语皆情语"，而是中国特色的"无动于衷"的理语。千山万径皆为大雪所覆盖，毫无生命踪迹，孤翁独钓寒江。既不感孤独，也不觉寒冷，有权威学者解读曰，此翁于大雪中"钓鱼"，大误。若真钓鱼，恐怕鱼钓不到，人早冻死了。柳宗元诗意不在钓鱼的功利性，而在"钓雪"。如果要说和解，不是与自我和解，而是心与大自然融为一体。这是禅宗的最高境界：梵我一如。此与庄子之"天地与我并生，而万物与我为一"，与中国之天人合一的思想息息相通。

这种中国特有的、有深邃的哲理性的经典诗作，本不适合作为大众文化之题，既为题，不知就里者也不宜轻率为言。

节目中不少赛题都不取其诗意，而取其实用。如苏东坡《惠崇春江晚景》其一："竹外桃花三两枝，春江水暖鸭先知。蒌蒿满地芦芽短，正是河豚欲上时。"此诗精警传世之句在"春江水暖鸭先知"，而赛题却落在"蒌蒿满地芦芽短，正是河豚欲上时"，逼得康震先生不得不讲苏东坡好食河豚的故事；说到为什么春江水暖"鸭先知"，长于讲典故的蒙曼女士说，因为是画上有鸭只能是鸭先知，这似乎有理，毛奇龄曾质疑曰："'河豚''江鲥''土鳖'亦可先知。"又曰："春江水暖，定该鸭知，鹅不知耶？"蒙曼女士之说，可解前人之惑，然亦不得要领。光是看见鸭子的躯体浮在水面上，是一点诗意也没有的。桃花三两枝为视觉可见，水暖则属于不可见之触觉。鸭浮江上，画限于视觉，不能画出江水之暖；此诗妙在激发读者想象不可见之鸭之脚部。桃之艳绚于外，而鸭感于内。春温水暖，先知默默，似无知而实有知，桃花灼灼，可感而实无知，此诗隐含哲理在此。

由于对诗中之理的忽视，就是康震先生也难免有所不足，他在解读陆游的名联"山重水复疑无路，柳暗花明又一村"时，着重介绍此诗写于诗人被贬浙江故土期间。其地多丘陵，故行舟忽而山穷水尽，忽而柳暗花明。但似乎忽略了此联之优长并不在于表现客观地形地貌，山穷水尽、柳暗花明的精彩在于，在鲜明的感性形象中蕴含矛盾对立和转化，事物的消极性发展到极点，就必然转化为积极。此联之所以成为后世不朽的隽语、格言，就是因为强烈的感性中隐含着深沉的哲理。中国古典诗歌一般讲究情景交融，而这一联的不朽生命则是情、景和理的交融。康震先生是自觉从全诗、全人来品评诗句的。但是，编导和主持人设定的题目也难免让他陷于困境。节目屡次涉及李白的诗，且并非一概皆好。例如讲到李白的《梦游天姥吟留别》，康震先生特别强调了"安能摧眉折腰事权贵，使我不得开心颜"的傲岸、愤世之情。节目中又有李白曾为宫廷御用文人之作，明皇对名花美妃，命李白点缀升平，他就写了《清平调》三首，以"云想衣裳花想容""一枝红艳露凝香""名花倾国两相欢"来赞美杨贵妃美若天仙，显示出卑躬屈膝、阿谀奉承的一面，明显和"安能摧眉折腰事权贵"矛盾。这是伟大诗人最不光彩的一面。康震先生不得不强为之辩解：虽然是遵命文学，但是也写出了盛唐的繁华，歌颂了美女，仍然是"一等好诗"。其实，这样的诗在李白集子中当属败笔。这个美女曾经权势熏天，白居易《长恨歌》曰："姐妹弟兄皆列土，可怜光彩生门户。"其族兄杨国忠把持朝政，"安史之乱"中民愤爆发，导致兵变，这个瑶台仙女也死于非命。就诗歌的质量而言，这不是杜甫笔下"笔落惊风雨，诗成泣鬼神"的杰作，也不是李白自己称道的"清水出芙蓉，天然去雕饰"，其语言名花倾国、春风露华、群玉山头、瑶台月下等，恰恰是李白自己所批评过的"绮丽不足珍"。

　　游戏性压倒了诗性，失去对古典诗歌的品评标准，那么对于一些民族精神的精华之作的漠然忽视就不是偶然的。如王翰《凉州词》："葡萄美酒夜光杯，欲饮琵琶马上催。醉卧沙场君莫笑，古来征战几人回？"这首诗曾被历代诗话家评为唐人七绝六七首"压卷"之一，而节目则停留在为"欲饮琵琶马上催"寻求上句"葡萄美酒夜光杯"的层面。其实，这里最深厚、最强烈的民族精神在于"醉卧沙场君莫笑，古来征战几人回"。《唐诗三百首》编选者蘅塘退士（孙洙）对此诗的批语是："作旷达语，倍觉悲痛。"其实，旷达有，悲痛则无。即使军令如山，也要喝个痛快；即使即将出征赴死，享受生命的欢乐也同样重要。烂醉如泥，从长安抬上边疆前线，是不可能的，这是诗人的天才的想象。其诗眼在"君莫笑"的"笑"字，哪里可能自己横尸疆场还在意战友哂笑的？这是笑对生死，赴死沙场和尽情饮酒一样浪漫，这种乐观、豪迈的精神，视死如归的英雄主义在古典诗歌中是一道亮丽的风景。

　　这不是以诗为生命，而是以生命为诗。

　　儒家文化有杀身成仁的传统，诗家有杀身成诗的传统。屈原就有"身既死兮神以灵，子魂魄兮为鬼雄"（《国殇》）。王维早年有"孰知不向边庭苦，纵死犹闻侠骨香"。而文天祥从容就义，留下了"人生自古谁无死，留取丹心照汗青"。就是以婉约为特点的李清照，也有"生当作人杰，死亦为鬼雄"。林则徐有"苟利国家生死以，岂因祸福避趋之"。谭嗣同从容面对死亡，有

"我自横刀向天笑，去留肝胆两昆仑"。大革命时期，革命家夏明翰走上刑场，大义凛然出口为诗："砍头不要紧，只要主义真。杀了夏明翰，还有后来人。"诗人殷夫为革命奉献出二十多岁的生命，留下一首译诗，比原诗更为精练、高贵："生命诚可贵，爱情价更高。若为自由故，两者皆可抛。"革命烈士陈然有："面对着死亡，我放声大笑，让魔鬼的宫殿在笑声中动摇。"这样的诗歌堪称不朽的生命之碑，是我们民族精神的精华。这种坚持理念、无畏牺牲的信念也普及于普通百姓之间，如上海工人有"舍得一身剐，敢把皇帝拉下马"，工农红军有"要吃辣子不怕辣，要当红军不怕杀"。以生命为诗的人生价值亦普及于桑间濮上，如客家女子有"生爱恋来死爱恋，唔怕官司到衙前。杀头好比风吹帽，坐牢好比游花园"。

　　从这个意义上说，这个节目在立意上提高的空间还是很大的，当前的要务是在理论上清醒：影视明星策略和文化深度存在着矛盾。由于电视传播的放大效应，某些专业人士，由于媒体炒作，成为万能专家，泡沫化的文化明星竟比贡献卓著的科学家更为显赫。严峻的问题是学界和市民一样盲目认同。《中国诗词大会》中的多数专家其实在诗词方面并无特长，有的只是对《史记》有研究，有的只是对文化典故有储备，学养赶不上名声，就走向反面，不是将优点放大而是将缺陷放大，于丹沉浮的教训，亟待上升到理论上加以总结。

2019 年 9 月 7 日

跨界文化明星现象忧思

——从蒙曼说起

一、文化明星对古诗词的误读

蒙曼在央视初露头角时，是讲历史的，当时给我留下了挺好的印象，特别是讲李世民玄武门之变，观之颇有收益。我的专业本是现当代文学和文学理论，业余对《资治通鉴》有所涉猎，深信司马光之说：玄武门政变前夕，李世民处境被动，濒临危机，获知李建成将于次日出师阅兵之际加害自己，不得已乃先发制人，杀死太子建成和齐王元吉。蒙曼据新、旧《唐书》，阐明系李世民先于唐高祖处状告太子，待其入宫申辩时，事先买通宫门守卫，杀死建成和元吉。这让我对司马光的说法有了重新思考的资源。她对相关文献颇为熟悉，口齿伶俐，讲述掌故，尤为所长，总的印象是，虽比于丹出口成章、从容不迫地讲《论语》略有逊色，但就其内涵来说，言必有据，未见断章取义，将古人牵强现代化、庸俗化之弊。当然，比之易中天的幽默、游刃有余、融学术与通俗于一炉，尚有提高的空间。但她比前述诸家都年轻，故我想，积以时日，当有出息。果然，她以最快的速度获得了广大观众的认可，成了文化明星。

她出现在《中国诗词大会》上，以一贯的伶牙俐齿，讲述诗词典故，也不乏得体之处，为成千上万的观众享用中国古典诗歌的精神大餐贡献了才能。但是，她的许多评论，其随意性令我颇为惊讶。比如说到孟浩然的《宿建德江》："移舟泊烟渚，日暮客愁新。野旷天低树，江清月近人。"同场专家评论之后，她补充说，"野旷天低树，江清月近人"显出孟浩然是"君子"。这样不着边际的话，实在令人困惑。其实，全诗意脉的起点是"客愁新"。孟浩然仕途不得意，乃漫游吴越，漂泊他乡，天色晚了，船停下来，情感的起点是"新"袭来的"客愁"，其特点是孤独。照理说，孟浩然不可能自己掌舵，撑篙，当有舟子。其另一首诗题目就是"问舟子"。他在这里却把自己置于野旷天低的背景下，就显得形单影只，孤独寂寞了。最后一句"江清月近人"，表面上是写景，江水清澈，可见月影，然关键在于"近"，虽然孤独，但是月亮却亲近，孤独是人世的孤独，而月亮却亲近可人，于是他从大自然中获得了安慰。

这就是中国古典诗歌强调的言外之意、韵外之致，表层的意象群落是显性的，而深层的情感脉络起伏是隐性的，人世的孤独转化为大自然的亲近，不是言内的，而是言外的，这和道德范畴的君子毫无关系。

要把语言之外蕴含的韵味进行直接概括，转化为理性化、逻辑化的语言，是要有点灵气的。这和解读历史、取可靠资源作理性的阐释有所不同。学业有专攻，规律有异，蒙曼对之陌生，并不奇怪。非常可惜的是对于学科之异，她没有明确意识，也没有警惕。故而每每出言无忌，往往走火。如说到杜牧的《赠别·其一》："娉娉袅袅十三余，豆蔻梢头二月初。春风十里扬州路，卷上珠帘总不如。"她说，为什么"春风十里扬州路"？"扬州自带春意"，和杭州不同，杭州有西湖，"毕竟西湖六月中，风光不与四时同"。杭州属于六月，夏天。蒙曼的意思是，这是一首歌颂扬州的诗，扬州的美，全在春天；杭州的美，全在夏天。

其实，蒙曼只要再认真一点就不难明白，这不是歌颂扬州的诗，是歌颂扬州一名十三岁的歌伎的。这个歌伎有名有姓。杜牧另有赠乐伎张好好五言古诗，有序曰："牧太和三年（829），佐故吏部沈公江西幕。好好年十三，始以善歌来乐籍中。"前一年，杜牧中了进士，离开扬州去江西时，有与此女赠别之作。袅袅婷婷，正面写其风姿轻盈，次句以蓓蕾喻其美，豆蔻初发，穗头深红，叶渐展开，含苞待放，常用以比喻处女。这样的比喻算不得太精彩，精彩之处在最后两句感情的极端强化。当时在中国，"扬一益二"，扬州第一，成都第二，扬州在世界上也可以说是第一大都市。"珠帘"借指歌伎所居，十里长街不可能都是歌伎，更多的是大家闺秀。所有美女把帘子卷起来，都不如张好好美。

"春风十里"，是用来渲染张好好的美丽的。

如此粗心大意，就是在历史学术领域也是不允许的，何况跨界到古典诗歌领域。这种问题不仅在于对历史价值的真与审美价值的美不够重视，而且在于阅读量和学术积累不足，所以很难避免在逻辑上轻率概括。说春天属于扬州，夏天属于杭州，是顾头不顾尾。扬州就没有诗意的秋天吗？杜牧自己就写过赞美扬州秋天的诗《寄扬州韩绰判官》："青山隐隐水迢迢，秋尽江南草未凋。二十四桥明月夜，玉人何处教吹箫。"二十四桥是扬州的名胜，后来的词人往往就用杜牧的"豆蔻梢头"和"二十四桥明月"来分别概括扬州之春和秋的美。宋朝著名词人贺铸就有《晚云高·太平时》："秋尽江南叶未凋，晚云高。青山隐隐水迢迢。接亭皋。二十四桥明月夜。弭兰桡。玉人何处教吹箫。可怜宵。"姜夔有《扬州慢》："杜（牧）郎俊赏，算而今、重到须惊。纵豆蔻词工，青楼梦好，难赋深情。二十四桥仍在，波心荡、冷月无声。"

至于说夏天属于杭州，也犯了同样的逻辑毛病。杭州不仅在夏天，而且在秋天和春天都有经典诗作。白居易曾担任杭州刺史两年，其《忆江南》三首其一："江南好，风景旧曾谙。日出江花红胜火，春来江水绿如蓝。能不忆江南？"其二："江南忆，最忆是杭州。山寺月中寻桂子，郡亭枕上看潮头。何日更重游？"杭州秋日的美，最著名莫过于柳永的"三秋桂子"。关于冬日的美，也有不少西泠桥边踏雪寻梅的典故。

蒙曼的误读，如是阅读量不足所致，当不难改进，但有时显然不是，而是对诗歌语言的特殊能指与所指的关系不了解，望文生义。如对李白的《赠孟浩然》："吾爱孟夫子，风流天下闻。红颜弃轩冕，白首卧松云。"蒙曼说，红颜不但属于女性的美，也可形容男性的颜值。古代审美比今天还平等。这样的解说将其古典诗歌语言修养的缺失暴露无遗。

当然，红颜一般指美女，红颜薄命，红颜知己，吴三桂得知爱妾陈圆圆为李闯所获，乃引清兵入关，就有了吴伟业《圆圆曲》"冲冠一怒为红颜"。但是，红颜亦指称男性，其义则为年青，脸色红润，在李白这里，白首则是年老，与红颜对仗，均属于形体，在对仗中，属于严对。说红颜是指男性颜值，对经典的冒犯相当粗暴。在李白以前，沈约有"共矜红颜日，俱忘白发年"（《君子有所思行》），刘希夷有"寄言全盛红颜子，须怜半死白头翁"（《代悲白头翁》），骆宾王有"风尘催白首，岁月损红颜"（《在军中赠先还知己》）。和李白同时有高适的"红颜怆为别，白发始相逢"（《逢谢偃》），杜甫的"向来皓首惊万人，自倚红颜能骑射"（《醉为马坠诸公携酒相看》）。在李白以后，白居易有"上阳人，红颜暗老白发新"（《上阳白发人》），邵谒有"昨日照红颜，今朝照白丝，白丝与红颜，相去咫尺间"（《览镜》），崔仲容有"不觉红颜去，空嗟白发生"（《感怀》）。这种基本词语的错解，乃古典文学研究之大忌，属于硬伤。

更严重还在她接着又说，男性之美，还有"沈腰潘鬓"的说法。一向善于讲述典故的她，竟然出了这么严重的硬伤，不能不使我惊异，这一典故出在李煜的《破阵子》"一旦归为臣虏，沈腰潘鬓销磨"。原意是沈约因病日益消瘦，腰带宽松，对自己的健康感到悲观，这是记载在《梁书·沈约传》中的；潘岳才到中年感到头发已经斑白，这是潘岳自己写在《秋兴赋》中的。唐李德裕《秋日登郡楼望赞皇山感而成咏》："越吟因病感，潘鬓入秋悲。"宋周邦彦有："仙骨清羸，沈腰憔悴，见傍人、惊怪消瘦。"完全与她所说的男性颜值相反。

二、明星现象掩盖文化贬值

当然，此类讲述的失误在她是比较少的，令我担忧的是，在对经典进行的解读的时候，她往往突发奇想，发出离谱之说，还轻松地微笑。每逢诸如此类的时刻，不免为她着急，有时甚至为她捏一把汗。例如屏幕上出现了杜甫的《春夜喜雨》："好雨知时节，当春乃发生。随风潜入夜，润物细无声。野径云俱黑，江船火独明。晓看红湿处，花重锦官城。"现场专家和主持人都称赞此诗，是好诗，是好人好心写好诗。蒙曼显然不满足这样空泛的解读，乃补充说：这种春天的好雨，如果下在北方，一位专家的家乡，则是春雨如油，如下在南方，另一位专家的家乡，则是"杏花春雨江南"。然而这是下在成都的，"晓看红湿处，花重锦官城"。其色彩火辣辣的，"火锅的味道都出来了"。此言一出，引发一笑，却舒舒服服地把杜甫精致的情感和不朽的艺术糟蹋了。

一般说，写春雨不外是从视觉看的，"细雨鱼儿出，微风燕子斜"，或者从听觉，听雨，"小楼一夜听春雨，深巷明朝卖杏花"，而杜甫的题目是"春夜喜雨"，是夜里的雨，"随风潜入夜"是看不见的，"润物细无声"是听不见的。虽然看不见，听不见，但是诗人感受到了，在暗夜中，在无声中，独自为这如油的春雨感到欣慰。"野径云俱黑"，这是成都平原，云才会在田野上，一片漆黑，越黑越美，因为越黑，雨下得越浓，越是显出诗人在为这个在"安史之乱"中的民族默默祈祷。"江船火独明"，以一点火光反衬，让这一片漆黑美得生动。这场春雨对于国计民生太及时了，由衷感激这知时节的好雨啊。"安史之乱"使黎民百姓面临生死存亡的厄运，乱前有五千二百多万人口，764年"安史之乱"结束，只剩下不到一千七百万。（《唐书·代宗纪》）七年之间死了三千五六百万人。平均每年死五百万，几乎每天要死一万多人。这并不完全是战死的，还有饿死的，活着的人，什么时候饿死都很难说。战前京都米价一斗米二十钱到三十钱，二十个铜钱到三十个铜钱，可在已经光复了的长安，米价曾达到一千文，七年间米价涨幅达三十到五十倍。杜甫自己的孩子，就饿死两个。这实在是不能不令他长歌当哭，杜甫的诗中浸透了眼泪和鲜血。他曾为旱灾，写过《说旱》，希望地方长官释放囚犯，感动天庭降雨。如今忽然在夜间来了春雨，怎能不令他欣慰感恩，独自在黑暗中祈祷。题目是"春夜喜雨"，可是全诗没有一个喜字。喜在哪里？第一，喜在这默默的感知和欣慰中；第二，更在尾联"晓看红湿处，花重锦官城"，色彩突然变得鲜明，色调对比如此强烈，诗人不由得眼前一亮。那花不但有湿湿的质感，而且有重重的量感。这就是昨夜看不见、听不着的春雨的效果，这一切照亮了、温暖了诗人的家国情怀。把这说成是"火锅的味道",这样轻佻,不能不说,这是对诗圣的亵渎!

文学阅读要有效,并不是一件太轻松的事,克罗齐说,要理解但丁就要把自己提高到但丁的水准。阅读是一个提高的过程,突破固有知识理念的过程。固有的知识和理念固然是必要的基础,但是,基础的有限性,可能成为透明的墙壁,形成心理的封闭性。阅读水平要提高就得突破这种封闭性。从某种意义上说,阅读乃是与心理封闭性的搏斗。这种搏斗相当艰巨,往往一人的生命是不够的,常常延续千百年,说不尽的莎士比亚,说不尽的"推"字佳还是"敲"字佳,说不尽的唐人七绝何者最佳,说不尽的李、杜优劣,每一个时代都把自己最高的智慧奉献上经典解读的祭坛,发出光焰,冲击个人的和历史的封闭性。

蒙曼之失,就在于对这种封闭性,没有高度的警惕。当她对《木兰诗》进行解读时,表现就更突出,但是表面上似乎并不离谱。蒙曼明确说木兰是"女英雄"是不错的,但是,英雄的内涵是什么?蒙曼说:1.是对国家的忠义;2.对家庭的孝道;3.其义烈之气;4.勇武的精神;5.民族融合。如此这般,把封建时代的一切美德都奉送给花木兰,却令人困惑:如果只说花木兰有这么多的美好品德,和男英雄有什么区别呢?从文本来看,说她有"勇武的精神""义烈之气"当然是战争中表现出来的。但是,《木兰诗》正面写战争的只有两句,"将军百战死,壮士十年归"。当然也写了她的战功,"策勋十二转",只有一句,是侧面交代。可见原文主题不在此。文本着重渲染的,首先是叹息,八句,这是关键，作为女性，决心代父从军。买马和马具，四句，表现其意气昂扬。从军以后，于黄河、黑山之间，思念爹娘，又是八句。写立功而不愿为尚书郎，强调了女性主动承担起男性的保家卫国的责任，但没有像男性那样立功受奖，衣锦还乡，而是以平民身份归家，受到爹娘、姐、小弟的热烈欢迎，六句。写恢复女儿装，可谓浓墨重彩，用了十句。"开我东阁门，坐我西阁床，脱我战时袍，著我旧时裳。当窗理云鬓，对镜帖花黄。出门看火伴，火伴皆惊忙：同行十二年，不知木兰是女郎。"表现了女性的心理精细胜于男性。《诗经》时代的诗歌是讲究比兴的，这里却没有比兴，几乎全是叙述。最后却来了一个复合性比喻："雄兔脚扑朔，雌兔眼迷离；双兔傍地走，安能辨我是雄雌？"这是点题之句，表现了这个女英雄的自豪。蒙曼说她是女英雄，但是，陈述的内涵与男英雄无异。这首诗的深邃就在对男性英雄的传统文化观念的颠覆。英雄，英雄，在传统观念中，英雄就是雄性的，这里，却是一个女英雄，并不是男性，严格地说，应该是"英雌"。在阅读过程中，要真正直达核心，就要概括文本的内涵，冲击潜意识中传统观念的封闭性，蒙曼作为一个女性，却未能与潜意识中男性英雄观搏斗，她赋于木兰的优秀品性，大多是男性的。

　　阅读心理本来应该是开放的，但是，实际上，其开放性与潜在的封闭性是紧密相连的，这是规律，因而，凡读者（包括笔者本人）概莫能外。不过在蒙曼表现得比较突出而已。从这个意义上说，吾人看到王立群先生，往往表现出同样的封闭性，就不足为怪了。举一个比较突出的例子。《诗词大会》上有题为李白的《子夜吴歌·秋歌》"长安一片月，万户捣衣声"中的"捣衣"是在干什么？标准答案是捣洗脏衣服，但王先生说不是。那么，捣什么呢？王立群先生说，因为当时的衣服以麻丝为料，比较硬，故先要捣衣料，使之柔软。这固然有一定道理，但问题是，是不是绝对如此呢？我们看到唐代张萱的《捣练图》长卷，人物分成三组。第一组，四个妇女用木杵捣石臼中物；第二组，两个妇女坐在地毯上缝纫，并不见机织；第三组，四个妇女把白练拉直，用熨斗熨平。可见所捣乃是布帛，而非织料。从工具书上不难得知，"练"是一种丝织品，初织成时质地坚硬，须经沸煮、漂白，置于石上，反复杵捣，使之柔软洁白，才能制作衣服，称为"捣衣"，后亦泛指捶洗。仅此可知，王先生的说法，至少是不全面的。更重要的是从文本中看，李白就有《捣衣篇》最后两句是"晓吹员管随落花，夜捣戎衣向明月"，捣的是"戎衣"。杜甫《秋兴八首》之一有"寒衣处处催刀尺，白帝城高急暮砧"，催的是刀尺，是现成的布帛，不是催捣丝麻原料。王建《捣衣曲》曰"月明中庭捣衣石，掩帷下堂来捣帛"，捣的是帛，不是织料。如果到了秋天才开始捣原料，要织成布帛，再做衣服送到玉门关外，无论如何是来不及的。因为岑参告诉我们"胡天八月即飞雪"了。

值得深思的是，比比皆是的硬伤如果是出现在平面媒体上，肯定引起强烈的反响，余秋雨散文的一些所谓"硬伤"曾经引起全国性的声讨，甚至有《"审判"余秋雨》一书的出版。但是出现在电视屏幕上，却没有引起讨论、质疑，这可能与传媒的明星效应有关。学术上稍有成就者，借助传播炒作的鼓胀效应，变成跨界明星，变成偶像，偶像造成了盲目、迷信，甚至不可批判的霸权。既不利于传媒文化水准的提升，而且于明星本人素养的充实不利。电视媒体的娱乐性、一过性、快餐性，使它不像纸质媒体可能被反复阅读，反思检验，造成文化贬值。当前错误之明显，早已超过以往。明星（除了部分体育明星）名不符实，德不配位，比比皆是，前车之鉴不远。观者竟熟视无睹，沉溺于贬值文化的狂欢之中，随波逐流，老气横秋，失去反思之朝气，岂不令人深沉忧思？

2020 年 1 月 10 日

从悲秋与颂秋
看明星崇拜的文化贫困

在《中国诗词大会》上，王立群说，中国古典诗歌写到秋天都是悲凉的。可杜牧的"霜叶红于二月花"，秋天霜打了的枫叶，比春天的花还要鲜艳，这还是悲秋吗？王先生、蒙曼出错也许不可苛求，主持人董卿随错附和，亦不足为奇，毕竟术业非专，阅读量有限，轻率做全称判断，乃是思维从感性向理性飞跃的普遍的规律性现象。明眼人发现种种硬伤不难，但纠正非易事。令人忧虑者，其一，乃是明星崇拜，粉丝盲目，声势浩大，溢美之词泛滥于网络；其二，清醒者对于某些明星的错误，亦无相应平台进行商榷；其三，冰冻三尺，积重难返。明星崇拜之积极方面乃是情绪性的狂欢，然其消极方面则是思想上的麻木性。欲从根本上肃清随意解读古典诗歌的弊端，第一，当从理论上做中国式的系统建构，非区区一文所能尽言；第二，即使理论建构成立，仍然要回到文本中进行检验。由于篇幅所限，笔者暂取"秋"之母题，做细胞形态解剖，对文本和文化资源做尽可能全面的把握和分析，千虑一得，期与专家、主持人共勉。

　　春和秋，在国人生活中，是最好的两个季节。春天东风应律，万物昭苏；秋天更好，春华秋实，春种秋收。故中国最早的编年体史书叫作《春秋》，好像没有夏天和冬天似的。歌颂春天的诗比比皆是，歌颂秋日的经典脍炙人口，如"稻花香里说丰年，听取蛙声一片"（辛弃疾），"黄鸡啄黍秋正肥"（李白）。古代帝王如唐太宗、乾隆等多有祈庆年丰之作。在欧洲，秋天亦为收获季节，由于受《圣经·诗篇》传统影响，欧洲作家往往以颂歌抒写秋天，如济慈有《秋颂》："雾气洋溢，果实圆熟的秋，你和成熟的太阳成为友伴。"雪莱的《西风颂》也是颂歌。西风是融合着悲凉和豪迈，带着哲理性的。它虽然使树叶凋零，但是又催促新芽；它是悲伤的，但又是甜蜜的（sweet though in sadness）。雪莱说：让我变成你，像你一样轻灵，像你一样的强壮，像你一样的雄浑，像你一样的不驯啊，不受约束，甚至还可能借助诗人的嘴巴吹响预言的号角，假如冬天来了，春天还会远吗？

　　但是中国古典诗歌不同于欧美之颂歌传统，审美性质大幅度超越秋收的实用功利，所以悲秋主题源远流长，悲秋的杰作比比皆是。从宋玉"悲哉，秋之为气也"（《九辩》），到曹丕的"秋风萧瑟天气凉,草木摇落露为霜"(《燕歌行》)和曹植的"秋风发微凉,寒蝉鸣我侧"(《赠白马王彪》),悲秋逐渐成为传统母题。杜甫的《登高》把"悲秋"之情渗入"无边落木萧萧下,不尽长江滚滚来",马致远的《天净沙·秋思》,建构了很强的经典性,悲秋的经典性被强化到某种弥散性的程度。诗人们写悲情,往往要跟秋风扯上关系。李贺诗曰:"不见年年辽海上,文章何处哭秋风?"战士的牺牲并不完全在秋天,但是,李贺觉得抒写壮士的牺牲,不用秋风就没法表达悲情。

男性悲秋如此,女性更是普遍。女性作家很喜欢写闺怨,丈夫远征,她们独守空房,年华消逝,无奈凄凉,故而此类杰作比比皆是。在这方面,李清照最为典型,"帘卷西风,人比黄花瘦",秋天的西风,对李清照是萦损柔肠的。"满地黄花堆积,憔悴损,如今有谁堪摘?"此情此景,怎一个"愁"字了得?当然更有超越闺怨的豪情,比如辛亥革命前夕,巾帼英雄秋瑾在刑场上面对刽子手,留下了"秋风秋雨愁煞人"的绝命词,然后从容就义。

由此可知在现实中,国人对秋天的感知是非常丰富的。而其中占主要地位的并不是悲秋,而是喜秋。秋风和春风一样是美好的,春日是东风送暖,与之相对的则是金风送爽。因而颂秋诗歌也可谓源远流长。

我国古典诗歌中的秋天,有两大审美亮点。第一,秋月。先民赋予它一个节日,中秋节。人逢喜气精神爽,月到中秋分外明,美在合家团圆,是全民性节日。把秋月作为节日的诗歌的母题，是中国特有的。这是由于我们传统的历法，是太阴历，根据月亮运行的周期制定，而西方则是依照太阳的周期推算，所以叫作阳历。秋天的美是多方面的，故汉语中有清秋、金秋、秋高气爽。歌曲《秋水伊人》中的典故就出在《诗经》里的《蒹葭》中：

> 蒹葭苍苍，白露为霜。
>
> 所谓伊人，在水一方。

美人在这么明净的秋水中，而"君子"来来去去，奔波追求，美人始终可望而不可即。但是，并没有悲秋。刘禹锡的"自古逢秋悲寂寥，我言秋日胜春朝"，更是小学生都会背诵的。王维在《山居秋暝》中把秋天的傍晚写成"明月松间照，清泉石上流"，很是明净，一点也不冥暗。

诗人的心灵有多丰富，秋天的诗意就应该有多丰富。

李白写过悲秋的诗："秋风清，秋月明，落叶聚还散，寒鸦栖复惊。相思相见知何日？此时此夜难为情！"但是，也公然反对悲秋。

> 我觉秋兴逸，谁云秋兴悲？
>
> 山将落日去，水与晴空宜。
>
> 鲁酒白玉壶，送行驻金羁。
>
> 歇鞍憩古木，解带挂横枝。

歌鼓川上亭，曲度神飙吹。

云归碧海夕，雁没青天时。

相失各万里，茫然空尔思。

　　这是送别友人杜补阙、范侍御的诗。一开头就和离愁别绪唱
反调，秋的感兴是"逸"，飘逸，潇洒。李白直率得很，用了反
问语气：谁说的？这是不是太傲气了？这是送别，一般说，为了
强调感情深厚，就往悲里写。而李白却说，我这里送别的情绪是
逸，飘逸。"山将落日去"，黄昏了，太阳下山了，一般预期是心
情黯淡下来，但是，李白的感觉是"水与晴空宜"。面前的水与
晴朗天空上下连成一片。与朋友在天水之间，尽情举杯。马停在
古树下，衣带解开，享受歌鼓之乐。朋友远去，一如云归大海，
又如雁入青天。这和他在宣州饯别叔叔李云的情调异曲同工：
"长空万里送秋雁，对此可以酣高楼。"当然远去万里，来日会茫
然思念，但是，眼下还是很飘逸的，很潇洒地饮个痛快。他还有
一首，《秋登宣城谢朓北楼》：

江城如画里，山晓望晴空。

两水夹明镜，双桥落彩虹。

人烟寒橘柚，秋色老梧桐。

谁念北楼上，临风怀谢公。

　　秋城的景观美好如画，水如明镜、桥如彩虹，色彩很富丽，

就是橘柚在寒冷中，还有人间烟火，梧桐老了，不是黄叶凋零，不是梧桐更兼细雨，不是一滴滴都是忧愁之声，而是在秋色中怡然自如。这一切让他怀念他所崇敬的前辈诗人谢朓。在另一首诗中，他对这个善于写景的前辈表达了仰慕之情："解道澄江净如练，令人长忆谢玄晖。"其实李白这种秋兴并不来自谢朓，而是来自陶渊明的《饮酒》诗：

> 秋菊有佳色，裛露掇其英。
> 泛此忘忧物，远我遗世情。
> 一觞虽独进，杯尽壶自倾。
> 日入群动息，归鸟趋林鸣。
> 啸傲东轩下，聊复得此生。

秋菊，这就是秋天的第二大审美亮点。

本来秋菊在楚辞中"夕餐秋菊之落英"，就是高贵的内在品性，到了陶渊明这里，变成了超脱世俗的，忘却尘世功利的意象。菊花的颜色，仅仅是"佳色"，并不夸张地形容它鲜艳，只是比较好看而已，这种美是优雅的美。如果是换一个人，就免不了要写得色彩华贵了。例如唐太宗的《秋日》：

> 菊散金风起，荷疏玉露圆。
> 将秋数行雁，离夏几林蝉。
> 云凝愁半岭，霞碎缬高天。

秋天，菊花、金风、玉露、大雁、林蝉、云霞，都很美好，一味耽于客观景观的美，主体的心态被淹没，哪里有一代英主的雄姿英发？而陶渊明只说"佳色"，带一点露水，"泛此忘忧物，远我遗世情"，让我忘记忧愁，什么忧愁呢，精神为世俗所束缚。"一觞虽独进，杯尽壶自倾"，一个人孤独地饮酒，不要世俗的呼朋唤友，也不像李白那样，明明独饮，还要想象与月亮和影子相伴，还要傻乎乎地对着影子跳舞。陶渊明就一个人很平静地喝了一杯，自己再酌一杯。自由自在就好，没有任何牵挂。日暮了，一切动物都休息了，鸟归来了。没有光阴似箭之感，就是唱唱歌，也是给自己听，"聊复得此生"，这样才是自己的真正生命的复活。

给陶渊明一写，秋天的美，就集中到菊花上去了。他所表现的，不是全民的团圆节日，而是个人超越尘世功利的飘逸。李世民当皇帝是伟大的，开拓了贞观年代的辉煌盛世，但写诗就只会组装华彩字眼，很是小儿科。陶渊明写诗是天才，开拓了一代超凡脱俗的诗风，流芳百世，当个五斗米工资的小官，送往迎来，鞠躬折腰，累得要死，干脆弃官而去。造化对人的才能分配真是太不公平了。

他的"采菊东篱下，悠然见南山"，成为千古不朽的名句，品位极高，后世没有争议。但是，好在哪里，历代诗却说得并不很到位，还有一些争论：

"悠然见南山"的"见"，在《文选》《艺文类聚》中曾作"望"，苏轼在《东坡题跋》中对这个"望"字很恼火，严加批判曰："神气索然矣。""望南山"和"见南山"，一字之差，为什么却有这样大的反差？在我看来"见南山"是无意，也就是他在《归去来兮辞》中所强调的云一样是"无心"的，它暗示诗人悠然、怡然的自由心态。"望南山"就差一点，因为"望"字隐含着寻觅的动机。陶诗的特点，随意自如，有心寻美，就不潇洒了，不自由了。

还有两个意象，一个是"篱"（东篱），一个是"菊"（采菊）。"篱"和"庐"相呼应，简陋的居所和朴素的环境，是统一的、和谐的；但是，朴素的美凝聚于菊花。这个意象，有着超越字面的内涵，那就是清高。没有自我炫耀的意味，而是悠然、淡然、怡然、自然的生命。司空图《诗品》把"落花无言，人淡如菊"列为"高雅"的准则。在陶渊明当年，诗坛上盛行的是彩丽竞繁，富丽的辞章配上夸张的感情是主流。但是，陶诗开拓的是淡雅之美。语词越是简朴，心态越是平静，越是高雅，相反越是华彩，越是激昂，就可能陷入俗套。在这里，越是无意无心，越是自由，越是淡泊，品位越高。

其实，菊花本来并不是这样淡雅的，在《群芳谱》中，菊花光是名称就有几百种，大都是华丽贵气的。饰之以金玉者：金芍药、银锁口、金孔雀、玉牡丹、金杯玉盘、玉楼春；饰之以美人者：西施白、蜡瓣西施、玛瑙西施、二色杨妃。其色彩之富丽，可争奇斗艳，光是紫色就有众多名堂：紫牡丹、绣球紫、鹤翎紫、玉莲玛瑙盘紫、蔷薇紫、罗伞紫、鸡冠紫、福州紫、紫袍金带、紫霞觞、紫骨朵，等等。菊花的美名不下数百种。但是，陶渊明用一个"佳色"，就使这么缤纷的美名，在文学史上淡出了。

由于陶渊明的伟大成就，淡雅的菊花，象征着精英诗人心灵中独特的、高品位的精神境界。

秋菊在很长一段时间中，成了国人心目中颂秋的形象大使。

这是一个很富有中国特色的美学现象。

在日本，菊花也是美的意象，但是，它是天皇家的标记，一般就把它当成国花，与武士的刀并列为日本国民性强悍与柔弱的统一的象征。而在欧美国家，菊花是墓地之花，在法国，黄色有不忠诚的意味。而在拉丁美洲，菊花是妖花。

当然，陶渊明笔下的菊花形象也不全然是独创，而是经历了漫长而曲折的积淀的过程的。中国古典诗歌中，早就有了菊花的形象，屈原以"夕餐秋菊之落英"来表现他内心的高洁。但是，在长达六百多年的时间里，屈原式的菊花意象并没有得到广泛的继承。写菊花的诗很少，有些是赋、铭之类的体裁，有些是四言的，虽都是赞美的，可不少是说明其药用，属于实用价值："服之者长寿，食之者通神"。一般色彩都相当富丽："煌煌丹菊，暮秋弥荣"。只有极个别作品说它："在幽愈馨"，突出其处幽僻之地而愈保持其馨香。晋朝的袁山松的《咏菊》：

灵菊植幽崖，擢颖陵寒飙。

春露不染色，秋霜不改条。

这个袁山松比陶渊明起码大二十岁，他强调的是菊花在"秋霜"之中，不变。可能对陶氏有某种影响，也或者是所见略同。但是，陶渊明把他的品格赋予了菊花。而袁山松只是把菊花当作观赏的对象。

经陶渊明这一写，菊花的形象就稳定为清高隐逸之美。他不仅创造了一种诗的品位，而且创造了一种人格的品位，从这以后，菊花便成了人品和文品的载体。在唐代以后，几乎每一个比较有名气的诗人，都要以菊花为题材表现一下自己的情怀。元稹在诗中说自家的菊花"秋丛绕舍似陶家"，显然是在攀附陶渊明的品位。写得最为痛快的，是苏东坡："荷尽已无擎雨盖，菊残犹有傲霜枝。"因为艳丽的荷花顶不住寒霜而残败，菊花却在严酷环境中傲然独立。

这说明秋菊的意象在代代相传并成为审美精神不断增值。

当然，这是精英文士的创造，但是，不是这一类的人，就有不同的精气神。唐朝末年的农民起义领袖黄巢写菊花的诗只有两首，但是其气度不凡。其《题菊花》曰：

飒飒西风满院栽，蕊寒香冷蝶难来。

他年我若为青帝，报与桃花一处开。

这就不是消极地等待大自然的恩赐，而是主动地对大自然发令。这种气魄属于陶渊明以外的精神世界，他还有一首《不第后赋菊》：

待到秋来九月八，我花开后百花杀。

冲天香阵透长安，满城尽带黄金甲。

考不取，很恼火，壮志难酬，待到我的菊花开放了，所有的花都会完蛋，整个长安城都是我冲天的气势，我的黄金甲将占领整个城市。这种风格，堪与汉高祖的《大风歌》比美。后来的历史说明，这个考试不及格的家伙，果然弄得天下大乱。千秋功罪，留给后人代代评说。

可惜的是，作为诗，这样改天换地、不可一世的诗风，从黄巢开始，也以黄巢结束。毕竟好诗皆以生命写成，没有他这样的人，也就没有他这样的诗。中国古典诗歌中秋天的美，对秋菊的颂歌，后来还是集中到高雅的、超凡脱俗的精神品位上。诗人们赏菊、访菊、对菊、问菊，女诗人们甚至簪菊。它与兰花被合称为春兰秋菊，二者在品位上并列。虽有空谷幽兰之说，但就诗作而言，却无陶渊明那样的经典诗作。而欧阳修《秋晚凝翠亭》拿菊花与兰和竹相比较：

萧疏喜竹劲，寂寞伤兰败。

丛菊如有情，幽芳慰孤介。

强调菊花比之劲竹和兰花更让他感到亲近，其"幽芳"最能抚慰他的孤高耿介之心。

有一种权威的理论，说是内容决定形式，这样的命题是应该加以分析的。其实，在不同的形式中，由于工具和材质的不同，内容会发生巨大的变异。在诗歌里，兰和竹没有菊花的优势。但是绘画里，幽兰比之秋菊要更加清高。秋菊的诗学境界，经过唐诗的高峰以后，宋诗已经不可能超越，时代的才华和智慧转移了，秋菊的神品转移到画中去了。在诗歌中秋菊已经定格为"黄花"。文人多为水墨画，色彩更为淡雅。宋代画家李唐感叹淡雅色调难为民众所认同，平民更喜欢鲜艳的色彩，乃为诗曰："云里烟村雾里滩，看之容易画之难。早知不入时人眼，多买燕脂画牡丹。"千年以后，齐白石等画家笔下的菊花，性质已经转移，与环境抗衡、傲寒意味消失，齐白石的菊花几乎一律是鲜艳的红色，喜气溢满画面，文人水墨菊变成了平民的彩菊。文人隐逸的时代已经过去，但是陶渊明采菊东篱的高雅仍然是不朽的审美的丰碑。

把传统文化如此丰富的秋色之美，稍稍领略一番，热情的粉丝们也许会减少一些盲目的明星崇拜。

2019 年 12 月 13 日
2020 年 1 月 4 日改定

中国月亮比外国圆

　　一位五四文化先驱有一句名言，"美国的月亮比中国圆"，其实，既不科学，也不艺术。从文化和艺术的意义上说，中国的月亮其实比外国的圆，中国给月亮最圆的日子定下了两个节日，正月十五元宵节，八月十五中秋节。这在世界上是唯一的。中国人心目中"圆月"是最美的，汉语中有"团圆""圆满""圆梦"这样的固定联想。冯梦龙把它通俗化地概括为"人逢喜事精神爽，月到中秋分外明"。圆月蕴含着家庭团圆、生活美满的意味。这样的美学心理甚至影响到中国的园林建筑，圆形的月洞门是世界上独一无二的。至于形容男性的美貌，也是面如满月。而西方和阿拉伯世界则不同。在他们那里，新月是最美的。阿拉伯人甚至把新月画到国旗上。据沙特白先生研究："新月是人事和朝觐的计时,斋月的开斋和封斋也是看新月。为了迎接新月,专用白银制作祭祀法器。作为牧民,他们的原始图腾是一对公羊角,两角弯成弧形,构成的正是一对新月的形状。"在中东和法国诗歌中,新月是最美的。受西方文化影响、得过诺贝尔奖的印度诗人泰戈尔,他的英文诗集名字就是"新月集"。中国的月饼是圆的。而法国"月饼"croissant,"羊角包",直译就是"新月",形状也是新月形的。在他们想象中,新月和镰刀联系在一起,意味着"丰收""光辉的前景""善""吉祥"和"完成"。中东人的想象与之相近,认为新月是清洁、希望的象征。而在我们古典诗歌里,则是相反,最美的是圆月。姻缘巧合,花好月圆,不但是家庭团聚,而且是爱情、友情的相思。张若虚在《春江花月夜》中以"江天一色无纤尘,皎皎空中孤月轮"来表达妻子相思之纯洁透明。在李白的诗中,圆月太美好、太丰富了,它可以是"月下飞天镜,云生结海楼",也可以是孩子气的"小时不识月,呼作白玉盘。又疑瑶台镜,飞在青云端"。"闻道欲来相问讯,西楼望月几回圆",这是韦应物的《寄李儋元锡》。听说阁下要来,等待的心情要反复望圆月来表达。这里的圆月表示朋友相聚。唐人曹松在《中秋对月》中说:

无云世界秋三五,共看蟾盘上海涯。

直到天头天尽处,不曾私照一人家。

中秋的圆月照遍普天之下，它所带来的幸福，是绝对无私的。清代纳兰性德说："问君何事轻离别，一年能几团圆月。"意思很明显，圆月（团聚）是很难得的，很值得珍惜。"海上生明月，天涯共此时"出自张九龄《望月怀远》，从海平面升上来的圆月是如此美好，与远在天边的亲朋共看明月，心灵即能超越空间距离而亲近。

至于新月，在中国古典诗歌中，不叫新月，而是叫"残月"。温庭筠有"江上柳如烟，雁飞残月天"。柳永在《雨霖铃》中写他与情人握别而醉倒于露天："今宵酒醒何处？杨柳岸、晓风残月。"李清照在《摊破浣溪沙》中这样说："病起萧萧两鬓华，卧看残月上窗纱。"病中起来，发现自己头发白了诸多，只能是躺在床上看"残月"了。汤显祖有："寂历秋江渔火稀，起看残月映林微。"有时，新月也叫作"缺月"。苏东坡被流放黄州有词云："缺月挂疏桐"。李后主当了俘虏心中郁闷，不敢讲出来，只好说，"无言独上西楼，月如钩"，如果他还在当皇帝，那可能就不是一般的"月如钩"，而是李白那样的"青天悬玉钩"了。当然，就这个"玉钩"，在后来诗人笔下也是悲凉的"此夕秋风猎败荷，玉钩斜影转庭柯。鲛人泪有千珠进，楚客愁添万斛多"（杨亿《此夕》）。西方诗人眼中美好的新月，在当俘虏的李后主眼中，却如钩子，和梧桐树一起被囚禁。

到了北宋，月亮的形象被苏东坡总结为"人有悲欢离合，月有阴晴圆缺"。缺月是亲人分离，圆月是团聚。苏东坡接着就问了，"何事长向别时圆？"为什么，我和弟弟骨肉分离，不能相见，你这中秋的月亮却这样圆呢？这不是故意刺激我吗？中国诗人对圆月的感情固然是愉悦的，但表现方法是很丰富的。唐诗人王建有诗题曰《十五夜望月》，月亮很圆，他的感情却是很奇特的："中庭地白树栖鸦，冷露无声湿桂花。"天气比较寒冷，又有不祥的乌鸦，他心情有点落寞，想到在这样的情景下，"今夜月明人尽望"，几乎所有的人家在看圆圆的月亮，"不知秋思落谁家"，不知道有多少人家因为月圆，而家人不能团圆加深了离愁。有时如果看到圆月，也会产生相反的情绪，"明月不谙离恨苦，斜光到晓穿朱户"，这是宋代晏殊的词。至于元宵的圆月，唐伯虎有诗曰："有灯无月不娱人，有月无灯不算春。"没有圆月就谈不上什么节日的欢庆了。

更值得一提的是丘逢甲的《元夕无月》，就是元宵节没有月亮，这个诗人在中国台湾被日本割据以后，坚决组织抵抗。他把元宵节的圆月叫作"宝月"：

满城灯市荡春烟，宝月沉沉隔海天。
看到六鳌仙有泪，神山沦没已三年！

元宵的宝月沉隐在海天，海峡之外，失去的国土和人民不能团圆，已经三年了，连负载仙山宝岛的神龟都要流泪了。

圆月在中国古典诗歌中之所以承载着这么丰富的感情，是因为当时交通不便，战士出征，书生应试，商贾出行，朋友分手，路远山遥，重逢无期，只有圆月无远不届，情感不受空间、时间限制。而月光比之花更易激发思绪。同样是无远不届的日光却没有这样的荣幸。因为农业社会，日出而作，日入而息，从生存压力中解脱出来，思绪就比较超脱了。再加上，早在屈原《离骚》里就有"前望舒使先驱兮"，望舒就是为月驾车之神，有云霓舒卷的联想。现代诗人戴望舒的名字，用的就是这个典故。由于苏东坡的《水调歌头》的巨大影响，圆月上有了"琼楼玉宇"的仙宫之气象。有关月亮还有家喻户晓的神话，如吴刚伐桂：吴刚受天帝惩罚，到月宫砍桂树，但桂树随砍随合，劳作永不休止。从这里又衍生出"蟾宫折桂"的成语，比喻科举得中。又有传说，上古天有十日，天下旱灾，后羿射下九个太阳，王母赐以不死之药，其妻嫦娥偷偷吃了此药，不觉身轻如燕，直上月宫。嫦娥原本是恒娥，因为避汉文帝刘恒这讳，改称嫦娥，恒的本义就是常，永恒的意思。故李商隐有"嫦娥应悔偷灵药，碧海青天夜夜心"。直到当代毛泽东写《蝶恋花·赠李淑一》还有："杨柳轻飏直上重霄九。问讯吴刚何所有，吴刚捧出桂花酒。"圆月在中国诗歌中还上升到形而上学理论，赵朴初总结弘一法师李叔同的一生曰："无尽奇珍供世眼，一轮圆月耀天心。"这里的圆月说的是超凡脱俗，六根清净，是功德圆满的境界。

在中国古典诗歌中，月亮作为一种意象，性质和形态变化万千。对于中国诗人来讲，月亮一般代表的是思念，心理距离的缩短。而在西方，月亮很多时候，是用来象征爱情的。现在我们的歌曲，有《月亮代表我的心》，根源在哪里？古罗马的维吉尔有一部史诗，里面有一个月亮女神叫 Luna，俄语叫луна，词根是一个，读音也相近，只是后者重音在后一音节。她看小伙子太漂亮了，再过几年，他老了怎么办？就吻了他一下，小伙子就睡着了，停止长大，永远那么年轻，漂亮。这个故事写在济慈的长诗《恩底弥翁》中。你看这个女神是不是有点疯狂？这个luna的形容词是lunatic，就是疯狂的。莎士比亚在《仲夏夜之梦》中说，"疯子、情人和诗人都是幻想的产儿"。他笔下的"疯狂"不是mad，而是lunatic！月亮是疯狂的，张爱玲的文章里有"疯狂的月亮"，原来就是从英语来的。余光中在《月光光》这首诗中写的是对于祖国的思念：

月如砒，月如霜
落在谁的伤口上？

为什么月光照在身上有落在伤口上的感觉？"伤口"这个词语本来是生理方面的，但在这里是心理方面的。圆月逗引起诗人对故国的乡愁，思乡而不得回归的痛苦很深，变成一种伤口，看见月光就惹起乡愁的伤口，更痛苦，故说它是砒霜。余光中二十多年不得回归故土，心灵深处隐痛，看到月光就怕，已经成为一种病了；但是他想到故乡，又有喜悦的感觉，已经达到爱恋的程度。"月光"的语义衍生，既有"恐月症"，又有"恋月狂"。

月亮意象在古典诗歌中，是无限丰富的，本文只能讲到圆月和新月。至于一般的月，比比皆是。但是，月在古典诗歌里并不单纯是观赏的对象，例如在李白那里，可以"问"，可以"揽"，

可以"弄",可以与之共舞,可以与之对话,可以借之寄托对朋友
的慰问,等等。篇幅所限,不能再饶舌了。

2020 年 4 月 17 日

崔颢《黄鹤楼》和李白
《登金陵凤凰台》孰优

崔颢《黄鹤楼》:

> 昔人已乘黄鹤去,此地空余黄鹤楼。
> 黄鹤一去不复返,白云千载空悠悠。
> 晴川历历汉阳树,芳草萋萋鹦鹉洲。
> 日暮乡关何处是?烟波江上使人愁。

崔诗先作于武昌黄鹤楼,李白后来有"眼前有景道不得,崔颢题诗在上头"之感叹,遂引发孰优之争,从北宋一直争到清末,为了两首诗之优劣,争讼近千年,这也许是世界文学史上少有的佳话。

不少论者以为崔颢诗更好。理由是,崔颢诗是原创。严羽《沧浪诗话·诗评》甚至认为,唐人七言律诗,当以崔颢《黄鹤楼》

为第一。

当然，这是有道理的。

从艺术成就来看，这首当属上乘，虽然平仄对仗并不拘泥规范（如第二联），但是首联、颔联古风的句式，反而使情绪起伏自由而且丰富。沈佺期也有被一些诗话推崇为"七律最佳"的《独不见》，崔诗与之最大的不同在于，并不在古风式的概括式抒情主人公的直接抒发（卢家少妇郁金堂，海燕双栖玳瑁梁。九月寒砧催木叶，十年征戍忆辽阳。白狼河北音书断，丹凤城南秋夜长。谁为含愁独不见，更教明月照流黄），而是纯用个人化的即景抒发，情感驾驭着感官意象，曲折有致。

此诗属于人生苦短的母题。第一联，是"黄鹤"已经消失而"黄鹤楼"，则"空余"地感叹。乘黄鹤而去，是传说中生命的不灭，然不可见，可见的是黄鹤楼，因而有缥缈之感，隐含着时间无穷和生命有限的感叹。第二联，第三次重复了"黄鹤"，是古风的句法，在律诗是破格的，但是与律诗句法结合得比较自然。胡震亨以为"崔诗自是歌行短章，律体之未成者"，指的可能就是前两联。时间流逝（千载）的不可感，大自然（白云）的不变的可感，生命迅速幻变的无奈，变得略带悲忧，意脉低降，情绪节奏一变（量变）。第三联："晴川历历汉阳树，芳草萋萋鹦鹉洲。"把生命苦短，放在眼前天高地阔的华美空间来展示。物是人非固然可叹，但景观的开阔暗示了诗人立足之高度，空间高远，美景历历在目，不是昔人黄鹤之愁，而是景观之美，正与黄鹤之缥缈相反衬，精神显得开朗了许多，因而，芳草是"萋萋"，而不是"凄凄"。情绪开朗，意脉为之二变。意脉节奏的第三变在最后一联："日暮乡关何处是？烟波江上使人愁。"突然从高远的空间，联想到遥远的乡关（短暂生命的归宿），开朗的情绪低回了下来。但言尽而意不尽，结尾而有持续性余韵。这感喟的持续性，和绝句的瞬间情绪转换不同，富有律诗的特征。

这首诗之所以被许多诗话家称颂为律诗第一，而不像沈佺期之作那样争议甚多，原因就在沈氏之作仅仅为外部格律形式之确立，而崔氏之作，好在律诗内在情绪有节奏，意脉三度起伏，加上结尾的持续性，发挥出律诗体量大于绝句的优长。正是因为这样，这首诗才得到李白的激赏，有了"眼前有景道不得，崔颢题诗在上头"的佳话。

后来李白到了南京作了《登金陵凤凰台》：

凤凰台上凤凰游，凤去台空江自流。

吴宫花草埋幽径，晋代衣冠成古丘。

三山半落青天外，二水中分白鹭洲。

总为浮云能蔽日，长安不见使人愁。

很明显，在构思上和意象的经营上有模仿崔诗的痕迹。贬李白的认为模仿就低了一格。最极端的是王世贞。他在《艺苑卮言》中说："太白《鹦鹉洲》一篇，效颦《黄鹤》，可厌。"清毛奇龄、王锡《唐七律选》说：崔颢《黄鹤楼》"肆意为之，白于《金陵凤凰台》效之，最劣"。但是，也有论者以为，正是因为崔颢有诗在前，李白不但用人家的韵脚，而且写类似的景观，难能可贵，诗作的水平，旗鼓相当。刘克庄在《后村诗话》中说："今观二诗，真敌手棋也。若他人必次颢韵，或于诗版之傍别著语矣。"认为二者各有所长的意见显然没有反对李白的人那样意气用事，一般都心平气和。元代方回《瀛奎律髓》说："太白此诗，与崔颢《黄鹤楼》相似，格律气势未易甲乙。"清潘德舆《养一斋诗话》说："崔郎中《黄鹤楼》诗，李太白《凤凰台》诗，高著眼者自不应强分优劣。"但是，平和之论似乎并不能令诗话家感到满意。明高棅《唐诗品汇》说：李白诗"出于崔颢而时胜之"。但，简单的论断，并未有很强的说服力。二诗各自的高低长短，须要更精细地分析。把生命奉献给注释李白诗文的王琦，在他注释的《李太白全集》中对这两首诗这样评价："调当让崔，格则逊李。"这个立论出发点比较公允，崔颢在意象、想象上毕竟是原创，李白是追随者，在这一点上，崔颢是高于李白的。然而，在"格"上，也就是在具体艺术档次上，李白比之崔颢要高。理由是："《黄鹤》第四句方成调，《凤凰》第二句即成调。"在近千年的争讼中，王琦的这种分析充分显示了我国古典诗话以微观见功夫的优长。

崔颢的确四句才成调：光有"昔人已乘黄鹤去，此地空余黄鹤楼"情绪不能相对独立。只有和"黄鹤一去不复返，白云千载空悠悠"联系起来，意脉才能相对完整。而李白则两句就构成了相对完整的意脉了："凤凰台上凤凰游，凤去台空江自流。"崔颢的意象焦点在白云不变、黄鹤已逝，李白的意象核心在当年之台已空、江流不变，二者均系对比结构，物是人非，时光已逝不可见，景观如旧在目前，从这个意义上来说，二者可以说是不相上下。但是，李白诗两句顶四句，比之崔诗精练，而且空台的静止与江流（时光）的不断流逝，更有时间和空间的张力。其实崔颢后面的两句"黄鹤一去不复返，白云千载空悠悠"，在意味上、情绪上，都没有增添多少新内涵，等于是浪费了两行。而李白却利用这两行，把时光之不可见、之流逝与景观可视之不变之间的矛盾加以深化——"吴宫花草埋幽径，晋代衣冠成古丘"，在表面不变的空台和江流中想象繁华盛世的消隐，这种历史的沧桑感的深沉，是崔颢所不及的。接着下面的两行，崔颢是："晴川历历汉阳树，芳草萋萋鹦鹉洲。"李白是："三山半落青天外，二水中分白鹭洲。"从意脉上说，都是从对生命短暂的感喟转向眼前的美景。但是，很显然，汉阳树之历历，鹦鹉洲之萋萋，纯为现实美景的直接感知，比之半落青天外之三山，虽然属对更工（李白"青天外"与"白鹭洲"，对仗不工）。但是，"半落"的"半"字，"青天外"的"外"字，暗含云气氤氲，不但画面留白，虚实相生，而且为最后一联的"浮云"埋下伏笔，想象的魄力和构思的有机，不但崔颢，就是比崔颢更有才气的诗人也难能有此境界。

从这里可以看出李白之优，优在意象的密度和意脉的统一和有机。

至于最后一联，崔颢的是："日暮乡关何处是？烟波江上使人愁。"李白的是："总为浮云能蔽日，长安不见使人愁。"瞿宗吉（瞿佑）曰：“太白忧君之念，远过乡关之思，善占地步，可谓‘十倍曹丕’。”以封建皇权观念代替艺术标准，实在冬烘。连乾隆皇帝都不这样僵化，倒是比较心平气和。爱新觉罗·弘历《唐宋诗醇》曰：“崔诗直举胸情，气体高浑，白诗寓目山河，别有怀抱，其言皆从心而发，即景而成，意象偶同，胜境各擅。论者不举其高情远意，而沾沾吹索于字句之间，固已蔽矣；至谓白实拟之以较胜负，并谬为‘捶碎鹤楼’等诗，鄙陋之谈，不值一哕也。”（这是指李白《江夏赠韦南陵冰》中的诗句“我且为君槌碎黄鹤楼，君亦为吾倒却鹦鹉洲”是伪托之作。）故这个瞿宗吉在潘德舆《养一斋诗话》被嘲笑为“头巾气”，可能并不太冤枉。

　　但是，这并不妨碍我们从艺术上判断李白这一联优于崔颢。崔颢和李白同为直接抒情，崔颢即景感兴，直抒胸臆，而李白则多了一层，承上“半落青天外”，引出“浮云”，加以“蔽日”的暗喻，语带双关，由景生情，情深为志，情、景、志层次井然，水乳交融，浑然一体。从语言质量上看，占了优势。其次，崔颢以日暮引发乡关之思，和前面两联的黄鹤不返、白云千载，意脉几乎完全脱节。故王琦说它“不免四句已尽，后半首别是一律，前半则古绝也”。这就是说，前面两联和后面两联，在意脉上断裂，在结构上分裂，前面的四句，是带着古风格调的绝句，后面的四句，则是另外一首律体，但又不是完整的律诗。这个评论可能有点偏颇，但是，王琦的艺术感觉精致，确实也点出了崔诗的不足。而李白的结尾则相反。首先是视点比崔颢的“晴川历历”更有高度，其次，浮云蔽日，提示使三山半落青天之云，半落半露，显示云雾所蒙。从云雾蔽山，联想到蔽日，从景观到政治，自然而然。再次，与第二联所述吴宫芳草，晋代衣冠，景观中有政治，断中有续，遥相呼应。在意脉，笔断意联，隐性相关。在结构上，虚实相生，均堪称有机统一。

　　总的来说，从每一联单独看，除第一联，崔颢有发明之功外，其余三联，均逊于李白，从整体观之，则崔颢的意象和意脉均不如李白之有机和谐。

2011 年 3 月 9 日改

从两首《木兰诗》看经典本
《木兰诗》的思想和艺术

　　《木兰诗》（亦作《木兰辞》）从南北朝至今，一千余年，艺术生命不朽，多次被改编为电影，还成为地方戏曲的传统节目，影响甚至远达美洲，成为美国女权主义者的偶像。美国已经第二次将之搬上银幕。至于国人更是家喻户晓，中学生出口成诵。去年出现在《中国诗词大会》上，全民得以重温这一经典艺术瑰宝，堪称《诗词大会》上一大亮点。

　　为什么这首诗的艺术生命千年不朽呢？

　　在《中国诗词大会》上，明星专家蒙曼解读说，这是一个女英雄，英雄在哪里？其内涵是什么？蒙曼说：1.民族融合，木兰是少数民族的，是府兵制的产物；2.是对国家的忠义；3.对家庭的孝道；

4.其义烈之气；5.勇武的精神。她的意思是说，花木兰把封建时代的一切忠、孝、义、勇等美德集中表现出来了。

带着问题分析文本，是一个很好的方法。

花木兰这样一个女性形象，能够成为这样宏大观念的载体吗？如果她真的具备这么全面的美好的品性，那这位女英雄和男英雄有什么区别呢？

这是第一个问题。

《木兰诗》出自宋郭茂倩的《乐府诗集》的《横吹曲辞》，原来的标题是"木兰诗二首"。如今家喻户晓的只是其第一首，我们简称《木兰诗》。另外一首，为行文方便简称《木兰诗2》。

为什么《木兰诗》千年不朽，至今家喻户晓，而《木兰诗2》却为历史所遗忘了呢？

这是第二个问题。

我们就带着这两个问题进入文本具体分析。

《木兰诗》整篇文本着重渲染的是不是"勇武的精神""义烈之气"呢？一开头，光是写叹息就是八句：

> 唧唧复唧唧，木兰当户织。不闻机杼声，唯闻女叹息。
> 问女何所思，问女何所忆。女亦无所思，女亦无所忆。

为什么要写上八句？一般地说，这不是显得很重复，而且堆砌吗？但是，读者并没有这样的感觉，《木兰诗2》的开头是这样的：

木兰抱杼嗟，借问复为谁。欲闻所戚戚，感激强其颜。

　　只用了四句，读者是不是感到比较精练呢？似乎没有。为什么？从思想上说，作为女性，本无从军之义务，因家无长男、父老不能从军而忧思，这才有了代父从军的深思和酝酿。"昨夜见军帖，可汗大点兵。阿爷无大儿，木兰无长兄。"蒙曼说这是"府兵制"，至少是粗疏。《木兰诗》是南北朝的，国家征兵，出征自备马匹，归来授勋，系北朝的兵役制[1]。

　　从艺术上来说，用八句写叹息，是民歌体的铺张排比，风格与南北朝时期文人诗歌的华丽辞藻相反，另有一种朴素的风格、天真的趣味。而《木兰诗2》虽然简练，但是，基本是说明因果，缺乏情趣，而且语言也不够顺畅。"借问复为谁"的"复为"，没有来由。"欲闻所戚戚，感激强其颜"，"感激"意思是感奋，和"戚戚"不相符合，"强其颜"，强颜，词不达意，木兰并没有强颜，而是在不断叹息。从语言质量来说，比之《木兰诗》相去甚远。

　　这说明，省略了语句的复沓就失去了情感的辗转反侧的思索，这毕竟女扮男装，要相当严密才不致暴露，这样破天荒的事情，是相当冒险的啊。特别是，两首《木兰诗》都属于乐府诗中的"梁鼓角横吹曲"一类，此类都是歌词，郭茂倩有按语曰"按歌辞有《木兰》一曲"，歌曲中复沓，是一唱三叹的基本手法。因而写买马具：

1　北朝兵役世袭制，部族成员世代服兵役，出征自备物资，归来按战功行赏，兵士地位较高，家庭状况较好。北魏中后期改为征兵制，世袭性有所瓦解，西魏出现的府兵制，承袭北魏的部族兵性质与汉族封建兵制。

东市买骏马，西市买鞍鞯，南市买辔头，北市买长鞭。

四句，如果按所谓写实为上的观念来衡量，就可能生出疑问：当时真有这样四个分工严密的市场吗？其实，这不但是民歌的趣味，而且表现女性获得男性身份四方奔忙的昂扬意气。《木兰诗2》是这样的：

木兰代父去，秣马备戎行。

文字简洁了，但是，基本是叙述，语句复沓，情绪叠加的分量没有了。从军以后，于黄河、黑山之间，《木兰诗》又是八句：

旦辞爷娘去，暮宿黄河边，不闻爷娘唤女声，但闻黄河流水鸣溅溅。旦辞黄河去，暮至黑山头，不闻爷娘唤女声，但闻燕山胡骑鸣啾啾。

由五言短句，改为长句，七言，乃至九言，表现情绪的递增：在奔赴疆场的过程中，情思不在戎旅之艰险与女性之不便，而是聚焦于亲情这思念。这样的排比，不但是艺术风格的表现，而且是主题的重点所在。《木兰诗2》则是这样的：

朝屯雪山下，暮宿青海傍。

这样的句子精练了，还是对仗的，木兰深厚的亲情却毫无表现。分析这个区别对于读懂《木兰诗》的主题思想、理解《木兰诗》的艺术风格很关键。

写到行军，"万里赴戎机，关山度若飞。朔气传金柝，寒光照铁衣"。戎马倥偬，就这么四句，只有思亲的一半，如果主题是"勇武的精神""义烈之气""对国家的忠义"，这不是本末倒置吗？可是这还只是写到行军，全诗几乎没有正面战场的凶险的搏击，其"勇武""义烈"，从何处得知？《木兰诗2》倒是写了正面战场：

夜袭燕支虏，更携于阗羌。

用的是对仗句——写到了夜袭，特别是写到了"更携于阗羌"，"携"，《说文解字》曰"悬持也"，是把在于阗的异族活捉的意思，应该说，这两句相当不错，表现了木兰的英勇，但是，《木兰诗》并不着意这样正面表现花木兰的英武，而是回避了正面战事，"将军百战死，壮士十年归"，他人战死了，自己得胜回朝。

当然，"策勋十二转，赏赐百千强"，写了她功绩非同小可，但只是侧面带一笔，并不正面描写，说明主题不在此。就是写天子接见，本该是多么盛大、豪华、隆重的场面，于情节也是重要的转折，但是，"归来见天子，天子坐明堂"，轻轻一笔带过。要知道，明堂，不是一般的宫殿，而是天子宣明政教的地方，只有朝会、祭祀、庆赏、教学等重大典礼，才在这里举行，可是这里连一点氛围的渲染也没有。"可汗问所欲，木兰不用尚书郎，愿驰千里足，送儿还故乡"，和皇帝的问答，居然也只有四句，简朴到不能再简朴的叙述，只有名词和动词，连形容词都没有，根本没有描写，也没有比喻，更没有叹息、思亲那样的大幅度铺排。

与此相反的，以平民身份归家，受到爹娘、姐弟的热烈欢迎，一写就是六句：

> 爷娘闻女来，出郭相扶将；阿姊闻妹来，当户理红妆；
> 小弟闻姊来，磨刀霍霍向猪羊。

这不但有一连串的排比，而且有了动作描写："出郭相扶将""磨刀霍霍向猪羊"。《木兰诗2》写木兰归来是这样的：

> 父母见木兰，喜极成悲伤。

这不仅仅是语言的差异，更是主题的不同，《木兰诗2》主题不在亲情，而《木兰诗》中花木兰功勋的价值乃是，恢复了和平的生活，家庭得以幸福地团聚，拥有欢乐和幸福。如果像蒙曼所说的表现的是"孝道"，那就该对父母表现一下了。但是，没有。倒是《木兰诗2》有所表现，"木兰能承父母颜"，语意有点含混。"亲戚持酒贺，父母始知生女与男同。""世有臣子心，能如木兰节。忠孝两不渝，千古之名焉可灭。"这完全是直接议论，比较干巴，大概是《木兰诗2》的主题了，意思是女儿和儿子一样，能够尽忠尽孝。但是，《木兰诗》的主题远远高出于这种俗套。

接下来的重点是恢复自我：要大笔浓墨了。

开我东阁门，坐我西阁床，脱我战时袍，著我旧时裳。

这还不够，还要慎重其事"当窗理云鬓，对镜帖花黄"，这是很少有的描写。比见天子的场面还要慎重。脱了戎装，还要化妆，不是一般的恢复女孩子身份，而是显示女性的美。

这充分显示了木兰英雄的内涵，不是什么忠孝，不是什么英勇，也不是像男性那样建功立业，为官作宰，衣锦还乡，青史留名，而是作为女性主动承担起男性的保家卫国的责任，恢复女儿身份，平民生活，享受亲情的温馨，故写恢复女儿身，从"开我东阁门"到"对镜帖花黄"，一共用了十句。最关键的是下面这几句：

出门看火伴，火伴皆惊忙：同行十二年，不知木兰是女郎。

关键是"火伴皆惊忙"。用今天的话来说，男性这时显得有点傻帽了，木兰的胸有成竹和男性的"惊忙"，表现了其心理精细胜于男性，平静地享受女性的淡定自如。

《诗经》的传统，本来是讲究比兴的，《木兰诗》全诗却没有比兴（只有"关山度若飞"，可能是例外），全诗几乎都是叙述。

但是，在最后来了一个复合性比喻："雄兔脚扑朔，雌兔眼迷离；双兔傍地走，安能辨我是雄雌？"这是点题之句，至今，"扑朔迷离"还成为口头成语。但是，一千多年的重复，人们都感觉不到其深邃内涵。蒙曼在这方面也未能免俗，口头上说她是女英雄，陈述的内涵却与男英雄无异。全诗主题的深邃就在对男性英雄的传统文化观念的颠覆。英雄，英雄，在传统观念中，英雄就是雄性的，就是岳飞、武松、关公，木兰却是一个女英雄，并不是男性，而女性，严格地说，应该是"英雌"。而当时乃至如今汉语中却没有"英雌"这样的词语，把木兰称为英雄而不知其中的悖论。

封闭在《木兰诗》的文本深层的内涵的深刻性，就在于潜意识中对男性英雄观的颠覆。这就是花木兰为美国女权主义者所赞赏的原因。阅读就是要真正直达文本的核心，在这样的基础上，才能从艺术分析深化到文化分析的深层。

《木兰诗》这样明白如口语的诗句，其"英雌"的内涵之所以长期不被揭示，原因还在于，读者心理有开放性的一面，同时也有封闭性的一面。一般读者从文本看到的往往并不是全部，而是部分，他看到的往往是自己已经熟知的那些部分。《周易》所谓仁者见仁，智者见智，意味着仁者不能见智，智者不能见仁。鲁迅说，一部《红楼梦》："经学家看见《易》，道学家看见淫，才子看见缠绵，革命家看见排满，流言家看见宫闱秘事"（鲁迅《〈绛洞花主〉小引》），自发的阅读，读者看到的，不完全是作品，更多的是自己。男性英雄的观念已经被词语和文字固化了，读者就很难看到与男性英雄不同的"英雌"。

阅读之难就在于，不但要与自身先入为主的心理的封闭性搏斗，而且要与文本的封闭性搏斗。

表面上看，《木兰诗》的文本是开放的，没有任何秘密，而英雄的内涵，却不在字面上，是在字里行间，或者说在表层以下，在第二层次，是隐性的。因为文本是天衣无缝的，水乳交融的，因而是更加封闭的。读者凭直觉为表层形象感动，是无法进入形象的深层的，这就要具体分析。而分析的对象存在形象的差异或者矛盾，成千上万的所谓作品分析之所以无效，就是因为分析者习惯于作为读者去接受作品，只看到作者已经写出来的成品。满足于这样的接受是被动的，而要揭示文本深层的矛盾，则要突破这种被动性。关于这一点鲁迅有这样一段很深刻、又很具操作性的话：

凡是已有定评的大作家，他的作品，全部就说明着"应该怎样写"。只是读者很不容易看出，也就不能领悟。因为在学习者一方面，是必须知道了"不应该那么写"，这才会明白原来"应该这么写"的。这"不应该那么写"，如何知道呢？惠列赛耶夫的《果戈理研究》第六章里，答复着这问题——"应该这么写，必须从大作家们的完成了的作品去领会。那么，不应该那么写这一面，恐怕最好是从那同一作品的未定稿本去学习了。在这里，简直好像艺术家在对我们用实物教授。恰如他指着每一行，直接对我们这样说——'你看——哪，这是应该删去的。这要缩短，这要改作，因为不自然了。在这里，还得加些渲染，使形象更加显豁些。（鲁

迅《且介亭杂文二集》)

　　鲁迅的意思很明确，那就是要在大作家们一部作品的定稿本和未定稿本的差别中，看出为什么没有那样写。这个矛盾是要读者去发现的，不管国内学者还是西方大师都忽略了，许多一线老师就更加束手无策了。其实，要看出作品为什么没有那样写，这并不难，只要在作品内外，主动地进行比较。提出问题，也就是找出差异、矛盾，想象一下，为什么这样写，而没有那样写？而这背后更深刻的原则在于，不仅仅把自己当作读者，而且把自己当作作者，设想自己和作者一起进入创作过程，这样就不是一味被动地接受，而是主动地创造了。其实，西方大师海德格尔早就有过如下的论述：

　　　　作品的被创作存在只有在创作过程中才能为我们所把握。在这一事实的强迫下，我们不得不深入领会艺术家的活动，以便达到艺术作品的本源。完全根据作品自身来描述作品的作品存在，这种做法业已证明是行不通的。(马丁·海德格尔《艺术作品的本源》)

　　他的意思很明白，仅仅被动地阅读作品本身，是"行不通的"，只有设想自己和作者一起进入"创作过程"才能"把握"作品的精神实质。用我的话来说，就是把自己当作作者，摆脱被动性，主动地进入创作过程。不但看到作者这样写了，而且想象出作者为什么没有那样写。这种想象说难也难，说不难也不难。作品的内在的差异就摆在那里，就看你能不能主动地、有意识地去发现，比如说，《木兰诗》这部作品写战事、功勋很简单，而写女性亲情和自得很丰富。如果更进一步，还可以发现矛盾——诗歌语言风格由两方面有机组成，一方面是大幅度的排比铺陈，完全是民歌风格，另一方面则是极其简练，如"朔气传金柝，寒光照铁衣"，连平仄对仗都很规范，完全是唐诗的成熟风格；还有，开头明明说"可汗大点兵"，这是少数民族才有的称谓，后来却说是"天子坐明堂"。这些明显的漏洞，说明这首民歌不是一人一时写出来的，而是经历了许多年，许多人修改、加工的。文本中潜在的矛盾，如果能够紧紧抓住，就不难提出潜在的深刻的问题，启发调动读者主体深入思考。

当然，把矛盾从文本中分析出来，须要有坚定的对立统一的世界观和方法论。没有这样的准备，对于矛盾就会视而不见，听而不闻。就是摆在眼前的资料，也发现不了其和作品的矛盾，从而进行分析。例如，有一则民间传说，载明邹之麟《女侠传》：

> 木兰，陕人也。代父戍边十二年，人不知其为女。归赋戍边诗一篇。君子曰："若木兰者，亦壮而廉矣。使载之《列女传》，缇萦、曹娥将逊之，蔡姬当低头愧汗，不敢比肩矣。"

这个素材歌颂木兰，主题是"亦壮而廉"，而且认为把她和《列女传》的缇萦、曹娥并举，都有点牵强。缇萦出于《史记·扁鹊仓公列传》——汉文帝时缇萦的父亲淳于意被告受贿，判了肉刑，押赴长安，他最小的女儿缇萦跟着到长安。上书文帝曰："妾父为吏，齐中皆称其廉平……妾原没入为官婢，以赎父刑罪。"书闻，文帝悲其意，当即除肉刑法。这个传说的主题明显是"孝"。

至于曹娥，其父溺于舜江中，数日不见尸体，曹娥年仅十四岁，昼夜沿江哭寻。十七天找寻无果，投江，五日后其尸体抱父尸体浮出水面。后人改舜江为曹娥江。这样的逸事，主题也是孝道。

把花木兰当作孝道的模范，是明代人的观念，这和出于南北朝时期的《木兰诗》时代背景不同，主题也是不一样的。

《木兰诗》产生于南北朝，文字记载均晚于南北朝，故事可能早就流传。但是，后来的文字记载，从思想上说，可以看出《木兰诗》的情节雏形。《凤阳府志》：

> 隋，木兰，魏氏。亳城东魏村人。隋恭帝时，北方可汗多事，朝廷募兵，策书十二卷，且坐以名。木兰以父当往而老羸，弟妹俱稚，即市鞍马，整甲胄，请于父代戍。历十二年，身接十有八阵，树殊勋。人终不知其女子。后凯还，天子嘉其功，除尚书，不受，恳奏省觐。及还，释戎服，衣旧裳。同行者骇之，遂以事闻于朝。召赴阙，欲纳之宫中。曰："臣无愧君之礼。"以死拒之。帝惊悯，赠将军，谥孝烈。昔乡人岁以四月八日致祭，盖孝烈生辰云。

这个素材的主题是表现木兰代父从军，不接受授予尚书的封赏，更接近《木兰诗》的情节，拒绝帝王纳妃，且以死相拒，则为《木兰诗》所未有。此文出于《凤阳府志》，最早的版本是明代的，通行的是康熙版，说木兰是隋朝人，而《木兰诗》产生于南北朝，早于隋，经过多少时代、不同身份人士的加工才成经典。看来是后人，感于其人，添枝加叶，目的是拔高木兰的形象。作者的潜意识似乎认为，帝妃是女子最高的荣誉。但是，木兰既连尚书这样部长级的官阶都拒绝了，哪里还可能甘当闭锁深宫的众多宫妃中的一员。《木兰诗》的主题就是以平民的女儿身份，完成超越男子的保家卫国的任务，最后成为享受恢复女儿身份的"英雌"。

后世文人以其拒为宫妃为烈，则是画蛇添足。

解释作品不能满足于作为读者，接受作品，人家写什么，你就读什么，这样是被动的，真正的解读应该把自己当作作者，想象自己进入他的创作过程，不但看到他怎么写了，而且看出他为什么没有那样写。不但看他强调、渲染了什么，而且看他舍弃了什么，他提炼了什么。

一般老师之所以苦于解读作品之无效，其根本原因乃是，甘心被动接受作品，和作品对话，而不是主动参与，同时和作者对话。

本文提供了几种素材，目的就是便于老师们从中看出其主题之不同，分析出为什么唯独《木兰诗》成为千古不朽之经典，而其他诗作、散文皆湮没无闻。

2020 年 9 月 7 日

"夜半钟声到客船":

出世的钟声对入世的心灵的安抚

张继的《枫桥夜泊》:"月落乌啼霜满天,江枫渔火对愁眠。姑苏城外寒山寺,夜半钟声到客船。"不但在中国脍炙人口,而且在日本据说也"妇孺皆知"(陈衍《石遗室诗话》)。为了其最后一句中的"夜半钟声"四个字从宋朝争论到清朝,持续一千多年,不是中国人对诗特别执着,特别呆气,而是因为其中涉及诗歌意象的"虚"和"实"以及"兴"和"象",还有"情"与"境"的和谐统一的根本理论观念。

论争长期聚焦在"夜半钟声"是不是存在的问题上。

欧阳修在《六一诗话》中带头说没有。坚持说有的,分别引用白居易、温庭筠、皇甫冉诗中有"半夜钟",还有人直接调查得知有"分夜钟"之事,更有引《南史》"齐武帝景阳楼有三更五更钟"的。双方看似相持不下,其理论出发点却是一样的:夜半钟声存在与否,关系到此诗的真实性,如果不是确确实实的事实,则此诗的艺术价值至少要大打折扣。

从理论上来说,这样的论争是比较肤浅的。

对于诗歌来说,其区别于散文的特点,至少是其在想象境界中的虚实相生,拘于写实则无诗。闻一多说过:"绝对的写实主义是艺术的破产。"从阅读效果来看,"夜半钟声"为实抑或为虚,并不影响其感染力。清人马位《秋窗随笔》说得干脆:"即不打钟,不害诗之佳也。"可惜,这仅仅是感觉,尚未上升到理论的普遍高度。由于理论上的不自觉,从欧阳修到陆游,都有点过分咬文嚼字。倒是元朝的一个和尚释圆至在《笺注唐贤绝句三体诗法》中触及了要害:"说诗者,不以文害辞,不以辞害意。"也就是说不能在字句上死抠。但是,这个说法还是不够到位,直到胡应麟,在《诗薮》中才说到了要害上:"诗流借景立言,惟在声律之调,兴象之合,区区事实,彼岂暇计?无论夜半是非,即钟声闻否,未可知也。"胡氏这样的观点打破了古典诗话中不正视想象、虚拟的机械真实论。在诗话家为机械真实论所困之际,胡氏表现了难得的理论魄力:诗人是不是听到了钟声,是弄不清楚的("未可知也"),也是不需要弄清楚的,是实在的还是虚构的,根本不用费工夫去计较。原因是什么呢?这是"兴象之合"。只要诗的主体的感兴与客观物象契合,是不是事实,就是区区小事,诗人是不屑斤斤计较的("彼岂暇计")。

"兴象之合"，感兴与景观的和谐，这是中国古典诗学特有的境界。

关键在于这个"合"字。近千年来，诗话家对之似乎关注得不够。

元朝的和尚圆至对这一点有所意识。他对"夜半钟声"，不从客观存在来研究，而是从诗人主观感悟上来解读，提出钟声的功能是突出了愁怨之情："霜夜客中愁寂，故怨钟声之太早也。夜半者，状其太早而甚怨之辞。"这个"愁怨之情"的说法，赞成者不乏其人。唐汝询《唐诗解》说："月落，乌啼矣，而枫间渔火依然对我之愁眠，目未交睫也，何钟声之遽至乎？夜半，恨其早也。"这里的"恨其早也"的"恨"其实就是诗中的"对愁眠"的"愁"引起的。这"愁"不是一般的愁，而是"客中愁寂"（张继是湖北襄阳人）。主观的"愁怨"和客观的"寂寞"结合在一起，无声无息，"兴象之合"的第一个特点就是二者的高度统一，浑然一体是和谐的。"对愁眠"，提示抒情主体是处于睡眠状态，因而，这主体的"愁"就是一种持续的压抑心态。"兴象之合"的第二个特点是愁怨与孤寂是持续的。然而，这统一和谐并不是绝对的，而是相对的，这个处于睡眠状态的人，睡着了没有呢？没有。对着"江枫渔火"，说明他的眼睛是睁着的。也就是说，这是一个失眠的人。在一片岑寂的夜半，愁而不眠的眼睛，望着夜色反衬着的渔火，静而不宁，宁静的表层下掩盖着不宁静，这可说是"兴象之合"的第三个特点。有关的资料告诉我们，诗人因为科举落第，孤独地面对着他乡的静寂，在失眠中体验着失落，这种失落是默默的。台湾散文家张晓风以此为题材写过《不朽的失眠》，但是，这个资料是不确实的，因为张继其实是在天宝十二载（753）中了进士的，只是唐时，五品以上官员要皇帝任命，这期间要有一个铨选的过程，当然是要走些门路。但是，张继不屑，或者是不长于此道。故为诗曰："终年帝城里，不识五侯门。"因而未能获得任命。在万分失望之余，乃回乡。他是湖北襄阳人，大概是顺路游历吴中胜地，船停泊在苏州。

在无声无息的郁闷中，忽然听到寒山寺的钟声悠悠地传来。正如唐汝询所说："何钟声之遽至乎？夜半，恨其早也。"怎么已经半夜了？这不是打破了静寂的意境了吗？是的，但不过是心头微微触动了一下，并不是某种冲击。毕竟它来自寺庙，来自佛家出世的梵音。这声响如"鸟鸣山更幽"一样，反衬得岑寂更加岑寂。对于因入世遭到挫折而失眠的他，对于其默默体悟着的受伤心灵，悠扬的钟声更多的是一种抚慰。"兴象之合"的第四个特点就在无声的静寂中钟声的微妙抚慰，使得整个境界变得更加精致。第五个特点是，这是佛门的钟声，提示着香客半夜赶来，营造着出世的氛围。并不是所有的"夜半钟声"都与张继的心灵相"合"的。有世俗的、入世的"夜半钟"，如彭乘在《彭乘诗话》中所说："人之始死者，则必鸣钟，多至数百千下，不复有昼夜之拘。俗号'无常钟'。"王直方在《王直方诗话》中说白居易诗中有"新秋松影下，半夜钟声后"。温庭筠诗中有"悠然逆旅频回首，无复松窗半夜钟"。朱弁《风月堂诗话》提出"齐宗室读书，常以中宵钟鸣为限。前代自有半夜钟……江浙间至今有之"。

宋范温《潜溪诗眼》又考证出"齐武帝景阳楼有三更五更钟"。所有这些都是尘世的钟声，如果是这样的钟声，对这个因入世而受伤的人的心，可能是个刺激，主客观的和谐可能被打破，兴象之间就可能不"合"。网上有人考证说："寺院撞钟的传统源自立志修行的梁武帝。他曾向高僧宝志请教：'怎样才能摆脱地狱之苦？'宝志的回答是：'人的苦痛不能一时消失，但是如果听到钟声敲响，苦痛就会暂时停歇。'（这在心理和生理上看的确有其道理）梁武帝便下诏寺院撞钟，'夜半钟声到客船'的寒山寺，就是梁武帝敕命赐建。"这样的钟声，对于未被选任为官的张继来说，应该隐含着某种从痛苦中超脱的韵味。

离开了诗中营造的这种从入世的感伤到出世的安抚的微妙境界，去考证钟声的有无，把尘世的钟声和超越尘世的钟声混为一谈，只会对解读这首不朽的诗篇造成混乱。

这还不是诗的全部。还有一些环节是不能忽略的，那就是钟声的韵味和"寒山寺"的关系。王士禛《渔洋诗话》卷中记载，有人说，这诗好在准确地表现了苏州的地域特点（"诗与地肖故尔"）。如果改成"'南城门外报恩寺'岂不可笑耶？"王士禛用反证法说，如果将"流将春梦过杭州"，改成"流将春梦过幽州"，将"白日澹幽州"，改成"白日澹苏州"，并不影响诗的韵味，同样令人"绝倒"。他很机智地反驳了其妙在客观地域风物的说法。但显然留下了不足，那就是没有正面回答，为什么"寒山寺"比之"报恩寺"更经得起玩味呢？这个问题黄生在《唐诗摘抄》中正面回答了："只'寒山'二字雅于'报恩'二字也。"这话说到了点子上。寒山，始建于六朝时期的梁代天监年间（502—519）。原名"妙利普明塔院"。一百多年后，唐贞观年间（627—649），传说当时的名僧寒山和拾得曾由天台山来此住持，改名寒山寺。"寒山"作为梁武帝建寺的典故，加上历代诗、文、画中，积淀着文人超越世俗的高雅趣味（如"远上寒山石径斜"），再加上寒山这个贞观年代的名僧的名字，比张继生活的时代早了一百多年，时间的距离，更加提高了审美价值，而"报恩"二字，却充满了实用功利，缺乏审美的超越性。

一些认识到钟响心愈静的诗话家，还将开头的"月落"解读为"欲曙之时"，四更天快亮的时分。这样一来，就得硬说这是倒叙，把最后一句"夜半钟声"放到第一句"月落乌啼"的前头，亦即四更后的回忆中去。这就有点穿凿了。最为生硬的是徐增："在寒山寺，实是早起钟声，张继愁眠听去，疑其是夜半也。"其实，月落不一定要等到四更以后，要看是月初还是月末，月亮在夜半落下去也是常见的事。诗话家们唯一遗漏了的是"乌啼"，没有任何解读。其实，"乌啼"和"月落"，都在"对愁眠"之前，对一个及第而不得委任者来说，"乌啼"正是命运的不祥之兆，提示"对愁"而失眠的一个原因。

2011 年 2 月 24 日

杜甫与孟浩然两首关于
洞庭湖的五律何者品高

　　中国古典诗话，好做同类之比较。杜
甫和孟浩然两大诗人面对洞庭湖，都奉献
出了自己的杰作。二才孰优，成了千年争
讼的课题。杜甫的《登岳阳楼》如下：

　　　昔闻洞庭水，今上岳阳楼。
　　　吴楚东南坼，乾坤日夜浮。
　　　亲朋无一字，老病有孤舟。
　　　戎马关山北，凭轩涕泗流。

　　孟浩然的《望洞庭湖赠张丞相》如下：

　　　八月湖水平，涵虚混太清。
　　　气蒸云梦泽，波撼岳阳城。

欲济无舟楫，端居耻圣明。

坐观垂钓者，徒有羡鱼情。

哪一首更好一点呢？把这个问题弄清楚，对于提高古典诗歌的艺术鉴赏力，是很有意义的。

当然，这样的问题，按西方绝对的读者中心论来说，可能是个伪问题。但是，绝对的读者中心是空想的，读者不能不受到文本的制约，读者本身也是可以分析的，如西方文论所说，有自发读者和自觉读者，有理想读者和非理想读者，有专业读者和非专业读者。对于喜爱中国古代诗词的读者来说，毋庸置疑是要争取上升为自觉读者、专业读者乃至理想读者。一句话，就是从外行读者提升为内行读者。要完成这样的转变，光凭强烈的愿望是不够的，一个切实可行的方法，就是批判地吸收古典诗话词话的成果，在历史积累的平台上，将解读提升到新的历史高度。

对于这两首诗，历代的诗论、诗评家们，从宋朝争论到今天，长达一千多年，似乎还没有达成共识。争论集中在两点上：第一，二者孰为更优？要弄清楚这个问题，又牵扯出第二个问题，二诗之名句与全篇的关系。认为杜诗优于孟诗的争议比较少，较权威的评说当属明代胡应麟："'气蒸云梦泽，波撼岳阳城'，浩然壮语也，杜'吴楚东南坼，乾坤日夜浮'气象过之。"这个论断得到广泛的认同。但杜诗何以优于孟诗，却前后众说纷纭。

宋人吴沆引张氏说："常人作诗，但说得眼前，远不过数十里内；杜诗一句能说数百里，能说两军州，能说满天下。此其所为妙。如'吴楚东南坼',是一句说半天下。至如'乾坤日夜浮',即是一句说满天下。"这样的理由是经不起推敲的,从数十里到数百里,从半天下到全天下的想象,并不是杜甫特有的胸襟。早在《文心雕龙》里就有"视通万里"之说,笼统以视野空间之大来阐释"吴楚"一联的好处,显然不够到位。明陆时雍就提出质疑:"余直不解其趣。'吴楚东南坼',此句原不得景,但虚形之耳。安见得洞庭在彼东南,吴、楚遂坼为两耶?且将何以咏江也。至'乾坤日夜浮',更悬虚之极,以之咏海庶可耳。其意欲驾孟浩然而过之,譬之于射,仰天弯弓,高则高矣,而矢过的矣。"叶秉敬也说:"细玩浩然诗'气蒸云梦泽,波撼岳阳城',虽不如'吴楚东南坼,乾坤日夜浮'之大,而要之实得洞庭真景。若老杜诗无'吴楚东南坼'一句,则'乾坤日夜浮'疑于咏海矣!"这两人的质疑看来都有点拘泥,诗中之语乃情语,语义与日常语、书面语不同,本非写实性质。"吴楚东南坼"并不是说东南望去土地裂而为二,而是可见二地分界之远,提示视点之高,胸怀之广。至于说孟浩然的"气蒸"一联比之杜甫,好处在于"实得洞庭真景",这个"真景",同样站不住脚。洞庭湖的波浪要是真的把岳阳城"撼"动起来,可能是一场灾难,根本就谈不上有什么诗意了。说杜把湖写得像海,境界太大了,这个议论也有点呆气。在诗歌里,不但可以把湖写得有海的气象,就是把山写得像海(毛泽东"苍山如海"),甚至山飞起来(王安石"两山排闼送青来"),都可以成为佳句。

其实，杜诗此联的好处，并不在空间，而在时间。这一点，沈德潜就说到了点子上："三四雄跨今古，五六写情黯淡，著此一联，方不板滞。""孟襄阳三四语实写洞庭，此只用空写，却移他处不得，本领更大。"关键在于，杜甫不仅仅是"目及"，而是"神遇"，想象天地日日夜夜沉浮于洞庭湖波浪之中。在空间的阔大中融入了时间的流逝，这原是老杜的拿手好戏。"无边落木萧萧下，不尽长江滚滚来。"无边落木是空间无限，不尽长江则是时间无限。"锦江春色来天地，玉垒浮云变古今。""来天地"，是空间的透视，"变古今"又是时间无限。相比起来，孟浩然的"气蒸云梦""波撼岳阳"只有空间的雄浑，而无时间的无限，在这一点上，孟浩然的气魄就给比了下去。

除了这一联的比较，诗论、诗评家们还在两诗整体上做细致的比较。一般说，对于孟诗的不满集中在后二联。许学夷谓："浩然'八月湖水平'一篇，前四句甚雄壮，后稍不称，且'舟楫''圣明'以赋对比，亦不工。"这后四句"不称""不工"在什么地方呢？论者往往只下结论，不做说明。王夫之则有比较细致的展开，他以其与杜诗的构思相比，曰："'亲朋无一字，老病有孤舟。'……尝试设身作杜陵，凭轩远望观，则心目中二语居然出现，此亦情中景也。孟浩然以'舟楫'、'垂钓'钩锁合题，却自全无干涉。"意思是，杜甫从望湖的视野，遂有舟楫之想，乃有亲朋书信之念，从而转入自己命运的困顿，这一大转折有潜在联想的意脉相连续（用他们的话来说即"钩锁"）。而孟浩然诗前面的雄浑景观和后面四句毫不相干。毛先舒指摘说："'欲济无舟楫'二语，感怀已尽，更增结语，居然蛇足，无复深味。又上截过壮，下截不称。"持批判态度的还有查慎行："孟作前半首由远说到近，后半首全无魄力，第六句尤不着题。"

这些批评都是从结构着眼的，实际上是指摘其意脉的中断。但对这种批评，持不同意见者也有两种不同角度的解释。一种认为，诗体的情绪结构以统一和谐为要，同时也追求错综变化。至大的境界，无以为继，必然继之以至微至小做对比。如魏际瑞所云："孟浩然'气蒸云梦泽，波撼岳阳城'；杜工部'吴楚东南坼，乾坤日夜浮'，力量气魄已无可加。而孟则继之曰'欲济无舟楫，端居耻圣明'，杜则继之曰'亲朋无一字，老病有孤舟'者，皆以索寞幽眇之情摄归至小。两公所作不谋而合，可见文章有法。"另一种看法，则从诗体的功能来分析。黄生认为：孟诗"前叙望洞庭，后半赠张，名'前后两截格'。……望人援手，不直露本意，但微以比兴出之，幽婉可法。"纪晓岚也说："前半望洞庭湖，后半赠张相公，只以望洞庭托意，不露干乞之痕。"孟作本是一首干谒的诗，前面的景观不管多么宏大，都要归结到委婉表述的目的上去，而这样渺小的目的就注定了要与"波撼岳阳城"的审美超越发生矛盾。从功利价值上为之辩护，实在软弱无力，因为这里比较的是诗的审美价值、艺术水准。

杜诗之胜于孟诗，的确不仅仅在于纯粹抒情，更在于其结构。表面上看，从宏大的景观，到个体的悲叹，杜诗结构与孟诗极其相似。谢肇淛甚至等同而观，视为瑕疵："襄阳接语'欲济无舟楫，端居耻圣明'，已觉索莫不称；少陵接语'亲朋无一字，老病有孤舟'，愈见衰飒。信哉，全璧之难也！"这只是看到二诗在结构前后同样有反差，然而杜诗意脉密合，孟诗意脉断裂，这点要害却被忽略了。杜诗虽也如黄生所说："前半写景如此阔大，转落五六，身事如此落寞，诗境阔狭顿异。"这似乎会引起结构的不和谐。但事实上并不矛盾，相反的是相得益彰，水乳交融。其原因，正如浦起龙所指出："不阔则狭处不苦，能狭则阔境愈空。"

那么，这种对立而统一的理由，可不可以也用来解释孟诗呢？我们不妨再看看黄生紧接上引，对杜诗"转落"的评点："结语凑泊极难，不图转出'戎马关山北'五字，胸襟气象，一等相称，宜使后人搁笔也。"显然，矛盾的转化，并不是无条件的。前半和后半部分愈是对立，统一的难度就愈大。但杜甫乾坤日夜之胸怀，恰与戎马关山之远大笔断脉连。有了这个密合的联想，意境就和谐了，使得对立得以不着痕迹地转化为统一。而和杜甫相比，孟转入个人愿望之后，前四句开拓的宏伟境界却丢在一边了。表面上看，杜甫比之孟浩然的情绪更加个人化，反差更加强烈，感伤到流泪的程度。但意脉的连续性则更有丰富的层次，更加有序。这就是杜甫自述的情感起伏的"沉郁顿挫"的风格的典型表现。仇兆鳌《杜诗详注》、佚名《杜诗言志》对其意脉贯通都有比较精致的分析。延君寿《老生常谈》在更为严密的评析后，赞道："以工部之才为律诗，其细针密线有如此，他可类推。"可见，杜诗意脉之统一，层次之丰富，用字之严密，孟诗实在是不可望其项背的。

当然，孟浩然的诗也不能说没有意脉的暗连，如从湖水联系到舟楫，再到垂钓。但是，这只是字面上、形式上的联想过渡。而在内涵上，湖水"含虚混太清""波撼岳阳城"之境，则与后面的干谒之意根本脱节。形式联想上的机制，毕竟不能完全消除内涵的裂痕。

李白：《行路难》古风歌行
最佳在大幅度的身体动作

中国古典诗话对于唐人七绝和七律何诗压卷之讨论，延续上百年，得出的结论相同的多，不同的少。但是，有一个奇怪的现象，那就是几乎没有人提出唐人古风何者最佳。当然，如果讲叙事的歌行体，则白居易的《长恨歌》《琵琶行》稳居其首，没有争议。但是，如果仅仅是抒情性的歌行，那是当时的古体诗，有时直接用古乐府的题目，和当时的"近体诗"相比，如律诗绝句，是另外一种体式，章无定句，句无定言，可以说是当时的自由诗，这种自由体诗，何者压卷，或者何人最佳，这个问题没有人提出。这暴露了我国古典诗话一大缺失，那就是专注于近体的律诗和绝句，忽略了古风歌行。要把意脉起伏论贯彻到底，填充这个空白，吾人义不容辞。

在这方面，人们首先想到的可能有两个人，第一个是岑参，他的名字曾被列入七绝最佳者之列，但是，就绝句而言，他最好的就是这首《逢入京使》：

> 故园东望路漫漫，双袖龙钟泪不干。
> 马上相逢无纸笔，凭君传语报平安。

此诗写于他在安西都护府任职时，安西都护府治所在龟兹，离家数千里，中间隔着戈壁沙漠，亲情之念，是很深沉的。此诗写偶然碰到回京的使者，触发乡愁而流泪，刹那间发现无笔可书的矛盾。诗作无疑可列入杰作，但是这样的水准，就是二流诗人张籍也是不难达到的，如他的"洛阳城里见秋风，欲作家书意万重。复恐匆匆说不尽，行人临发又开封"。这样的水平，要和我前面讲过的七绝压卷之作相比，就不能不说略逊一筹。当然岑参在中国诗歌史的地位之高，不在绝句，而在古风歌行。其经典之作，如《白雪歌送武判官归京》，写雪"忽如一夜春风来，千树万树梨花"，《走马川行奉送出师西征》写风"轮台九月风夜吼，一川碎石大如斗，随风满地石乱走"都是千古不朽的名句。同为边塞诗人，高适以"战士军前半死生，美人帐下犹歌舞"闻名，但是，在艺术上，如杜甫之"朱门酒肉臭，路有冻死骨"同为极端化的对比，属于传统手法。相比起来，岑参在艺术上带来之边塞气象，显然有某种突破性。但是，就盛唐之古风歌行而言，这种突破还是有限度的，其形象的基础仍然是景观，其美学原则还是局限在以后被总结出来的"状难写之景如在目前"这样的境界中。状景抒情，并不是我国古典诗歌的全部。我已经讲了，看不见，听不见的，不在眼前，没有实感，完全是虚感的，梦幻的诗有时比充满实感的诗更有精神和艺术品位。所有这一切，都属于间接抒情。李白在这方面的成就，我已经讲了不少，但是，李白在古风歌行中，最为精绝的乃是直接抒情。在这方面，他不但在质量上冠绝群雄，而且在数量上名篇名句至今脍炙人口者比比皆是。关键是，在这种形式中，李白几乎不借助景物和环境来抒情，而是直接抒发。例如"我本楚狂人，凤歌笑孔丘"（《庐山谣寄卢侍御虚舟》），《月下独酌》一写就是四首：其一，"花间一壶酒，独酌无相亲。举杯邀明月，对影成三人"；其二，"天若不爱酒，酒星不在天。地若不爱酒，地应无酒泉"。最为突出的如《行路难》，这是乐府古题，李白一写就是三首。每一首都是直抒胸臆，不存在什么难写之景，不用把情感藏到景观内部，而是坦然直白，为后世留下了不少概括力很强的格言式的诗句。如第二首一开头就"大道如青天，吾独不得出"，第三首结尾，"且乐生前一杯酒，何须身后千载名"，等等。但是，最高成就乃是第一首：

金樽清酒斗十千，玉盘珍馐直万钱。

停杯投箸不能食，拔剑四顾心茫然。

欲渡黄河冰塞川，将登太行雪满山。

写的是他长安从政失败，自称是被"赐金放还"，其实是他在中央翰林院的职务被开革了。说得不好听，就是被撤职了，照顾他面子，给他一笔遣散费。经营了许多岁月，走了好多门路，奋其智能，想要当宰相的宏图大志，没戏了。折腾来折腾去，一场空，此后的杰作，就大都集中在忧愁的母题中，如果写律诗，比较含蓄，例如"总谓浮云能蔽日，长安不见使人愁"，如果是写绝句，则如"长安如梦里，何日是归期"或者"我寄愁心与明月，随君直到夜郎西"。而《行路难》，是古风，是乐府古题，三百年前的鲍照，已经写了十八首，直抒胸臆的语言用得那么丰富，李白写自己走投无路的郁闷，要出奇制胜，就得有新技巧，新语言。

李白毕竟是李白，他不仅直抒胸臆，而且做出大幅度的身体动作"停杯投箸不能食，拔剑四顾心茫然"。如果说，"拔出宝剑来"在鲍照就有了，那是因为是传统的英雄气概，但把筷子甩掉，甚至"脱吾帽向君笑，饮君酒为君吟"，把帽子脱掉，这在士大夫社交中是很不礼貌的。"手持一枝菊，调笑二千石"，要知道年俸二千石是挺高级的官员了，在中央是太常、太仆、廷尉、大司农等的待遇，在地方则是太守级的行政长官。一般读书人就是中了进士，就算官运亨通，也要折腾许多年，才能升到这样的地位。但是，李白对这样的成功人物，居然拿着一枝陶渊明式的菊花来调笑他。从艺术风格来说，陶渊明创造了对于仕途的恬然、淡然、飘然、无动于衷、高雅的艺术境界，而李白恰恰是对陶渊明的诗艺境界的突破，以这种落拓不羁的身体语言，放肆的动作，建构了新的诗艺境界。不要说在魏晋，就是在唐朝诗人中也是极其罕见的。当然，王维早年有"科头箕踞长松下，白眼看他世上人"，但是，只能说，偶尔为之，没有李白这样的系列性。这种落拓不羁的身体动作，在杜甫的诗中是不可想象的。这可能是因为杜甫是官家后代，出身书香门第，诗中充满了儒家的温良恭俭让，而李白则是出身于商人之家，可能还有胡人的血统，还自称是个侠客。他的朋友在他的文集序中说他"少任侠，手刃数人"，可能是听信了李白吹牛，还说他"眸子炯然，哆如饿虎"，眼睛瞪大了，像饿虎。那他到长安宫廷，和杨贵妃相见，不是要把她吓死了。这显然是魏颢把他传奇化了。还是杜甫想象中的形象比较到位："天子呼来不上船""长安市上酒家眠"。他这种丢掉筷子，脱掉帽子，仰天大笑的举止，被杜甫形容为"飞扬跋扈"是比较贴切的。就诗中的身体语言而言，应该是历史的突破。

在他的古风诗中，最有特点的就是这种不可一世、旁若无人的身体动作性。

他开心的时候，只是"会须一饮三百杯"喝个痛快。当他得到皇帝的征诏时，就"仰天大笑出门去"，这种动作张扬的姿态，就是盛唐时代，也只有王翰的"醉卧沙场君莫笑"可以一比，但是，王翰只是偶然激发，而李白则是动辄狂放。这不仅是由于个性，而且是由于文体是古风，不像律诗绝句那样讲究典雅，他才能这样自由地自我张扬，这样率性，置身份和礼法于不顾，连起码的含蓄都置之度外，不止一次地把自己的名字直接写到狂饮的诗歌中去——"舒州杓，力士铛，李白与尔同死生"，藐视流俗和权威，"我本楚狂人，凤歌笑孔丘"，换成杜甫，绝对不敢这样狂野，只能是很谦逊地自称"杜陵一布衣"，甚至是"少陵野老"。

中国古典诗歌，以情为本，间接抒情借助自然景观，直接抒情就是内心情绪的激发，但是，一般是如经典的《诗大序》所说，"情动于中而形于言"，很少形于动作的。但是，李白的《行路难》中几乎全由一连串的动作性的身体语言构成，其特点，第一，动作幅度如此之大，其飞扬跋扈，不在乎礼仪，更是突破文人的优雅的风度，不要说诗圣杜甫所不能为，就是诗鬼李贺也不可想象，诗佛王维就更望尘莫及了；第二，身体动作连续，迅速转换：从对美酒而"投箸"（把筷子扔了）的放任，到"拔剑四顾"的英雄气短，把他内心矛盾、情绪的起伏，表现得淋漓尽致。酒也不喝了，筷子也扔了，宝剑拔了出来，好像要有所作为了，但是，"四顾心茫然"。似乎是没了主意，但是，内心的不屈，化为外在的动作：

"欲渡黄河冰塞川，将登太行雪满山。"渡黄河，登太行，动作更大，连续性更强，和屈原的"路漫漫其修远兮，吾将上下而求索"相比，更狂野，但是，"黄河冰塞""太行雪满"，没有办法，完全绝望，不得不认命了。奔忙无效的动作转入闲适的静态的垂钓。

"闲来垂钓碧溪上"，身体语言，从动作性转化为静止性，让心灵安息吧，别折腾了，钓鱼吧，摆出一副休闲的姿态，要知道钓鱼的特点是等待，是最需要耐心的。静止动作的前提是"闲来"，那就是不但动作要闲，而且心要闲，这个"闲"字用得很深刻，不是身体闲，而是心闲。这是意识上的自我克制，是意脉的又一大转折。可是潜意识里，不安静的冲动却更强大，"忽复乘舟梦日边"，就是做梦也"闲"不下来。又是"乘舟梦日"的大动作，回到最高政治中心去了。这里的诗眼是"梦"，自己也知道，这是梦啊。不现实的。

"行路难，行路难，多歧路，今安在？"身体语言从动作性到静止性，情绪意脉从激动到好像是自我怀疑了，人生的道路实在太难了。敢问路在何方？不知道。但是，李白不管怎么走投无路，他是一个天生的、不可救药的乐观主义者。管它是梦还是现实："长风破浪会有时，直挂云帆济沧海。"就是梦醒了，心还是闲不下来，自我勉励，长风破浪，云帆渡海，以一个更豪迈的动作结束。他的天才，他的天真，他的乐观，他的郁闷，在梦幻中，在想象中，不可羁勒地释放出来。就凭了这个大动作，李白的古风登上了唐人古风的最高境界。

在李白的古风歌行中，身体语言的动作的独特，最为丰富地集中在饮酒的时候，此时的动作就更为肆无忌惮，在《将进酒》中是："主人何为言少钱，径须沽取对君酌。五花马，千金裘，呼儿将出换美酒，与尔同销万古愁。"在《月下独酌》中则是"我歌月徘徊，我舞月零乱"。他拿起酒杯来消愁的动作更是潇洒，"抽刀断水水更流，举杯消愁愁更愁"，虽然消不了愁。在《玉壶吟》中是"三杯拂剑舞秋月，忽然高咏涕泗涟"，狂野地舞着，居然哭起来了，这种舞和哭的动作性，提示了他内心的郁闷。更有特点的，不是哭而是笑："举杯向天笑，天回日西照"。余光中借他这句为文《举杯向天笑》曰：醉中竟然笑傲西天共饮，而西天竟然回落日之目，晚霞之脸，报他一笑，这姿态简直是"帅呆了"。在我看来，不仅是帅呆了，而且是帅疯了。

而雪莱在《西风颂》中，叫来了西风的巨灵，却不见西风回应。李白真有诗仙的风范："俱怀逸兴壮思飞，欲上青天揽明月。"有时，这位诗仙，却又像个大孩子，完全以冒犯礼法为乐："汉东太守醉起舞""我醉横眠枕其股""高歌取醉欲自慰，起舞落日争光辉"……

当然，李白能够登上古风高峰，不仅仅得力于梦境和想象的自由，同时也因为古风的语言的节奏的自由。古风歌行体，还使李白对语言的驾驭获得了更大的自由。同样写梦，更经典的应该是他的《梦游天姥吟留别》，其"恍恍惚惚，奇奇幻幻"不但得到历代诗话家的高度肯定，如今的文学史家也不约而同地将之定为李白诗歌杰作中的杰作。推崇最高的，则是末句"安能摧眉折腰事权贵，使我不得开心颜"。但是，如果没有前面的恍惚迷离，光有最后的直白宣泄，这句诗不会成为至今脍炙人口的警句。

正是因为这样，李白的《梦游天姥吟留别》，比之《行路难》作为唐人古风歌行的压卷之作，可以得到更多的共识。

唐人古风歌行压卷：
李白《梦游天姥吟留别》

　　在我国古典散文中，很少全篇写梦，在古典诗歌中，全篇写梦却是常见的。这是因为诗与梦相通，弗洛伊德就认为梦是人在现实中受到压抑的情绪扭曲（distortion）的表现，其实说白了，诗中的梦就是超越现实的想象。第一，想象和梦一样自由，可以超越时间、空间，抒发对亲人友人情人的思念："梦里不知身是客，一晌贪欢"（李煜《浪淘沙》），"可怜无定河边骨，犹是春闺梦里人"（陈陶《陇西行》），杜甫怀念李白"魂来枫叶青，魂返关塞黑"（《梦李白》）。第二，想象和梦一样，使潜意识受压抑的意向以变异的形态表现出来，成为感情的载体。弗洛伊德认为，文学形象亦是梦的"畸变"，从这一点说，和我国吴乔的诗论，把诗喻为米变成酒，使之发生形态和性质的变化，是一样的。日本理论家厨川白村把弗洛伊德的理论通俗化为"苦闷的象征"，由于鲁迅翻译了他的同名文艺评论集，影响比较大，但是，就理论的深度和操作性而言，我觉得还是吴乔的比较到位。

《梦游天姥吟留别》诗题一作《别东鲁诸公》，是向友人告别的，一般的告别都强调留恋之情，而这里却根本不涉及留恋，反而是梦中的山水如何美好。此诗作于被唐玄宗"赐金放还"之后，离开中央王朝，政治上遭遇大失败，无可奈何，只能接受命运的安排，一度在齐鲁梁宋之间和高适、杜甫等诗友徜徉山水。"五岳寻仙不辞远，一生好入名山游。"在奇山异水中，忘却政治上的挫伤。但是，在梦中，他的心态和现实有什么不同呢？值得仔细辨析一番。

> 海客谈瀛洲，烟涛微茫信难求。
>
> 越人语天姥，云霞明灭或可睹。

题目明明说梦游名山（天姥），却提出了"瀛洲"，这可是座仙山，这就不是人间的游山玩水，似乎要进入中国传统的游仙的母题。只是仙山虚无缥缈（"烟涛微茫信难求"），不可捉摸，才为人间的山水之美所吸引。核心问题是，人间的天姥山究竟美在什么地方，值得向东鲁诸位朋友夸耀一番呢？

天姥连天向天横，势拔五岳掩赤城。

天台四万八千丈，对此欲倒东南倾。

美在无比的高大雄伟，中华五岳都在它之下。这当然是双重的夸张，天姥山比之中华五岳实在是比较小的，而天台山本与天姥山相对，双峰峭峙，不相上下，本来也可构成对称美。但是李白显然是着意夸张天姥之独雄，山之独雄正是为了表现李白心之孤高自雄。

第一层次的美，可以归结为一种"壮美"。

接下去，"我欲因之梦吴越"，受到这样壮美境界的吸引，才触发了天姥吴越之梦。然而梦中的吴越，却并不是天姥之崇山峻岭，不是壮美，而是："一夜飞度镜湖月"。镜湖和月亮构成的画面，镜湖，语义联想，水的透明，月光的透明。要害是李白把这个透明表现到什么程度："湖月照我影，送我至剡溪"。月光能把人的影子照在湖中，黑白反差，月光和湖光的透明就不言而喻了。读者的感受是，在明净的水光月色中，连黑影子也显得透明，这样空灵的境界，和崇山峻岭的壮美形成对照。

这是第二层次的美，可以说是秀美。

从这里，可以体悟到李白山水诗意的丰富：壮美与秀美的交融。这固然精彩，还限于自然景观，接着又是另外一种美："谢公宿处今尚在，渌水荡漾清猿啼。脚著谢公屐，身登青云梯。"梦中的李白不仅是神与景游，而且是神与人游，神与古人游，神与古诗人游。在这个政治失败者的梦中，神交的是晋朝权威山水诗人谢灵运。关于谢灵运式的木屐，史书上说，谢灵运常着木屐，上山则去其前齿，下山则去其后齿。(李延寿《南史·谢灵运传》)李白借穿谢公屐，进入谢灵运的人文精神境界，遗忘政治失意压力，享受精神的解脱。"千岩万转路不定，迷花倚石忽已暝。""迷花倚石"突出的是山水的恍惚迷离的美，也是梦的变幻万千的"不定"，美到使诗人忘记了时间，忽略了来时的天光曙色，感觉一下子夜色降临。

这是第三层次的美，天姥之梦的壮美和秀美之中，又添上了一层迷离漫漶的历史的人文景观之美。但是，这并没有使诗人的心灵得到完全的安息。这首梦境之诗，之所以成为千古之经典，就是因为，超越了梦境（自然和人文的山水），进入比梦境更为超越的"仙境"。《唐诗别裁》的作者沈德潜，第一个道破了这种境界，既是"梦境"，又是"仙境"。就是说，这并不是单纯的山水诗，而且是一首"游仙"诗。

天姥和"仙境"的联想，这是从一开头就埋伏下的意脉。

把"瀛洲"的仙境抬出来和人间的天姥相对，实际上，天姥并不完全是人世。天姥山就是因为传说登山者听闻仙人天姥的歌唱而得名。山水诗杰作，唐诗中比比皆是，而李白显然要对山水人文的传统主题进行突围。李白最大的优势就是道家文化底蕴。秉承道家观念，他甚至嘲笑儒家圣人（"我本楚狂人，凤歌笑孔丘"），以道家意识，从山水现实向神仙境界的想象，可以说是驾轻就熟。在这里，他从容展示从魏晋以来就颇为盛行的游仙境界：

熊咆龙吟殷岩泉，栗深林兮惊层巅。

云青青兮欲雨，水澹澹兮生烟。

列缺霹雳，丘峦崩摧。

洞天石扉，訇然中开。

　　如果按某些学者热衷的实感说来看，李白笔下写的熊啸龙吟，天崩地裂，不是很可怕的地震吗？但是，这恰恰是李白对游仙诗的突破。一般的游仙，以曹植的《游仙诗》为例："人生不满百，戚戚少欢娱"，其实就是向往像仙人赤松子、王子乔一样长生不老，不受生命时间的限制，不受空间的限制，自由翱翔九天，俯视四海。但是，这样就太过架空，绝对欢快，缺乏现实感性。李白的创造在于，一方面，把游仙与现实的山水，与历史人文紧密结合，另一方面则又把极端欢快的美化和相对的"丑化"交织起来。这里所说的"丑化"，指的就是某种程度的外部惊恐（"列缺霹雳，丘峦崩摧。洞天石扉，訇然中开"）。似乎是突发的地震。与此相应的则是内心的惊惧（"栗深林兮惊层巅"），《唐诗选脉会通评林》曰："梦中危景""梦中奇景"，恰恰是美在凶险，美在惊惧。

　　这是第四个层次的美。李白以他艺术家的魄力把凶而险，惊而惧转化为另一种美：惊险的美。貌似突兀，但是，又自然地从壮美、秀美和人文神秘之美衍生出来。接下去，与神秘、惊险之美相对照，又产生了场景富丽宏伟的神仙境界之美：

青冥浩荡不见底，日月照耀金银台。

霓为衣兮风为马，云之君兮纷纷而来下。

虎鼓瑟兮鸾回车，仙之人兮列如麻。

这里的特点是，1. 色彩反差极大，在黑暗的极点上出现了华美的光明。2. 意象群落丰富变幻：金银之台，风之马，霓之衣，虎鼓瑟，鸾凤御车，仙人列队，眼花缭乱，应接不暇的豪华仪仗，都集中在一点上——尊崇有加。意脉延伸到这里，发生了一个转折，情绪上的恐怖、惊惧，变成了热烈的欢颂。

这是第五个层次的美。

李白的《梦游天姥吟留别》之所以能这样展示如此丰富的美的变幻，当然，靠情绪转折，但是，情绪之所以能够这样转折，还是借助了语言节奏的变化，在这种变化中，还隐含着文化意味的变幻。在第四层次以前，李白的诗句基本上是和岑参、李贺一样的五七言节奏，以三言结构为结尾。而在第五层次，他突然改用了楚辞的节奏，以及楚辞的意象与风格：

霓为衣兮风为马，云之君兮纷纷而来下。

虎鼓瑟兮鸾回车，仙之人兮列如麻。

虽然基本上仍然是七言，但是，句中"兮"字的出现，使得诗句实际上，每句不是"青冥浩荡不见底，日月照耀金银台"这种四言加三言的结构，而是变成了两个三言，当中一个停顿：

霓为衣 / 兮 / 风为马，云之君 / 兮 / 纷纷而来下。

虎鼓瑟 / 兮 / 鸾回车，仙之人 / 兮 / 列如麻。

　　我说过，古风歌行体是唐人的自由诗，但就是在岑参和李贺那里，也只是章无定句，不讲平仄，基本上保持唐人的五七言模式。李白的自由就在于，他自由到把这个稳定的模式不当一回事，一下子，越过齐梁以来四百年的经营成熟的句法模式，把楚辞的"兮"字句法和情调召回。

　　这样的召回，不但在形式上，而且在内容上，使诗歌从梦幻变成了游仙。游仙，游的是仙境，是超现实的境界，从表面上看，迷离恍惚，没头没尾，但是，意脉在深层贯通，从自然景观的壮美和秀美到人文景观的恍惚迷离，再到游仙的神秘美，反衬之笔则是惊恐之美，为最后华贵欢快之美做好铺垫。一切都是为了这个受到帝王一样的崇敬的精神高度。从这里不难看出这个政治上的失败者在梦境中释放出深藏在潜意识里的凯歌。这似乎是梦得太不清醒了，但是，身处逆境的李白，最后还是表现出了清醒，意识到这毕竟只是个梦。

忽魂悸以魄动，恍惊起而长嗟。

惟觉时之枕席，失向来之烟霞。

　　从情绪的节奏来说，则是一个反衬，从恍惚的持续，到倏忽的清醒。情感在高潮上戛然而止。狂想的极致，伴随着清醒的极致。梦中受到的盛大欢迎仪式，是虚幻的，人间不可能有，梦中再美也是空的，古典抒情中常用的极端化的逻辑，在这里表现为反向的两极上运行。

这里突然的惊醒，来得这么自然，原因还离不开语言节奏的变化。既不是五七的三言结尾，也不是楚辞式的。虚词在五七言的律诗和绝句中是要省略的，但是，在这里，四句一连用了四个。如果把虚词放到括弧中，则是这样的：

　　　　忽魂悸（以）魄动，恍惊起（而）长嗟。
　　　　惟觉时（之）枕席，失向来（之）烟霞。

这样一来，表面上的五言诗，就不是以三字结构，而是以"魄动""长嗟""枕席""烟霞"为结尾，诗句的节奏就变成了双字尾，吟咏调性就变成了说白调性。诗人从空虚的欢庆中突然清醒起来，回到现实中，对朋友申说，类似这样的行乐，也就是受到尊重、崇拜，不但是空想，而且是像流水一样一去不复返。还不如游山玩水，远离仕途。如果不是这样，那就要委屈自己了，前不久在长安，为皇帝的侍从，做御用文人，那段历史留下的记忆就是"摧眉折腰事权贵"，不能正面直说。

在唐诗中，把奇幻的梦境过程做全面的展示，从情感到思绪，其丰富和复杂，可能是绝无仅有的。故在诗评家常有"纵横变化，离奇光怪"（《网诗园唐诗笺》）的感受。但是，并不是一团混乱。事实是，在变幻不定的梦境中，意脉通贯井然。有评论说：“奇离惝恍，似无门径可寻。细玩之首入梦不脱，后幅出梦不竭。极恣肆变幻之中，又极经营惨淡之苦。”（陈伯海《唐诗汇评》）在复杂变幻的过程中，贯通难度并不是很大。其实，最关键的特点，首先是，以梦游想象写与友人的告别，其次是以山水之美与游仙相贯通，最后是将仙人华贵列队之仪式与遽然惊醒形成转折。

从内涵来说，其统一性表现为美化的衍生，从壮美到秀美，从迷离到神秘、惊险，到欢乐，恍惚的持续，到倏忽的清醒。

世间行乐亦如此，古来万事东流水。

句法的自由，带来的不仅仅是叙述的自由，而且是议论的自由。从方法来说，“世间行乐亦如此”，是突然的类比，是带着推理性质的。在抒情诗中，突然插入了推理，这本来是冒险的，但是，李白太自由了，也太天才了，然而，千百年来的诗话家都没有感到突兀。前面那么丰富的迷离的描绘被果断地纳入简洁的总结，接着而来的归纳（“古来万事东流水”）就成了最后结论的前提，又进一步推理，得出“安能摧眉折腰事权贵，使我不得开心颜”就是顺理成章的了。这就不仅仅是句法和节奏的自由转换，而且是从描绘向直接抒发的过渡。这样的抒发，以议论的形式，并没有损害诗的纯粹，而是表现了率真。这个类比推理和前面的迷离的描绘在形成的节奏（速度）上，是很不相同的。迷离恍惚的意象群落是曲折缓慢的，而这个结论却是突如其来、有很强的冲击力的。节奏的对比强化了心潮的掀起。没有这样的句法、节奏和推理、抒发的自由转换，激情的概括向人格深度的升华的警句就不可能有这样的冲击力，也就不可能成为最能表现李白精神光彩的千古名言："安能摧眉折腰事权贵，使我不得开心颜。"

诗歌并不是像西方当代文论所说的那样，仅仅是一种语言的"书写"，它更是语言的创造，不但是语言的创造，而且是诗歌形式的创造，不但是诗歌形式的创造，而且是人格的创造。正是在这创造的过程中，突破原生的语言、原生的形式，更主要的是，突破原生状态的人。让人格和诗格同步上升。在日常生活中，在实用性散文中，甚至在其他的作品中，李白并不完全像诗歌中以藐视权贵为荣的，事实恰恰相反，他在著名的《与韩荆州书》中这样自述："白，陇西布衣，流落楚汉。十五好剑术，遍干诸侯；三十成文章，历抵卿相。"对于干谒的诸多权势者，他不惜阿谀逢迎之词。对这个韩荆州，李白是这样奉承的："君侯制作侔神明，德行动天地，笔参造化，学究天人。"（李白《李太白全集》）这类肉麻的词语在其他实用性章表中（如《上安州裴长史书》）中不胜枚举。可以说在散文中和诗歌中，有两个李白。在散文中的李白，是个大俗人，在诗歌中的李白，则不食人间烟火。这是一个人的两面，或者说得准确一点，是一个人的两个层次。由于章表散文是实用性的，是李白用以求得飞黄腾达的手段，具有形而下的性质，故李白世俗的表层袒露无遗。我们不能像一些学究那样，把李白绝对地崇高化，完全无视李白庸俗的这一层，当然也不能像一些偏激的教师那样，轻浮地贬斥李白，把他的人格说得很卑微甚至卑污。两个李白，都是真实的，只是一个是世俗的、表层的角色面具，和当时庸俗文士一样，不能不摧眉折腰，甚至奴颜婢膝，李白之所以是李白，就在于他不满足于这样庸俗，他的诗歌就表现了他有一种潜在的、深层的，藐视摧眉折腰、奴颜婢膝的冲动，上天入地，追求超凡脱俗的自由人格。

不可忽略的是文体功能的分化。在诗歌中，李白生动地表现了在卑污潮流中忍受不了委屈，在苦苦挣扎，在追求形而上的解脱。诗的想象，为李白提供了超越现实的契机，李白清高的一面，天真的一面，风流潇洒，"天子呼来不上船，自称臣是酒中仙""一醉累月轻王侯"的一面就这样得到诗化的表现。当他干谒顺利，得到权贵的赏识，甚至得到中央王朝最高统治者的接纳，他就驯服地承旨奉诏，写出《清平调》那样把皇帝宠妃奉承为天上仙女（"若非群玉山头见，会向瑶台月下逢"）的诗句。如果李白就这样长此得到皇帝的宠爱，中国古典诗歌史上这颗最明亮的星星很可能就要陨落了。幸而，他的个性注定了在政治上碰壁，他那反抗权势的激情，他的清高，他的傲岸，他的放浪形骸，落拓不羁的自豪，和现存秩序的冲突就尖锐起来，游仙，赏玩山水，激发了他形而上的想象，《梦游天姥吟留别》正是他政治上遭受挫折后的作品，他的人格就在诗的创造中得到净化，得到纯化。诗中的李白和现实中的李白不同，不是李白的人格分裂，而是人格在诗化创造中升华。

关于李白，光是这一首，是讲不完全的，李白的诗歌成就，也不是这一首诗所能完全代表的，以后我还要把他更多的作品和杜甫的放在一起比较，做深刻的解读。

李白的笑对人生和
杜甫的苦难血泪

　　李白和杜甫的个性、诗风如此不同，
但是从根本上他们是很一致的，那就是都
有安邦定国，拯救黎民的政治抱负，李白
是"奋其智能，愿为辅弼"，当宰相，甚
至当军事家，"与君谈笑净胡沙"，轻松地
平定叛乱。杜甫则更多希望从道德上，从
意识形态上，让帝王和百姓精神达到最高
的境界，"致君尧舜上，再使风俗淳"。但
是他们两人，又有一个共同的缺点，在科
举方面，缺乏应试的能耐。李白可能不屑，
而杜甫则是考了两次，同辈的诗人中连贾
至、李颀、李华都考上了，他就是名落孙
山。真诚的理想在现实中碰得头破血流，
杜甫就流落民间，差不多成了一个普通老
百姓，在很长一段时间里，为一家子能活

下去而发愁，写了那么多的血泪交流的现实和百姓的哀歌。

　　相比杜甫，李白除了流放那一段时间，他是活得很滋润的，所以能笑对人生。当然，他也有很深的家国情怀，对百姓的痛苦也有感同身受之时，"安史之乱"爆发后，他在奔亡道中，也为黎民百姓的痛苦而忧思："俯视洛阳川，茫茫走胡兵""白骨成丘山，苍生竟何罪？""中夜四五叹，常为大国忧"……但是，李白在政治上、军事上碰了两鼻子灰，比杜甫多了一点道家的游仙的念头，活在诗仙的幻想里。可是不到三年，他就一命呜呼了。传说是酒醉之时，水中捉月而死。当然，他甚至在去世前不久，还要上书李光弼，希望施展才华，铅刀一割。在《临路歌》中，这样说，"大鹏飞兮振八裔，中天摧兮力不济"，他还是把自己比作庄子所向往的那种水击三千里的大鹏，当然，不能不承认自己已经筋疲力尽，从天上跌落下来了的命运。而杜甫则在最后的作品中写到自己："飘飘何所似？天地一沙鸥。"沉郁而无奈。垂翅无力的大鹏，漂泊在天地之间的沙鸥，恰好是这两个伟大诗人的最后的象征。

　　即使如此，在李白的诗中，这样垂头丧气的心态是很罕见的。不管多么郁闷，他总是很会洒脱。不管多么失落，倒霉，忧愁，郁闷，孤独，他总是和忧愁共处，和忧愁搏斗，在解忧中享受忧愁，即使孤独对月，他也会举杯邀月，对影而舞，即使没有月亮，只有一座空山，众鸟高飞而去，连云都没有。只有他一个人对着一座空空的敬亭山，他也会享受与之长久凝视的默契。和忧愁共处，享受忧愁的诗化。"抽刀断水水更流，举杯消愁愁更

"愁"的魅力就在于把忧愁心境，消解在艺术化的动作中，自我享受。这就使得他永远笑对人生。从现实的厄运中解脱，在诗化的境界里，获得快感。就是对苦难的回忆，他也自有选择，他不大记得自己流放受苦，只记得自己如何得意，流放之后的《江夏赠韦南陵冰》，显示了得意时的率性：

> 不然鸣笳按鼓戏沧流，呼取江南女儿歌棹讴。
> 我且为君槌碎黄鹤楼，君亦为吾倒却鹦鹉洲。
> 赤壁争雄如梦里，且须歌舞宽离忧。

他的人生观就是笑对人生："大笑同一醉，取乐平生年。""取乐平生年"，好像要笑一辈子。就是被流放了，写了许多诗，也没有哭，还是游山玩水，吟诗作对。他怀有更多的是战胜忧愁的勃勃英气。

> 天若不爱酒，酒星不在天。
> 地若不爱酒，地应无酒泉。
> 天地既爱酒，爱酒不愧天。
> 已闻清比圣，复道浊如贤。
> 贤圣既已饮，何必求神仙。

他在酒里获得的解脱，达到圣贤和神仙的程度："自古圣贤皆寂寞，唯有饮者留其名。"无限地饮酒，从字面上看好像是麻醉自己，实际上是，自己和环境的对立不能和解，只能在超越现实的境界里，安慰自己。一旦他和环境和解了，例如，他被聘为翰林学士的时候，他的苦闷没有了，他的诗也就是《宫中行乐词》之类，一写就是八首，许多文学史家，连提都不愿意提。就是不得不承认自己失败了，还有一条路可走——归隐，"人生在世不称意，明朝散发弄扁舟"，也比粉饰太平的诗要精彩得多。本来，他就向往《侠客行》中那种"事了拂衣去，深藏身与名"的潇洒。因而，"问余何意栖碧山，笑而不答心自闲。"即使没有动作，他也会笑，笑他人不理解他的笑的心灵境界：他没有和环境和解，退一步，他和自己和解了。这样他就能释放心头的郁闷。不管多么失落，也不妨碍他保持笑对人生的姿态。

这是一个悲剧的时代，诗人们都为民族为自己的噩运而悲叹、哭泣甚至流血，但李白是不大会哭的，在他留下的九百多首诗里，只哭过两三回，一次是被皇帝打发出来，不得意了，"泪沾襟"了，另一次是为战乱之中平民的苦难，泪水把衣襟都打湿了，还有一回，是回忆自己流放，"悲作楚地囚，何由秦庭哭"。"贾生恸哭后，寥落无其人"用的是老掉牙的典故，也只是套话。

李白永远自我感觉良好，他是一个被天才的幻想宠坏了的大孩子，而杜甫则是被家国忧患，被民族的灾难，被百姓的痛苦，被自己的责任，压得直不起腰来。

杜甫的诗可以说，大部分浸在痛苦的泪水里，原因很多，个性是一个原因，社会地位、经济条件也是一个原因。他们两个人生活在不同的世界里。他们于不同时期都在长安生活，但是，李白生活在上层，而杜甫生活在底层。

李白的朋友，叫元丹丘，跟他一起做道士的，很有钱。李白通过他接上了玉真公主的关系。这个元丹丘在长安和河南的嵩山都有别墅，李白在长安不常常住在城里，而是住在郊区玉真公主的别墅里。他通过玉真公主的关系，到皇帝身边谋到一个职位。就是在流放期间，杜甫以为他惨得"世人皆欲杀"的程度，可沿途还是有人请他看风景，请他写诗，那时没有稿费制度，但是馈赠是少不了的。李白虽然犯了大罪，但毕竟是郭子仪救过的，高适救过的，带兵的宋若思赏识的，来头很大的。大赦以后，李白游洞庭湖的时候，陪同他的人都是有一官半职的，他的叔叔、伯伯，他的侄子什么的，还有他的朋友，差不多都是处长、局长之类的。

再加上，李白从来就没有像杜甫那样为自己的衣食犯愁。李白的家世据说是比较豪富的。他从四川出来的时候，带了很多钱，他自己说，在扬州不到两年就花了30万金去救济朋友。30万铜钱。当时没有钞票，没有支付宝，这个铜钱怎么带啊？现在还是个谜。三十万金，购买力如何？开元盛世，一斗米20个铜钱到30个铜钱，30万钱你看买多少米吧。一匹布400钱到500钱。一斤肉比较贵，500钱到600钱，就等于一匹布的钱了，等于十石多米了。买一个奴隶，买一个仆人，4000钱到5000钱，30万钱可以买60、70个奴隶，或者是60、70个保安。但还有一个东西比较便宜——酒，一斗酒十几二十个钱，比米还便宜。可能是他父亲在他出川时候给了他一笔钱。我曾经问过一个正写李白连续剧剧本的作家，叫北村，他说李白父亲在各地有企业，他随时随地都可以拿钱。要是自己背着，几百斤重啊，怎么走路？累得半死，又很不安全。背着30万钱在街上走，小偷不用多大本事，跟着你，拿把刀把袋子一割，全掉下来了，肯定是满街疯抢。

李白还有一个经济来源，他结了好几次婚，其中，头两次跟宰相的女儿结婚。宰相的女儿是随便可能追求得到的吗？李白就有这个本事，第一次是高宗时期的宰相许圉师的孙女，第二次是武则天时期的宰相宗楚客的孙女，这些人肯定都有嫁妆的。

另外一个收入，他应该是有稿费，当时没有稿费制度，主要看名声大小，有时候代人写首诗、一篇文章，给你一些赠品。例如墨，质量非常高的，有时候，送一点什么狐皮大衣之类的，有的时候给钱。李白代人家写文章，题目上有好多"代"，人家求上门的，可能给不少钱。

这里有一个旁证。

黄埔湜，这个人的水平，可能比李白差七八个档次。是末流的，最多也就是倒数第二流。曾经穷得"门前无车迹，烟囱断炊烟"。东都留守裴度，请他当幕僚，据《文献通考·新唐书艺文志》，裴度要修福先寺，想请白居易写个碑文，白居易在长安呢。黄埔湜听了大怒，说，干吗，我就在这，请什么白居易？不然，我就辞职不干了。裴度也是好脾气，说就你写吧，写完了，给他稿酬，车马彩绘。彩绘车和马，搁现在可能是宝马级的。黄埔湜脸皮比较厚，他说我给顾况写过序，一字三缣，给你写碑文写了三千字，一篇文章，就是九千缣，按唐制四丈为缣，一缣相当于一匹，三千多字，就差不多是一万多匹，还是嫌稿费少啊，太少！裴度这个人很大方，好，你要多少给你多少。开元年间，一匹布400钱到500钱，写一篇文章，要四五百万啊，李白那三十万金，算不了什么啊。这肯定是夸张了。但，说明文章是很值钱的。

第二个旁证。

白居易给他的朋友元稹写墓志。人死了以后，把一生总结一下，当然，白居易是大手笔，元稹又是他好朋友，一起唱和的，号称"元白体"嘛，元家给多少钱呢？你们猜不出来，给多少？六十万！李白那么阔气在扬州不过花了30万，如果有人请他写墓志铭，一下就赚回来了，知识产权嘛，那时很了不得的。白居易倒是比较清高，元稹是我的朋友，不能收这个钱，又不能退还，怎么办？捐出来，造了个香山寺，写一篇文章的稿费可以造一座寺庙。

杜甫没有那么高的身价，杜甫的集子里，他时时为生存而歌哭。他的诗则是被眼泪和民众的鲜血浸透了。李白在长安出入豪门，甚至宫廷，而杜甫在长安则活得很狼狈："朝扣富儿门，暮随肥马尘。残杯与冷炙，到处潜悲辛。"安禄山攻陷长安的时候，李白正在永王那里被奉为上宾，长安来不及逃走的王公大臣，不少被杀害了，王维被俘虏，押送到了洛阳，而杜甫的官职实在太小，九品芝麻官，人家没有把他认出来。此后杜甫逃到新即位的皇帝那里，衣服都破破烂烂，官至左拾遗，空头衔，书呆子气不识时务。他的朋友更大的书呆子房琯打了败仗，杜甫傻乎乎去辩护，碰了钉子，最后被贬为华州司功参军，负责祭祀、礼乐、学校。华州那么小，当个科长级的官员，百姓死的死，逃亡的逃亡，杜甫养不活一家老小，只好弃官而去。这以后，就流落奔走，从卖药到拾橡粒，什么都干，能混饱肚子就好，可还是饿死了两个孩子。李白可以豪情满怀地唱"金樽清酒斗十千，玉盘珍馐直万钱"。而杜甫，则只能喝"浊酒"，"酒债寻常行处有"，欠下酒债累累。同样是在岳阳楼，李白飘飘欲仙地饮酒，恨不得洞庭湖水都变成酒，"巴陵无限酒，醉杀洞庭秋"，而杜甫却伏在栏杆上痛哭。"亲朋无一字，老病有孤舟。戎马关山北，凭轩涕泗流"，既为国，也为家、为民哭。和李白相比，杜甫是笑不起来的，他的眼泪是太多了，甚至眼泪都哭干了：这个时代太悲惨了，直接出现在杜甫的诗篇中的，不是眼泪，而是哭声。

> 白水暮东流，青山犹哭声。
> 莫自使眼枯，收汝泪纵横。
> 眼枯即见骨，天地终无情。

山河都在哭，人当然也在哭，但是，杜甫却劝人不要哭了，再哭，眼泪就要枯了，枯了，骨头就会露出来，老天却无动于衷。哪怕你"牵衣顿足拦道哭，哭声直上干云霄"，老天也是无能为力的。

中国古典诗歌语言很讲究优美、含蓄，不是什么语言都可以

入诗的，如果要入诗的话，就要用委婉语，或典故，

如大便拉稀，就只能说，遗矢。用的是廉颇一饭三遗矢的典故，毛泽东有"千村薜荔人遗矢"。男女性事，叫作云雨，用的是楚怀王梦会巫山神女的典故。李白："云雨巫山枉断肠"。妓院叫作青楼，杜牧有"赢得青楼薄幸名"。哭泣，是可以写的，叫作泪沾襟。呜咽，凝咽，可以写泪，但是很少写哭，《诗经》"涕泗滂沱"，屈原"长太息以掩涕兮，哀民生之多艰"，白居易"芙蓉如面柳如眉，对此如何不泪垂"。当然，可以在典故里写到哭，但是，很奇怪的是，哭偶尔在典故里出现，可往往是没有声音的。最多是呜咽，"磨刀呜咽水，水赤刃伤手"。杜甫把哭声大张旗鼓地写出来："野哭千家闻战伐""路衢唯见哭，城市不闻歌""哀哀寡妇诛求尽，恸哭秋原何处村""自说二女啮臂时，回头却向秦云哭""万古一骸骨，邻家递歌哭""应沉数州没，如听万室哭""战场冤魂每夜哭，空令野营猛士悲""恸哭苍烟根，山门万重闭""上有行云愁，老弱哭道路""征戍诛求寡妻哭，远客中宵泪沾臆""恸哭松声回，悲泉共幽咽""亲朋尽一哭，鞍马去孤城"……这些哭声，都是国运的飘摇，百姓的苦难和血泪，难得的是，他自己也哭："少陵野老吞声哭，春日潜行曲江曲""天边老人归未得，日暮东临大江哭""临风欲恸哭，声出已复吞"。就是京师克复，他还是有后怕："莫令回首地，恸哭起悲风。"

杜甫之所以被誉为诗圣，在很大程度上就是因为他的诗篇浸透了平民的血泪和他自己的悲痛。

为什么杜甫的眼泪这么多？这实在是个不能不令他长歌当哭

的时代。"安史之乱"之前，唐朝已经有五千二百多万人口，到了七年以后，"安史之乱"结束，公元763年初，只剩下不到一千七百万。(《唐书·代宗纪》)七年之间死了三千五六百万人。每年死五百万，几乎每天要死一万多人。这可能并不完全是战死的，还有饿死的，杜甫自己的孩子，就饿死两个。战前米价一斗米20个铜钱到30个铜钱，到光复了的长安，大雨加上蝗灾，米价达到一千文，七年间米价涨幅达三十到五十倍，通胀率达百分之三千到五千。已经是"白骨成丘山"了，活着的人，也不知道什么时候饿死。

在我们印象中，唐朝是我国最为强大的朝代，最值得我们自豪的时代，但是，就是在这顶峰时代，发生了"安史之乱"，从中央王朝的角度看到的是英雄豪杰平定叛乱的丰功伟绩，但是从平民百姓的角度看，这是民族陷入了空前的灾难。在这场灾难当中，平民面临着的是生死存亡的命运，这血与火的民族灾难中，杜甫和百姓一起在煎熬忍受，写出了"三吏三别"那样真正的诗史。像《石壕吏》官军拉壮丁，这一家，三个男孩子，两个战死了，还要拉老头子去当兵，老头子躲起来，结果把老太婆拉去了。这完全是叙事，到了最后才有一点抒情："夜久语声绝，如闻泣幽咽。天明登前途，独与老翁别。"更加悲凄的是《无家别》，战败归业的士兵，发现村子空了："久行见空巷""但对狐与狸，竖毛怒我啼""四邻何所有，一二老寡妻""县吏知我至，召令习鼓鞞"。就是这样，还要被拉出去打仗，更惨的是，此时就是要告别，也没有家可别了："人生无家别，何以为烝黎。"杜甫作为诗圣，他的家国情怀并不仅仅停留在家上，同时，他还把国运放在第一位。在《新安吏》中，官军打了败仗，人口骤减，降低征兵年龄。在这种情境下，杜甫忍住内心的悲郁，出于民族大义，对这些孩子，强颜勉励。

> 况乃王师顺，抚养甚分明。
> 送行勿泣血，仆射如父兄。

仆射，指的是唐王朝的中流砥柱郭子仪，在《垂老别》中，杜甫写及他年老而主动从军，虽悲而壮。

> 四郊未宁静，垂老不得安。
> 子孙阵亡尽，焉用身独完。
> 投杖出门去，同行为辛酸。
> 幸有牙齿存，所悲骨髓干。
> 男儿既介胄，长揖别上官。
> 老妻卧路啼，岁暮衣裳单。
> 孰知是死别，且复伤其寒。
> 此去必不归，还闻劝加餐。
> 土门壁甚坚，杏园度亦难。
> 势异邺城下，纵死时犹宽。
> 人生有离合，岂择衰盛端。
> 忆昔少壮日，迟回竟长叹。

万国尽征戍，烽火被冈峦。

积尸草木腥，流血川原丹。

何乡为乐土，安敢尚盘桓。

弃绝蓬室居，塌然摧肺肝。

虽然家庭残破了，但是，对国家的责任，还是要义无反顾地承担起来。忍悲而壮，悲中有义，惨而有志。

虽然他身为官员，不用服兵役，"生常免租税，名不隶征伐"，但是，目睹百姓的苦难和国家的灾难，感同身受。

颠沛游离多年，就是到了成都，有高适、严武的照顾，才安定下来，在成都建了个草堂。草堂很破，屋顶还经常被吹掉，"八月秋高风怒号，卷我屋上三重茅"。还是依靠这些朋友来接济自己，高适当权的时候，还给他送过米。他依靠的金州司严武不在了以后，他就待不住了，想沿途下江回到长江下游，到江苏浙江安徽一带过太平日子，他日日夜夜考虑粮价，"为问淮南米贵贱，老夫乘兴欲东游"。和李白相比，真是天壤之别，李白是连酒价都不会考虑的。最好让洞庭湖都是酒，把它喝掉，多少钱？不管它。两个人感觉不一样。最后杜甫之死，据传说，不知道是真的还是假的，他到一个地方饿得要命，有个朋友给他饭吃，非常好的饭菜，牛肉，杜甫就未免大吃，结果就胀死了。

李白呢，他不是因为胀死，他不愁吃，他喝了酒一看，月亮嘛，我的老朋友，在河里面，我去捉月亮，"欲上青天揽明月"，是他自己讲过的嘛，去揽的结果就是送掉了老命。一个穷人、现实主义的诗人，一个浪漫主义的幻想家，两个人的性格就是如此的不同。我们在读诗的时候，读文的时候，读出它的灵魂来，其跟创作者的生活条件是分不开的。穷得要饿死的人和把喝酒当作职业的人相比，生命体验不同，诗歌的风格当然也就不可能相同。

尽管如此不同，杜甫和李白，还是我国诗歌史上的盛唐气象，两座无可逾越的高峰。在当时世界文化的天宇上如日月并出。其时，阿拉伯帝国正经历着改朝换代和分裂，公元751年的恒罗斯之战，为唐军所败。拜占庭帝国苟延残喘，西欧才开始进入历史舞台。印度仍然处于分裂。八世纪中叶，盛唐是世界上最强大的繁荣的国家，文化天宇上，星汉灿烂。绘画有吴道子、李思训、阎立本、韩干、王维、孟浩然……特别是雕塑，洛阳龙门石窟最西部无名氏所雕的卢舍那大佛像，至今仍然是中国古代雕塑的最高标志。书法家颜真卿、柳公权、张旭、怀素。音乐更是融合了西域的乐曲，唐明皇、王维都是音乐家，歌唱家李龟年、雷海青、舞蹈家公孙大娘，皆名噪一时，特别是杨玉环，由于贵妃的身份更是超级明星。中国诗的格律绝句、律诗已经高度成熟，诗人，有诗仙李白、诗圣杜甫、诗佛王维、诗鬼李贺，诗国的天宇上，灿如星海。此时，欧洲还处在中世纪的黑暗中。而东亚朝鲜、越南、还没有自己的文字，他们的知识分子只能到中国来考取功名，因而，他们的古典诗歌，就是汉语诗歌，日本的留学生在汉字基础上建构了日语文字，以汉字写诗蔚为大观。

几百年以后，在地中海的一个西西里小岛上，才出现一线曙光，后来盛行于欧洲的十四行诗才用西西里方言草创，要看到但丁、彼得拉克那样的巨星冉冉升起，历史还要等待大几百年。直到二十世纪初，美国诗人惊异于汉语诗歌不是像他们那样长篇大论地追求哲理升华，而是以密集的意象思维写就，于是师承中国古典诗歌，创立了意象派，其旗帜性人物庞德，还成了美国的伟大诗人。虽然意象派存在的时间不长，但是，据说美国一位大诗人弗罗斯特在 1965 年之前曾总结了中国诗学文化对美国诗人的影响，并认为这种影响波及欧美三代诗人：第一代以庞德为代表，第二代以他自己为代表，第三代则以金斯伯格为代表。在二十世纪三四十年代写作的诗人，他们继承了前人已采用的中国诗歌的话语范式。历史的发展有时很怪异，二十世纪初，当意象派和欧美诗歌向中国古典诗歌学习的时候，我们的新诗的开拓者胡适却把古典诗歌当作镣铐打碎，把西方意象派当作典范来学习。一百年来，新诗至今仍然不被国人普遍接受，古典诗歌经典仍然保持着不朽的生命，千秋功罪有待具备古典诗歌修养的人们做科学的评说。

《长恨歌》: 历史悲剧
升华为爱情不朽的颂歌

　　我国古典诗话，对于诗与政治，诗与历史，诗与现实之间的关系，可能是最为尊重艺术本身的规律的，但是，这只是一般而言，在特殊情况下，特别是诗与历史的方面，有时，则往往把诗与史混为一谈。传统文论而言，史是列入经的范畴的，其地位高到要以"六经皆史"来强调，而我国又是把诗列入最高经典的国家，"六经皆诗"的主张，代不乏人。但是，在诗话中纠缠于历史事实与诗的矛盾的并不多见，原因可能是我国古典诗歌抒情占绝大多数，缺乏叙事诗，尤其与史诗传统有关的。而《长恨歌》是我国文学史上罕见的叙事诗篇，故诗话家们难免忘记诗的虚构，在一些历史事实上纠缠不休。其实，这首诗一开头就宣告了它的虚拟性："汉皇重色思倾国，御宇多年求不得。杨家有女初长成，养在深闺人未识。"明明白白，原本是把儿子寿王的妃子据为己有，却说得冠冕堂皇，其创作初衷就是诗化的历史，历史的诗化。

正是由于在这一点上的混淆，至今人们对其主旨的理解仍然存在着根本的分歧。要弄清楚这一点，就不能光局限于诗话家们的考证，而应该从根本上分析整篇诗作。

白居易和用小说形式写了这个题材的陈鸿发出了互相矛盾的信息。陈鸿在《长恨歌传》中提出"惩尤物，窒乱阶"，开辟了后来所谓的"讽喻"说的源头。但白居易被贬江州编纂自己的诗集时，并未把它编入"讽喻诗"，而是收在"闲适诗"中。他在《编集拙诗成一十五卷因题卷末戏赠元九、李二十》中说："一篇长恨有风情，十首秦吟近正声。""风情"似乎与"闲适"不相类。近年王运熙先生提出爱情与讽喻"双重主题"说，不过是两说的调和。至于俞平伯先生的"隐事"说，黄永年先生的"无主题思想"说则是逃避两说的矛盾。种种说法虽然各执一词，但是在拘泥于一望而知的表层话语做各取所需的论证则如出一辙。讽喻说往往举杨贵妃惨死以前的诗句为证（"汉皇重色思倾国，御宇多年求不得""春宵苦短日高起，从此君王不早朝""缓歌慢舞凝丝竹，尽日君王看不足"）。而爱情说则不难反驳：如果主旨全在讽喻，为什么抒写李杨从相恋到杨死只用了三十八句，而唐玄宗思念杨贵妃却用了八十二句？就算是讽喻，白居易也和陈鸿有所不同。陈鸿并没有回避"得弘农杨玄琰女于寿邸"这个父亲抢了儿子媳妇的丑剧，而白居易则以"杨家有女初长成，养在深闺人未识"把它掩盖了起来，委婉到了歪曲的程度还能算是"讽喻"吗？就算对于沉迷声色有所批判，也只集中在荒废了朝政（"春宵苦短日高起，从此君王不早朝"），杨家兄妹权势膨胀（"姊妹弟兄皆列土，可怜光彩生门户"）。不可忽略的是，所有这一切，都是侧面交代，没有多少渲染。而唐明皇为杨贵妃美色所迷却是大笔浓墨，正面铺张地形容的：

回眸一笑百媚生，六宫粉黛无颜色。

根本情调是对杨贵妃的美的赞颂，很难说有多少讽喻意味。在所有歌颂性的描述中，这是最精彩的一笔，比那些正面写外貌之美的诗句（如"云鬓花颜金步摇"）更艺术，不写美本身，而写美在对方的心理上产生的强烈效果。一见杨玉环，皇宫佳丽（"后宫佳丽三千人"）一个个就面色苍白了。以效果的强烈来暗示美貌的震撼性。这在中国古典诗歌艺术中是很经典的，而接下来：

春寒赐浴华清池，温泉水滑洗凝脂。

敢于写到肉体，强调肌肤之美，是很大胆的：

侍儿扶起娇无力，始是新承恩泽时。
云鬓花颜金步摇，芙蓉帐暖度春宵。

把女性局限于肌肤的美艳和体态娇弱，就是"芙蓉帐暖度春宵"也很难说是讽喻。正是因为这样，才引发了后世诗评家的非议："乐天云；'一篇长恨有风情'，此自赞其诗也，今读其词，格极卑庸，词颇娇艳。"（周敬、周珽《唐诗选脉会通评林》）白居易对女性的赞赏写到体肤的颇多，也许有格调不高的败笔，但是，这里则是由当时李隆基的"重色"决定的，这是贵族男性的审美观念，不能笼统贬之为"格极卑庸"。

从《长恨歌》的意脉发展来看，初期的李隆基，重色的倾向很明显。而杨贵妃则以色击败了后宫佳丽三千之多，终于"新承恩泽"，诗人强调的是莫大的荣幸。细读文本，不能不感到所谓爱情说的弱点。这样的情感能够笼统用"爱情"来概括吗？皇帝与妃子之间的情感，不可能是平等的，一方"施恩"是自由任意的，另一方"承恩"是别无选择的，白居易和陈鸿都把当时二人年龄的差距（一个六十一，一个二十出头）掩盖起来了。即使年龄差距达到四十岁，花甲老人对于青春少女，也还是一种荣幸，权力悬殊使年龄的差异不成为差异，从这个意义上来说，用现代爱情观念来概括李杨情感不可能不是牵强的。对李杨欢乐情景渲染在白居易笔下是无保留的，赞美之情溢于言表：

骊宫高处入青云，仙乐风飘处处闻。

也许在讽喻说者看来，这是在揭露宫廷生活的奢靡，但是，"仙乐风飘处处闻"难道不是美化？这里的音乐之美和人的美是统一的——只有君王和贵妃才配有这样天上人间的境界：

> 缓歌慢舞凝丝竹，尽日君王看不足。

　　飘飘欲仙的舞乐是美的，更重要的是君王的目光，君王的审美心情。这里有爱，但是，这是君王对妃子的"宠爱"。"三千宠爱在一身"，把它置换成"三千爱情在一身"是滑稽的。"宠爱"和当代词语"爱情"最大的差异就是：第一，宠爱是单方面恩赐的；第二，受宠者只能是"承恩"，别无选择；第三，这种荣幸，不仅是自身的，而且能为家族带来荣华富贵；第四，皇帝的绝对权力带来的幸运却并不绝对，与之相随的是灾难。国家的动乱使受宠者付出生命的代价：

> 渔阳鼙鼓动地来，惊破霓裳羽衣曲。
> 九重城阙烟尘生，千乘万骑西南行。
> 翠华摇摇行复止，西出都门百余里。
> 六军不发无奈何，宛转蛾眉马前死。

　　从"一朝选在君王侧"到"宛转蛾眉马前死"，情节逻辑不很清楚，其中因果关系是省略了的。陈鸿的《长恨歌传》大致遵照历史，其间的逻辑说得很清楚：

> 天宝末，兄国忠盗丞相位，愚弄国柄。及安禄山引兵向

阙，以讨杨氏为辞。潼关不守，翠华南幸。出咸阳道，次马嵬亭，六军徘徊持戟不进。从官郎吏伏上马前，请诛晁错以谢天下。国忠奉牦缨盘水，死于道周。左右之意未惬，上问之，当时敢言者请以贵妃塞天下之怒。上知不免，而不忍见其死，反袂掩面，使牵而去之。仓皇展转，竟就绝于尺组之下。

严峻的历史冲突，须要一个宠妃付出生命的代价才得到缓和。在陈鸿看来，这是天经地义的。杨贵妃之所以要死，是因为，第一，她是专权的奸臣的妹妹；第二，她是犯了错误的皇帝的宠妃。而她之所以成为宠妃，就是因为她是个"尤物"，这个罕见的、迷人的、特别漂亮的女人，注定要成为王政混乱国家危亡的原因（"乱阶"），为了王朝的稳定，严厉地惩治绝对必要。这种美女祸水论似乎是许多诗人的共识，在白居易的朋友元稹那里表现得更是直率："开元之末姚宋死，朝廷渐渐由妃子。禄山宫里养作儿，虢国门前闹如市。弄权宰相不记名，依稀忆得杨与李。"（《连昌宫词》）白居易的另一个朋友刘禹锡，并不算是太保守的人物，他对杨贵妃的态度更加严厉："军家诛戚族，天子舍妖姬。群吏伏门屏，贵人牵帝衣。低回转美目，风日为无晖。"（《马嵬行》）处死杨贵妃，理所当然，将军是在严峻执法，天子也大义舍弃，杨贵妃连"尤物"都不是，而是"妖姬"。马嵬即兴在中唐以降成为热门题材，张祜、李商隐、刘禹锡、李远、郑畋、贾岛、高骈、于濆、罗隐、黄滔、崔道融、苏承、唐求等都有诗作，大抵是政治上的悼古伤今，充其量也只是在感伤中偶尔流露出微妙的同情。只有李商隐《马嵬》是例外：

> 海外徒闻更九州，他生未卜此生休。
> 空闻虎旅传宵柝，无复鸡人报晓筹。
> 此日六军同驻马，当时七夕笑牵牛。
> 如何四纪为天子，不及卢家有莫愁。

李商隐的卓尔不群就在于，超越了政治性的感伤，以王权的显赫和感情的悲凉做对比，肯定个体幸福超越王权。李商隐把人的感情价值提到这样的高度，是相当大胆的，但是，他的表达很委婉，从侧面着笔，而白居易则从正面，以大笔浓墨抒写：

> 花钿委地无人收，翠翘金雀玉搔头。
> 君王掩面救不得，回看血泪相和流。

白居易强调的是：一方面是绝世的美丽，一方面是猝然的死亡；一方面是权力至上的君王，一方面是血泪交流而无可奈何的君王。白居易的同情显然在李杨身上。"尤物"注定"乱阶"的逻辑正是现实正统政治观念的表现，但是，在《长恨歌》中，这种政治逻辑被颠覆了。白居易和李商隐一样感叹美女和君王的不幸。白居易给美女的定性是"天生丽质"，美是天生的，而且她与乱政的苏妲己和褒姒也不一样，她没有残害忠良。她的受宠，她的升腾，她的幸运，她的走向死亡，就是因为她天生丽质而得到的。她是被"选"的，是身不由己的。在白居易的情节逻辑中：美女的情感价值最重要，政治身份可以略而不计，美女就是美女。美女因为太美而成为政权的牺牲品，这是很不公平的，这是美女的大"恨"。把美女叫作"尤物"，意思是不但美丽，而且稀罕，在美女稀罕这一点上，白居易和陈鸿是一样的。但是，在白居易看来，正因为稀罕，才更应该珍惜。故在《长恨歌》一开头，就是一曲美女幸运的赞歌。但是，陈鸿那里，正是因为稀罕，才具有政治的危险性，因而遭到杀害是理所当然的，而在白居易心目中，罕见的美女，正如《琵琶行》中演奏技艺高超的女艺人一样，同样值得赞美。这个罕见个体，虽然造成君王沉迷，导致裙带性质的政治腐败，甚至与王朝的危局有脱不了的干系，与严重的政治危机有关联，美女的罕见的美，还是值得珍惜，值得用最美好的语言来歌颂的。因为美女是稀罕的，所以美女身不由己卷入政局而死亡，美的毁灭，就是莫大的憾恨，这不但是美女的憾恨，而且对于人生来说，也是无限的遗恨。

白居易把诗题定为"长恨歌"，用意是很深的。关键词是"恨"，这个"恨"贯穿长诗意脉的首尾。"恨"这个字的内涵很丰富，白居易没有取怨恨、仇恨、愤恨之意，而取其不能如愿，结果不能改变而痛苦之意（如憾恨、悔恨、遗恨）。这个"恨"，还不是一般程度的"恨"，而是"长恨"，这个"长"还不是一般的时间长度，而是"抱恨终天"那种，永远不可挽回的，死也不甘心的遗"恨"。这就是《长恨歌》意脉的核心。在开头部分，从受宠到惨死，"恨"的内涵大体是对牺牲品的同情，无可奈何的遗憾。从同情这一点看，甚至包括唐明皇，即使有所讽喻，也是最低限度的。但是，对于杨贵妃，赞美完全淹没了讽喻。至于"爱情"就比较复杂，须要做仔细的具体分析。

从文本潜在的意脉来说，贵妃死后开始了新的阶段，赞美的对象从美女的美转向帝王感情的美。这时美女肉体上已经死亡。"重色"的君王，已经无色可重。权力对于死亡无可奈何。如果宠爱仅仅是出于色，只能宣告终结，然而，帝王的憾恨，却超越了死亡。这就显示出恨不是短"恨"，遗"恨"持续不断意味着：第一，这是一种"长恨"，并不因远离死亡现场，距离死亡的时间渐行渐远而淡化；第二，"圣主朝朝暮暮情"，表明在性质上有了改变，造成朝朝暮暮"长恨"的原因是"情"，这就超越了"芙蓉帐暖度春宵"，不再是色欲，重色变成了重情，"长恨"不仅仅是在时间上的朝朝暮暮，而且是在刻骨铭心的状态上，这是一种无可奈何的、无限缠绵的、不可磨灭的情感，最关键的这还是一种不可挽回的遗恨；第三，这种遗恨是无限的，无所不在，它冲击着渐行渐远的环境景物，令一切生命感觉发生"变异"。阳光变得淡白，旗帜失去颜色，皎洁的月光令人伤心，雨中的铃声则更是令人肠断，这里的"变异"，不仅仅是"形变"，而且是"质变"。变异的幅度之大，反差之巨，正是感情深度冲击的结果，这比之"温泉水滑洗凝脂"更高雅，上升到超越肌肤，超越功利的审美层次，在性质上具备了恋情、爱情的特征。对于意脉来说则是进入了一个新的高度。这已经不是初始的宠幸，爱情不但在于超越了色欲，而且超越了不可排解，进入了不可更换、不可代替的境界。在重返长安以后，李隆基并没有把色欲转移到另外的美女身上去。帝王施恩的任意性权力，并不能排解李隆基的"长恨"。这就不仅仅是感情的深挚，而且是爱情的忠贞。任意的施恩的权力在爱情的不可改变面前变得无能为力，这样，憾恨就带上《长恨歌》中爱情理想化的特点：绝对性。

> 归来池苑皆依旧，太液芙蓉未央柳。
> 芙蓉如面柳如眉，对此如何不泪垂。

爱的绝对在"恨"的绝对中得到体现，在逃亡途中，是一切景观皆因未能与贵妃共享而悲凉，由于所爱的不在场而"恨"，归来以后，则是物是人非的反差，环境越是美好，越是引发悲痛。对美的悼念变成了绝对的憾"恨"：

> 春风桃李花开日，秋雨梧桐叶落时。
> 西宫南内多秋草，落叶满阶红不扫。

这里的"恨"是绝对不变的。一是，不因春秋季节的推移而消失；二是，不因乐景（"春风桃李花开"）和悲景（"秋雨梧桐叶落"）而变化，乐景和悲景一样引起悲痛；三是，悲痛造成了宫廷环境的荒凉（"落叶满阶红不扫"），荒凉和往日的繁华形成对比而显得触目惊心；第四，这种遗恨最集中的特点是孤独：孤独就是无伴，伴的唯一、不可替代感，使抒情达到了高潮。

夕殿萤飞思悄然，孤灯挑尽未成眠。

迟迟钟鼓初长夜，耿耿星河欲曙天。

鸳鸯瓦冷霜华重，翡翠衾寒谁与共。

这是以夜晚的失眠表现"长恨"的心理效果，不再单纯运用变异的意象，而是以极其精致的细节构成有机的、无声的图景，暗示时间的默默推移（从"迟迟钟鼓"到"星河欲曙"），把失眠的痛苦从视觉的"夕殿萤飞"到听觉的"迟迟钟鼓"再到触觉的"翡翠衾寒"，统一起来做多元感知的呈现。这里宫殿环境固然是帝王独有的，但是，失眠的心理即是超越了帝王，"孤灯挑尽未成眠"，似乎带上了平民的色彩。很难设想，太上皇的南内宫殿的灯会是"孤灯"，更难设想太上皇要亲自去挑它的灯芯，白居易在这里有意无意地把失眠的情景融入了平民生活，对忠贞不二的爱情来说，身份似乎并不重要，超越身份才更有绝对性。

事实上这样绝对的爱情在人间是不可能存在的，故道士即使排云驭电，升天入地也只能是"两处茫茫皆不见"。陈鸿在《长恨歌传》里这样描述杨玉环的诉说："昔天宝十年（751）侍辇避暑骊山宫，秋七月，牵牛织女相见之夕……时夜殆半，休侍卫于东西厢，独侍上。上凭肩而立，因仰天感牛女事，密相誓心，愿世世为夫妇。言毕，执手各呜咽。"白居易把现世的记忆转化为"虚无缥缈间"的"海上仙山"，为绝对爱情找到绝对自由的环境。在这"虚无缥缈"的环境中，绝对爱情就是绝对理想化：第一，对象是绝对唯一的，不可替代的；第二，感情是绝对不变的，生者是不变的，死者也是不变的；第三，死者因为感情不变而成了仙子，美得比活着更美。活着时候，不过是"宫高入云""仙乐风飘"，而死后却变成了"绰约仙子""雪肤花貌""仙袂飘举"。但是，即使成仙，并不因而欢乐，相反，仍然陷于"长恨"之中：憾恨不是一般的美化而是仙化。这里的美，不仅仅是丽质而欢乐的美，而且是坚贞而悲凉的美。

理想的爱情的美，就是在任何极端条件下，都是绝对不变的：

在天愿作比翼鸟，在地愿为连理枝。

这里隐含着"世世为夫妇"的理想，得力于将《孔雀东南飞》结尾处意象转化：把松柏、梧桐的"枝枝覆盖""叶叶交通"，转化为"连理枝"；把其飞鸣其间的"双飞鸟"转化为"比翼鸟"；把超越生命大限的理想爱情，提炼成诗化的哲理性格言。在天，在地，说的是爱情不但不受生死限制，而且不受空间限制，不论是在天上，还是在人间，都是绝对不变的。天长，地久，说的是，不但生死不能改变，而且与天地共存在的时间也不能改变，爱情（遗恨）甚至比之宇宙更为无限。但是，白居易并不满足于这种形而上学的绝对永恒，他坚定地把它变为现实的抒情，永恒的爱情，在现实中，只能是永恒的憾"恨"，永恒的悲痛，绝对的"长恨"。

天长地久有时尽，此恨绵绵无绝期。

"长恨"绵绵无尽，从意脉来说，正是白居易自己说过的"卒章显志"，成为意脉的脉尾，全诗的构思达到了有机的统一。

到此为止，纵览意脉全程，才到达文本的第二个层次，充分阐释经典之作的不朽，不能不向文本的第三层次，也就是形式风格的层次进军。《长恨歌》之所以经受得住千年的时间考验，根本原因就在于它不是一般的诗，而是杰出的叙事诗。和叙事作品《长恨歌传》相比，它在叙事上要成功得多，原因在于在叙事的过程中又和谐地抒情。叙事和抒情从根本上是矛盾的。叙事就是叙述情节的连续性，抒情如果陷于追随情节的过程，则情绪的跳跃和自由转移就受到限制。驾驭这样的矛盾，使之统一和谐是很有难度的。白居易对叙事有强大的驾驭能力，在《秦中吟》中就把叙事控制在朴质的过程之中，他的实用意图（"唯歌生民病，愿得天子知"），决定了他并不追求抒情与叙事水乳交融的和谐。元稹的《连昌宫词》对比唐明皇极盛而衰的宫廷，之所以不如《长恨歌》，就在拘泥于抒情。长达九十句（比《长恨歌》还要长八句）从头到尾全都是抒情，虽然以一个"宫边老翁"的陈述展开，但是并没有个人生离死别的情节。抒情缺乏叙事的框架，不能不沦为景象的铺排，系统的对比，不能挽救单调。在语言上，除个别句子具有感叹和直接抒发的意味，绝大多数诗句为陈述语气，造成抒情密度过大的窒息。白居易对李杨故事的处理则不然，至少在两个方面不同于元稹：第一，不是拘于正统政治观念，而是把情感作为价值准则，把李隆基和杨玉环当作人，把个体的人的感情的精彩放在主导地位，虽然他们有政治上的错误，甚至罪过，但超越生死的感情，不可替代的感情更令人感动；第二，不拘于抒情，把叙事与抒情结合起来。《长恨歌》的大起大落的情节，其曲折性大大超过琵琶女的遭遇。白居易没有陷于被动的叙事，他营造了另外一种风格，以抒情的脉络，化解叙事。从杨贵妃得宠到"安史之乱"发生，再到李隆基仓皇出逃，其间曲折变动，在历史家司马光笔下是很复杂的，光是战事就胜败互见，唐兵虽屡败，但李光弼、郭子仪亦时有胜绩。潼关主帅哥舒翰坚守策略不得行，杨国忠对其心怀恐惧，宦官监军，强制出战的结果是唐兵崩溃。《资治通鉴》描述李隆基出逃这一天"百官朝者十无一二"，是非常狼狈的：

> 上移仗北内，既夕，命龙武大将军陈玄礼整比六军，厚赐钱帛。选闲厩马九百余匹，外人皆莫之知。乙未，黎明，上独与贵妃姊妹、皇子、妃、主、皇孙、杨国忠、韦见素、魏方进、陈玄礼及亲近宦官、宫人出延秋门，妃、主、皇孙之在外者，皆委之而去。

而《长恨歌》中，对这样复杂的历史过程，四两拨千斤，只用了两句话：

> 渔阳鼙鼓动地来，惊破霓裳羽衣曲。

这完全是神来之笔，第一，在无限丰富的生活细节系统之中，潇洒自如地精选了两个，一个是"渔阳鼙鼓"作为战乱的意象，一个是"霓裳羽衣曲"作为宫廷奢靡的意象；第二，更精致的是，对"渔阳鼙鼓"只选定了一个属性："动地"，以之"惊破霓裳羽衣曲"。诗歌的想象跨越了空间千百里的过程，把二者以一条因果直线联系在一起。这种"意象因果"表现出来的不仅是历史概括的魄力，而且是诗家的想象精致。不但他朋友元稹的《连昌宫词》不能望其项背，就是白居易自己也不是常常能够达到这样的境地。当然，白居易的才华并不是限于"意象因果"这一手，在描述李隆基逃往四川的时候，他用的是另外一手：

> 黄埃散漫风萧索，云栈萦纡登剑阁。
> 峨嵋山下少人行，旌旗无光日色薄。
> 蜀江水碧蜀山青，圣主朝朝暮暮情。
> 行宫见月伤心色，夜雨闻铃断肠声。

几乎都以主人公的感官为中心，所见所闻，全部意象的组合，以情感的秩序来安排，但装点于意象群落中的"登剑阁""峨嵋山""行宫见月"隐含了由陕入川，从逃亡到安定的过程，时间的推移就这样沉浮于意象群落之中，过程则成为若断若续的脉络。在这种"意象群落"中，过程的连续性被最大限度地隐藏，就是为了意象的任情跳跃和自由组合。"归来池苑皆依旧，太液芙蓉未央柳。芙蓉如面柳如眉，对此如何不泪垂。春风桃李花开日，秋雨梧桐叶落时""迟迟钟鼓初长夜，耿耿星河欲曙天"，都是以意象的断续对举（"池苑"对"依旧"；"春风"对"秋雨"；"长夜"对"欲曙"）代替时间的连续。"悠悠生死别经年，魂魄不曾来入梦。"把"经年"的过程，隐藏在抒情（不曾入梦）的感叹之中，这样，时间的推移就转化为抒情。

当然，这种以意象隐藏时间连续性的办法并不是绝对的，当复杂的过程有碍于抒情的单纯时，过程是要隐约的，当过程并不太复杂，白居易则并不回避时间的连续：

汉皇重色思倾国，御宇多年求不得。

杨家有女初长成，养在深闺人未识。

天生丽质难自弃，一朝选在君王侧。

本来，从"养在深闺人未识"，到"一朝选在君王侧"，叙事的连续性已经完足，"天生丽质难自弃"并非叙述的必要成分，多余的交代是叙述的大忌，这里却是不可省略的，原因在于插入诗人的评断，为"养在深闺"到"选在君王侧"提供一个原因，这其实不是客观的，而是诗人的主观赞美，也就是抒情。

闻道汉家天子使，九华帐里梦魂惊。

揽衣推枕起徘徊，珠箔银屏迤逦开。

云鬓半偏新睡觉，花冠不整下堂来。

风吹仙袂飘飘举，犹似霓裳羽衣舞。

玉容寂寞泪阑干，梨花一枝春带雨。

含情凝睇谢君王，一别音容两渺茫。

昭阳殿里恩爱绝，蓬莱宫中日月长。

回头下望人寰处，不见长安见尘雾。

唯将旧物表深情，钿合金钗寄将去。

钗留一股合一扇，钗擘黄金合分钿。

但教心似金钿坚，天上人间会相见。

临别殷勤重寄词，词中有誓两心知。

这是杨贵妃的正面出场，是全诗的高潮。从叙事的过程来看，这里的要素有五：1. 闻道天子来使；2. 揽衣推枕下堂；3. 含情凝睇作答；4. 出示旧物；5. 临别寄词。如果光是这些要素的连续，即使敷衍成七言节奏，只可能成为《秦中吟》那样的浅直。但是这里动作的连续之中主体的情感层次相当丰富，令人赞叹的是固然有仙家的环境的美（"九华帐""珠箔银屏""仙袂飘飘""霓裳羽衣"），这些文采固然不可缺少，但是其灵魂却在潜在的精彩。连贯性动作之下有情感层次若隐若现。杨贵妃不是像开头那样属于被欣赏的形象，而是作为情感主体来展示的，仙境只是陪衬。"九华帐"的动人，是为了陪衬"梦魂惊"，"揽衣推枕"是为了表现其"起徘徊"心境，"珠箔银屏迤逦开"，不仅是排场，而且与"梦魂惊"的内心动作急促相对比，是外部动作的从容仪态，而"云髻半偏""花冠不整"流露出出场的急迫。出场动作层次和内心层次交织，动作层次情感的丰富含量，使得叙事具有了抒情的功能。在这一点上，和琵琶女的出场异曲同工。

以显性的叙事过程，隐含曲折的意脉，在叙事中饱含情感潜在量，是白居易的拿手好戏。在杨贵妃的出场中表现得更为精致，"风吹仙袂飘飘举，犹似霓裳羽衣舞"，已经是理想化到超凡脱俗的仙化的程度了，层次分明的叙事过程已经统一为形象，但这是生时人间的美的延续，白居易并不满足，坚决把叙事的节奏停顿下来，对天上仙界的美作正面的概括：

玉容寂寞泪阑干，梨花一枝春带雨。

这样就把动态的情感进一步凝聚在静态的美上，同时也就把仙境的美转化为人间的美，仙子变成为爱情悲郁的女人。这个形象和生时的热烈相反，玉容寂寞泪，梨花带雨，是冷色调的有机统一，悲凉的美显得冰清玉洁。

叙事和抒情反复互渗，使得杨贵妃的美具有多重色彩，一重是得宠时的美艳而热烈，二重是想念中的悲凉而深沉，三重是仙气而平民。三者统一起来，不管与历史人物有多大的区别，杨贵妃成为永恒爱情的美的象征，在中国古典爱情不朽的理想母题序列中，上承民间文学《孔雀东南飞》，提升到形而上的境界，下开《梁山伯与祝英台》，让情感战胜死亡而起飞这一意象一脉相承。这就决定了《长恨歌》不但成为白居易艺术不朽的证照，而且成为中国古典爱情境界的高峰的标志。

2010 年 2 月 9 日

唐人七绝何诗压卷

在唐诗绝句中评出压卷（最佳）之作之前，在理论上必须清场。首先，中国古典诗论，从性质上来说，是文本中心论，当代西方前卫文论的基础则是读者中心论，一千个读者有一千个哈姆雷特。"文本"（text）的提出，就针对独立于读者之外的作品，根本不承认的统一评价。当然，在中国，也不是没有读者中心的苗头，"诗无达诂"的说法就颇得广泛认同。袁枚《随园诗话》说得更具体："诗如天生花卉，春兰秋菊，各有一时之秀，不容人为轩轾。音律风趣，能动人心目者，即为佳诗，无所为第一、第二也。……若必专举一人，以覆盖一朝，则牡丹为花王，兰亦为王者之香。人于草木，不能评谁为第一，而况诗乎？"吴乔《围炉诗话》更主张诗之"压卷"不但因人而异，而且因人一时之心情而异，所谓压卷，不过是"对境当情"而已："凡诗对境当情，即堪压卷。余于长途驴背困顿无聊中，偶吟韩琮诗云：'秦川如画渭如丝，去国还乡一望时。公子王孙莫来好，岭花多是断肠枝。'（《骆谷晚望》）。对境当情，真足压卷。癸卯再入京师，旧馆翁以事谪辽左，余过其故第，偶吟王涣诗云：'陈宫兴废事难期，三阁空余绿草基。狎客沦亡丽华死，他年江令独来时。'（《惆怅诗十二首·其九》）道尽宾主情境，泣下沾巾，真足压卷。又于闽南道上，吟唐人诗曰：'北畔是山南畔海，只堪图画不堪行。'（杜荀鹤《闽中秋思》）又足压卷。……余所谓压卷者如是。"从理论上来说，这是读者中心论的极致，以读者即时即境心情评诗。从理论上说来，这都只是袁枚和吴乔一时的感兴，并不能代表其整体诗歌理论。吴乔的"无理而妙"讲的就是诗的普遍规律。在二十世纪八九十年代西方文论的绝对的相对主义高潮中，有识者在理论上也提出"共同视域"和"理想读者"，乃至"专业读者"的补正。到了2003年，在《二十世纪西方文学理论》里消解"文学"的特里·伊格尔顿在《理论之后》中，改口反对绝对的相对主义，而赞成真理，甚至某种"绝对真理"的存在。

压卷之争隐含着一种预设：绝句毕竟有着统一的艺术准则。这在中外诗歌理论界似乎是有相通之处的。正是因为如此，唐诗绝句何者压卷之争，古典诗话延续明清两代，长达数百年。

在品评唐诗的艺术最高成就时，向来是李白杜甫并称，举世公认，但是，在具体形式方面，二者的评价却有悬殊。历代评家倾向于，在绝句方面，尤其是七言绝句，成就最高者为李白，高棅在《唐诗品汇》中说："盛唐绝句，太白高于诸人，王少伯次之。"胡应麟在《诗薮》中也说："七言绝以太白、江宁为主，参以王维之俊雅，岑参之浓丽，高适之浑雄，韩翃之高华，李益之神秀，益以弘、正之骨力，嘉、隆之气运，集长舍短，足为大家。"连韩翃、李益都数到了，却没有提到杜甫。沈德潜在《唐诗别裁》中则具体说到篇目："必求压卷，王维之'渭城'，李白之'白帝'，王昌龄之'奉帚平明'，王之涣之'黄河远上'，其庶几乎！终唐之世，绝句无出四章之右者矣。"不但如此，《诗薮》还拿杜甫来对比："自少陵以绝句对结，诗家率以半律讥之。"许学夷《诗源辩体》引用王元美的话说："子美七言绝变体，间为之可耳，不足多法也。"当然，对于杜甫绝句，不乏为其辩护者，如说杜甫的七绝是一种"变体"，"变巧为拙""拙中有巧"，对孟郊、江西派有影响等。但是，这些都是消极防御，避免过分抹杀。究竟是哪些篇目能够获得"压卷"的荣誉，诸家看法不免有所出入，但是，杜甫的绝句从来不被列入"压卷"则似乎是不约而同的。这就说明有一个不言而喻的共识在起作用。古典诗话的作者们并没有把这种共识概括出来，我们除了从"压卷"之作中进行直接归纳，别无选择。除个别偶然提及，普遍被提到的大致如下——

王昌龄《出塞二首》（其一）：

秦时明月汉时关，万里长征人未还。

但使龙城飞将在，不教胡马度阴山。

王之涣《凉州词二首》其一：

黄河远上白云间，一片孤城万仞山。

羌笛何须怨杨柳，春风不度玉门关。

李白《下江陵》：

朝辞白帝彩云间，千里江陵一日还。

两岸猿声啼不住，轻舟已过万重山。

王翰《凉州词二首》（其一）：

葡萄美酒夜光杯，欲饮琵琶马上催。

醉卧沙场君莫笑，古来征战几人回？

王维《送元二使安西》：

渭城朝雨浥轻尘，客舍青青柳色新。

劝君更尽一杯酒，西出阳关无故人。

李益《夜上受降城闻笛》：

> 回乐峰前沙似雪，受降城上月如霜。
> 不知何处吹芦管，一夜征人尽望乡。

诗话并没有具体分析各首艺术上的优越性何在。采用直接归纳法，最方便的是从形式的外部结构开始，并以杜甫遭到非议的绝句代表作"两个黄鹂鸣翠柳，一行白鹭上青天。窗含西岭千秋雪，门泊东吴万里船"加以对比。不难看出二者句子结构有重大区别，杜甫的四句都是肯定的陈述句，都是视觉写景。而被列入压卷之作的则相反，四句之中到了第三句和第四句在语气上发生了变化，大都是从陈述变成了否定、感叹或者疑问——"但使龙城飞将在，不教胡马度阴山。""羌笛何须怨杨柳，春风不度玉门关。""醉卧沙场君莫笑，古来征战几人回？""劝君更尽一杯酒，西出阳关无故人。""不知何处吹芦管，一夜征人尽望乡。"不但是句法和语气变了，而且从写客体之景转化为感兴，也就是抒主观之情。被认为是压卷之作的，比之杜甫的，显然有句法、语气、情绪的变化，甚至是跳跃，心灵显得活跃，丰富。绝句在第三句要有变化，是一种规律，元朝杨载的《诗法家数》中指出：

> 绝句之法要婉曲回环，删芜就简。句绝而意不绝。多以第三句为主，而第四句发之。有实接，有虚接。承接之间，开与合相关，反与正相依，顺与逆相应。一呼一吸，宫商自

谐。大抵起承二句固难，然不过平直叙起为佳，从容承之为是，至如宛转变化工夫，全在第三句。若于此转变得好，则第四句如顺流之舟矣。

杨载强调的第三句相对于前面两句，是一种"转变"的关系，这种"转变"，不是断裂，而是在"婉转"的"变化"中的承接，其中有虚有实，虚就是不直接连续。如《出塞》前面两句是"秦时明月汉时关，万里长征人未还"，是实接，在逻辑上没有空白。到了第三句，"但使龙城飞将在"，就不是实接，而是虚接，不是接着写边塞，而发起议论来，但是，仍然有潜在的连续性：明月引发思乡，回不了家，若是飞将军李广还在就不一样了……景不接，但情绪接上了，这就是虚接。与之类似的是："黄河远上白云间，一片孤城万仞山。羌笛何须怨杨柳，春风不度玉门关。"从孤城万仞，到羌笛杨柳之曲，当中省略了许多，不完全连续，事实上是景观的跳跃，这是放得"开"，但在视觉的跳跃中，有情绪的虚接，想象的拓开，不从实处接景，而从想象远处接情。在杨载，这叫作"合"——"开与合相关"，听到杨柳之曲，想到身在玉门关外，春风不如家乡之催柳发青。此乃景象之大开，又是情绪之大合也。"葡萄美酒夜光杯，欲饮琵琶马上催。醉卧沙场君莫笑，古来征战几人回？"前两句是陈述，第三句，是否定，第四句是感叹。语气的变化，所表现的是情绪的突转。本来是饮酒为乐，不顾军乐频催。不接之以乐，而接之以死，则为杨载所谓"反接"。而反接之妙并不为悲，而为更乐之

148

由，此为反中有正之妙接也。

然所举压卷之作，并非第三四句皆有如此之句法语气之变。以李白《下江陵》为例。第三句（"两岸猿声"），在句法上并没有上述的变化，四句都是陈述性的肯定句（"啼不住"，是持续的意思，不是句意的否定）。这是因为，句式的变化还有另一种形式：如果前面两句是相对独立的单句，则后面两句在逻辑上是贯穿一体的，不能各自独立的，叫作"流水"句式。例如，"羌笛何须怨杨柳"离开了"春风不度玉门关"，逻辑是不完整的。"流水"句式的变化，既是技巧的变化，也是诗人心灵的活跃。前面两句如果是画面描绘的话，后面两句再描绘，如杜甫的"两个黄鹂鸣翠柳，一行白鹭上青天。窗含西岭千秋雪，门泊东吴万里船"，一味描绘，就缺乏杨载所说的"宛转变化"工夫，显得太合，放不开，平板。而"流水"句式，使得诗人的主体更有超越客观景象的能量，更有利于表现诗人的感动、感慨、感叹、感喟。李白的绝句之所以比之杜甫有更高的历史评价，就是因为他善于在第三、第四句上转换为"流水"句式。如《客中作》："兰陵美酒郁金香，玉碗盛来琥珀光。但使主人能醉客，不知何处是他乡。"其好处在于：首先，第三句是假设语气，第四句是否定句式、感叹语气；其次，这两句构成"流水"句式，自然、自由地从第一、二句的对客体的描绘中解脱出来，转化为主观的抒情。类似的还有贺知章的《咏柳》"不知细叶谁裁出"离开了"二月春风似剪刀"，杜牧的《夜泊秦淮》"商女不知亡国恨"离开了"隔江犹唱后庭花"，句意是不能完足的。《下江陵》这一首，第三句和第四句，也有这样特点，"两岸猿声啼不住"和"轻舟已过万重山"结合为"流水"句式，就使得句式不但有变化，而且流畅得多。

"宛转变化"的句法结构的好处，还为李白心理婉转地向纵深层次潜入提供了基础。

前面两句，"白帝""彩云""千里江陵"都是画面，视觉形象；第三句超越了视觉形象，"两岸猿声"转化为听觉。这种变化是感觉的交替。此为第一层次。听觉中之猿声，从悲转变为美，显示高度凝神，以致因听之声而忽略视之景，由五官感觉深化为凝神观照的美感。此为第二层次。第三句的听觉凝神，特点是持续性（"啼不住"），到第四句转化为突然终结，美妙的听觉变为发现已到江陵的欣喜，转入感情深处获得解脱的安宁，安宁中有欢欣。此为第三层次。猿啼是有声的，而欣喜是默默的，舟行是动的，视听是应接不暇的，安宁是静的，欢欣是持续不断的，到达江陵是突然发现的，构成张力是多重的。此是第四层次。这才深入李白此时感情纵深的最底层。古典诗话注意到了李白此诗写舟之迅捷，但是忽略了感觉和情感的层次的深化。迅捷、安全只是表层感觉，其深层中隐藏着无声的喜悦。这种无声的喜悦是诗人对有声的凝神中反衬出来的。通篇无一喜字，喜悦之情却尽在字里行间，在句组的"场"之中。一些学者，如袁行霈，说此诗最后一联，表现了诗人对两岸景色欣赏不够的"遗憾"，是由于对这样丰富的"宛转变化工夫"缺乏到位的体悟。

正是因为这样，李白这首绝句被列入压卷之作，几乎没有争议，而王昌龄的《出塞》其一，则争议颇为持久。我在香港教育学院讲课时，有老师提出《出塞》"秦时明月汉时关"的"互文"问题如何理解，我说，此说出自沈德潜《说诗晬语》："'秦时明月'一章，前人推奖之而未言其妙。防边筑城，起于秦汉，明月属秦，关属汉。诗中互文。""秦时明月汉时关"不能理解为秦代的明月汉代的关。这里是秦、汉、关、月四字交错使用，在修辞上叫"互文见义"，意思是秦汉时的明月，秦汉时的关。这个说法，非常权威，但是，这样就把诗变成了散文。

本来分析就要分析现实与诗歌之间的矛盾。"秦时明月汉时关"，矛盾是很清晰的。难道秦时就没有关塞，汉时就没有明月了吗？这在散文中，是不通的。这个矛盾，隐含着解读诗意的密码。而"互文见义"的传统说法，却把矛盾掩盖起来了。其实，这是很经不起推敲的。王昌龄并不是汉朝人。难道从汉到唐就不是既有关塞，也有明月吗？明明是唐人，偏偏不但省略了秦时的关塞，汉时的明月，而且省略了从汉到唐的关塞和明月。诗意的密码就隐含在矛盾里，把矛盾掩盖起来，就只能听凭自发的散文意识去遮蔽了。

这样的大幅度省略，并不仅仅是因为意象实接的简练，更重要的是意脉虚接的绵密。

第一，秦汉在与匈奴搏战中的丰功伟绩，隐含着一种英雄豪迈的追怀。作为唐人，如果直接歌颂当代的英雄主义，也未尝不可。王昌龄自己就有《从军行》多首，就是直接写当代的战斗豪情的。在这首诗中，他换了一个角度，把自我的精神披上历史的辉煌的外衣，拉开时间距离，更见雄姿。第二，是最主要的。"秦时明月汉时关"，是在关塞上不能回家的战士眼光的选择，选择就是排除，排除的准则就是关切度。"汉时关"，正是他们驻守的现场。"秦时明月"是"人未还"的关切度最高的情绪载体。正是关塞的月光可以直达家乡，才引发了"人未还"的思绪。在唐诗中，月亮早已成为乡思的公共意象符号。可以说是公共话语。王昌龄的《从军行》中就有此意象：

> 琵琶起舞换新声，总是关山旧别情。
>
> 撩乱边愁听不尽，高高秋月照长城。

在这里，"秋月"就是"边愁""别情"的象征。在《出塞》中，只写乡愁，故也只看到明月。而只言"秦时明月"而不言及汉时明月者，望远，本为空间，而言及秦，则为时间。一如陈子昂登幽州台，本为登高望远，却为登高望古，视通万里，不难，思接千载，亦不难，视及千载，就是诗人的想象魄力了。诗人想象之灵视，举远可以包含近者，极言之，自秦到汉，月光不改，尽显自秦以至唐乡愁不改。而"汉时关"，不言及秦时者，乃为与下面"但使龙城飞将在"呼应。飞将军李广正是汉将，不是秦时蒙恬。意脉远伏近应，绵密非同小可。

王昌龄的绝句，后代评论甚高，高棅在《唐诗品汇》中说："盛唐绝句，太白高于诸人，王少伯次之。"胡应麟在《诗薮》中也说："七言绝以太白、江宁为主。"明代诗人李攀龙曾经推崇这首《出塞》为唐诗七绝的"压卷"之作。赞成此说的评点著作不在少数，如《唐诗绝句类选》："'秦时明月'一首""为唐诗第一。"《艺苑卮言》也赞成这个意见。但是也有人"不服"。不仅是感想，而且能说出道理来的是《唐音癸签》："发端虽奇，而后劲尚属中驷。"意思是后面两句是发议论，不如前面两句杰出，只能是中等水平。当然，这种说法也有争议，《唐诗摘抄》说："中晚唐绝句涉议论便不佳，此诗亦涉议论，而未尝不佳。"未尝不佳，并不是最好。不少评点家都以为此诗不足以列入唐诗压卷之列。胡震亨《唐音癸签》："王少伯七绝虽奇，而后劲尚属中，宫词闺怨，尽多诣极之作；若边词'秦时明月'一绝，发端句驷。于鳞遽取压卷，尚须商榷。"孙鑛《唐诗品》，说得更为具体，他对推崇此诗的朋友说："后二句不太直乎？……咦，是诗特二句佳耳，后二句无论太直，且应上不响。'但使''不教'四字，既露且率，无高致，而着力唤应，愈觉趣短，以压万首可乎？"批评王昌龄这两句太直露的人不止一个，不能说没有道理。

在我看来，这一首硬要列入唐绝句第一，是很勉强的。原因就在于这后面两句。前人说到"议论"，并没有触及要害。议论要看是什么样的。"仰天大笑出门去，我辈岂是蓬蒿人""安能摧眉折腰事权贵，使我不得开心颜""科头箕踞长松下，白眼看他世上人""莫愁前路无知己，天下谁人不识君""安得广厦千万间，大庇天下寒士俱欢颜"，这样的议论，在全诗中不但不是弱句，而且是思想艺术的焦点。因为这种议论，其实不是议论，而是直接抒情。抒情与议论的区别就在，议论是理性逻辑，而抒情则是情感逻辑。同样是杜甫，有时也不免理性过度，"神灵汉代中兴主，功业汾阳异姓王"是歌颂郭子仪的，就不如歌颂诸葛亮的"出师未捷身先死，长使英雄泪满襟"。而王昌龄的议论"但使龙城飞将在，不教胡马度阴山"虽然不无情感，毕竟比较单薄，理性成分似太多。王昌龄号称"诗家天子"，绝句的造诣在盛唐堪称独步，有时，也难免有弱笔。就是在《从军行》也有"黄沙百战穿金甲，不破楼兰终不还"，一味作英雄语，容易陷入窠臼，成为套语，充其量豪言而已。用杨载的开与合来推敲，可能开得太厉害，合得不够婉转。

王昌龄《出塞》有两首。这首放在前面，备受称道，另外一首，在水平上不但大大高出这一首，就是拿到历代诗评家推崇的"压卷"之作中去，也有过之而无不及，令人不解的是，千年来，诗话家却从未论及。这真是咄咄怪事。因而，特别有必要提出来研究一下。原诗是这样的：

骝马新跨白玉鞍，战罢沙场月色寒。

城头铁鼓声犹振，匣里金刀血未干。

读这种诗，令人惊心动魄。不论从意象的密度和机理上，还是从立意的精致上，都不是前述"压卷"之作可以望其项背的。以绝句表现边塞豪情的杰作，在盛唐诗歌中，不在少数。同样被不止一家列入压卷之作的王翰《凉州词》："葡萄美酒夜光杯，欲饮琵琶马上催。醉卧沙场君莫笑，古来征战几人回？"盛唐边塞绝句，不乏浪漫之英雄主义，但以临行之醉藐视生死之险，以享受生命之乐，无视面临死亡之悲，实乃千古绝唱。如此乐观豪情，如此大开大合，大实大虚之想象，如此精绝之语言，堪为盛唐气象之代表。然而，盛唐绝句写战争往往在战场之外，以侧面着笔出奇制胜。王昌龄的《出塞》之二，却以四句之短而能正面着笔，红马、玉鞍，沙场、月色，城头、鼓声，金刀、鲜血，不过是八个细节（意象），写浴血英雄豪情，却从微妙无声感知中显出，构成统一的意境，功力非凡。

第一，虽然正面写战争，但把焦点放在血战将结束尚未完全结束之际。先是写战前的准备：不直接写心理，而写备马。"骝马"，黑鬃黑尾的红马，配上的鞍，质地是玉的。战争是血腥的，但是，毫无血腥的凶残，却一味醉心于战马之美，实际上是表现壮心之雄。接下去如果写战争过程，剩下的三行是不够用的。诗人巧妙地跳过正面搏击过程，把焦点放在火热的搏斗以后，写战场上的回味。为什么呢？

第二，血腥的战事必须拉开距离。不拉开距离，就是岳飞"壮志饥餐胡虏肉，笑谈渴饮匈奴血"，亦会带来生理刺激。王昌龄把血腥放在回味中，一如王翰放在醉卧沙场的预想之中，都是为了拉开距离。拉开时间距离，拉开空间的距离，拉开人身距离（如放在妻子的梦中），都有利于超越实用价值（如死亡、伤痛），进入审美的想象境界，让情感获得自由，这是唐代诗人惯用的法门。但是，王昌龄的精致还在于，把血腥放在最近的回忆之中，不拉开太大的距离。把血腥回忆集中在战罢而突然发现未罢的一念之中，立意的关键是猝然回味。其特点是一刹那的，又是丰富的感知。

第三，从视觉来说，月色照耀沙场，不但提示从白天到夜晚战事持续之长，而且暗示战情之酣，酣到忘记了时间，战罢方才猛醒。而这种省悟，又不仅仅因月之光，而且因月之"寒"。因寒而注意到月之光。触觉变为时间的突然有感。近身搏斗的酣热，转化为空旷寒冷。这就是杨载的"反接"，这意味着，精神高度集中，忘记了生死，忘记了战场一切的感知，甚至是自我的感知，这种"忘我"的境界，就是诗人用"寒"字暗示出来的。这个"寒"字的好处还在于，这是一种突然的发现。战斗正酣，生死存亡，无暇顾及，战事结束方才发现，既是一种刹那的自我召回，无疑又是瞬间的享受。

第四，在情绪的节奏上，与凶险的紧张相对照，这是轻松的缓和，隐含着胜利者的欣慰和自得。构思之妙，就在"战罢"两个字上。从情绪上讲，战罢沙场的缓和，不同于通常的缓和，是一种尚未完全缓和的缓和。以听觉提示，战鼓之声未绝，说明，总体是"战罢"了，但是局部战鼓还有激响。这种战事尾声之感，并不限于远方的城头，而且还能贴近到身边来感受。"匣里金刀血未干。"进一步唤醒回忆，血腥就在瞬息之前。谁的血？当然是敌人的。对于胜利者，这是一种享受。这种享受是无声的，默默体悟的。当然城头的鼓是有声的，也是一种享受，有声与无声，喜悦是双重的，但是，都是独自的，甚至是秘密的。金刀在匣里，刚刚放进去，只有自己知道。喜悦也只有独自回味才精彩，大叫大喊地欢呼，就没有意思了。

第五，诗人的用词，可谓精雕细刻。骝马饰以白玉鞍，红黑色马，配以白色，显其壮美。但是，一般战马，大都是铁马，所谓铁马金戈。这里，可是玉马。这是不是太贵重了？立意之奇，还在于接下来，是"铁鼓"。这个字练得惊人。通常在战场上，大都是"金鼓"。金鼓齐鸣，以金玉之质，表精神高贵。而铁鼓与玉鞍相配，则另有一番意味。铁鼓优于金鼓，意气风发中，带一点粗犷，甚至野性，与战事的野蛮相关。更出奇的，是"金刀"，代表荣华富贵，却让它带上鲜血。这些超越常规的联想，并不是俄国形式主义者所说的单个词语的"陌生化"效果，而是潜在于一系列的词语之间的反差。这种层层叠加的反差，构成某种密码性质的意气，表现出刹那间的英雄心态。

第六，诗人的全部构思，就在转折点上：从外部世界来说，从不觉月寒而突感月寒，从以为战罢而感到尚未罢；从内部感受来说，从忘我到唤醒自我，从胜利的自豪到血腥的体悟，这些情感活动，都是隐秘的、微妙的、刹那的。而表现这种心灵状态，恰恰是"压卷"绝句才能充分表现的。这种心态的特点，就是刹那间的，而表现刹那间的心灵震颤，恰恰是最佳绝句的特点。

绝句的压卷之作，这样的特点，有时有外部的标志，如陈述句转化为疑问感叹，有时是陈述句变流水句，所有这些变化其功能都为了表现心情微妙的突然的一种感悟，一种自我发现，其精彩在于一刹那的心灵颤动。

压卷之作的好处，也正是绝句成功的规律，精彩的绝句往往表现出这样的好处来。孟浩然《春晓》："春眠不觉晓，处处闻啼鸟。"闭着眼睛感受春日的到来，本来是欢欣的享受，但是"夜来风雨声，花落知多少？"却是突然想到春日的到来，竟是伴随着春光消逝、鲜花凋零的结果。这种一刹那的从享春到惜春感兴，成就了这首诗的不朽。同样杜牧的《清明》："清明时节雨纷纷，路上行人欲断魂。借问酒家何处有，牧童遥指杏花村。"从"雨纷纷"的阴郁，到"欲断魂"的焦虑，一变为鲜明的"杏花村"的远景，二变为心情为之一振。这种意脉的陡然转折，最能发挥绝句这样短小的形式的优越。

当然，绝句艺术是复杂的、丰富的，有时，也有并不陡然转折，而是神情的持续，如李白《黄鹤楼送孟浩然之广陵》："故人西辞黄鹤楼，烟花三月下扬州。孤帆远影碧空尽，唯见长江天际流。"艺术的微妙，一在"孤帆"的"孤"，于长江众多船只中只见友人之帆，二在"远影"之"尽"，帆影消失，目光追踪仍然不舍，三在"天际流"，无帆，无影，仍然目不转睛，持续凝望。与之相似的还有"琵琶起舞换新声，总是关山旧别情。撩乱边愁听不尽，高高秋月照长城"，前三句写曲调不断变换，不变的是关山离别，听得心烦，最后一句是写看月看得发呆。望月望得发呆，这也是情绪持续性的胜利。持续性在绝句中，脍炙人口的千古杰作很多。最有生命的要算是张继的"姑苏城外寒山寺，夜半钟声到客船"了。这个钟声的持续性，使得这首诗获得了千年不朽，甚至远达东瀛的声誉。此外还有：

银烛秋光冷画屏，轻罗小扇拍流萤。

天阶夜色凉如水，卧看牵牛织女星。

这就是由天真地拍捉流萤的动作转化为突然触发的爱情的遐想，也就是静态的持续性了。但是，不管是突然的瞬间的，还是持续的，都是一种杨载所说的情结的"宛转变化"。

并不是所有的绝句都有这样的特点，不是这样的也有杰作：

日照香炉生紫烟，遥看瀑布挂前川。

飞流直下三千尺，疑是银河落九天。

虽然是杰作，但是，情感一直处于同样激动的层次，几乎没有变化，因而也就不会有人把它当作压卷之作。类似的还有李白《陪族叔刑部侍郎晔及中书贾舍人至游洞庭》五首都是好诗，以其中之一为例：

南湖秋水夜无烟，耐可乘流直上天。

且就洞庭赊月色，将船买酒白云边。

想象的独特，情感的乐观，可以说进入上品，但是，就情绪的律动和结尾的持续来说，都嫌不足。至于李白的《赠汪伦》："桃花潭水深千尺，不及汪伦送我情。"如果真要进行品评，只能进入中品以下了。更不要说《清平调》："云想衣裳花想容，春风

159

拂槛露华浓。若非群玉山头见，会向瑶台月下逢。"这就不但是思想的下品，而且是艺术的下品了。

对于绝句来说，持续性和婉转变化的情绪都使得这个最为短小的形式在结束感中渗透着延续感。这种超越了字句的变化和持续，正是一种情感结构的功能，结构大于意象之和，是为真正意义上的意蕴，用中国传统的话语来说，就是意境。意境就是意象结构的功能。这种结构功能为传统的"不着一字，尽得风流"留下了最精确的注解。从理论上来说，以持续意蕴为特点的诗作，应该和广泛被称颂的压卷之作有同等的艺术品位，但是，在古典诗话中，却未曾得到应有的重视。这是不是中国古典诗话在鉴赏学上的一种局限呢？这是可以探讨的。

这里涉及一个古典抒情艺术上的根本理论问题。

我曾经在《论李白〈下江陵〉兼论绝句的结构》中说到抒情的情的特点，是和动联系在一起的。所谓感动、触动、动情、动心、情动于衷，反之则为无动于衷。故诗中有画，当为动画，抒情当为动情。但是，这仅仅是一般的抒情，在特殊的形式，例如，绝句中，因其容量极小，抒情应该有特殊性。这个特殊性就是，情绪在第三句的婉转变化和结尾的持续性。从严格意义上来说，每一种抒情艺术都应该有其不可重复的特殊性。绝句如此，律诗呢？毫无例外，也应当如此。这正是我们下面要探索的课题。

2010 年 8 月 14 日

唐人七律何诗第一

    唐人七律何诗最优，这个问题在古代诗话中炒得很热，在一般读者那里，可能觉得问题并不复杂。"诗者，志之所之也，在心为志，发言为诗，情动于中而形于言"，视其情志而已。但是，事实并不简单，心志并不等于语言符号，首先要克服可以意会不可言传的艰难，其次，要从传统的、权威的话语中突围出来，才能孕育自己的语言，最后，还要在遵循具体艺术形式的规范的同时获得自由，这是一场货真价实的灵魂的冒险，要取得胜利，即使有才华的人也往往要付出一生的代价。艺术的规律是如此微妙，同样富有才情的人，驾驭不同形式艺术效果有天壤之别。杜甫不善绝句，而李白不善七律，然善于五律，

如《夜泊牛渚怀古》《听蜀僧濬弹琴》诸作，意境之浑茫高远，
属对之疏放自然，亦复有其不同于凡响之处。至于其五、七言
绝句，风神潇洒。然而，"惟有七言律诗一体，则太白诸体中最
弱之一环"（叶嘉莹《杜甫秋兴八首集说》）。艺术形式与诗人才
华、个性之关系微妙异常，不能不细加具体分析。

　　唐人律诗何者为最优，可以说是千载争执不休，比之绝句孰
为"压卷"，更为众说纷纭。诸家所列绝句压卷之作篇目比较集
中，就质量而言，相去并不悬殊。而律诗则不然，居然不止一
家，如薛君采（薛蕙）、何仲默，把沈佺期那首"古意"（《独不
见》）拿出来当成首屈一指的作品：

　　　　卢家少妇郁金堂，海燕双栖玳瑁梁。

　　　　九月寒砧催木叶，十年征戍忆辽阳。

　　　　白狼河北音书断，丹凤城南秋夜长。

　　　　谁为含愁独不见，更教明月照流黄。

　　从内涵来说，这完全是传统思妇母题的承继，并无独特情志
的突破，除了最后一联"含愁独不见""明月照流黄"多少有些
自己的语言，寒砧木叶，征戍辽阳，白狼河北，丹凤城南，大
抵不出现成套语和典故的组装，这样毫无独特风神的作品，在唐
代律诗中无疑属于中下水平，却被不止一代的诗话家当作压卷之
作，还争论不休。究其缘由，可能这首诗在唐诗中，是把古风
的思妇母题第一次纳入了律诗的平仄、对仗体制。故有人挑剔其

最后一联，仍然有乐府，也就是古风的痕迹。冯复京《说诗补遗》谓："'卢家少妇'第二联属对偏枯，结句转入别调。""转入别调"，就是乐府情调，这种挑剔当然有点拘泥。许学夷《诗源辩体》曰："沈末句虽乐府语，用之于律无害，但其语则终未畅耳。"至于"第二联属对偏枯"则是有道理的，枯就是情趣的枯燥，"九月寒砧催木叶，十年征戍忆辽阳"，不过是玩弄律诗对仗技巧，基本上是套语。其实这首诗还有一个大缺点，就是第一联的"郁金堂""玳瑁梁"未脱齐梁的宫体华丽。虽然，有这么多明显的缺失，推崇者仍然不厌其烦，原因在于确立体裁的划时代功绩。姚鼐《五七言今体诗钞》说："初唐诸君正以能变六朝为佳，至'卢家少妇'一章，高振唐音，远包古韵，此是神到之作，当取冠一朝矣。"从历史发展看问题，是姚氏高明之处，但是，从律诗来说，此诗毕竟还比较幼稚。主要是它的情绪，比较单调，从首联到尾联，从时间上是九月寒砧、十年征戍，从空间上是白狼河北、丹凤城南，写愁思之无限，直到尾联，转入现场，点明"含愁"，再以"明月照流黄"衬之，意脉高度统一和谐，但是，缺乏变化，情绪没有节奏感，不够丰富，显然不如绝句压卷之作那样意脉在结尾处有瞬间之曲折。如果这样单纯到有点单调的作品成为律诗的"压卷"之作，唐诗在律诗方面的成绩就太可怜了。

历史的经典有两种，一是代表了历史的水准，而且成为后世不可超越的高峰，二是，虽然有历史发展的意义，但其水准为后世所超越，此类作品比比皆是。沈氏之作，属于后者。但是许多诗话家，不明于此，将一时的经典与超越历史的经典混为一谈，造成争讼在低水平上徘徊。另一首得到最高推崇的是崔颢的《黄鹤楼》，而且提名人是严羽，因而影响甚大。这首当然比之沈氏之作高出了不止一个档次：

昔人已乘黄鹤去，此地空余黄鹤楼。

黄鹤一去不复返，白云千载空悠悠。

晴川历历汉阳树，芳草萋萋鹦鹉洲。

日暮乡关何处是？烟波江上使人愁。

从艺术成就来看，这首当属上乘，虽然，平仄对仗并不拘泥规范（如第二联），但是首联、颔联古风的句式，反而使情绪起伏自由而且丰富。

律诗的好处，就好在情绪的起伏节奏，情绪的多次起伏与好的绝句一次性的"宛转变化"（开合、正反）的最大不同就在于此。在诗话家中，感觉最到位的是清潘德舆，他在《养一斋诗话》中说："沈、崔二诗，必求其最，则沈诗可以追摹，崔诗万难嗣响。……崔诗之妙，殷璠所谓'神来气来情来'者也。"事实上，从律诗来说，崔诗还不能说是在艺术上最成熟的。得到最多推崇的，推杜甫的《登高》。潘德舆在肯定了崔诗以后，说："太白不长于律，故赏之，若遇子美，恐遭小儿之呵。"胡应麟在《诗薮》中推《登高》为"古今七律第一"。这就是说，杜甫的杰作要比崔诗精彩得多。作为律诗，《登高》精彩在哪里呢？

风急天高猿啸哀，渚清沙白鸟飞回。

无边落木萧萧下，不尽长江滚滚来。

万里悲秋常作客，百年多病独登台。

艰难苦恨繁霜鬓，潦倒新停浊酒杯。

　　首先，从意脉节奏上说，它和崔诗有同样的优长，那就是情绪几度起伏变幻，这首诗是大历二年（767）杜甫在四川夔州时所作。虽然在诗句中点到"哀"，但不是直接诉说自己感到的悲哀，而是"风急天高猿啸哀"——猿猴的鸣叫声悲哀，又并不明说，是猿叫得悲哀，还是自己心里感到悲哀，给读者留下了想象的空间。点明了"哀"还不够，下面又点到"悲"，"万里悲秋常作客"。但是，杜甫的悲哀有他的特殊性。他的"哀"和"悲"与崔颢的"愁"不太相同，显然深厚而且博大。这种厚重、博大，最能体现律诗的特性，是绝句所难以容纳的。诗题是"登高"，充分显示出登高望远的境界，由于高而远，所以有空阔之感。哀在心灵中以细微为特点，具低沉属性，其空间容量有限，但是，这里的哀却显然壮阔。猿声之所以"哀"，显然是人的内心有哀，然而，把它放在风急、天高之中，就不是民歌中"巴东三峡巫峡长，猿鸣三声泪沾裳"之"鸣"，也不是李白"两岸猿声啼不住"的"啼"，"鸣"和"啼"声音都有高度，而"啸"则是尖厉，乃风之急的效果，同时也让人产生心有郁积、登高长啸的联想。这是客观的景色特征，又是主体的心灵境界载体，啸之哀是山河容载的大哀，不是庭院徘徊的小哀。"渚清沙白"，本已有俯视之感，再加上"鸟飞回"，强调俯视，则哀中未见悲凉，更觉其悲虽有尖厉之感，但是悲中有壮。第一联的"哀"，内涵就厚重而高亢。到了第二联，"无边落木萧萧下，不尽长江滚滚来"，"落木"（先师林庚先生曾经指出"落木"比落叶要艺术得多）是"无边"的，视点更高。到了"不尽长江"，就不但有视野的广度，而且有了时间的深度。"子在川上曰：逝者如斯夫"（《论语·子罕第九》），在古典诗歌的传统意象中，江河不尽，不仅是空间的深远，而且是时间的无限。这就使得悲哀，不是一般低沉的，而是深沉、浑厚的，杜甫在一篇赋中把自己作品的风格概括为"沉郁顿挫"，"沉郁"之悲，不仅有"沉"的属性，而且是长时间的"郁"积，"沉郁"就是长时间难以宣泄的苦闷。因而，哀而无凄，在提升属性上是有分寸的，"落木"之哀，虽然"无边"而且"萧萧"，但"长江"之悲的"不尽"是"滚滚"的，悲哀因郁积而雄厚。

从意象安排上看，第一联，意象密集，两句六个意象（风、天、啸、渚、沙、鸟），第二联，每句虽然只各有一个意象，但其属性有"无边"和"萧萧"、"不尽"和"滚滚"，有形有色，有声有状，感觉丰富而统一。尤其是第二联，有对仗构成的时空转换，有叠词造成的滔滔滚滚的声势。从空间的广阔，到时间的深邃，心绪沉而不阴，视野开阔，情郁而不闷，心与造化同样宏大。和前一联相比，第二联不仅把哀在分量上加重了，而且在境界上提升了。情绪节奏进入第二层次。

如果就这样深沉下去，未尝不可，但是，一味浑厚深沉下去，就可能和沈佺期一样单调。这首诗中尤其有这样的危险，因为，八句全是对句。而在律诗中，只要求中间两联对仗。为什么要避免全篇都对仗？就是怕单纯变成单调。《登高》八句全对，妙在让读者看不出一对到底。这除了因语言形式上（特别是最后两联）不耽于写景，直接抒情，恐怕就是得力于情绪上的起伏变化，主要是在"沉郁"中还有"顿挫"。第一、第二联，气魄宏大，到了第三、第四联，就不再一味宏大下去，而是出现了些许变化："万里悲秋常作客，百年多病独登台。艰难苦恨繁霜鬓，潦倒新停浊酒杯。"境界不像前面的诗句那样开阔，一下子回到自己个人的命运上来，而且把个人的"潦倒"都直截了当地写了出来。浑厚深沉的宏大境界，突然缩小了，格调也不单纯是深沉浑厚，而是有一点低沉了，境界由大到小，由开到合，情绪也从高亢到悲抑，有微妙的跌宕。这就是以"顿挫"为特点的情绪节奏感。

杜甫追求情感节奏的曲折变化，这种变化有时是默默的，有时却有突然的转折。沉郁已经不是许多诗人都做得到的，顿挫则更为难能。而这恰恰是杜甫的拿手好戏，他善于在登高的场景中，把自己的痛苦放在尽可能宏大的空间中，但是，他又不完全停留在高亢的音调上，常常是由高而低，由历史到个人，由洪波到微波，使个人的悲凉超越渺小，形成一种起伏跌宕的意脉。宋人罗大经在《鹤林玉露》中这样评价这联诗："杜陵诗云'万里悲秋常作客，百年多病独登台。'万里，地之远也；悲秋，时之凄惨也；作客，羁旅也；常作客，久旅也；百年，暮齿也；多病，衰疾也；台，高迥也；独登台，无亲朋也。十四字中有八意，而对偶又极精确。"这样的评价，得到很多学人的赞赏，是有道理的，但是，也有不很到位之处，那就是只看出在沉郁情调上同质的叠加，忽略了其中的顿挫的转折，大开大合的起伏是杜甫的拿手好戏。在《登楼》中是这样的：

> 花近高楼伤客心，万方多难此登临。
> 锦江春色来天地，玉垒浮云变古今。
> 北极朝廷终不改，西山寇盗莫相侵。
> 可怜后主还祠庙，日暮聊为梁甫吟。

第一联就很有特点，高楼观花不但不乐，反而使客"伤心"，原因就在"万方多难"的战乱，悲痛就有了社会的广度。第二联，则把这种社会性的悲痛，放大到宏大的"天地"的自然空间和"古今"的悠远时间之中。杜甫的沉郁，就是由这种宏大的空间感和悠远的时间感加上社会历史感，三位一体构成的。第三联，从自然空间和时间转向政治现实，联想到对远方中央王朝危机的忧虑。最后一联，则联想到刘蜀后主政权的脆弱，自己可以吟诵诸葛亮年青时常在口头的《梁甫吟》，却不能有诸葛亮的作为。悲忧之中又有无奈的自谴，缓缓有所顿挫。全诗的意脉从天地充溢的沉郁到感叹自我的无奈，每一联情绪均在跳跃中隐含微妙的转换，在浓郁顿挫中更显得"忠厚缠绵"。这样的不着痕迹的婉转变化，比之七绝那一次性的灵气转换，显然更丰富，七律的优长在这里被发挥得淋漓尽致。杜甫的个性,杜甫的丰富内在,显然更加适合七律这种结构。

哪怕他并不是写登高,也不由自主地以宏大的空间来展开他的感情,例如《秋兴八首》之一:

　　　　玉露凋伤枫树林,巫山巫峡气萧森。
　　　　江间波浪兼天涌,塞上风云接地阴。
　　　　丛菊两开他日泪,孤舟一系故园心。
　　　　寒衣处处催刀尺,白帝城高急暮砧。

第一联,把高耸的巫山巫峡的"萧森"之气,作为自己情绪的载体,第二联,把这种情志放到"兼天""接地"的境界中去。萧森之气,就转化为宏大深沉之情。而第三联的"孤舟"和"他日泪"使得空间缩小到个人的忧患之中,意脉突然来了一个顿挫。第四联,则把这种个人的苦闷扩大到"寒衣处处"的空间中,特别是最后一句,更将其夸张到在高城上可以听到的、无处不在的为远方战士准备御寒衣物的捣衣之声。这样,顿挫后的沉郁空间又扩大了,丰富了情绪节奏的曲折。

古典七律,大都以抒写悲郁见长,很少以表现喜悦取胜。而杜甫的七律虽然以沉郁顿挫著称,但是,其写喜悦的杰作如《闻官军收河南河北》,并不亚于表现悲郁的诗作。浦起龙在《读杜心解》称赞其为老杜"生平第一首快诗也",但是,它在唐诗七律中的地位,却被历代诗话家忽略了。

剑外忽传收蓟北，初闻涕泪满衣裳。

却看妻子愁何在，漫卷诗书喜欲狂。

白日放歌须纵酒，青春作伴好还乡。

即从巴峡穿巫峡，便下襄阳向洛阳。

通篇都是喜悦之情，直泻而下，本来喜悦一脉到底，是很容易犯诗家平直之忌的。但是，杜甫的喜悦有两个特点：第一，节奏波澜起伏，曲折丰富；第二，这种波澜不是高低起伏的，而是一直在高亢的音阶上的变幻。第一联，写自己喜极而泣，从自己情感高潮发端，似乎无以为继，承接的难度很大。第二联，转向妻子，用自己的泪眼去看出妻子动作之"狂"。这个"狂"的感情本来应当不属于杜甫，而应该属于李白。但是，从"安史之乱"爆发，八年来，一直陷于痛苦的郁积之中，杜甫难得一"狂"（年轻时一度"裘马清狂"），这一狂，却狂出了比年轻时更高的艺术水平。前面两联都是抒发感情的，但是，"情动于中"，是属于内心的，是看不见的，要把它"形于言"，让读者感觉到，是高难度的，因而才叫作艺术。杜甫克服困难的特点在于，不是直接写喜悦，而是写夫妻喜悦的可见的、外在的、极端的、各不相同的效果。而到了第三、四联，则换了一种手法：直接抒发。不但要"放歌"，而且还要"纵酒"。好就好在不但与他五十二岁的年龄不相当，而且好像与一向沉郁顿挫的他不相同，他好像变成了另外一个人。接下去"青春作伴好还乡"，则是双关语，一则写作时正是春天，归心似箭，二则是点明恢复了"青春"的感

觉。至于最后一联，则不但精彩而且精致。霍松林先生评论得很
到位："这一联，包涵四个地名。'巴峡'与'巫峡'，'襄阳'与
'洛阳'，既各自对偶（句内对），又前后对偶，形成工整的地名
对……试想，'巴峡''巫峡''襄阳''洛阳'，这四个地方之间
都有多么漫长的距离，而一用'即从''穿''便下''向'贯串
起来……诗人既展示想象，又描绘实境。从'巴峡'到'巫峡'，
峡险而窄，舟行如梭，所以用'穿'；出'巫峡'到'襄阳'，顺
流急驶，所以用'下'；从'襄阳'到'洛阳'，已换陆路，所以
用'向'，用字高度准确。"（萧涤非等《唐诗鉴赏辞典》）可以补
充的是，律诗属对的严密性本来是容易流于程式的，流水对则使
之灵活，杜甫的天才恰恰是把密度最大的"四柱对"（句内有对，
句间有对），和自由度最大的"流水对"结合起来，在最严格的
局限中，发挥出了最大的自由，因而其豪放绝不亚于李白号称绝
句压卷之作之一的结句"两岸猿声啼不住，轻舟已过万重山"。

  杜甫笔下的喜悦，并不限于这种偶尔一见的豪放，有时则以
细腻婉约的笔触写出旷世精品，例如《春夜喜雨》：

   好雨知时节，当春乃发生。

   随风潜入夜，润物细无声。

   野径云俱黑，江船火独明。

   晓看红湿处，花重锦官城。

  杜甫并没有把他的情感放到广阔无垠的空间和无限的时间背

景中去，而是相反，放在个人内心微观的体悟之中。开头两联可谓微妙之至。杜甫用了一个"潜"字，就突出了这种雨是看不见的。接着又点出"无声"，提示这种雨"细"到听不见。然而，妙就妙在一般感官中看不见、听不见的，可是杜甫却感受到了。这是一种默默的欣慰之感。"好雨知时节"的"好"，用得全不费力气，然而，暗示了是诗人独自在享受着这及时的春雨。"野径云俱黑"，黑云布满田间小径，表面上是写成都平原的特点，更深层次则是，越是黑，意味着雨越是细密，就黑得越美，再加上江上一点渔火来反衬，这没有任何形状的黑，就黑得更生动，就更美了。除了杜甫，在唐一代有谁还有这样独特的以黑为美的色彩感？然而，这并不仅仅是色彩感，而且是内心无声无息、无形无状的超感官的喜悦。

这里有个时代背景，不能忽略，"安史之乱"前（755 年末），唐已经拥有五千二百万人口，到"安史之乱"基本结束（763 年初），人口只剩下不到一千七百万，战死的当然不少，还有就是饿死的。原因一是田地无人耕种，二是水旱灾荒。水灾一条线，旱灾一大片。杜甫于此前后，曾经上书他的朋友——当地行政长官，提出释放囚犯，以感动上天，普降甘霖。有一次下雨了，他在诗中曾经说这是老天在赎罪（"真宰罪一雪"）。这一下，夜里下雨了，看不见，听不见，但是他感受到了。一个人在黑暗中，默默地感恩老天，为万民祈福。"好雨知时节"，好就好在不是字面上的雨"知时节"，实际上是老天"知时节"，春雨真是及时啊，春雨如油啊。乃危亡的国家的命运，饥饿中百姓的性命所系啊。这句大白话的感情有多么深厚！题目是"喜雨"，通篇无一喜字，喜悦全在这种在暗夜中无声无息的欣慰。

从这两联来说，情绪是统一的，似乎并没有起伏，但是，接下来，就来了个突转："晓看红湿处，花重锦官城"。这个黑之美，用鲜艳亮色来反衬。从绘画来说，花之红湿，是花的质感，花之重，是花的量感，诗人以此表现眼前为之一亮，心情为之一振，从情绪节奏来说，从看不见的欣慰变为鲜明的视觉冲击，意脉为之一转。这表面上都不是写雨，好像脱离了春夜之雨，但是，又是昨夜之雨的效果。诗话称赞此诗无一喜字，然而通篇都是喜。我也有同感，但并不十分到位，这种喜悦是渗透在从暗黑到亮丽的感觉和从默默到豁然开朗的转换之中的。

所以要提起这首诗，为了说明，即使并不以浑厚深沉取胜的律诗，也是以情绪的转换为高的。虽然这是一首五律，但是，在规律上和七律是相通的，只是比之七律更为浑然，更为古朴而已。可细细考较起来，这最后一联的视觉冲击，有点近似绝句的最后的瞬间情感转换。不过和前面第三联黑云与渔火的转折形成强烈的反差，同样发挥了律诗的超越二次起伏的优长。

对于律诗压卷之作的争议是很复杂的，有时，甚至可以说是很不讲理的，有的诗话就认为杜甫最好的律诗，并不是这一首，而是《九日蓝田崔氏庄》，

老去悲秋强自宽，兴来今日尽君欢。

羞将短发还吹帽，笑倩旁人为正冠。

蓝水远从千涧落，玉山高并两峰寒。

明年此会知谁健？醉把茱萸仔细看。

杨万里十分赞赏此诗，《诚斋诗话》云："唐律七言八句，一篇之中，句句皆奇，一句之中，字字皆奇，古今作者皆难之。予尝与林谦之论此事。谦之慨然曰：'……如老杜《九日》诗云："老去悲秋强自宽，兴来今日尽君欢。"不徒入句便字字对属。又顷刻变化，才说悲秋，忽又自宽。……"羞将短发还吹帽，笑倩旁人为正冠。"将一事翻腾作一联，又孟嘉以落帽为风流，少陵以不落为风流，翻尽古人公案，最为妙法。"蓝水远从千涧落，玉山高并两峰寒。"诗人至此，笔力多衰，今方且雄杰挺拔，唤起一篇精神，自非笔力拔山，不至于此。"明年此会知谁健，醉把茱萸仔细看。"则意味深长，悠然无穷矣。'"（杨万里《诚斋诗话》）

其实，这种说法并没有多少深刻的道理，这个林谦之只从技术着眼，经不起推敲。说第一句有变化，悲秋"自宽"与"尽君饮"，更明显是意脉的一贯，并无什么突出的"变化"。至于说"'羞将短发还吹帽，笑倩旁人为正冠。'将一事翻腾作一联，又孟嘉以落帽为风流，少陵以不落为风流，翻尽古人公案，最为妙法"，这种翻案求新手法，充其量不过是技法的熟练，至于说把一事翻作一联，明明造成第二句的虚弱，重复前句的意味。说到后面的"蓝水远从千涧落，玉山高并两峰寒"是"雄杰挺拔，唤起一篇精神""笔力拔山"，但是，并不说明唤起什么"精神"，

174

和"强自宽"并没有什么顿挫或者缠绵的联系，只能给人以孤立的佳句之感。"'明年此会知谁健，醉把茱萸仔细看。'则意味深长，悠然无穷矣。"固然其余韵不能说没有，但如果拿来与"寒衣处处催刀尺，白帝城高急暮砧"相比，则余味不但有限，而且单薄。

我国古典诗话词话，比之西方文论有其切实于文本、鉴赏深入创作过程的优长，但是，也有拘泥于创作中之细节，只见树木，不见森林，甚至一叶障目的局限。平心而论，这样的作品，不但在杜甫诗中品质平平，就是拿到唐诗中，也是属一般。原因在于缺乏七律所擅长的情绪起伏：第一联说是悲秋自宽，第二联"白发""落帽""正冠"乃是对第一联的形象说明，仍然是自宽。第三联，"蓝水远从千涧落，玉山高并两峰寒"与悲秋自宽，并没有潜在的意脉联系。从结构上看最多只是为最后一联的"明年此会知谁健？醉把茱萸仔细看"有某种微弱过渡。从整体意脉上看，前两联过分统一，缺乏律诗特有的情绪起伏，而第三联，则过分跳跃，缺乏与前两联的贯通。虽然第四联有所回归，但已经是强弩之末了。

明周敬、周珽《唐诗选脉会通评林》还提出："谓冠冕壮丽，无如嘉州《早朝》；淡雅幽寂，莫过右丞《积雨》。"我们来看岑参的《奉和中书舍人贾至早朝大明宫》：

> 鸡鸣紫陌曙光寒，莺啭皇州春色阑。
>
> 金阙晓钟开万户，玉阶仙仗拥千官。

花迎剑佩星初落，柳拂旌旗露未干。

独有凤凰池上客，阳春一曲和皆难。

其实，岑参这首是奉和应制之作，通篇歌功颂德，一连三联，都是同样的激动，同样的华彩，到了最后一联，还是同样的情致。情绪明显缺乏起伏节奏，这位周珽在诗歌的艺术感觉上，只能说是不及格的。至于说到王维《积雨辋川庄作》：

积雨空林烟火迟，蒸藜炊黍饷东菑。

漠漠水田飞白鹭，阴阴夏木啭黄鹂。

山中习静观朝槿，松下清斋折露葵。

野老与人争席罢，海鸥何事更相疑？

从情绪变化、意脉（"静观"）的相承和起伏来衡量，有比较精致微妙的转换，其第二联"漠漠水田飞白鹭，阴阴夏木啭黄鹂"甚得后人称道，但是，最精彩的当是最后一联："野老与人争席罢，海鸥何事更相疑？"由静而动（"争席"）之后，又以海鸥之"疑"，在结束处留下持续的余韵。总体而言应该是上品，但是，比起杜甫杰作的大开大合，起伏跌宕，应该说所逊不止一筹。

但是，话说回来，岑参和王维这两首之所以能够受到推崇，原因可能在其结尾体现了律诗的优长，显示了中国古典诗歌追求余韵的共性。和西方的"律诗"——十四行诗相比，则显然有异趣。西方十四行诗,不管是意大利体(彼德拉克体)还是英国体(莎士比亚体),都是追求起承转合,情绪的绵延曲折、和谐统一的,这一点和中国律诗是相似的,但是,结尾则不同:律诗追求余韵,在最后一联,留下空白,也就是思绪的延续性,而十四行诗追求思想情绪的升华,最后两行(或三行)往往带总结全诗的性质。莎士比亚的十四行诗大体都是写爱情的,结尾都是极端、毫无保留的总结。如第十四首的结尾:"要不然,对于你,我将这样宣言:你的死亡就是真和美的末日。"(Or else of thee this I prognosticate,Thy end is truth's and beauty's doom and date.)雪莱的杰作《西风颂》,就是由五首十四行组构而成的,每首都是英国体的三行一节,一共四节,十二行都是强调,衰败中蕴含着雄强,落叶带来新生,就是忧愁中都渗透着甜蜜(Sweet though in sadness),灰烬中有火花,逆境中有希望。最后两行则具有总结性:

The trumpet of a prophecy! O Wind,

If Winter comes, can Spring be far behind?

哦,西风,预言的号角

假如冬天来了,春天还会远吗?

七律之最优,之所以这样众说纷纭,良莠不齐,不像绝句那样提名集中,原因可能在于律诗的格律比之绝句严密得多,中间两联必须对仗，首尾两联则在开合之间为之服务，其形式更接近于模式，活跃的情绪与固定的格律发生矛盾，非才高如杜甫等难免要屈从格律。古典诗话的作者也是诗人，大多并非杰出诗人，于作诗时情绪为格律所窒息而不自知，作诗话时，往往从纯技巧着眼，如杨万里、林谦之、周敬、周珽之辈，把技巧变成了技术套路的翻新。而绝句则单纯得多，瞬间顿悟式的结构，需要的是灵气，几乎无任何玩弄技巧的余地。也许正是因为这样，王国维认为："近体诗体制，五七言最尊，律诗次之，排律最下。"（王国维《人间词话》）律诗的模式化、技术化，在排律中，得到了恶性的发展。

2010 年 10 月 26 日

2010 年 12 月 6 日修改

苏轼《赤壁怀古》：
名士风流、豪杰风流和智者风流

　　《赤壁怀古》这首词历来被词评家们称誉为"真千古绝唱""乐府绝唱"，被奉为词艺的最高峰，千百年来几乎没有任何争议。但是，其艺术上究竟如何"绝"，则很少得到深切的阐明。历代词评家们论述的水准，与东坡达到的水准极不相称。就连二十世纪词学权威唐圭璋的解读也很不到位。唐先生在《唐宋词选注》中这样说："上片即景写实，下片因景生情。"由于唐先生的权威，这种说法遮蔽性甚大，在一般读者中造成成见，好像是上片只写实，不抒情，下片则只抒情，不写景。这在理论上是讲不通的。首先，"即景写实"，与抒情完全游离，不要说是在诗词中，就是在散文中也很难成立。王国维在《人间词话》中早就指出："昔人论诗词，有景语情语之别，不知一切景语，皆情语也。"当然，论者完全有权拒绝这样的共识，然而，吾人对必要的论证的期待却落了空。其次，这样的论断与事实不符。苏东坡于黄州游赤壁曾四为诗文，第一次，见《东坡志林·赤壁洞穴》，其文曰：

> 黄州守居之数百步为赤壁，或言即周瑜破曹公处，不知果是否。断崖壁立，江水深碧，二鹘巢其上，有二蛟，或见之。遇风浪静，辄乘小舟至其下，舍舟登岸，入徐公洞，非有洞穴也，但山崦深邃耳。

什么叫作"即景写实"，这就是"即景写实"。而《赤壁怀古》一开头"大江东去，浪淘尽，千古风流人物"，与其说是实写，不如说是虚写。第一，在古典诗歌话语中，"大江"不等于长江。把"大江东去"当作即景写实，从字面上理解成"长江滚滚向东流去"，就不但遮蔽了视觉高度，而且抹杀了话语的深长意味。这种东望大江，隐含着登高望远，长江一览无余的雄姿。李白诗曰："登高壮观天地间，大江茫茫去不还。"只有身处天地之间的高大，才有"大江茫茫去不还"的视野。而《东坡志林·赤壁洞穴》所记："断崖壁立，江水深碧，二鹘巢其上，有二蛟，或见之。"则是由平视转仰视的景观。至于"遇风浪静，辄乘小舟至其下，舍舟登岸，入徐公洞，非有洞穴也，但山崦深邃耳"，则从平视到探身寻视。按《东坡志林·赤壁洞穴》所记，苏轼并没有上到"断崖壁立"的顶峰。"大江东去"，一望无余的眼界，显然是心界，是虚拟性的想象，主观精神性的，抒情性的。这种艺术想象把《东坡志林·赤壁洞穴》中写实的自我，提升到精神制高点上去。第二，光从生理性的视觉去看，无论如何也不可能看到"千古风流人物"。台湾诗人喜欢把审美想象视角叫作"灵视"，其艺术奥秘就在于超越了即景写实，把空间的遥远转化为时间的无限。第三，把无数的英雄尽收眼底，使之纷纷消逝于脚下，就是为了反衬出抒情主人公的精神高度。正是因为这样，"大江东去"为后世反复借用，先后出现在张孝祥（"平楚南来，大江东去，处处风波恶"）、文天祥（"大江东去日夜白"）、刘辰翁（"看取大江东去，把酒凄然北望"）、黄升（"大江东去日西坠"）、张可久（"懒唱大江东去"）甚至青年周恩来（"大江歌罢掉头东"）的诗作中。以空间之高向时间之远自然拓展，使之成为精神宏大的载体，这从盛唐以来，就是诗家想象的重要法门。陈子昂登上幽州台，看到的如果只是遥远的空间，那就没有"前不见古人，后不见来者"那样视隐千载的悲怆了。恰恰是为看不到时间的邈远，激发出"念天地之悠悠"，情怀深沉就在无限的时间之中。不可忽略的是，悲哀不仅仅是为了看不见燕昭王的黄金台，而且是"后不见来者"，悲怆来自时间无限与生命渺小的反差。"故垒西边，人道是，三国周郎赤壁"，更不是写实。苏东坡在《东坡志林·赤壁洞穴》中明明说"或言即周瑜破曹公处，不知果是否"，而后人也证明黄州赤壁乃当地"赤鼻"之误。"乱石穿空，惊涛拍岸，卷起千堆雪。"也是想象之词。《赤壁赋》具游记性质，有接近于写实的描述：

　　苏子与客泛舟，游于赤壁之下。清风徐来，水波不兴……白露横江，水光接天。

　　根本就没有一点"乱石穿空，惊涛拍岸，卷起千堆雪"的影子。更为关键的是，苏轼所说"风流"人物，聚焦于周瑜。时人对周瑜的形象概括完全是一个雄武勇毅的将军："衔命出征，身当矢石，尽节用命，视死如归。"（陈寿《三国志》）而苏轼用"风流"来概括这个将军，不但是话语的创新，而且是理解的独特。
　　"风流"，本来有稳定而且丰富的内涵：或指文采风流（词采华茂，婉丽风流），或指艺术效果（不着一字，尽得风流），或指才智超凡，品格卓尔不群（魏晋风流），或指高雅正派，风格温文（风流儒雅，风流蕴藉），或与潇洒对称（风流谢安石，潇洒陶渊明），实际是互文见义，合二而一。所指虽然丰富，但是，大体是指称才华出众，不拘礼法，我行我素，放诞不羁，当然也包括在与异性情感方面不受世俗约束。可以用"是真名士自风流"来概括。风流总是和名士，也就是落拓不羁的文化精英互为表里。"风流"作为一个范畴，是古代中国精英知识分子特有的理想精神范畴。西方美学的崇高与优美两个方面都可以纳入其中，但又不同，那就是把深邃和从容，艰巨和轻松，高雅和放任结合在一起。在西方只有骑士精神可能与之相对称，但骑士献身国王和美女，缺乏智性的深邃，更无名士的高雅。这个范畴本来就相当复杂，而到了苏轼这里，又对固定的内涵进行了突围。主要是风流从根本上说，是在野的风格，而《赤壁怀古》所怀的却是在朝的建功立业。

"赤壁怀古"，怀的并不是没有任何社会责任的名士，而是当权的、创造历史的豪杰，是叱咤风云的英雄。苏东坡把"风流"用之于"豪杰"，其妙处不但在使这个已经有点僵化的词语焕发了新的生命，而且在于用在野的向往去同化了周瑜，一开头的"千古风流人物"就为后半片周瑜的儒雅化埋下了伏笔。这个词语的内涵的更新如此成功，以致近千年后，毛泽东在《沁园春·雪》中禁不住用"风流人物"来概括他理想的革命英雄。

"风流人物"的内涵这样大幅度的更新，层次是十分细致的。在开头还是一种暗示，一种在联想上潜隐性的准备。

在苏轼的心中，有两个赤壁，两种"风流"：一个是《念奴娇·赤壁怀古》中的壮丽的、豪杰的赤壁，一个是《赤壁赋》中"清风徐来，水波不兴""白露横江，水光接天"婉约优雅的、智者的赤壁。两种境界都可以用"风流"来概括，但是，是两种不同的"风流"，这种不同并不完全由自然景观决定，而是诗人不同心态所选择。时在元丰五年（1082），苏轼先作了《赤壁赋》，又作《赤壁怀古》，显然是表现了一种风流，意犹未尽，要让自己灵魂深处的豪杰"风流"得到正面的表现。不再采用赋体，而用词

1　按：关于《赤壁怀古》作于《赤壁赋》之后的考证，参见孔凡礼《苏轼年谱》（中），中华书局，1998。

这种形式，无非是因为它更具超越写实的、想象的自由。

在《赤壁赋》中，写到曹操，是"一世之雄"，但是，诗人借"客"之口提出了一个否定性的质疑：

> 客曰："'月明星稀，乌鹊南飞。'此非曹孟德之诗乎？
> 西望夏口，东望武昌。山川相缪，郁乎苍苍，此非孟德之困
> 于周郎者乎？方其破荆州，下江陵，顺流而东也，舳舻千
> 里，旌旗蔽空，酾酒临江，横槊赋诗，固一世之雄也，而今
> 安在哉？"

"舳舻千里，旌旗蔽空"的霸气，"酾酒临江，横槊赋诗"的豪情，固然豪迈，但是，只能是"一世之雄"，在智者眼目中，终究逃不脱生命的大限，这个生命苦短的母题，早在《古诗十九首》中就形成了。曹操在《短歌行》把《古诗十九首》的及时行乐提升到政治上、道德上的"天下归心"的理想境界。但是，对于这个母题，苏东坡在这里还有质疑的余地。也就是不够"风流"的。他借朋友[1]之口提出来，随即在自答中，把这个母题提升到哲学上：

> 苏子曰："客亦知夫水与月乎？逝者如斯，而未尝往也。
> 盈虚者如彼，而卒莫消长也。盖将自其变者而观之，则天地

---

[1] 按：这个"客"实有其人，是一个道士，叫杨世昌，是苏轼的朋友，曾经在苏轼黄州府上住过一年。参见孔凡礼《苏轼年谱》中，中华书局，1998。

曾不能以一瞬。自其不变者而观之，则物与我皆无尽也，而又何羡乎？且夫天地之间，物各有主。苟非吾之所有，虽一毫而莫取。惟江上之清风，与山间之明月。耳得之而为声，目遇之而成色。取之无禁，用之不竭，是造物者之无尽藏也，而吾与子之所共适。"

这里有庄子的相对论，宇宙可以是一瞬的事，生命也可以是无穷的，其间的转化条件，是思辨方法是否灵活到可从绝对矛盾中看到其间的转化和统一。自其变者而观之，则生命是短暂的，自其不变者而观之，则生命与物质世界皆是不朽。这里还有佛家的哲学，七情六欲随缘生色："耳得之而为声，目遇之而成色。取之无禁，用之不竭。"宇宙空间和时间的无限，就变成生命的无限，这就是苏轼此时向往的通脱豁达的自由境界。在苏轼那里，这个境界是可以列入"风流"（潇洒）范畴的。

这种随缘自得哲学之所以被青睐，和他当时的生存状态有关。在乌台诗案中，他遭到的迫害是严酷的，这个不乏少年狂气的壮年人，不但受到政治的打击，而且受到精神的摧残，在被拘之初，曾经和妻子诀别，安排后事"自期必死"（苏轼《杭州召还乞郡状》）。心情是很绝望的。在牢狱中，死亡的恐惧又折磨了他好几个月。而亲朋远避，更使他感到世态炎凉，人情之硗薄。被贬到黄州以后，物质生活向来优裕的诗人，遭遇贫困，有时竟弄到饿肚子的程度。他在《晚香堂书帖》中，借书写陶渊明的诗述及自己的窘境："流寓黄州二年，适值艰岁，往往乏食，无田可耕，盖欲为陶彭泽而不可得者。"（孔凡礼《苏轼年谱》）这一切使这个生性豪放，激情和温情俱富的诗人受到严重的精神创伤。在如此严酷的逆境中，以诗获罪的诗人，不得不寻求自我保护，表现出对贬谪无怨无尤，随遇而安的样子，但是他又岂能满足于庸庸碌碌、苟且偷生？因而，在生活态度上，创造出一种超越礼法，对人生世事的豁达淡定，放浪形骸的姿态。《东坡乐府》卷上《西江月》自序说："春夜行蕲水中，过酒家，饮酒醉，乘月至一溪桥上，解鞍，曲肱醉卧少休。及觉已晓，乱山攒拥，流水铿然，疑非尘世也，书此语桥柱上。"这样的姿态，和他的朋友柳永的"今宵酒醒何处？杨柳岸、晓风残月"，有一脉相通之处。醉卧溪桥的自由浪迹，从容豁达，就成为此时期的词作中名士"风流"的主题。

这个主题，从根本上来说，是一种出世的想象。这种出世的想象，并不完全是僧侣式的苦行，从正面说，就是从大自然中寻求安慰，从反面说，就是对自己精英身份的漫不经心。宛委山堂《说郛》言苏轼初谪黄州"布衣芒履，出入阡陌，多挟弹击江水，与客为娱乐。每数日，必一泛舟江上，听其所往，乘兴或入旁郡界，经宿不返"。苏轼被贬官的第三年，在《定风波》前言中这样自叙："沙湖道中遇雨。雨具先去，同行皆狼狈，余独不觉。已而遂晴，故作此。"他把这种姿态诗化为一种平民的潇洒："竹杖芒鞋轻胜马，谁怕？一蓑烟雨任平生。料峭春风吹酒醒，微冷，山头斜照却相迎。"

但是，这种不拘礼法，这种放浪，毕竟和柳永有所不同：其一，这里有他的哲学和美学基础，因而，他的风流不仅仅是名士之风流，而且是智者的风流。正是因为这样，在《赤壁赋》中，不但诗化了江山之美，而且将之纳入宇宙无限和生命有涯的矛盾之中，把立意提升到生命和伟业的矛盾的高度。其二，正是因为是智者，他的不拘礼法，是很自然，很平静的，很通脱的。因而，长江在他笔下，宁静而且清净："清风徐来，水波不兴""白露横江，水光接天"，这正是他坦然脱俗的心境。在这种心境的感性境界中，融入了形而上的思索，就成了《赤壁赋》中苏轼的心灵图景。

如果这一切就是苏东坡内心的全部，那他就没有必要接着又写《念奴娇·赤壁怀古》了。张侃《拙轩词话》说："苏文忠'赤壁赋'不尽语，裁成'大江东去'词。""不尽语"，是什么语呢？《赤壁赋》中心灵图景虽然深邃，然而，毕竟是智者的通脱宁静为基调，而苏东坡并不仅仅是个智者，在他内心还有一股英气豪情，他不能不探寻另一种风流。

正是因为这样，在《念奴娇·赤壁怀古》中，读者看到的是另一个赤壁，《赤壁赋》中天光水色纤尘不染的长江，到了《念奴娇·赤壁怀古》中变成了波澜壮阔、撼山动岳、激情不可羁勒的怒潮，这当然不仅仅是自然的景观的特点，其间涌动着苏东坡压抑不住的豪情。但是，光有豪情，还算不上风流。《赤壁怀古》的任务，就是要把豪情和风流结合起来。

"江山如画，一时多少豪杰！""如画"，这是上半片的结语。但是，这"画"，并不仅仅是长江的自然景观，而且是"千古风流"的人文景观，有"一时多少豪杰"为之作注。自然景观的雄奇的伟绩，正是他内心深处的政治和人格的理想的意象。作为上片和下片之间的意脉的纽结，这里是一个极其精致的转折，"千古风流"，转换成"一时豪杰"。意脉的密合就在从英雄的多数，凝聚到唯一的英雄周瑜身上。此句承上启下，功力非凡，以致近千年后的毛泽东在《沁园春·雪》中，从上片转向下片，从咏自然景观的雪转向咏历代无数英雄人物，几乎是用了同样的句法："江山如此多娇，引无数英雄竞折腰。"

《赤壁赋》中主角是曹操，而《赤壁怀古》则是周瑜。很显然，为了衬托周瑜，在成败生灭的矛盾中，周瑜成为颂歌的最强音。当然，这并不完全是歌颂周瑜，同时也有苏东坡的自我期许在内，元好问说："东坡赤壁词，殆戏以周郎自况也。"（元好问《题闲闲书"赤壁赋"后》）

可惜的是，元好问对自己的论点没有切实的论证。其实，苏东坡在词的下半片，对历史上的周瑜进行了升华。表面上，越是把周瑜理想化，就越是远离苏轼，实质上，按照自己的气质重塑周郎，越是理想化，就越是接近苏轼灵魂，越是带上苏东坡的情志色彩。

首先是把以弱搏强的，充满了凶险的，血腥的赤壁之战，诗化为周瑜"谈笑间"便使"樯橹灰飞烟灭"。"谈笑间"，应该是从李白《永王东巡歌》"但用东山谢安石，为君谈笑净胡沙"中脱胎而来，表现取胜之自如而轻松。这种指挥若定，决胜千里，轻松潇洒的形象，正是从苏轼一开头的"千古风流"的基调中演绎出来的。

　　其次，这种理想化的"风流"还蕴含在"雄姿英发"的命意之中。苏轼对曹操的想象是"一世之雄"，定位在一个"雄"字上。而对于周瑜，如果要在"雄"字上做文章，笔墨驰骋的余地是很大的。那个"破荆州，下江陵"，"酾酒临江，横槊赋诗"的曹操就是被周瑜打得"灰飞烟灭"的。但是，如果一味在"雄"的方面发挥才思，那就可能远离"风流"了，苏轼的思路陡然一转，向"英发"的方面驰骋笔力。让周瑜在豪气中渗透着秀气。"羽扇纶巾"，完全是苏东坡自我期许的同化。把一个"衔命出征，身当矢石，尽节用命，视死如归"（陈寿《三国志》）的英雄变成手拿羽毛扇的军师，头戴纶巾的儒生智者。从诗意的营造上看，光是斩将拔旗的武夫，是谈不上"风流"的，带上儒生智者的从容，甚至漫不经心，才具备"风流"的属性。从中不但可以看出苏东坡的政治理想，而且可以感受苏东坡的人生美学。一方面，在正史传记中，谋士的价值，是远远高于猛士的。汉灭项羽后，论功行赏。萧何位列第一，而曹参虽然攻城夺寨，论武功第一，但是位列萧何之后。刘邦这样解释："夫猎，追杀兽兔者狗也，而发踪指示兽处者人也。今诸君徒能得走兽耳，功狗也。至如萧何，发踪指示，功人也。"（司马迁《史记·萧相国世家》）故张良的军功被司马迁总结为"运筹帷幄之中，决胜千里之外"。另一方面，苏东坡不是范仲淹，他没有亲率铁骑克敌制胜的实践，他理想中的英雄，只能是充满谋士、军师气质的英才。故黄苏《蓼园词选》说："题是怀古，意谓自己消磨壮心殆尽也。总而言之，题是赤壁，心实为己而发。周郎是宾，自己是主。借宾定主，寓主于宾，是主是宾，离奇变幻。"不可忽略的是，苏东坡举重若轻，笔走龙蛇，仅仅用了四五个意象（羽扇、纶巾、谈笑、灰飞烟灭），把豪杰风流和智者的风流统一了起来。

　　当然，也有论者指出，这里的"羽扇纶巾"不是周瑜，而是诸葛亮。俞陛云《唐五代两宋词选释》说："题为'赤壁怀古'，故下阕追怀瑜亮英姿，笑谈摧敌。"刘永济在《唐五代两宋词简析》中说："后半阕更从'多少豪杰'中独提出最典型之周瑜及诸葛亮二人，而以'强虏'包括曹操。"此说，似无根据。从历史事实来看，赤壁之战的主力是孙吴，刘备只是配角而已。北魏郦道元的《水经注》中，赤壁战场的主角还是周瑜："江水左径百人山南右径赤壁山北，昔周瑜与黄盖诈魏武大军处所也。"因而，在唐诗中，赤壁只与周郎联系在一起。李白《赤壁歌送别》中有："二龙争战决雌雄，赤壁楼船扫地空。烈火张天照云海，周瑜于此破曹公。"杜牧《赤壁》："东风不与周郎便，铜雀春深锁二乔。"唐人胡曾《咏史诗·赤壁》："烈火西焚魏帝旗，周郎开国虎争时。交兵不假挥长剑，已挫英雄百万师。"杜甫《八阵图》："功盖三分国，名成八阵图。"述诸葛亮的功绩不及赤壁。洪迈在《容斋随笔》中说《赤壁怀古》有苏东坡的朋友黄鲁直（庭坚）的手写稿，并不是"周郎赤壁"，而是"孙吴赤壁"。就是"人道是三国周郎赤壁"也有人指出在后来的版本中，苏东坡已经将"三国"改成了"当日"。（曾季狸《艇斋诗话》）更说明，在苏轼同时代人心目中，赤壁主战场和诸葛亮几乎没有关系。鲁迅在《古小说钩沉》中引晋裴启《裴子语林》中"诸葛武侯"条：

> 诸葛武侯与宣王在渭滨，将战，宣王戎服莅事；使人观
> 武侯。乘素舆，著葛巾，持白羽扇，指麾三军。众军皆随其
> 进止，宣王闻而叹曰："可谓名士矣。"

诸葛亮"乘素舆，著葛巾，持白羽扇，指麾三军"的形象见于裴启以后、苏东坡以前之许多书籍，[1] 可见是某种共识。其实，苏东坡是明知这一点的，前文所引《东坡志林·赤壁洞穴》就明明说"黄州守居之数百步为赤壁，或言即周瑜破曹公处"，把原来属于诸葛亮的形象，转嫁给了周瑜，这是很有气魄的。这可能与苏轼对诸葛亮的评价有保留有关系。他在《诸葛亮论》中这样说："取之以仁义，守之以仁义者，周也。取之以诈力，守之以诈力者，秦也。以秦之所以取取之，以周之所以守守之者，汉也。仁义诈力杂用以取天下者，此孔明之所以失也……刘璋以好逆之，至蜀不数月，扼其吭，拊其背，而夺之国，此其与曹操异者几希矣。"把诸葛亮看成和曹操差不多，当然就不用"著葛巾，持白羽扇，指麾三军"来美化他，而在赤壁这个具体场景，最方便的转移就是周瑜了。把赤壁之战和诸葛亮的主导作用固定下来的应该是《三国演义》。罗贯中把理想化的周

1　按：《北堂书钞》，唐初虞世南辑；《艺文类聚》，欧阳询主编，武德七年（624）成书；《初学记》，唐玄宗时人徐坚撰；《六帖》，白居易撰；《太平御览》，宋太宗命李昉等编，成于太平兴国八年（983）；《事类赋注》，宋初吴淑撰。这些书，都在苏东坡以前，可以看出，诸葛亮这样的形象几乎可以说是某种共识。

瑜的"羽扇纶巾"的风流造型转化为诸葛亮的形象，完全是出于刘家王朝正统观念。

再次，周瑜形象的理想化，还带上了苏东坡式的"风流"。在一开头，苏轼把"千古"英雄人物，用"风流"来概括，渐渐演化为把"豪杰风流"和"智者风流"结合起来，但是，苏轼意犹未尽，进一步按自己的生命理想去同化周瑜。在这位毫不掩饰对异性爱好的坦荡诗人感觉中（甚至敢于带着妓女去见和尚），光有政治上的雄才大略，兴致还不够淋漓，还要加上红袖添香才过瘾。正是因为这样，"小乔初嫁"，才被他推迟了十年，放在赤壁之战的前夕。其实，这个小乔初嫁，从历史上来说，并没有多少浪漫色彩。孙策指挥周瑜攻下了皖城，大乔小乔不过是两个战利品，孙策和周瑜平分，一人一个。《三国志·吴书》这样说："策欲取荆州，以瑜为中护军，领江夏太守，从攻皖，拔之，时得桥公两女，皆国色也。策自纳大乔瑜纳小乔。《江表传》曰：'策从容戏瑜曰："乔公二女虽流离，得吾二人作婿亦足为欢。"'"[1]苏东坡把身处"流离"的小乔，转化为周瑜的红颜知己，英雄灭敌，红袖添香。在豪杰风流、智者风流之中，再渗入一点名士风流的意味，就把严峻政治军事智慧、诗情和人生的幸福结合起来。从这里，读者不难看到苏轼与他的朋友柳永的相通之处，而且可以看到苏轼比柳永高贵之处。这不仅是个人的相通，而且是宋词豪放与婉约的交叉。

---

[1]　按：周瑜娶小乔是建安三年攻取皖城胜利之时，十年后，才有赤壁之战。参见陈寿《三国志》（下），中华书局，2005。

这种交叉的深刻性在于，苏东坡的赤壁诗赋中，不但出现了两个赤壁，而且出现了两个苏东坡。一个是出世的智者，在逆境中放浪山水，做宇宙人生哲学思考，享受生命的欢乐，一个是人世的英才，明知生命短暂，仍然珍惜着建功立业的豪情。两个苏东坡，在他内心轮流值班，似乎相安无事，但又不无矛盾。就是把这两个灵魂分别安置在两篇作品中，矛盾仍然不能回避。

英才的业绩是如此轻松地建立，阵前的残敌和帐后的佳人都是成功的陪衬，在"故国神游"之际，英雄气概迅速达到高潮，所有的矛盾，似乎杳然隐退，但是，有一点无法回避，那就是生命的短暂。"早生华发"，周瑜三十四岁，就建功立业了，而自己四十八岁却滞留贬所，远离中央王朝。这就引发了"多情应笑我"。这是生命对理想的嘲弄，英雄伟业不管多么精彩，自己也是遥不可及。这是很难达到潇洒"风流"的境界的。不管苏轼多么豁达，也不能不发出"哀吾生之须臾，羡长江之无穷"的喟叹。但是，苏轼的魄力在于，就是在这种局限中，也能进入潇洒"风流"的境界。

关键在"一樽还酹江月"。

虽然自己是年华虚度，但是古人的英雄业绩还是值得赞美，值得神往的。不能和周瑜一样谈笑灭敌，但可以和曹操一样"酾酒临江"，这也是一种"风流"，但是，达不到智者的最高层次。从结构上讲，"一樽还酹江月"，酾酒奠古，和题目"赤壁怀古"是首尾呼应。但如果仅仅是这样，只是散文式的呼应。从诗词的意脉来说，这里还潜藏着更为深邃丰富的联系。诗眼在"江月"，特别是"江"字，在结构上，是意脉的深邃的纽结。

第一，开头是"大江东去"，结尾回到"江"字上来。不但是意象的呼应，而且是字眼的密合。第二，所要祭奠的古人，开头已经表明，不管是曹操还是周瑜，都被大江的浪花"淘尽"了，看不见了，看得见的只有月亮。但是，光是月亮，没有时间感。一定要是江中的月亮，大江是时间的"江"，把英雄淘尽，浪花是历史的浪花，"江"是在不断消逝的，可是月亮，"江"中的"月"，却是不变的，当年的"月"超越了时间，今天仍然可见。"江"之变与"月"之不变，是消逝与永恒的统一。在这里，苏东坡是有意为之的。《赤壁赋》有言："客亦知夫水与月乎？逝者如斯，而未尝往也。盈虚者如彼，而卒莫消长也。"时间不可见，流水可见，逝者已逝，月亮未逝。所以才有"挟飞仙以遨游，抱明月而长终"，明月是"长终"——不朽的象征。但是，这一切，并不能解决"哀吾生之须臾，羡长江之无穷"的矛盾。水中的月亮，虽然是可见的，不变的，但是，毕竟不同于直接可捉摸的实体。就是照佛家六根随缘生灭说，江上的明月，山间的清风虽然是无穷的，但仍然要有耳和目去得它。耳和目却不是永恒的，如果耳和目不存在了，这个无穷就变成有限了。所以人生局限一如耳目之短暂。这就仍然不能不产生"人生如梦"（一作"如寄"）的感叹。如果一味悲叹，就"风流"潇洒不起来了。但是苏东坡的"梦"并不悲哀。他是一个入世的人，他的"梦"不是佛家所说梦幻泡影，妄执无明。他说"人生如梦"，不过是强调，人生是短暂的，但并不如佛家那样要求六根清净，相反，他倒是强调五官开放，尽情享受大自然的和历史文化的美好、艺术的美好。这种美好的信念使得苏轼得到了如此之慰藉，主人与客人乃率性享乐："洗盏更酌。肴核既尽，杯盘狼藉。相与枕藉乎舟中，不知东方之既白。"

就是在人生如梦的阴影下，也还是可以潇洒风流起来的。

就算是"梦"吧，在世俗生活中，并不一定是美好的，乌台诗案就是一场噩梦，但是，尽管如此，噩梦毕竟过去了，就是在厄运中，人生之"梦"还是美好的。究竟美到何种程度，至少在《念奴娇·赤壁怀古》中还是比较抽象的。也许这样复杂的思想，这样自由的境界，短小的词章，实在容纳不了。于是就在几个月以后的《后赤壁赋》中出现正面描写的美梦：

> 时夜将半，四顾寂寥。适有孤鹤，横江东来。翅如车轮，玄裳缟衣，戛然长鸣，掠予舟而西也。须臾客去，予亦就睡。梦一道士，羽衣蹁跹，过临皋之下，揖予而言曰："赤壁之游乐乎？"问其姓名，俯而不答。"呜呼！噫嘻！我知之矣。畴昔之夜，飞鸣而过我者，非子也邪？"道士顾笑，予亦惊寤。开户视之，不见其处。

在这个"梦"比之现实要美好得多了。为什么美好？因为自由得多了，也就是"风流"潇洒得多了。这里是出世的境界，诗的境界，是神秘的境界，是孤鹤、道士的世界，究竟是孤鹤化为道士，还是道士化为孤鹤，类似的命题，连庄子都没有细究，不管如何，同样美妙。贬谪的现实的严酷是不能改变的，忘却却能显示精神超越的魄力，只有美好地忘却，才有超越现实的自由。只有风流潇洒的名士，才能享受这样似真似幻的"梦"。

这里出现了第三个苏东坡，把豪杰风流的豪放与名士风流和智者风流的婉约结合起来的苏东坡。

传统词评对于词风常常做豪放与婉约的机械划分，知其区分而忘却其联系，唯具体分析能破除此弊。

俞文豹《吹剑录》说："东坡在玉堂，有幕士善讴，因问：'我词比柳七何如？'对曰：'柳郎中词只合十七八女孩儿执红牙板歌"杨柳岸，晓风残月"，学士词须关西大汉，执铁板唱"大江东去"。'"这个说法，由于把豪放和婉约两派的风格，说得很感性，很生动，因而影响很大，由此而生的遮蔽也很大。本来，豪放和婉约都是相对的。任何区分都不可能绝对，划分有界限是问题的一个方面，而相互之间的联系和转化，则是另一方面。从词人的全部作品来说，豪放和婉约的交叉和错位，则更是常见。《赤壁怀古》中的"大江东去"，以妙龄女郎吟哦，不能曲尽其妙，东坡词中的自由浪迹，醉卧溪桥，由关西大汉来吟唱，可能不伦不类。这一点之所以值得一提，是因为，苏氏词赋中的旷世杰作，还有既难以列入豪放，亦难以划归婉约的风格，赤壁二赋，似乎既不适合关西大汉慷慨高歌，又不适合妙龄女郎浅斟低唱。诗人为之设计的是：清风徐来，水波不兴，白露横江，水光接天。扁舟一叶，顺流而下，纵一苇之所如，凌万顷之茫然，洞箫婉转，如泣如诉，如慕如怨，与客作宇宙无限生命有限之答问。这个洞箫遗响无穷中的"梦"，正是从《赤壁怀古》中衍生而来的。可以说，是对《赤壁怀古》"人生如梦"的准确演绎。这个"梦"正是苏轼的人生之"梦"，是诗人的哲学之"梦"，也是智者的诗性之"梦"。这个"梦"融入了豪放的英气、婉约的柔情和智者的深邃，英才的、智者的风范在这里得到高度的统一。这个"梦"不是虚无的，而是理想化的、艺术化的，是值得尽情地、率性地、放浪形骸地享受的。也许在苏轼看来，能够进入这个境界的，才是最深邃的潇洒，最高层次的"风流"。

2010 年 1 月 14 日

2010 年 10 月 10 日改定

从竹影到疏影，从桂香到暗香：
林逋《山园小梅》

2010 年《名作欣赏》第五期载南京大学莫砺锋教授文，分析林逋的《山园小梅》："众芳摇落独暄妍，占尽风情向小园。疏影横斜水清浅，暗香浮动月黄昏。霜禽欲下先偷眼，粉蝶如知合断魂。幸有微吟可相狎，不须檀板共金樽。"作者说："首联赞叹梅花与众不同的品质：在众芳凋零的严寒时节，唯有梅花傲然绽放，鲜妍明丽，在小园中独领风骚。梅花以其凌寒独开的天然秉性深得文人雅士赏爱，并被视为孤傲高洁的人格象征。"读后感到作者所言并无不当，然而又觉得甚不满足。期待本为究竟"疏影横斜水清浅，暗香浮动月黄昏"好在哪里，可作者告诉我们："上句写水边梅花之姿态，下句写月下梅花之风韵：'疏影'状其神清骨秀，'横斜'写其偃蹇蟠曲，'水清浅'则为梅之背景，衬托其高洁、温润；'月黄昏'则以朦胧静谧的环境烘托出梅之遗世独立。"这样的论点，好像不着边际。"风韵""神清骨秀""高洁、温润""遗世独立"，其内涵没有任何界定，也没有起码的论证。想到许多古典文学的赏析文章大体都是这样，写些读者一望而知的东西，读后收获并不太大。难道就没有别的，更能让我这样的读者过瘾的写法了吗？我的想法有道理吗？

四川一读者

答复如下：

经得起千百年阅读的经典的艺术作品的蕴含是很深邃的，又是很通俗的，一般的读者仅凭直觉就能感受。但是，感觉到了的，并不一定能够理解，还可能包含错误；理解了的，才能更深刻地感觉，从而纠正感受中的谬误。赏析文章本来的任务，就是将感性升华为理性。所说该文，似乎尚未完成这样的任务。作者说梅花在诗人心目中是"孤傲高洁的人格象征"，有某种"神清骨秀""高洁、温润""遗世独立"的性质，和我们的感受是相去不远的。我不满足的地方，可能比你要多一些。在开头，作者提出问题："梅花之美究竟在何处？""赞叹梅花与众不同的品质"。这样的提法，隐含着一种预设，诗歌赞美的对象是"梅花的品质"，而"梅花的美"则来自梅花这种客体。但是作者又强调说梅花是"高洁的人格象征"，隐含着另一种前提，梅花的美并不来自客体，而是主体的品格。前者是有某种美学理论根据的，那就是美是客体的真实，而作为人格的象征，美来自主体的精神表现。前者，提出问题，隐含理论前提。而其结论"神清骨秀""高洁、温润""遗世独立"，则并未把二者的矛盾提出来加以分析，就让理论和感受的矛盾隐藏在其中。这个矛盾在分析首联的时候，还是潜在的，而到了分析最为关键的颔联的时候，就比较突出了。"'疏影横斜水清浅，暗香浮动月黄昏。'上句写水边梅花之姿态，下句写月下梅花之风韵。"并未充分论证这两句诗为什么成了千古绝唱。"高洁、温润""遗世独立"的结论缺乏理性的论证，印象式的判断，是满足不了感受比较细致的读者的求知欲的。

问题出在作者对于在后世影响甚大的关键词"疏影"和"暗香"缺乏必要的历史文献的了解，又缺乏具体分析。

为什么是"疏影"，而不是繁枝？繁花满枝不是也很美吗？但那是生命旺盛，是生气蓬勃的美，而"疏"，则是稀疏，是生命在严酷的环境的另一种美。在"众芳摇落"之时，"疏影"被表现为一种"暄妍"，一种鲜明。如果把梅花写得繁茂，不但失去了环境寒冷的特点，而且失去了与严寒抗衡的风骨，更重要的是，忽略了以外在的弱显示内在的强的艺术内涵。其次是"影"。为什么是"影"？为什么要影影绰绰？淡一点才雅，淡雅，淡和雅是联系在一起。而雅往往又与高联系在一起，故有高雅之说。

让它鲜明一点不好吗？林和靖另有梅花诗曰："人怜红艳多应俗，天与清香似有私。"太鲜艳、太强烈，就可能不雅，变得俗了，只有清香才是俗的反面。

雅不但在"影"，而且在"疏"，这里渗透着中国古典的美学趣味。

要把"疏影"两字建构得这样精致和谐并不容易。这句诗并不是林逋的原创，而是五代南唐诗人江为的。清顾嗣立转引《寒厅诗话》：明李日华《紫桃轩杂缀》曰："'竹影横斜水清浅，桂香浮动月黄昏'。林君复改二字为'疏影''暗香'以咏梅，遂成千古绝调。"只改动了两个字，两句诗就有了不朽的生命，这种文学史的奇迹，很值得研究。

原因大概可从两个方面来考察。

第一，江为的原作有瑕疵。把竹写成"横斜"，与竹的直立特征相矛盾，而与梅的曲折虬枝相符，从这个意义上来说，林和靖抓住客体的特征是很重要的。但是，这并不是最重要的，因为横斜的并不是只有梅花。据《王直方诗话·二十八》记载：

> 王君卿在扬州，同孙巨源、苏子瞻适相会。君卿置酒曰："'疏影横斜水清浅，暗香浮动月黄昏。'此林和靖梅花诗。然，咏杏与桃李皆可用也。"东坡曰："可则可，只是杏李花不敢承担。"一座大笑。

朋友说"疏影横斜"和"暗香浮动"也可以用来形容杏花与

李花，苏东坡说，"杏李花不敢承担"。从植物学的观念来说，这仅仅是玩笑而已，但从审美来说，这里有严肃的道理。"疏影横斜"和"暗香浮动"写的已经不纯粹是植物，诗人把自己个体的淡雅高贵气质赋予了它，使之成为诗人高雅气质的载体。正因为这样，《陈辅之诗话》第七"体物赋情"中也议论到这个颇为尖端的问题：林和靖梅花诗"疏影横斜水清浅，暗香浮动月黄昏"近似野蔷薇也。而王楙在《野客丛书》中则反驳他：野蔷薇安得有此标致？

从植物的形态来说，野蔷薇的虬枝也是曲折的，这句诗用来形容野蔷薇很难说有什么不合适，因为野蔷薇不但有屈曲的虬枝而且有淡淡的香味，和梅花是没有什么区别的，但是从诗人个体的审美感知特征来说，它没有这样高雅。原因就是，梅花作为一种意象在长期积淀的历史过程中，特别是经过林和靖的加工，其高雅性质变得稳定了。如果某一古典诗人因为野蔷薇有和梅花在形态上类似的特征，就将之作为自我形象的象征，可能变得不伦不类，乃至滑稽。

当然，这还要看句中的其他字眼。不可忽略的是把"疏影横斜"安放在"水清浅"之上，这是野蔷薇所不具备的。这并不是简单的提供一个空间"背景"。为什么水一定要清而浅？"清"已经是透明了，"浅"，就更透明。（深就不可能透明了）"疏影"已经是很淡雅的了，再让它横斜到清浅透明的水面上来。淡雅就更为统一和谐了。要注意这个"影"字的内涵是比较丰富的。它可能是横斜的梅枝本身，更可能是落在水面上的影子。有了这个黑影，虽然是淡淡的，但是水的透明，就更显然了。宋费衮《梁溪漫志》："陈辅之云：林和靖'疏影横斜水清浅，暗香浮动月黄昏'，殆似野蔷薇。是未为知诗者。予尝踏月水边，见梅影在地，疏瘦清绝，熟味此诗，真能与梅传神也。"意象组合达到如此和谐，才构成了"高洁"的风格。

第二，王君卿提出的问题很机智，但是他说得并不准确，因为桃李花并没有梅花所特有的香气，林和靖把"桂香"改为"暗香"表现出了更大的才气。对于这一点，不但王君卿忽略了，而且那位教授的文章也忽略了。笼统地说"下句写月下梅花之风韵"，是不到位的。"暗香"写的主要不是梅花这一客体的"风韵"。

对这个"暗香"做具体分析是不能回避的。

首先，桂香是强烈的，而梅花的香气则是微妙的。其次，和梅花的"疏影""横斜"为视觉可感的不同，"暗香"却是视觉不可感的。"暗香"的神韵就在"暗"，它是看不见的，但又不是绝对不可感的，妙在另外一种感官（嗅觉）的被调动，其特点，是"浮动"，也就是不太强烈的，隐隐约约的，若有若无的。再加上"月黄昏"。视觉的朦胧，反衬出嗅觉的精致。这就提示了，梅花的淡雅高贵不是一望而知的，而是在视觉之外，只有嗅觉被调动出来才能感知的。"遗世独立"的人格象征，并不是凭空而来的，而是意象群落有机结构的功能。这里视觉和嗅觉的交替，并不是西方象征派的"通感"（不同感官的重合沟通），恰恰相反，强调的是感知不是直接贯通，而是先后默默递进。

林和靖改动了两个字，把本来不相隶属的只是由于外部的形式对仗而并列的竹和桂变成了统一的梅的意境，使之成为千古绝唱，也成为审美诗语历史的积累的雄辩证明。

他赋予不可见的香气以高雅品格的属性，成为一种历史的发现，被后世重复着。

早在唐诗中就不乏对梅的赞美，李白、杜牧、崔道融、罗隐等均有咏梅之诗作，甚至也有提及其"香"者，但均未赋予不可见的"暗香"和飘飘忽忽的"浮动"的气质。李峤的《梅》："雪含朝暝色，风引去来香。"郑谷的《梅》："素艳照尊桃莫比，孤香黏袖李须饶。""香"是客体的属性，是嗅觉和视觉并列的对于客体的感知。林逋把"暗香"和视觉分离开来，"暗香"就有了更多主体的脱俗的品格。宋代王淇的《梅》说："不受尘埃半点侵，竹篱茅舍自甘心。只因误识林和靖，惹得诗人说到今。"到了王安石笔下："墙角数枝梅，凌寒独自开。遥知不是雪，为有暗香来"，不但表现了从视觉到嗅觉感知递进过程的微妙，而且以"暗香"来做整体的定性。后来陆游的《卜算子》把这一点发展到极致："驿外断桥边，寂寞开无主。已是黄昏独自愁，更著风和雨。无意苦争春，一任群芳妒。零落成泥辗作尘，只有香如故。"哪怕是可见的花也"零落成泥"了。这就是说，作为品格象征的香气是至死也不可磨灭的。

作者接下去分析"霜禽欲下先偷眼，粉蝶如知合断魂"："梅花的开放给单调沉寂的寒冬增添了一抹亮色，它不仅令诗人欣喜万分，连禽鸟也被吸引过来。它们翩翩飞来，未曾落下就迫切地偷眼先看。禽鸟尚且如此，倘若那些爱花如命的粉蝶看了，真不知如何销魂？可惜粉蝶要到春天才有，无缘得见梅花。上句实写冬鸟，下句虚写粉蝶，极力渲染天地众生对梅花的喜爱。"读到这里，我的感觉特别困惑。明明这两句在艺术质量上和前面那两句不可同日而语，作者却给予同样的赞美。严格地说，这一联在全诗中，显得突兀，不和谐。前面反复强调的是，梅花的淡雅高贵，是含蓄的，不能轻易觉察的，营造了一种意在象外的氛围。而这两句却强调梅花的美是一望而知的，禽鸟和粉蝶的感知都显示了一种强烈的效果。隐约的美的意脉到这里突然中断。从手法上说，在律诗中用这样的对句，完全是一种程式化的俗套，一种匠气。这一联的情调不但与前面的意境不合，而且与尾联也有冲突："幸有微吟可相狎，不须檀板共金樽。""微吟"是低声的，面向内心的，"相狎"是无声的，脉脉的，"檀板"和"金樽"之所以"不须"，是因为太响亮，太不朴素。与心领神会的基调不合。虽然尾联在艺术质量上，与"疏影""暗香"一联相比要逊色得多，但是，在意蕴的微妙上，大体上还是一脉相承的。"霜禽""粉蝶"一联显然是个败笔，这一点早就有人提出质疑：宋蔡居厚《蔡宽夫诗话》曰："林和靖梅花诗：'疏影横斜水清浅，暗香浮动月黄昏'，诚为警绝；然其下联乃云：'霜禽欲下先偷眼，粉蝶如知合断魂'，则与上联气格全不相类，若出两人。乃知诗全篇佳者诚难得。"明王世贞《艺苑卮言》认为："至'霜禽''粉蝶'直五尺童耳。"明谢肇淛《小草斋诗话》："《梅花》诗，'暗香''疏影'两语自是擅场，所微乏者气格耳。"

从这里，是不是可以总结出一点阅读经典的规律：历史的成就积淀经典中，经得起时间无情的淘汰。从某种意义上来说，它不但是历史的不朽的丰碑，而且是当代不可企及的典范。正是因为这样，经典崇拜是理所当然的，但是，要防止崇拜变成迷信。世界上并不存在什么十全十美的经典，不论什么样的经典都有历史的和个人的局限。对经典不加分析，只能造成自我蒙蔽。忠于艺术的读者应该保持清醒的头脑，不为经典的声名所蔽，不为一切权威所拘，要敢于把经典的每一细节，当作从未被赞美过的初作来检验。最忌的是，为了成全经典的权威性，不惜对显而易见的不足加以无视。明明看出了"粉蝶"在季节上与梅花不合，却以"虚写"强为之辩，就是一例。

艺术经典阅读应该把赞叹和推敲结合起来，重新审视一切，才能读懂经典。中国古典诗话的"推敲"，就是把生命奉献给阅读，经典是不朽的，奉献也是无止境的。说不尽的莎士比亚，说不尽的鲁迅，说不尽的唐诗宋词，经典无异于历史祭坛，每一代读者都把最高的智慧奉献到祭坛上去燃烧。哪怕要一星火花，也要有一点执着，一点疯狂，就是推敲达到挑剔的程度，也无所畏惧。认真挑剔起来，这首诗的瑕疵，还不止上述两句，至少开头一句的"众芳摇落独暄妍"中的"暄妍"，色彩太强烈，与"疏影""暗香"淡雅高贵的意境不甚相合。"占尽风情向小园"中的"占尽"把美强调到这样无以复加的程度，就很难高雅了。故古典诗话作者往往有直率的保留。明胡应麟《艺林学山》曰："'疏影横斜'于水波清浅之处，'暗香浮动'于月色黄昏之时。二语于梅之真趣，颇自曲尽，故宋人一代尚之。然其格卑，其调涩，其语苦，未是大方也。"这样的评价，虽然缺乏更具体的论证，但艺术感觉还是相当精到的。清吴乔《围炉诗话》说得更为全面："和靖'疏影横斜水清浅'一联善矣，而起联云'众芳摇落独鲜妍，占断风情向小园'，太觉凡近，后四句亦无高致。"清纪昀《瀛奎律髓刊误》："冯（冯班）云'首句非梅'，不知次句'占尽风情'四字亦不似梅。三四及前一联皆名句，然全篇俱不称，前人已言之。五六浅近，结亦滑调。"

如此说来，这首诗最精致的其实只有"疏影""暗香"一联。而这一联又不完全是林逋的原创，而把"竹影"改为"疏影"，把"桂香"改为"暗香"，使之成为千古绝唱，却是他的才气，也是他的幸运；而江为则因两字之失，为历史所遗忘。在那不讲究版权的时代，这样的不公，是历史的不公，还是个人的不幸？后世读者不管对艺术多么虔诚，却不能改变艺术祭坛上的这个历史记录了。

2010 年 8 月 1 日

"红杏枝头春意闹"：
千年解读中的理论和方法问题

当我国古典诗歌在八世纪达到盛唐气象的抒情艺术的高峰时，欧洲各大国，还处在史诗传说时期。英国最古老的叙事性的史诗《贝奥武夫》，现存古英语、撒克逊方言的手抄本，出现在公元十世纪。法国的史诗《罗兰之歌》传唱于公元十一世纪。德国的《尼拔龙根之歌》，以古德国高地方言完成于十三世纪左右。三者号称欧洲文学的三大史诗，至于俄国的史诗《伊戈尔王子远征记》还要等四百年。欧洲的抒情性质的格律诗十四行诗，最初以意大利西西里岛上的方言写成，后来但丁、彼德拉克，才以拉丁文写成风行欧洲的经典，那已经是公元十三、十四世纪，李白、杜甫、王维以后四五百年了。

在当时欧洲还没有一个抒情诗人足以与李白、杜甫、王维比肩。在东方，日本、越南、朝鲜倒是有不少抒情诗人，但是当时，越南、朝鲜还没有自己的文字，他们的诗人只能用汉字，依照中国近体诗的格律写作。日本则以汉字为基础，加上他们的假名，总算有了自己的文字，但是贵族文士、妇女，仍然以用汉语写作近体诗为荣。

以盛唐气象为标志的中国古典诗歌。

唐诗的抒情艺术水准是世界高峰，峰越高，攀登的难度越大，但是艺术就要克服难度，几百年中，诗为考试科目，士子们奉献一生，攀登艺术的峰顶，做生命的赌博，只要留下几个脚印，也算不负此生。正是无数人生命赌博的积淀，为盛唐诗建构了豪华的基础。一旦形成盛唐气象，真是忽如一夜春风来，千树万树梨花开，太多的杰作，不仅使一般读者，而且让专业人士，产生了审美疲劳症。轻率地相信了"李白斗酒诗百篇"那样夸张的诗化论断，几乎忘记了每一首经典杰作都是生命的、情感的探险，每一首杰作都是诗人与形式、格律和语言漫长搏斗的记录。不在少数的诗人，失败多于成功，耗尽生命，作品最终成为过眼烟云。就是伟大的诗人，也免不了败笔。

要写出许多能够震撼当时、后世的诗作，须要苦心孤诣地耗费心血。杜甫有诗曰："为人性僻耽佳句，语不惊人死不休。"为了出语惊人就要反复推敲："新诗改罢自长吟"。杰出的诗的灵感并不是招之即来，而是瞬息即逝的。故李贺那样只活了二十六岁的鬼才，为了抓住灵感，时刻准备着，除了喝醉，或逢丧事，据李商隐为其诗集所作序所说：出行时，带着破锦囊，有了佳句，马上就记下来，以免遗忘。晚上归来，他母亲看到许多诗句，就说了"这孩子，真是要把心血呕出来才甘心"（"是儿要当呕出心血乃已"）。在全部知识分子都要写诗的朝代，诗人们实际上，写每一首诗，都不啻参与一场世界最高级的抒情诗艺竞赛，正面失败的风险是必然的。因而，把最大量的生命投入炼字炼句，在诗歌艺术的殿堂上建功立业成为人生的一大课题。最著名的是贾岛的"两句三年得，一吟双泪流"，这肯定是夸张了，但是，刻意追求在艺术上出格，得到欣赏，是如此重要。"知音如不赏，归卧故山秋"，如果得不到欣赏，那就遁隐山林。这足以说明，在诗歌语言上取得过人的成就，乃是世俗人生的价值所在，如果失败，就只能认输，金盆洗手。比他晚半个多世纪的卢延让以《苦吟》为题，有："吟安一个字，捻断数茎须。险觅天应闷，狂搜海亦枯。"这种在想象、在用语上，上天入海，搜刮枯肠，生动地显示了一种苦吟的狂热。最高目标不仅在于在当时，而且在于在历史上留下自己的杰作，李白说得坦率："屈平辞赋悬日月，楚王台榭空山丘"。艺术价值不朽，高过帝王的荣华。但是，艺术历史的淘汰是严峻的，像李白们那样实现不朽的愿望，概率是极少的，许多不无才华的诗人，难得为后世留下一整首经典的诗作，唐人写了那么多登临眺望的诗，但能像许浑那样在《咸阳城西楼晚眺》留下一句"山雨欲来风满楼"为后世作为哲理、格言所广泛运用，就得感谢命运之神的青睐了。比许浑还要幸运的是宋祁和张先。并不一定是因为他们的词作比许浑更有水准，而是因为后世诗词话家，对他们的一句词中的一个字，反复炒作了近千年。

宋祁的成就是多方面的。做过很多不小的官，初任复州军事推官，经皇帝召试，授直史馆。历官龙图阁学士、史馆修撰、知制诰（为皇帝起草文件）。与欧阳修等合修《新唐书》（大部分为宋祁执笔），前后十余年，书成，进工部尚书，拜翰林学士承旨。享年六十四。一生写过上千首诗词，但最后留在今人口头的只有"红杏枝头春意闹"。就是因为其中的一个"闹"字，他得了一个"红杏尚书"的雅号。原词如下：

东城渐觉风光好。縠皱波纹迎客棹。绿杨烟外晓寒轻，红杏枝头春意闹。

浮生长恨欢娱少。肯爱千金轻一笑。为君持酒劝斜阳，且向花间留晚照。

应该说，这首词整体而言，在宋词中并不算最杰出的一类。同时还有一个叫张先的，也是以一语成名：

张子野（先）郎中，以乐章擅名一时。宋子京（祁）尚书奇其才，先往见之，遣将命者，谓曰："尚书欲见'云破月来花弄影'郎中乎？"子野屏后呼曰："得非'红杏枝头春意闹'尚书邪？"遂出，置酒尽欢。盖二人所举，皆其警策也。（陈正敏《遯斋闲览》）

张先做过不小的官，以尚书都官郎中致仕，写词写到八十多岁，则以"云破月来花弄影"的"弄"字总结其一生。这个"弄"字，不是一般云移月动，花影飘拂的意思，而且还有演奏乐曲的意味。弹琴的文雅说法是弄琴，王涯《秋夜曲》有"银筝夜久殷勤弄"。其妙在，第一，月光下花和影的移动，有某种旋律的意味。第二，以听觉之乐音形容视觉之花与影，暗喻不着痕迹。后世没有争议。

而"红杏枝头春意闹"，因为有争议，更为脍炙人口。宋祁逝世以后好几百年，评论家们对于这个"闹"字，争议不休。清朝评论家、戏剧家李渔《窥词管见》第七则认为这个字用得无理：

> 琢句炼字，虽贵新奇，亦须新而妥，奇而确。妥与确，总不越一理字，欲望句之惊人，先求理之服众。时贤勿论，吾论古人。古人多工于此技，有最服予心者，"云破月来花弄影"郎中是也。有蜚声千载上下，而不能服强项之笠翁（李渔晚号）者，"红杏枝头春意闹"尚书是也。"云破月来"句，词极尖新，而实为理之所有。若红杏之在枝头，忽然加一"闹"字，此语殊难着解。争斗有声之谓"闹"，桃李"争春"则有之，红杏"闹春"，予实未之见也。"闹"字可用，则"吵"字、"斗"字、"打"字，皆可用矣。宋子京当日以此噪名，人不呼其姓氏，竟以此作尚书美号，岂由尚书二字起见耶？予谓"闹"字极粗极俗，且听不入耳，非但不

可加于此句，并不当见之诗词。近日词中，争尚此字者，子京一人之流毒也。

而贺裳在《皱水轩词筌》则认为：

> 词虽以险丽为工，实不及本色语之妙。如李易安"眼波才动被人猜"（李清照《浣溪沙·绣面芙蓉一笑开》）……观此种句，觉"红杏枝头春意闹"尚书，安排一个字，费许大气力。

他认为，"闹"字虽然好，就是人工痕迹太显著了，不如李清照那种女性眼光一动就引人产生过多的猜想。时人方中通《与张维》则反驳他：

> 试举"寺多红叶烧人眼，地足青苔染马蹄"（王建《江陵即事》），诗句谓"烧"字粗俗，红叶非火，不能烧人，可也。然而句中有眼，非一"烧"字，不能形容其红之多，犹之非一"闹"字，不能形容其杏之红耳。诗词中有理外之理，岂同时文之理、讲书之理乎？

为了这个"闹"字，争论到二十世纪，王国维说"'红杏枝头春意闹'，著一'闹'字，而境界全出。'云破月来花弄影'，著一'弄'字，而境界全出矣"，但是，只是下个结论，并没有讲出道理来，吴世昌先生补充说："'闹'字'弄'字，无非修辞格中以动词拟人之例，古今诗歌中此类用法，不可胜数。"（《词林新话·词论》）

吴先生似乎把问题的性质仅仅看成是修辞，显然太简单了。钱锺书倒是认为，方中通的"理外之理"，有理论价值，但是没有讲清楚。他举出更系统的例证说明宋人常用"闹"来形容无声的"色"，略引如下——

晏几道：风吹梅蕊闹，雨细杏花香。

毛滂：水北烟寒雪似梅，水南梅闹雪千堆。

黄庭坚：车驰马骤灯方闹，地静人闲月自妍。

陈与义：三更萤火闹，万里天河横。

陆游：百草吹香蝴蝶闹，一溪涨绿鹭鸶闲。

范成大：行入闹荷无水面，红莲沉醉白莲酣。

陈耆卿：月翻杨柳尽头影，风擢芙蓉闹处香。

　　　　　　日边消息花争闹，露下光阴柳变疏。

钱先生还认为，"方中通说'闹'字形容杏之红，还不够确切，应当说'形容花之盛（繁），"闹"是把事物无声的姿态说成有声音的波动，仿佛在视觉里获得了听觉的感受''用心理学或语言学的术语来说，这是"通感"（synaesthesia）或感觉挪移的例子'"。欧美诗人往往也用之，到象征派则多用，甚至滥用，"几乎是使通感成为象征派诗歌风格的标志"。（钱锺书《七缀集》）

钱先生学贯中西，博大精深，用"通感"来阐释红杏"闹"，把中国古典诗话的感性语言上升到了心理学、语言学上，问题可以说是破天荒地理论化了。

但还是留下了深入分析的余地。

钱锺书先生引用了这么多宋人诗词中"闹"字的例证，但是，并没有明确分析所举诸人之作优长和局限，如晏几道"风吹梅蕊闹"，毛滂"水南梅闹雪千堆"，用"闹"字来渲染梅花，梅花是白的，含清高的韵味，根本就"闹"不起来。黄庭坚"车驰马骤灯方闹"，用"闹"形容灯火，是多余的，前面的"车驰马骤"已经够闹的了。陈与义"三更萤火闹"，萤火是微弱的，背景是黑暗的，萤火虫再多也形不成"闹"的感觉。陆游"百草吹香蝴蝶闹"，蝴蝶纷飞，引发轻盈的感觉，绝不会有闹哄哄的联想，至于范成大"行人闹荷无水面"，荷花虽艳，但很难凭空产生"闹"的联想。陈耆卿"风撼芙蓉闹处香"，显然联想生硬。因而上述诸作后世不传，而"红杏枝头春意闹"，却"闹"了一千年，生动而贴切。李渔所谓"争斗有声之谓'闹'，桃李'争春'则有之，红杏'闹春'，予实未之见也。'闹'字可用，则'吵'字、'斗'字、'打'字，皆可用矣"，然而，这种抬杠是很粗心的。

第一，李渔没有注意到"闹"字前面有个"红"字，在汉语里，存在着一种千百年来积累下来的潜在的、自动化而又非常稳定的联想机制。红杏，作为色彩本来是无声的，但汉语里"红"和"火"可以自然地联系在一起，如"红火"；"火"又可以和"热"联系在一起，如"火热"；从"热"就自然联想到了"热闹"。所以"红杏枝头春意闹"之"闹"字，取"热闹"之意，既是一种以声形色的、陌生的（新颖的）突破，又是对汉语潜在规范的发现。正如波德莱尔在《感应》一诗中所写"芳香、色彩、音响全在互相感应。/ 有些芳香新鲜得像儿童肌肤一样 / 柔和的像双簧管，绿油油像牧场"，这里的芳香之嗅觉、双簧管的听觉和绿草牧场的视觉，是统一在"儿童肌肤"，双簧管、牧场的绿油油，在性质上是新鲜的，在程度上是柔和的。这样才形成了嗅觉、听觉和视觉的和谐感应，或者交响。

为什么不可以用"打"或"斗"呢？打和斗虽然也是一种陌生、新颖的突破，但不在汉语潜在的联想机制之内，"红"和"斗"、和"打"都没有现成的联系，没有"热打""热斗"的现成词语，构不成和谐的感应、交响。

第二，钱先生只是举出了，有那么多宋人用了有声的"闹"，但是，并没有证明，这些"闹"字和宋祁的"红杏枝头春意闹"同样精彩。这里有个理论性问题：中国古典诗歌意象的感染力并不在孤立的字眼，而是存在于意象群落之间潜在的联想义。"红杏枝头春意闹"，之所以不朽，不仅在于"闹"与"红"之间的单纯的声与色的联想机制，而且在于其内涵"春意"，红杏之红，是春天来得如此鲜活之感，这种鲜活之感，还得力于和前面的一句"绿杨烟外晓寒轻"的对比。绿杨如烟，晓寒尚轻，正是在这样的背景上，红杏之色显得不但夺于目，而且喧于耳。

分析出这一点，就不难明白，晏几道、黄庭坚、陈与义、陆游、范成大、陈耆卿之"闹"，在后世之所以寂寂无闻，不但是字面的联想生硬，而且是句间缺乏埋伏和照应。正如贺知章"不知细叶谁裁出？二月春风似剪刀"，春寒料峭，有锋利之感，但春风可以用剪刀来比喻，却不可以用菜刀来形容，因为前面有"细叶裁出"的"裁"字埋伏在那里，"剪裁"是汉语固定联想，故而陌生中与熟悉统一，不像在英语里剪（cut）与裁（design）是两个不相干的字。

钱锺书先生拿出了这么高深的学问，也还没有穷尽"闹"字的精妙。是不是隐含着启示：要读透我国的古典诗词的精致，不能满足于为西方文论举例。不管多么权威的西方文论，都只是普遍性，而经典杰作则是特殊的，特殊性内涵大于普遍。普遍性的原则，是将文本中的特殊性抽象了的结果。文本分析的任务，不是将丰富的特殊内涵，归顺于普遍的抽象，而是要在具体分析中将特殊性，也就是艺术的生命还原出来。西方人所说的通感，只是普遍的抽象，在特殊的实践中既可能成功，也可能失败。钱锺书先生前述已经指出法国象征派对于通感的滥用，导致失败。同样钟书先生所举宋人之"风吹梅蕊闹""水南梅闹雪千堆""车驰马骤灯方闹""三更萤火闹""百草吹香蝴蝶闹""行人闹荷无水面""风擢芙蓉闹处香""日边消息花争闹"，如果不苛刻地说是失败，至少也是平庸之作。

诗词语言提炼是一个很艰难的过程，不仅仅是个人的，而且是属于历史的。诗人写诗，并不是从零开始的，经典的文本蕴含着历代诗人经验深厚积淀，离开了历史的积淀，对于文本做孤立的分析是不可能到位的，应该将之还原到历史的潮流和母题的、形式的、意象的增值或者贬值的过程中去。

宋祁这句诗，并不是凭空而来的，而是对历史的师承和突破。清人王士禛在《花草蒙拾》认为，此句实是从花间派词句"暖觉杏梢红"转化来的："'红杏枝头春意闹'尚书，当时传为美谈。吾友公勇极叹之，以为卓绝千古。然实本花间'暖觉杏梢红'，特有青蓝冰水之妙耳。"

　　原词系五代后晋和凝《菩萨蛮》词句："暖觉杏梢红，游丝狂惹风"。这个历史的还原，有道理，因为，这个视觉的"杏梢红"，是和触觉的"暖"联系在一起的。宋祁将之从暖／热，发展为"闹"，可谓青出于蓝而胜于蓝。原句表现杏花之红，只给人一种暖的感觉，而宋祁的红杏在枝头"闹"，不但是暖，而且给人一种喧闹的联想。多了一个层次的翻越，在艺术上就升了一大格。

　　这一点，联想的精致是西方的通感所不包含的，因而对于西方理论，学习而不能满足于追随。要突破，突围，还要从中国的文本的特殊性中去具体分析。这种分析，还可以延伸到现代新诗中去。戴望舒的《雨巷》中写到抒情主人公"希望逢着／一个丁香一样的／结着愁怨的姑娘"。"她是有／丁香一样的颜色，／丁香一样的芬芳""太息一般的眼光"。这里的主体意象来自五代李璟的"青鸟不传云外信，丁香空结雨中愁"，把丁香在性质上定为爱情的忧郁，丁香本身是淡淡的。戴望舒就这样把颜色、气味和声音有机地、和谐优雅地结合起来，成为现代诗难得的经典。

诗话词话争讼札记

逼真与含糊

　　"状难写之景，如在目前；含不尽之意，见于言外"，梅尧臣此等名言，其实就是"蓝田日暖，良玉生烟"的翻版。此言来自司空图《与极浦书》："戴容州云：'诗家之景，如蓝田日暖，良玉生烟。可望而不可置于眉睫之前也。'"这样的论述有其深邃之处，道出了中国古典诗歌写景的典型经验：可以直觉，而难以细写。从这样的理念出发，进行具体作品的分析，古典诗话词话家表现出西方文论中罕见的精致。欧阳修《六一诗话》说："严维'柳塘春水漫，花坞夕阳迟'，则天容时态，融和骀荡，岂不如在目前乎？又若温庭筠'鸡声茅店月，人迹板桥霜'，贾岛'怪禽啼旷野，落日恐行人'则道路辛苦，羁旅愁思，岂不见于言外乎？"中国诗话对于诗的直觉感悟并未流于肤浅，这得力于诗话简短，不同作者之间，有对话性质，容易激发出正反两面提出问题。生活于北宋、南宋之间张戒《岁寒堂诗话》唱反调：就是把难写之景写得很真切，也不一定就是好诗。白居易的诗虽有好处，但"情意失于太详，景物失于太露，遂成浅近，略无余蕴"。诗家强调语意含蓄，几成共识。把这追求发展到极端的是谢榛《四溟诗话》："妙在含糊，方见作手。"还有范梈《木天禁语·五言短古篇法》："辞简意味长，言语不可明白说尽，含糊则有余味。""含糊"被强调得如此绝对，显然有失偏颇。但是，千百年来，并无多少异议。从汉魏古诗的直接抒情转化为近体诗的对山水风物的描绘，间接抒情往往借助环境的写实，过分拘泥于实写，弊端很难避免，其极端为咏物诗之拘于物象，因而被王夫之贬为"卑格"。理论上不清醒的诗话家往往流露出趣味低下。如顾元庆《夷白斋诗话》："唐人秦韬玉有诗云'地衣镇角香狮子，帘额侵钩绣辟邪'。后山有'坏墙得雨蜗成字，古屋无人燕作家'。韬玉可谓状富贵之象于目前，后山可谓含寂寞之景于言外也。"其实，二者完全是被动描述，景语胜于情语，显得很是局促。一味耽溺于把景物写得如在目前，很可能陷入秦韬玉和陈师道这样的窘迫境地。

追求含蓄在理论上没有分歧，但如何达到含蓄的境界，成了不能回避的难题。许多诗话家都忘记了司空图的"离形得似"，倒是名不见经传的邵经邦在《艺苑玄机》中说："诗之景，在于不可名状，所谓似有而无，似真而假。"

古典诗话中有"黄河远上"不真，当为"黄沙直上"。凭直觉即可判断，"黄河远上"为佳。然力主"黄沙直上"为佳者，其理论基础，背离审美情感。一以地理科学为据，黄河离凉州很远，凉州离玉门也很远；一以生理目光为据，视力不可及。此与杨慎质疑"千里莺啼绿映红"，目力不可及，其迂如出一辙。二者皆出于实用理性之写实观念，而审美情感之表达，非想象、虚拟无以构成意境，缘于情感冲击感知，乃生变异也。

后来，顾炎武在《日知录·诗体代降》中，把这个命题放在似与不似，我与非我的矛盾中："不似则失其所以为诗，似则失其所以为我。李、杜之诗所以独高于唐人者，以其未尝不似，而未尝似也。知此者可与言诗也已矣。"其可贵之处是提出了不似胜于似。这就超越了"状难写之景如在目前"，而是以不似超越写实为务。可惜的是，这个观念也没有得到充分的发挥。冒春荣《葚原诗说》中说得更为到位一点："以无为有，以虚为实，以假为真，灵心妙舌，每出人意想之外，此之谓灵趣。"提出有无相生，真假互补，实虚相应，从理论上来说，是很有突破性，可惜诗话词话的吉光片羽，没有转化为系统的理论演绎。

由于没有上升到普遍的理论层次，诗话家们在具体分析时，往往显得犹豫不定：在似与不似，实与虚，真和假之间的矛盾中，是以虚、不似、假为主以超脱为务，还是力求平衡、统一。对陈陶《陇西行四首》（其二）"誓扫匈奴不顾身，五千貂锦丧胡尘。可怜无定河边骨，犹是春闺梦里人"，王世贞《艺苑卮言》批评说："'可怜无定河边骨，犹是春闺梦里人。'用意工妙至此，可谓绝唱矣。惜为前二句所累，筋骨毕露，令人厌憎。"这可能是以虚拟为主导的代表。李重华《贞一斋诗说》："如果一味模糊，有何妙境？抑亦何取于诗？"贺贻孙《诗筏》："写生家每从闲冷处传神，所谓'颊上加三毛'也。然须从面目颧颊上先着精彩，然后三毛可加。近见诗家正意寥寥，专事闲语，譬如人无面目颧颊，但见三毛，不知果为何物！"这就是说，还是要以写实为基础，才能有超越现实的艺术。

后来者对此争讼意义似乎并不十分理解，往往表面化地理解为写景之难。其实，梅尧臣所说"诗家虽率意，而造语亦难"，重点在诗家"率意"与"造语"的矛盾。而且提出了"率意"的难度。可以说是对传统"在心为志，发言为诗"的一种反驳。并不是有了意就有相应的"造语"的，就是有了语言也不一定会成为诗的。陆机《文赋》早已把"意不称物，文不逮意"的矛盾揭示出来了。司空图在《诗品·形容》则提出"离形得似"，也就是说，不一定要"称物"，相反要超越客体才能回归客体。

中国古典诗话词话是以创作论为主导的，司空图的"可望而不可置于眉睫之前"并非偶然地把创作的难度感性化。梅尧臣的可贵是把它推向了理论的边缘，显然并不自觉，接着就退回到写景的感性中去。这恰恰也表现了满足于创作论的某种局限。

最为偏颇的是，把诗对客观世界的感受仅仅归结为视觉（写景），忽略了诗词并不限于视觉，至少还有听觉（"锦瑟无端五十弦，一弦一柱思华年""月出惊山鸟，时鸣春涧中"）、嗅觉（"纵死犹闻侠骨香""暗香浮动月黄昏"）、味觉（"谁谓荼苦，其甘如荠"），甚至触觉（"天阶夜色凉如水"），等等。除此之外，还有统觉（"寻寻觅觅，冷冷清清，凄凄惨惨戚戚"），这一点，清人孙联奎似乎意识到了。他在《诗品臆说·形容》中说："《卫风》之咏硕人也曰：'手如柔荑'云云，犹是以物比物，未见其神。至曰：'巧笑倩兮，美目盼兮'，则传神写照，正在阿堵……此可谓'离形得似'者矣。似，神似，非形似也。"这就提供了一个新范畴：神似和形似。这个范畴来自绘画。可惜的是，思路仍然没有超越视觉。

把写景的重要性提高到纲领的地位，其实并不全面，艺术之妙处，并不在实写到如在目前的逼真，司空图强调的是"不着一字，尽得风流"，比莱辛的"逼真的幻觉"早出了九百年。

到了近代王国维在《人间词话》中超越了，从"如在目前"的逼真中解脱了出来。提出了另一对范畴，"隔"与"不隔"，认为"不隔"的是：陶谢之诗，东坡之诗。"隔"的诗人是黄庭坚、姜白石。

王国维的这个说法，后来影响甚大，但是，由于是词话体制，并未系统阐释。对于什么叫隔，什么叫不隔，也没有定义。以至后世争论不休。其实，清人杨廷芝《二十四诗品浅解·形容》中，说形容有"虚、实、死、活不同"。"形容只在有意无意间，不即不离，可以无心得，而不可以有意求。"话说得比较玄虚，但是，提出了形容有死有活，关键在于有意与无意之间，精神状态自然、自由、自如，就活，就有诗意，就是不隔。而隔就是给人以被动描绘，显出费力、刻意雕凿、不自然之感，就是"二十四桥仍在，波心荡、冷月无声""数峰清苦，商略黄昏雨""高树晚蝉，说西风消息"这样苦心经营的名句，"虽格韵高绝，然如雾里看花，终隔一层"。这种毛病，就是王国维指出的。谢灵运《登池上楼》中有那传说是梦所得的"池塘生春草"，就整篇来看，也未能免俗。

> 潜虬媚幽姿，飞鸿响远音。
>
> 薄霄愧云浮，栖川怍渊沉。
>
> 进德智所拙，退耕力不任。
>
> 徇禄反穷海，卧病对空林。
>
> 衾枕昧节候，褰开暂窥临。
>
> 倾耳聆波澜，举目眺岖嵚。
>
> 初景革绪风，新阳改故阴。
>
> 池塘生春草，园柳变鸣禽。
>
> 祁祁伤豳歌，萋萋感楚吟。
>
> 索居易永久，离群难处心。
>
> 持操岂独古，无闷征在今。

其实，整首诗除了"池塘生春草"，就连"园柳变鸣禽"都有拘于对仗、不自然的痕迹，其余的更基本上是堆砌辞藻，很不自然，应该是隔得很的。朱光潜《艺文杂谈·诗的隐与显》中说："隔与不隔的分别就从情趣和意象的关系中见出。诗和一切其他艺术一样，须寓新颖的情趣于具体的意象。情趣与意象恰相熨帖，使人见到意象便感到情趣，便是不隔。意象含糊或空洞，情趣浅薄，不能在读者心中产生明了深刻的印象便是隔。"根本的标准是情趣与意象的关系"恰相熨帖"，也就是和谐统一了，就是不隔，相反则是隔。朱光潜还批评王国维："王先生论隔与不隔的分别，说隔'如雾里看花'，不隔为'语语都在目前'，也嫌不很妥当，因为诗原来有'显'与'隐'的分别，王先生的话太偏重'显'了。'显'与'隐'的功用不同，我们不能要一切诗都'显'。说赅括一点，写景的诗要'显'，言情的诗要'隐'。梅圣俞说诗'状难写之景如在目前，含不尽之意见于言外'，就是看到写景是宜显写情宜隐的道理。……深情都必缠绵委婉，显易流于露，露则浅而易尽。"

　　王国维说隔就是"如雾里看花"，不隔就是"语语都在目前"，其实是有点费解的。文学形象本来就是"逼真的幻觉"，是形神、真假、虚实的统一。"雾里看花"，才有审美想象所必要的距离感，日中看花看得太清楚，主体的想象就难以发挥。"语语都在目前"，不但是不讨好的，而且是不可能的，语言符号并不能表现客体的全部属性，文学形象也只能提示客体的某个主要特征，其功能是唤醒读者的经验与之会合。诗的意象则更是这样。"采菊东篱下，悠然见南山""寒波淡淡起，白鸟悠悠下""江流天地外，山色有无中"的精彩，并不是历历如在目前（生理的视觉的精确），而是经验的隐隐的唤醒（心理的想象的朦胧）。"雾里看花"比阳光下看花更有诗意，月下对影独酌，起舞弄影，有想象的超越性，怡然自得，阳光下对影独饮，起舞则类似发神经。杜甫《春夜喜雨》之妙，就在"随风潜入"之无形，润物细密之"无声"。"语语都在目前"的清晰，还不如语语都带余韵的朦胧。王国维一味强调"显"，忽略了"隐"的功能。这一点朱光潜先生批评得很对。

但朱光潜先生的说法，也有不够严密之处。把诗绝对分为写景的和言情的，似不妥。未能理会王国维"一切景语皆情语"的深意。根本不存在纯粹的写景诗。纯粹写景写物，"极缕绘之工"，已经是属于王夫之所说的"卑格"了，还要再"显"那就不知卑俗到什么程度了。朱先生强调中国的古典抒情要隐（含蓄）：意象是有限的，意味是无限的，不尽之意在意象之间，在语言之外，是不能"显"的。此说点中中国古典诗歌的穴位。

中国古典诗歌虽然是抒情的，但是并不像西方诗歌那样采取直接抒情的方法，把情感抒发出来，而是通过意象之间有机结构暗示出来。这属于间接抒情，当然就以"隐"为主。但这些并不是中国诗的全部，而是一部分。这部分就是近体诗。近体诗是以描绘为基础的，故造成诗话和词话集中在对于写景的含蓄的评论上。

与这一部分艺术风格和方法不尽相同的是古体诗，这就是被严羽当成比唐诗还要高一筹的汉魏古诗。这类诗不是以描绘式的间接抒情为主，而是以直接抒情为主的。突出的代表当为《古诗十九首》，例如"生年不满百，常怀千岁忧。昼短苦夜长，何不秉烛游！为乐当及时，何能待来兹？"曹操那首很有名的《短歌行》："对酒当歌，人生几何？譬如朝露，去日苦多。"不但没有写景的地位，连意境也谈不上。完全以直接抒情取胜。间接抒情，过度依赖描绘，造成了齐梁宫体诗的腐烂。陈子昂《登幽州台歌》的价值就在于恢复了直接抒情的地位。"前不见古人，后不见来者。念天地之悠悠，独怆然而涕下！"意味深长的是，这里动人的恰恰是什么景物都看不见。这种直接抒情的歌行体，在唐诗中，同样产生了不朽的艺术经典。李白的"弃我去者，昨日之日不可留；乱我心者，今日之日多烦忧。……抽刀断水水更流，举杯消愁愁更愁"，杜甫的"安得广厦千万间，大庇天下寒士俱欢颜，风雨不动安如山。呜呼！何时眼前突兀见此屋，吾庐独破受冻死亦足"，白居易的"在天愿作比翼鸟，在地愿为连理枝。天长地久有时尽，此恨绵绵无绝期"，都是不以情感微妙的"隐"（含蓄）为务，而是以情感的极端率意的"显"为特点的。从这个意义上说，梅圣俞说"诗家虽率意，而造语亦难"，但是，把"率意"和写景的"含不尽之意，见于言外"联系在一起，是自相矛盾的。"率意"就是强烈的感情，在逻辑上不是以"羚羊挂角，无迹可求"的朦胧为优长。严羽所赞赏的"空中之音，相中之色，水中之月，镜中之象"只是唐诗的间接抒情的近体诗的特点。歌行体的直接抒情，不是以描绘客体来寄托主体的情志的，正是因为这样，谈不上什么"难写之景如在目前"，其不尽之意，也不用放在言外，而是直接倾泻出来。因而，在许多时候，是不讲意境的。这种直接抒情的艺术，不但被严羽忽略了，而且在很长一个时期里为诗话词话家所遗忘，直到十七世纪贺裳和吴乔才对这种诗艺传统做出"无理而妙""入痴而妙"的理论总结。这本不但是中国诗学的，而且是世界诗学的一大突破，遗憾的是，一直没有受到重视，甚至王国维这样的智者在营造他的境界说时都忽略了，把意境当作中国古典诗艺的全部。朱光潜尽管对王氏的说法提出质疑，却被王国维的狭隘命题所拘束，把古典歌行体古诗的直接抒发"无理而妙""入痴而妙"置之视野之外。当然，这也与他们所说的"无理"往往偏重物理，对强烈感情的极端逻辑缺乏分析有关。

2011 年 1 月 16 日—17 日

杜诗酒价真实否

诗是情感的，数学是理性的，审美价值不同于科学价值，故诗中的数字往往并不科学。如"三万里河东入海"（黄河的长度其实只有五千六百公里），又如"千里莺啼绿映红""一片孤城万仞山""千里黄云白日曛"，大抵是极言之，并不以准确取胜，相反以不准确而有诗意。但是，又不可一概而论。有时，数字在诗中又十分准确者，如"人生七十古来稀""四月南风大麦黄""三春三月忆三巴""七月七日长生殿，夜半无人私语时""忆昔开元全盛日，小邑犹藏万家室""皇帝二载秋，闰八月初吉"；其中数字却是经得起考证的。从这个意义上来说，考究杜甫诗句中的酒价就比较复杂了。大致可以这样说，诗中的数字，若上万、上千，则往往为夸饰之词，若在百十乃至以下，则可能接近现实。当然，这只能是大致如此，很难排除例外，如李白"十步杀一人，千里不留行"，不管是"十步"，还是"千里"，都是不可能的。故对于杜甫诗中酒价，只能具体分析。

宋真宗宴上，大臣丁渭以杜甫"速宜相就饮一斗，恰有三百青铜钱"，推断三百一斗，则升酒三十钱。这可能是有些史料价值的。但是，联系到李白的诗句"金樽清酒斗十千"，则升酒千钱。二人生活时代相去不远，何其酒价如此悬殊？考诸唐诗，"斗十千"之说普遍存在。白居易有"共把十千沽一斗"，王维有"新丰美酒斗十千"，崔国辅有"与酤一斗酒，恰用十千钱"，许浑有"十千沽酒留君醉"，权德舆有"十千斗酒不知贵"，陆龟蒙有"若得奉君欢，十千求一斗"，诸多诗人时间、地点相去甚远，为何酒价不变。诗话以为此乃诗家的"用事"，或者"寓言"，也就是典故、套语而已。应该说，这是有道理的。须要补充的是，这与诗人的情感有关，若夸耀则美酒斗十千。这个典故从曹植的"归来宴平乐，美酒斗十千"中来，并不是实际的酒价。若言愁苦，则酒价至贱，亦觉其昂贵。这却没有典故，故可能接近现实。

其实，酒价很难一概而论。战乱时期，米价贵则酒价昂，不同地点，不同质量，均可能导致酒价悬殊。《唐书·食货志》曰：乾元初，京师酒贵。盖肃宗复两京之后，不得不贵也。建中三年（782），禁民酤酒，官置肆酿酒，斛收直三千。贞元二年（786），天下置肆以酤者，斗酒钱百五十。贞元二年的酒价更便宜，斗酒一百五十钱，一升才十五钱，只有杜甫时值之半。从这里可以看出，杜甫所说三百钱一斗，可能是比较实际的。不过也有人认为杜甫也不可靠。因为阳玠《八代谈薮》中有：北齐卢思道尝云"长安酒贱，斗价三百"。但是，卢思道名声不可与曹植相比，其文之影响亦非如曹植之有经典性，"斗价三百"并不像斗酒十千那样被广泛引用，故不成其为典故。王观国《学林》曰："诗人之言，或夸大，或鄙小，本无定论。"认为此诗"不过袭用成语"，可能并不恰当。钱文忠在《百家讲坛》上讲李白的财源时说：开元年间，一斗米二十钱到三十钱（二十个铜钱到三十个铜钱），则一升酒，十五个铜钱，到杜甫的诗中，因为战乱，涨了一倍，是比较实在的。在酒比较便宜时，李白斗酒诗百篇，才有喝得起的可能。

诗文之辨——酒饭妙喻

诗与文的区别，或者说分工，这在中国文学理论史上，相当受重视，在古典诗话词话长期众诉纷纭。在西方文论史上，却没有这样受到关注。在古希腊、罗马的修辞学经典中，这个问题似乎很少论及。这跟他们没有我们这样的散文观念有关。他们的散文，在古希腊罗马时期是演讲和对话，后来则是随笔，大体都是主智的，和我们今天的心目中审美抒情散文不尽相同。在英语国家的百科全书中，有诗的条目，却没有单独的散文（prose）条目，只有和 prose 有关的文体，例如：alliterative prose（押头韵的散文）、prose poem（散文诗）、nonfictional prose（非小说类 / 非虚构写实散文）、heroic prose（史诗散文）、

polyphonic prose（自由韵律散文）。在他们心目中，散文并不是一个特殊的文体，而是一种表达的手段，许多文体都可以用。亚里士多德的《诗学》，关注的不是诗与散文的关系，而是诗与哲学、历史的关系：历史是个别的事，而诗是普遍的、概括的，从这一点来说，诗和哲学更接近。他们的思路，和我们的不同之处，还在方法上，他们是三分法。而我们则是诗与散文的二分法。

我们早期的观念：诗言志，文载道。是把诗与散文对举的。我们的二分法，一直延续到清代，甚至当代。虽然形式上二分，但是内容上，许多论者都强调其统一。司马光在《赵朝议文稿序》中，把《诗大序》的"在心为志，发言为诗"稍稍改动了一下，变成"在心为志，发口为言。言之美者为文，文之美者为诗"。元好问则说："诗与文，特言语之别称耳。有所记述之谓文，吟咏情性之谓诗，其为言语则一也。（《元好问诗话·辑录》）都是把诗与文对举，承认诗与文有区别，但强调诗与文主要方面是统一的。司马光说的是，二者均美，只是程度不同，元好问说的是，表现方法有异，一为记事，一为吟咏而已。宋濂则更是直率："诗文本出于一原，诗则领在乐官，故必定之以五声，若其辞则未始有异也。如《易》《书》之协韵者，非文之诗乎？《诗》之《周颂》，多无韵者，非诗之文乎？何尝歧而二之！"（《宋濂诗话》）这种掩盖矛盾的说法颇为牵强，挡不住诗与文的差异成为诗词理论家的长期争论不休的课题。不管怎么说，谁也不能否认二者的区别，至少是程度上的不同。《徐一夔诗话》说："夫语言精者为文，诗之于文，又其精者也。"把二者的区别定位在"精"的程度上，立论亦甚为软弱。

诗与散文的区别不是量的，而是质的。这是明摆着的事实，可许多诗话和词话家宁愿模棱两可。当然这也许和诗话词话的体制偏小，很难以理论形态正面展开有关，结合具体作家作品的评判要方便得多。黄庭坚说："诗文各有体，韩以文为诗，杜以诗为文，故不工尔。"（转引自宋陈师道《后山诗话》）在理论上，正面把诗文根本的差异提出来，是需要时间和勇气的。说得最为坚决的是明代的江盈科："诗有诗体，文有文体，两不相入。""宋人无诗，非无诗也，盖彼不以诗为诗，而以议论为诗，故为非诗。""以文为诗，非诗也。"（《雪涛小书·诗评》）

承认了区别是容易的，但阐明区别则是艰难的。诗与文的区别一直在争论不休，甚至到二十一世纪，仍然是一个严峻的课题。古人在这方面不乏某些天才的直觉，然而，即使把起码的直觉加以表达，也是要有一点才力的。明庄元臣值得称道之处，就是把他的直觉表述得很清晰："诗主自适，文主喻人。诗言忧愁婉侈，以舒己拂郁之怀；文言是非得失，以觉人迷惑之志。"（《庄元臣诗话》）实际上，就是说诗是抒情的（不过偏重于忧郁），文是"言是非得失"的，也就是说理的。这种把说理和抒情区分开来，至少在明代以前，应该是有相当的根据。但是把话说绝了，因而还不够深刻，不够严密。清邹只谟在《与陆荩思》中则有所补正："作诗之法，情胜于理；作文之法，理胜于情。乃诗未尝不本理以纬夫情，文未尝不因情以宣乎理，情理并至，此盖诗与文所不能外也。"应该说，"情理并至"至少在方法论上带着哲学性的突破，不管是在诗中还是文中，情与理并不是绝对分裂的，而是互相依存，如经纬之交织，诗情中往往有理，文理中也不乏情致。情理互渗，互为底蕴。只是在文中，理为主导，在诗中，情为主导。这样说，比较全面，比较深刻，在情理对立面中，只因主导性的不同，产生了不同的性质，这样的精致的哲学思辨方法，竟然出之于这个不太知名的邹只谟，是有点令人惊异的。当然，他也还有局限，毕竟，还仅仅是推理，还缺乏文本的实感。真正有理论意义上的突破的，则是吴乔。他在《围炉诗话》中这样写：

> 问曰："诗文之界如何？"答曰："意岂有二？意同而所以用之者不同，是以诗文体制有异耳。文之词达，诗之词婉。书以道政事，故宜词达；诗以道性情，故宜词婉。意喻之米，饭与酒所同出。文喻之炊而为饭，诗喻之酿而为酒。文之措词必副乎意，犹饭之不变米形，啖之则饱也。诗之措词不必副乎意，犹酒之变尽米形，饮之则醉也。文为人事之实用，诏敕、书疏、案牍、记载、辨解，皆实用也。实用则安可措词不达，如饭之实用以养生尽年，不可矫揉而为糟也。诗为人事之虚用，永言、播乐，皆虚用也。……诗若直陈，《凯风》《小弁》大诟父母矣。"

这可以说，真正深入文体的核心了。邹只谟探索诗与文的区别，还拘于内涵（情与理），吴乔则把内涵与形式结合起来考虑。虽然在一开头，他认定诗文"意岂有二？"但是，他并没有把二者的内涵完全混同，接下来，他马上声明文的内涵是"道政事"，而诗歌的内涵则是"道性情"。形式上则是一个说理，一个抒情。他的可贵在于，指出由于内涵的不同，导致了形式上巨大的差异："文喻之炊而为饭，诗喻之酿而为酒。文之措词必副乎意，犹饭之不变米形，啖之则饱也。诗之措词不必副乎意，犹酒之变尽米形，饮之则醉也。"把诗与文的关系比喻为米（原料）、饭和酒的关系。散文由于是说理的，如米煮成饭，不改变原生的材料（米）的形状，而诗是抒情的，感情使原生材料（米）"变尽米形"成了酒。在《答万季野诗问》中，他说得更彻底，不但是形态变了，而且性质也变了（"酒形质尽变"）。这个说法，对千年的诗文之辨是一大突破。

生活感受，在感情的冲击下，发生种种变幻是相当普遍的规律，所谓情人眼里出西施，抒情的诗歌形象正是从这变异的规律出发，进入了想象的假定的境界："一日不见，如三秋兮""谁谓荼苦，其甘如荠""露从今夜白，月是故乡明""回眸一笑百媚生，六宫粉黛无颜色"，就是以感知强化结果提示着情感的强烈的原因。创作实践走在理论前面，理论落伍的规律使得我国古典诗论往往拘泥于《诗大序》的"在心为志，发言为诗。情动于中而形于言"的陈说，好像情感直接等于语言，有感情的语言就一定是诗，情感和语言，语言和诗之间没有任何矛盾似的。其实，从情感到语言之间横着一条相当复杂的迷途。语言符号，并不直接指称事物，而是唤醒有关事物的感知经验。而情感的冲击感知发生变异，语言符号的有限性以及诗歌传统的遮蔽性，都可能使得情志为现成的权威的、流行语言所遮蔽。心中所有往往笔下所无。言不称意，笔不称言，手中之竹背叛胸中之竹，是普遍规律，正是因为这样，诗歌创作才需要才华。司空图似乎意识到了"离形得似"的现象，但只是天才猜测，限于简单论断未有必要的阐释。

吴乔明确地把诗歌形象的变异作为一种普遍规律提上理论前沿，不仅是鉴赏论的，而且是创作论的前沿，在中国诗歌史上可谓空前。它突破了中国古典文论中形与神对立统一的思路，提出了形与形、形与质对立统一的范畴，这就把诗歌形象的假定性触动了。很可惜，这个观点在他的《围炉诗话》中并没有得到更系统的论证。但是，在当时就受到了重视，《四库全书总目》十分重视，纪昀在《纪文达公评本苏文忠公诗集》、延君寿在《老生常谈》，都曾加以发挥。当然，这些发挥今天看来还嫌不足。主要是大都抓住了变形变质之说，却忽略了在变形变质的基础上，还有诗文价值上的分化。吴乔强调读文如吃饭，可以果腹，因为"文为人事之实用"，也就是"实用"价值；而读诗如饮酒，则可醉人，而不能解决饥寒之困，旨在享受精神的解放，因为"诗为人事之虚用"，吴乔的理论意义不仅在变形变质，而且在功利价值上的"实用"和"虚用"。这在中国文艺理论史上，应该是超前的，他意识到诗的审美价值是不实用的，还为之命名曰"虚用"，这和康德在《判断力批判》中所言审美的"非实用"异曲同工。当然，吴乔没有康德那样的思辨能力，也没有西方建构宏大体系的演绎能力，他的见解只是吉光片羽，这不仅仅是吴乔的局限，而且是诗话词话体裁的局限，也是我国传统民族文化的局限。但是，这并不妨碍他的理论具有超前的性质。

　　吴乔之所以能揭示出诗与文之间的重大矛盾来，一方面是他的才华，另一方面也不能不看到他心目中的散文，主要是他所说的"诏敕、书疏、案牍、记载、辨解"等，其实用性质是很明显的。按姚鼐《古文辞类纂》，它是相对于词赋类的，形式很丰富：论辩类、序跋类、奏议类、书说类、赠序类、诏令类、传状类、碑志类、杂记类、箴铭类。基本上是实用类的文体。在这样的背景上观察诗词，进行逻辑划分有显而易见的方便，审美与实用的差异可以说是昭然若揭。从这一点来说，和西方有些相似，西方也没有我们今天这种抒情审美散文的独立文体，他们的散文大体是以议论为主展示智慧的随笔（essay）。从这个意义说，吴乔的发现仍属难能可贵。以理性思维见长的西方直到差不多一个世纪以后，才有雪莱的总结，"诗使它触及的一切变形"。在这方面英国浪漫主义诗歌理论家赫士列特说得相当勇敢，他在《泛论诗歌》中说："想象是这样一种机能，它不按事物的本相表现事物，而是按照其他的思想情绪把事物揉成无穷的不同形态和力量的综合来表现它们。这种语言不因为与事实有出入，而不忠于自然；如果它能传达出事物在激情的影响下在心灵中产生的印象，它是更为忠实和自然的语言了。比如，在激动或恐怖的心境中，感官察觉了事物——想象就会歪曲或夸大这些事物，使之成为最能助长恐怖的形状，'我们的眼睛'被其他的官能'所愚弄'。这是想象的普遍规律……"其实这个观念并非赫氏的原创，很明显感官想象歪曲事物，来自莎士比亚《仲夏夜之梦》第五幕第一场中希波吕忒与忒修斯的台词："忒修斯，这些恋人们所说的事真是稀奇。""情人们和疯子们都有发热的头脑和有声有色的幻想，疯子、情人和诗人，都是幻想的产儿：疯子眼中所见的鬼，比地狱里的还多；情人，同样是那么疯狂，能从埃及人的黑脸上看见海伦；诗人的眼睛在神奇狂放的一转中，便能从天上看到地下，从地下看到天上。想象会把虚无的东西用一种形式呈现出来，诗人的妙笔再使它们具有如实的形象，虚无缥缈也会有了住处和名字。强烈的想象往往具有这种本领，只要一领略到一些快乐，就会相信那种快乐的背后有一个赐予的人；夜间一转到恐惧的念头，一株灌木一下子便会变成一头狗熊。"到了西欧浪漫主义诗歌衰亡之后，马拉美提出了"诗是舞蹈，散文是散步"的说法，与吴乔的诗酒文饭之说，有异曲同工之妙。

可惜的是，吴乔的这个天才的直觉，在后来的诗词赏析中没有得到充分的运用。如果把他的理论贯彻到底，认真地以作品来检验的话，对权威的经典诗论可能有所颠覆。诗人就算如《诗大序》所说的那样心里有了志，口中就是有了相应的言，然而口中之言，是不足的，因而还不是诗，即使长言之，也还不是转化的充分条件，至于手之舞之，足之蹈之，对于作诗来说，不管如何手舞足蹈，也是白费劲，如果不加变形变质，肯定不是诗。从语言到诗歌，不那么简单，也不像西方当代文论所说的那样，仅仅是一种语言的"书写"。这种说法，不如二十世纪早期俄国形式主义者说的"陌生化"到位。当然俄国形式主义者并未意识到诗的变形变质不但是感知的变异，而且也属于语义的变异（与日常、学理语言、散文语言拉开语义的"错位"距离），语义不但受到语境的制约，而且还从诗歌形式规范的预期中获得自由，因而它不但是诗歌风格的创造，而且是人格从实用向审美高度的升华。正是在这升华的过程中突破，主要的是，突破原生状态的实用性的人，让人格和诗格同步向审美境界升华。

中国诗情之"痴"和
欧美诗情之"疯"

　　中国传统的经典诗歌理论，据陈伯海先生研究，是以"情志为本"的。《文心雕龙·附会》说："才量学文，宜正体制，必以情志为神明，事义为骨髓，辞采为肌肤，宫商为声气。"在此基础上，衍生出陆机《文赋》的"诗缘情"，日后成为诗学的纲领，"情"成为核心范畴，此后，就没有遭到怀疑和挑战。千百年的诗词的鉴赏推动着情的范畴在外部和内部矛盾中的发展。首先得到关注的是外部——情与"礼"（也是理）的矛盾。在先秦的传统理念中，诗是"诗教"的手段，官方采风是为了教化，"上以风化下，下以风刺上"（《诗大序》），带着很强的政治道德理性的功利性，从根本上和情感的自由是矛盾的。但是，废除情感就没有诗了，就产生了中国式的折中，那就是对情感的约束。"发乎情，止乎礼义。发乎情，民之性也；止乎礼义，先王之泽也。"（《诗大序》），以礼义来节制情感，就有了温柔敦厚，乐而不淫，哀而不伤，怨而不怒等，用今天的话来说，就是把情感规范在政治、道德理性允许的范围之内。孔子曰："《关雎》乐而不淫，哀而不伤。"（《论语·八佾》）孔安国注曰："乐而不至淫，哀而不至伤，言其和也。""和"，就是中和，不极端，《关雎》被列为《诗经》首篇的原因可能就是"中和"，也就是抒情而不极端的原则。

从诗学理论来说，这很有东方特点，"怨而不怒"和西方俗语所说"愤怒出诗人"截然相反。其实质是，愤怒不出诗人。放任情感是西方传统，后来浪漫主义诗人华兹华斯在《抒情歌谣集》序言中总结出了"强烈感情的自然流泻"（the spontaneous overflow of powerful feelings），就是抒发极端的感情。中国和西方可能是对于抒情的两极各执一端。从创作实际上来看，中国此类经典所抒更多是温情，而西方经典似乎更多激情。以公元前七世纪古希腊最负盛名的女诗人萨福的《歌》为例：

当我看见你，波洛赫，我的嘴唇发不出声音，

我的舌头凝住了，一阵温柔的火，突然

从我的皮肤上溜过

我的眼睛看不见东西，

我的耳朵被噪音填塞，

> 我浑身流汗，全身都战栗，
>
> 我变得苍白，比草还无力，
>
> 好像我就要断了呼吸，
>
> 在我垂死之际

　　这显然不是一般的抒情，而是激情的突发。激情的特点，就是不受节制，任其疯狂。萨福的感情变异到竟然没有感到欢乐，而是视觉瘫痪，听觉失灵，失去话语能力，身体不由自主地颤抖，完全处于失控状态的垂死的感觉。这和中国的温柔敦厚对比起来，显然有东西方民族文化心理的不同，同时也隐含着东西方诗学出发点的不同。当然，这只能大体上说，诗歌是无限丰富的，《诗经》中的爱情诗，并不是没有强烈的激情，"自伯之东，首如飞蓬。岂无膏沐，谁适为容""髧彼两髦，实维我仪。之死矢靡它""谁谓荼苦，其甘如荠"，但这样的激情毕竟还没有像西方人那样极端化到近于疯狂的程度。可这样的极端在中国正统诗论中，是得不到肯定的。《郑风·将仲子》不过就是"将仲子兮，无逾我里。无折我树杞，岂敢爱之？畏我父母。仲可怀也，父母之言亦可畏也"，就被孔夫子斥为"郑声淫"，此后"郑风放荡淫邪""郑卫之音其诗大段邪淫"在《诗经》注解中几乎成了定论。所谓"淫"就是过分，也就是感情强烈，不加节制。

　　从理论上来说，孔夫子节制感情的抒情理论，并不是很全面的，在历史的发展中被突破应该是必然的。屈原在《九章》中就宣称"发愤以抒情"，这可能与西方人谚语所说"愤怒出诗人"

有点相近。对感情不加节制，痛快淋漓地抒发。最痛快的就是李贽的"童心说"，其最根本的特点就是感情的绝对解放："夫童心者，绝假纯真，最初一念之本心也。"所谓"最初一念之本心"，就是最原始最自发的情感，这有点像华兹华斯的"自然流泻"（spontaneously overflow），道德伦理来不及规范。比之西方诗论中的强烈感情、愤怒感情，李贽更强调人的情感自由的绝对性和主流经典的矛盾性，一旦沾染上六经、《论语》、《孟子》，不但情感假了，而且人也成问题了。"若失却童心，便失却真心；失却真心，便失却真人"，甚至就不是人了。但是，诗与情感固然有其统一性，但是并非没有矛盾，并非一切情感的流泻均是好诗。黄庭坚就指出："诗者，人之情性也，非强谏争于庭，怨忿诟于道，怒邻骂坐之为也。"（《黄庭坚诗话》）这就对一味独尊"真情"的理论形成了挑战。钱振锽《谪星说诗》中说："诗贵真，贵真而雅，不贵真而俗。""诗家务真而不择雅言，则吃饭撒屎皆是诗矣。"钱氏提出的表面上是真与雅的矛盾，其实是原生的真和诗的矛盾。一味求真就不雅了；不雅，就不是诗了。正是因为这样，节制情感的理论，可能要比放任情感的理论似乎更有底气，更经得起历史的考验。钱锺书先生曰："夫'长歌当哭'，而歌非哭也，哭者情感之天然发泄，而歌者情感之艺术表现也。'发'而能'止'，'之'而能'持'，则抒情通乎造艺，而非徒以宣泄为快，有如西人所嘲'灵魂之便溺'矣。'之'与'持'，一纵一敛，一送一控，相反而亦相成……"（钱锺书《管锥编》）从这个意义上说，乐而不淫，哀而不伤，正是"发而能止"，纵而能敛，比极端感情自发的流泻更经得起艺术历史的考验。

　　但是，对于情感的节制，走向极端，就产生了邵雍那样的教条：感情一定要"以天下大义而为言"，"天下大义"就是他心目中的政治道德，违反了政治道德准则，"其诗大率溺于情好也。噫！情之溺人也甚于水"，甚至能"伤性害命"（《伊川击壤集·序》）。诗歌毕竟是心灵自由的象征，情感属于审美，和政治道德的实用理性的矛盾是不可回避的。政治道德的理性是有实用价值的，而情感是非实用的，完全屈从于实用价值，对于情感就是扼杀。原因在于实用理性的逻辑与感情逻辑的矛盾。上千年的诗歌欣赏所面临的困境就是道德政治的制约与激情的自发，实用理性和审美自由，理性逻辑与情感逻辑的矛盾。这本是世界性的难题，西方浪漫主义诗人华兹华斯强调了"强烈感情的自然流泻"（the spontaneous overflow of powerful feelings），原文有点自发的意味，在这一点似乎与李贽的"最初一念之本心"有某种类似，但实际上，华兹华斯马上稍做调整，强烈的情感不但是从宁静聚集起来的（it takes its origin from emotion recollected in tranquility），而且是在"审思"（contemplation）中沉静（disappears）下去的。这只是在操作上一个小小的妥协，在理论上则是一个大大的矛盾。沉静下去，感情还强烈吗？从华兹华斯的具体创作来看，从《西敏寺桥》到《孤独的割麦女郎》，感情似乎并不强烈的作品比比皆是。《孤独的割麦女郎》写在苏格兰高地，听到一个割麦女郎在唱歌，他虽然听不懂那是英武的战斗还是平凡的悲凉，却为她歌唱时的专注而感动，以至这歌声久久留在自己的心中。创作与理论矛盾是常见的，矛盾长期积累不得解脱，理论与实践的脱节也是常见的。严羽早就说过"诗有别趣，非关理也"，但是，诗和理究竟是怎么样个"非关"法呢？经过上百年积累，偏于感性的诗话词话在情与理之间，凝聚出一个新范畴"痴"。建构成"理（背理）—痴—情"的逻辑构架，这是中国抒情理念的一大突破，也是诗词欣赏对中国古典诗学，乃至世界诗学的一大贡献。

明邓云霄在《冷邸小言》中提出这个范畴时，还飘浮在"怪""癫"等话语中："诗家贵有怪语。怪语与癫语、凝语相类而兴象不同。'斫却月中桂，清光应更多。'李太白云：'我且为君槌碎黄鹤楼，君亦为吾倒却鹦鹉洲'，此真团造天地手段。"后来逐渐集中到"痴"上去："诗语有入痴境，方令人颐解而心醉。如：'微雨夜来过，不知春草生。''庭前时有东风入，杨柳千条尽向西。'此等景兴非由人力。"他的所谓痴（怪、癫）所揭示的是情感与理性逻辑相背，月中桂不能斫，斫之亦不能使月光更明，黄鹤楼槌之既不能碎，其碎之后果可怕，说微雨不知春草生长，似乎本该有知，说东风为杨柳西向之因，其间因果皆不合现实之理性逻辑。于实用理性观之为"怪"为"癫"，但于诗恰恰十分动人。为什么呢？明钟惺、谭元春《唐诗归》，谭评唐万楚《题情人药栏》曰："思深而奇，情苦而媚。此诗骂草，后诗托花，可谓有情痴矣，不痴不可为情。"这样就把"痴"和情联系起来了：痴语（背理）之所以动人，就是因为它强化了感情。感情并不就是诗，直接把感情写在纸上，可能很粗糙，很不雅，很煞风景，可能闹笑话。要让感情变成诗，就要进入"痴"（背理）的境界。痴的本质，是"情痴"。"痴"的境界的特点如下：

第一，就是超越理性的"真"进入假定的境界，想象的境界，不管是槌楼还是骂草，都是不现实的，假定的境界，说白了，不是真的境界。这在理论上，就补正了一些把真绝对化的成说。绝对的真不是诗，为了真实表达感情，就要进入假定的想象。真假互补，虚实相生。如清焦袁熹《此木轩论诗汇编》所说："如梦如痴，诗家三昧。"恰恰是这种"如梦"的假定境界，才可能有诗。又如黄生《诗麈》说："极世间痴绝之事，不妨形之于言，此之谓诗思。以无为有，以虚为实，以假为真。"刘宏煦在《唐诗真趣编》说得更坚决："写来绝痴、绝真。"进入假定境界，才能达到最真的最高的"绝真"境界。徐增《而庵说唐诗》同样把痴境当作诗歌的最高境界："妙绝，亦复痴绝。诗至此，直是游戏三昧矣。"这个情痴的观念，影响还超出了诗歌，甚至到达小说创作领域，至少可能启发了曹雪芹，使他在《红楼梦》中把贾宝玉的情感逻辑定性为"情痴"（"情种"）。

第二，为什么"无理""痴"会成为诗的境界呢？沈雄在《柳塘词话》说：词家所谓无理而入妙，非深于情者不辨。"可以说相当完整地提出了无理向有理转化的条件，乃是"深于情"。这些理念相互生发，相得益彰。痴的境界的优越还在于，只有进入这个境界，情感才能从理性逻辑和功利价值的节制中解脱出来。

黄生在同一文章中所说"灵心妙舌，每出人常理之外，此之谓诗趣"，出人常理之外，就是痴的逻辑超越了理性逻辑，才有诗的趣味。清吴修坞《唐诗续评》把痴作为诗的入门："语不痴不足以为诗。"清贺裳《载酒园诗话》评王谇《闺怨》"昨来频梦见，夫婿莫应知"说，"情痴语也。情不痴不深"，也就是只有达到痴的程度，感情才会深刻，甚至是"痴而入妙"。这个"痴而入妙"，和他的"无理而妙"相得益彰，应该是中国诗歌鉴赏史上的重大发明，在当时影响颇大，连袁枚都反复阐释，将之推向极端："诗情愈痴愈妙。"与西方诗论相比，其睿智有过之而无不及，可惜，这个以痴为美的命题，属于中国独创的命题，至今没有得到充分的阐释，从而也就没有在中国诗学上得到应有的地位。

"痴"这个中国式的话语的构成，经历了上百年，显示了中国诗论家的天才，如果拿来和差不多同时代的莎士比亚相比，可以说，并不逊色。莎士比亚把诗人、情人和疯子相提并论。他在《仲夏夜之梦》第五幕第一场借希波吕忒之口这样说："疯子、情人和诗人，都是幻想的产儿。"（the lunatic, the lover, and the poet are of imagination all compact.）莎氏的意思不过就是说诗人时有疯语，疯语当然超越了理性，但近于狂，狂之极端可能失之于暴，而我国的"痴语"超越理性，不近于狂暴，更近于迷（痴迷），痴迷者，在逻辑上执于一端也，专注而且持久，近于迷醉。痴迷，迷醉，相比于狂暴，更有人性可爱处。怪不得谭献在《谭评词辨》从"痴语"中看到了"温厚"。莎士比亚"以疯为美"的话语天下流传，而我国的痴语却鲜为人知。这不但是弱势文化的悲哀，而且是我们对民族文化的不自信的后果。

情景之真假互补、虚实相生

　　古典诗歌欣赏不约而同地集中在情景上，作为核心范畴，很有中国特色，英语、俄语诗歌理论罕见把情景看得这么关键的。这可能由于西方诗歌的基本表现手段并不是触景生情，而是直接抒情，他们遇到的是抒情与理念的矛盾，理性过甚则扼杀抒情，玄学派诗人（metaphysical poets）和浪漫主义诗人长于激情（passion），逻辑越极端越片面，表现感情的效果越强烈，是故其经典之作以情理交融取胜。他们的诗学理论中几乎没有情与景（特别是自然风景）交融的观念。我们古典诗论这样重视情景的关系，表面上看，是由于诗歌往往作为现场交往的手段，自然景观和人事关系都在现场引发，现场感决定了触景生情和即景抒情。往深处探索，这里似乎还有和中国的绘画一样的美学原则，那就是把重点放在人和自然和谐上，在天人合一深厚的基础上，建构出情景交融的意境的诗学范畴。

当然，中国诗歌的历史发展是丰富多元的，直接抒情在中国古典诗歌传统中也是源远流长的。《诗经》中如"谁谓荼苦，其甘如荠""称彼兕觥，万寿无疆"等，比比皆是，但被湮没在现场情景互动的诗歌之中。直接抒情的诗歌到了屈原时代可以说已经独立发展起来。《离骚》就是一首直接抒情的长篇政治诗，这个传统到了汉魏建安仍然是很强大的。《古诗十九首》和曹操的杰作一样基本上是直接抒情的。从历史渊源来说，比之触景生情的诗歌，有更为深厚的经典传统。即景生情，情景交融的诗学似乎从《诗经》的"赋"中演化而来，伴随着绝句、律诗的定型，构成了完整的抒情的模式，尔后还决定了词别无选择的追随。但是，直接抒情的传统并未因而断绝，即使在绝句、律诗成熟以后，直接抒情的诗仍然在古风歌行体诗歌中蓬勃发展，其经典之作在艺术水准上与近体诗可谓相得益彰。诗评家往往给以比近体诗更高的评价。虽然如此，绝大部分的诗话和词话所论及的却是律诗、绝句和词，也许律诗和绝句到了宋代以后，成为古典诗歌艺术最常见的模式——自然景观和人文景观的现场感。

现场感的"感"，一方面所感对象是景物，另一方面所感的主体是人情。汉语的"情感"一词比之英语的 feeling 和 emotion 内涵都要深邃，feeling 偏于表层感知，emotion 偏于情绪，二者在词意上互不相干。而"情感"则不但相连，而且隐含着内在联系：因情而感，因感生情，感与情互动而互生。情感这个词由于被反复使用，习以为常，联想陷于自动化而变得老化，情感互动的意味埋藏到潜意识里去了，造成了对情感互动意味的麻木，感而不觉其情了。不但一般人如此，就是很有学问的人士也未能免俗。唐刘知几曰："今俗文士，谓鸟鸣为啼，花发为笑。花之与鸟，安有啼笑之情哉？必以人无喜怒，不知哀乐，便云其智不如花，花犹善笑，其智不如鸟，鸟犹善啼，可谓之谠言者哉？""花之与鸟，安有啼笑之情哉？"这个在史学的叙述语言上很有修养，很有见地的历史学学者，太拘守于史家的实录精神了，以至于对"鸟啼""花笑"都不能理解。这种把情与感绝对割裂开来的观念并非史家外行所独有，南宋诗话家范晞文，也承认有时"情景相触而莫分也"，但是，否认其为规律性现象，到具体分析文本时，又往往把律诗对仗句的情景机械分割为"上联景，下联情""上联情，下联景"之类。(《对床夜语》)

个中原因，可能在于中国传统的诗学理念中片面强调真和实，不免将之推向极端。陈绎曾说《古诗十九首》的好处就在一个真字上。"情真，景真，事真，意真。澄至清，发至情。"陶渊明的诗就好在"情真景真，事真意真"。(《诗谱》)用这样简单的观念，阐释无比复杂的诗歌，牵强附会是必然的。至于机械地把"真"和"实"联系在一起，就更加僵化了。在这一点上，连王夫之也未能免俗。他在颇具经典性的《姜斋诗话》中虽然也承认情对景的重要性，却把景钉死在"实"，也就是现场感上："身之所历，目之所见，是铁门限。即极写大景，如：'阴晴众壑殊''乾坤日夜浮',亦必不逾此限。非按舆地图便可云'平野入青徐'也,抑登楼所得见者耳。隔垣听演杂剧,可闻其歌,不见其舞,更远则但闻鼓声,而可云所演何出乎?"这就把景观的"真"变成了现场亲历的"实"。这种简单的、机械的真实观造成了彩丽竞繁,极雕镂藻绘之工的风气,遂使宫体诗的卑格和咏物诗的匠气阴魂千年不散,甚至在诗歌中消亡以后,在小说中,乃至经典小说如《三国演义》《水浒传》《红楼梦》的场景人物的静态描绘中,仍然大量"借尸还魂"。

对这个理论上的偏颇,许多诗评家长期含而混之,与之和平共处。只有清朝黄生在《诗麈·诗家浅说》中提出挑战:"诗家写有景之景不难,所难者写无景之景。此亦唯老杜饶为之,如'河汉不改色,关山空自寒',写初月易落之景……写花事既罢之景,偏从无月无花处着笔,后人正难措手耳。"黄生提出的"无景之景"非常警策,在理论上可以说是横空出世。有景之景,写五官直接感知,由情绪而产生变异感,这是常规现象,而黄生提出"河汉不改色,关山空自寒"显示的不是变异感,而是持续性的不变之感。更雄辩的是,他说写有景之景,写花,写月不难着笔,然而,从无花无月处写,亦可以产生感人的效果。可惜的是,无景之景在理论上的重大价值却被他糟糕的例子湮没了。其实只要举陈子昂的《登幽州台歌》就足够说明无景之景:

前不见古人,后不见来者,念天地之悠悠,独怆然而涕下。

登临之常格往往求情景交融，所感依于所见，但是，出格的登临以"无景之景"见长，所感依于两个"不见"，把立意的焦点定在"不见"上，并非偶然，乐府杂曲歌辞中有以"独不见"为题者，歌行中有以"君不见"为起兴者，"无景之景"乃不见之见，变不见为见者，情也。情不可见，以可见之景而显，却不如不见之更深。陈子昂不见古人黄金台，怨也，不见后来者，时不待人，迫于生命之大限，怨之极乃怆然涕下。如实见黄金台，怨不至极，何至于泪下？

　　杜甫《春夜喜雨》："随风潜入夜，润物细无声。"好就好在，不但看不见，而且听不到。这是在春夜里，为这看不见的雨，而默默欣慰之情，却跃然纸上。苏轼在他的朋友惠崇描绘春江的图画上题诗曰："竹外桃花三两枝，春江水暖鸭先知。"前面一句，虽有色彩层次，堪为美景，然而皆为目力所及，且其层次感显然从王维"竹喧归浣女"来，难称独到，而"春江水暖鸭先知"成为千古绝唱的奥秘就在：光是看见鸭子的躯体浮在水面上，是一点诗意也没有的，激发读者想象那鸭子看不见的脚（触觉）才韵味无穷。看不见的比看得见的，在诗中更能调动读者的想象。一代诗人江为"桂香浮动月黄昏"被林和靖改成"暗香浮动月黄昏"，把看得见的"桂香"，变成看不见"暗香"，遂一举成名。王安石步其后尘咏梅："遥知不是雪，为有暗香来。"妙在"暗香"，看不见的香气和雪一样白的颜色构成感知的层次。

　　在古典诗歌中，每逢有看不见的美，往往胜过看得见的，着眼于看不见美的往往比致力看得见的美更为别出心裁，故李白

《独不见》："桃今百馀尺，花落成枯枝。终然独不见，流泪空自知。"欧阳修《生查子》："不见去年人，泪满春衫袖。"均因"不见"而泣，见了就不会哭了。可惜这个非常深邃的不见之见，至今仍然没有得到充分的重视。甚至词学大家如唐圭璋先生亦论断苏轼《赤壁怀古》上半片是"即景写实"。其实，分析起来明显不通，"大江东去""浪淘尽"，尚可言即景所见，"千古风流人物"，何能得见？强说可见，无异于活见鬼。何况，苏轼所见之大江，并非限于长江，乃孔夫子所言"逝者"，时间也。时间不可见，不在所见之中潜隐不见，则难显其豪杰风流之气。"孤帆远影碧空尽""山回路转不见君""春在溪头荠菜花"妙在见中有所不见。诗家所视，台湾诗人称为"灵视"，心有多灵，视就有多活。具体表现为随时间、空间而变，"会当凌绝顶，一览众山小"，妙在此时不见，设想来日之见；"何当倚虚幌，双照泪痕干""何当共剪西窗烛，却话巴山夜雨时"，妙在当时之不见，预想他日之相见；把灵视预存入回忆是大诗人的专利，李商隐最为得心应手："昨夜星辰昨夜风""相见时难别亦难"，不见之见，见之不见，因时空而互变互生。见者与不见有限，而所变之情趣无穷也。其间道理于听觉亦同。"曲终人不见，江上数峰青"，从所听之终止，转入所见之静止；"撩乱边愁听不尽，高高秋月照长城"，从听得心烦，变为看得发呆。"此时无声胜有声"，比之"银瓶乍破""铁骑突出"之有声，更有千古绝唱的艺术高度。扩而大之为人的感知，知与不知相互转化，不知常常胜于有知。李后主"梦里不知身是客"，比之清醒的"多少恨，昨夜梦魂中"

要深厚，"云深不知处"比之"遥指杏花村"更为高格，明明已知"盘中餐""粒粒皆辛苦"，还要说"谁知盘中餐"如此这般。皆以否定、疑问，更为有情而婉转也。

从哲学范畴而言，有无之辨最为深邃，但是曲高和寡，不如宾主之分直观。故宾主之说，比较流行。李渔反对"即景咏物之说"，坚定地指出："词虽不出情景二字，然二字亦分主宾。情为主，景是客，说景即是说情。"吴乔更是指出那种以为律诗是"两联言情，两联叙景，是为死法""盖景多则浮泛，情多则虚薄也"。只有"顺逆在境，哀乐在心，能寄情于景，融景入情，无施不可，是为活法"，故"情为主，景为宾也"。（吴乔《围炉诗话》）

诗话词话之争讼往往流于感性，清乔亿于此可算是佼佼者。王夫之说，宏大景观，也是登高所见，乔亿则把屈原、李白拿出来，特别是把明显不是现场目接的全是幻想的景观"天上白玉京，十二楼五城"（李白）亮出来，这就从感性上取得了优势。此论出于感性，但不乏机智，其可贵在于从理论上提出了一个与王夫之的"目接"相反的范畴"神遇"，可以说为黄生的"无景之景"寻到原因。"景有神遇，有目接。神遇者，虚拟以成辞……目接则语贵徵实。"（乔亿《剑溪说诗》）。这个与目接相对立的范畴"神遇"，显得很有理论深度。这个"神"隐含着诗的虚拟、想象，由情而感的自由。

但是理论问题的解决，光凭这一点机智是不够的。"目接"是真的，实的，"神遇"则是想象的，不是真的，不是实的，有可能是虚假的，其感染力从何而来呢？早在明朝，谢榛就提出与写实相对的"写虚"："写景述事，宜实而不泥乎实。""有实用而害于诗者"，"有虚用而无害于诗者"。诗人的功夫就是在虚实之间权衡。实际上写实与写虚的对立并不是僵化凝固的，而是可以相互转化的。他举出贯休的诗，"'庭花蒙蒙水泠泠，小儿啼索树上莺。'景实而无趣"，而李白的"燕山雪花大如席，片片吹落轩辕台"，"景虚而有味"。（谢榛《四溟诗话》）

在汉语中，实和真是天然地联系在一起的，而虚则和假联系在一起。怎样才能避免由虚而假，达到由虚而真呢？元好问曾经提出，虚不要紧，虚得诚乃是根本："何谓本？诚是也。……故由心而诚，由诚而言，由言而诗也。"（《元好问诗话》）"由心而诚"，还是不到位。实际上，诗人无不自以为是诚心而发，可是事实上，"假诗"还是滔滔者天下皆是也。乔亿在回答这个问题时，有了突破。这个突破首先在理论范畴上。一般诗话词话，大都从鉴赏学出发，将诗词作为成品来欣赏，而乔亿却从创作论出发，把问题回归到创作过程的矛盾中去："景物万状，前人钩致无遗，称诗于今日大难。"乔亿的杰出就在从创作过程，从难度的克服来展开论述：景观万象已经给前人写光了，"无遗"了。经典的、权威的、流行的诗语，已经充满了心理空间。怎样才能虚而不假，虚而入诚呢？乔亿的深刻之处在于提出"同题而异趣"，也就是同景而异趣。"节序同，景物同"，景观相同，是有风险的。如果以景之真为准，则千人一面，如果以权威、流行之诚为准，则于人为真诚，于我为虚伪。真诚不是公共的，因为

"人心故自不同"。他提出："唯句中有我在，斯同题而异趣矣。"自我是私有的。人心不同，各如其面，找到自我就是找到与他人之心的不同，"以不同接所同，斯同亦不同，而诗文之用无穷焉"（《剑溪说诗》）。只要找到自我心与人之"不同"，即使面对节序、景物之"同"，则矛盾只要能转化，"斯同亦不同"，诗文才有无穷的不同。

诗词创作论倾向最可贵的进展，就是不把感官功能局限在对外部信息的被动接受上，而是强调主体（自我、心灵）对外部景观的同化和变异上。刘勰早在《文心雕龙》中就说"目既往还，心亦吐纳""情往似赠，兴来如答"。人的感官并不完全是被动接受外部信息，同时也激发出情感作用于感知。在实用性散文中，主观情感作用是要抑制的，而在诗歌中，这种情感作用则是要给以自由飞翔的天地的。对这主客体在创作过程中的交互作用，晚清朱庭珍的说法把创作论的优势发挥到极致。他反对当时流行的一些教条式的操作法程，如"某联宜实，某联宜虚，何处写景，何处言情，虚实情景，各自为对之常格恒法"，他说："夫律诗千态百变，诚不外情景虚实二端。然在大作手，则一以贯之，无情景虚实之可执也。"他的"大作手"不但是主体情致对于景观的驱遣，而且是对于自我情感的驾驭，更是对于形式规范的控制。他的指导思想，是以情为主，为主就是驾驭，选择、同化、变形变质，固然不可脱离外物，但不为外物所役，固然不能没有法度，但不为法度所制。他引用禅宗六祖惠能语曰："人转《法华》，勿为《法华》所转。"他的境界是"写景，或情在景中，或情在言外。写情，或情中有景，或景从情生。断未有无情之景，无景之情也。又或不必言情而情更深，不必写景而景毕现，相生相融，化成一片。情即是景，景即是情"。而"虚实"更是"无一定"之法，全在"妙悟"，以不"著迹最上乘功用"。这里，除了"断未有……无景之情也"有些脱离创作实践，他对客之真诚、情景的虚实、形式法度的有意无意，达到不着痕迹自然、自由的和谐，是很精深，很自由的："使情景虚实各得其真可也，使各逞其变可也，使互相为用可也，使失其本意而反从吾意所用，亦可也。"（朱庭珍《筱园诗话》）这里强调的是，对法度的不拘一格，各逞其变，真是出神入化，得心应手，透彻玲珑，神与法游，法我两忘。其精微之妙达到严羽的理想中那种没有形可分迹的境界。

超越了鉴赏论，进入了创作论，他的阐释，不但深邃而且生动。其实比之王国维后来很权威的一些说法，如"一切景语皆情语"说，"境界"说，"隔"和"不隔"之说，不乏可比之处。

朱光潜二十世纪早期在《文艺心理学》第三章说到景观与人的矛盾和转化，归结为西方文艺心理学上的"移情"："大地山河以及风云星斗原来都是死板的东西，我们往往觉得它们有情感，有生命，有动作，这都是移情作用的结果。……诗文的妙处往往都从移情作用得来。例如'菊残犹有傲霜枝'句的'傲'，'云破月来花弄影'句的'弄'，'数峰清苦，商略黄昏雨'句的'清苦'和'商略'……都是原文的精彩所在，也都是移情作用的实例。……在聚精会神的观照中，我的情趣和物的情趣往复回流。

有时物的情趣随我的情趣而定，例如自己在欢喜时，大地山河都随着扬眉带笑，自己在悲伤时，风云花鸟都随着黯淡愁苦。……物我交感，人的生命和宇宙的生命互相回还震荡，全赖移情作用。"诗话词话在漫长的欣赏和创作的历史过程中，情景衍生出宾主、有无、虚实，真伪、我与非我成套的观念，和这么丰厚的系统相比起来，立普斯的移情说，充其量不过是说明了情主导景而已，不能不说显得贫乏。而朱光潜先生虽然有开山之功，然拘于"傲""弄""商略"等词语，不能不给人以单薄之感。盖其原因就在于文艺心理学、鉴赏论，总是满足于对现成作品的解释，徘徊在创作过程之外。

议论与无理而妙

中国古典诗歌若与欧美诗歌相比，则明显重抒情，然而又不取欧美诗歌之直接抒情。抒情而直接则易近于理。故欧美诗歌以情理交融为主。其优长乃在思想容量大，其劣势乃在感性不足。中国古典诗歌重抒情，然情不可直接感知，乃借景，借人，借物，借视觉、听觉、触觉等感觉以间接抒发之，故有情景交融之盛，景中含情，主客交融，乃为意象。借感性意象而间接抒情乃中国古典诗歌之优长，因此美国二十世纪初乃有师承中国古典诗歌之"意象派"。然而意象丰富的中国古典诗歌，也有不足，那就是思想容量偏小。

故在理论上，中国古典诗话词话家不能不面对情与理之矛盾。

睿智者力求矛盾之调和，伪托李峤《评诗格·诗有十体》提出"情理"，"谓叙情以入理致"。反其意并走向极端者为断然废理，最著名的当然是严羽"诗有别材，非关理也"。其本意乃反对宋人以"议论为诗"的倾向，但作为一种理论，又不完全限于宋诗，具有某种普遍意义。这种观念持续到明代，黄子肃《诗法》力主诗"最忌议论，议论则成文字而非诗"。一有议论就是散文，就不是诗了，这种极端的主张，在中国古典诗论中很有代表性。王夫之在《古诗评选》中，明确宣言"议论入诗，自成背戾"，"议论立而无诗"。王夫之对诗中议论表示极强烈的蔑视："一说理，眉间早有三斛醋气。"明人谢肇淛《小草斋诗话》把诗与文的对立，在程度上，说得缓和一点："诗不可太着议论，议论多则史断也；不可太述时政，时政多则制策也。"他的思维方法是把诗与散文（当时的散文主要是实用文体）的功能加以对比。清人魏际瑞《与甘健斋论诗书》则把这种文体功能论进一步发挥："程、朱语录可为圣为贤，而不可以为诗。程、朱之人亦为圣贤，而作诗则非所长也。"但是持相反意见的似乎更为理直气壮，明末赵士喆《石室谈诗》中把《诗经》、《古诗十九首》、陶渊明、杜甫抬出来作为论据。钱谦益《牧斋有学集·唐诗英华序》中也是以《诗经》中的议论来证明议论于诗不可或缺。袁枚《随园诗话》亦反对"诗无理语"之说，他历数《诗经·大雅》乃至文天祥等的作品中的"理语"，反问曰："何尝非诗家上乘？"但不幸的是，他们所举的这些"理语"，大多粗糙、生硬，和那些脍炙人口的情语相比，在艺术上相去太远。这一点钱锺书先生说得最为清楚："然所举例，既非诗家妙句，且胥言世道人情，并不研几穷理，高者只是劝善之箴铭格言，非道理也，乃道德耳。"

显然问题不在于诗可不可有理，而在于如何才能使理转化为好诗。

这方面，明人陈献章《陈献章诗话》说得比较到位："须将道理就自己性情上发出，不可作议论说去，离了诗之本体，便是宋老头巾气也。"话虽说得简单了一些，但是把情与理的矛盾提上日程，而且提出了理转化为诗的条件是情感作为理性的主导："道理就自己性情上发出。"

但是，究竟如何才能将道理和性情统一起来，这成了中国古典诗论的难题。

诗话词话家们缺乏抽象演绎的兴趣，往往求助于感性创作经验。

明人陆时雍在《诗镜总论》中提出"不烦而至"，就是说议论要发得自然，看不出作者费力气的痕迹。但是，这仍然是某种感性语言。比较切实的是沈德潜："议论须带情韵以行，勿近伧父面目耳。"有了"情韵"，议论就不会迂腐了。他和陆时雍同样以戎昱的《和蕃》（又题《咏史》）为例：

> 汉家青史上，计拙是和亲。
>
> 社稷依明主，安危托妇人。
>
> 岂能将玉貌，便拟静胡尘！
>
> 地下千年骨，谁为辅佐臣？

他特别欣赏其中的"社稷依明主，安危托妇人"，以之为议论入情韵的范例。实事求是地说，就整体而言，戎昱这首诗并不十分出色，但是整篇都是议论，在唐诗中属于难得一见。作者的情感颇有特点，以"明主""妇人"与"社稷""安危"相提并论，就带着某种含而不露的反讽性质。这比之迂腐的直接议论要高明得多，但是，就艺术水准而言，似乎还未达到沈氏所追慕的"议论"与"情韵"的水乳交融，连沈氏自己也只能说是"亦议论之佳者"，这就是说，与议论之上佳者还有距离。

这个距离在哪里呢？诗话词话作者习惯于从具体作品求得答案。清人施补华《岘佣说诗》中极其称赞杜甫的《房兵曹胡马》的议论：

胡马大宛名，锋棱瘦骨成。

竹批双耳峻，风入四蹄轻。

所向无空阔，真堪托死生。

骁腾有如此，万里可横行。

他分析说："前四句写马之形状，是叙事也。"此说显然有些拘泥。"竹批双耳峻，风入四蹄轻"，肯定不仅仅是叙述马的形象，当年杜甫在洛阳，正是漫游齐赵，飞鹰走狗，裘马清狂的青春时期，"风入四蹄轻"中渗透着诗人发扬蹈厉，意气风发的豪情。施氏接着说"所向无空阔，真堪托死生"二句"写出性情，是议论也"，这是有道理的。又说，此系大手笔。但是，这议论为什么是"大手笔"呢？他没有分析下去。其实，这里议论不是理性的，而是情感的。"所向无空阔"，就是说，没有任何空间到达不了，这显然是超越了现实的，至于"真堪托死生"，把生命托付给它，则更是情感的激发，完全没有理性的功利考量。

十七世纪，应该是中国古典诗话在理论方面取得重大进展的时期。在理论上的突破，表现为正视情韵和理性的矛盾，贺贻孙《诗筏》提出"妙在荒唐无理"，贺裳和吴乔提出"无理而妙""入痴而妙"。沈雄在《柳塘词话》说："词家所谓无理而入妙，非深于情者不辨。"可以说相当完整地提出了无理向有理转化的条件，乃是"深于情"。这些理念相互生发，相得益彰，比之沈德潜仅仅从感性谈情韵，有更多理论深度。从思维方法上看，数家具有一个共同的特点，那就是把情感与理念放在对立的两面进行论述。和他们的思维方法有所不同的是叶燮，他的思想方法不是情理二分法，而是情事理的三分法。他在《原诗》中这样说："作诗者实写理、事、情，可以言言，可以解解，即为俗儒之作。惟不可名言之理，不可施见之事，不可径达之情，则幽渺以为理，想象以为事，惝恍以为情，方为理至、事至、情至之语。"应该说，这个说法相当珍贵，除了突破了情理对立的思维模式，还有一点，特别重要，那就是把"事"放在"情""理"之间。这触及了中国古典诗歌的特色。因为中国古典诗歌不是像西方诗歌那样直接抒情的感性，而是通过对事，对景观，对物象进行描绘间接抒情的。把握情不仅仅难在情的抽象性，而且难在情的不确定性，如果说，这一切与西方诗歌的抒情基本上相通，与西方诗歌不同的是，情与事（物）的确定性也有矛盾。叶燮对抒情之"理"做了诗性的描述："不可名言"；对"情"做了规定："不可径达"，也就是不可直接抒发；这与吴乔等的说法是相通的。他的理论超越吴乔等的，还在于对事（物）的特点做了概括："不可施见"。他提出了诗中的事的特点是"想象以为事"。这一点，太深邃了，可惜的是他的"想象"没有引起同代和后代学人的充分重视，未能与吴乔他们的形质俱变统一起来。

活跃在这个时期的还有一个黄生，虽然他的理论没有叶燮这样的冲击力，但是他的艺术感觉，往往在具体分析中见精湛。他在《杜诗说》分析杜甫的《蜀相》：

> 丞相祠堂何处寻？锦官城外柏森森。
> 映阶碧草自春色，隔叶黄鹂空好音。
> 三顾频烦天下计，两朝开济老臣心。
> 出师未捷身先死，长使英雄泪满襟。

他指出，七律咏史怀古之作，一般诗作都是先写景，后议论。往往到了第三四句"便思发议论矣"，而杜甫却在第三第四句从容抒写景观：他认为"映阶碧草自春色，隔叶黄鹂空好音"的好处是"确见入庙时低回想象之意，此诗中之性情也"。有了这样的铺垫，后面的议论就不干巴了。因为和诗人的"回想之意"，构成了一条完整的脉络。意脉节点之间有了关联。开头一句："丞相祠堂何处寻？"这个"何处寻"，是情韵的起点。如此大名之祠堂，居然给人以"何处寻"的困惑。可见冷落。接下来的"映阶碧草自春色"的"自"，"隔叶黄鹂空好音"的"空"，都提示了"何处寻"的寂寞感。大自然没有感觉，春来草色自碧，人情太寂寞，黄鹂鸣叫空好。正是因为有了这样的感情的积累，后来的议论才自然而深沉。"三顾频烦天下计，两朝开济老臣心"，这当然是理性的高度概括，只用了十四个字，就把诸葛亮出山以后，二十多年的功业总结了出来。从这个意义上来说，这里并没有多少"无理"的成分，但是，"出师未捷身先死，长使英雄泪满襟"，从严格的理性逻辑来说，并不十分全面。诸葛亮的业绩并不完全的在军事上的失败，按陈寿的总结，他行政方面成就堪称卓越："外连东吴，内平南越。立法施度，整理戎旅。工械技巧，物究其极。科教严明，赏罚必信。无恶不惩，无善不显。至于吏不容奸，人怀自厉，道不拾遗，强不侵弱，风化肃然也。"诸葛亮祠堂要纪念的并不仅是他军事上的失败，同时有他行政上的功业，还有人格的光辉。而杜甫的议论，以其情感价值，仅取其一端，把他当成军事上的失败的悲剧英雄。"长使英雄泪满襟"，这眼泪是诸葛亮的吗？把诸葛亮定性为一个长期哭泣的形象，好像与历史并不太合。在这里流泪的与其说是诸葛亮，不如说是杜甫。表面文字上是诸葛亮，情感意脉的起点和终点则是杜甫。从这个意义上说，这并不是完全理性的，而是情感的，甚至可以说是有点无理的，然而因为是超越了理性的，才是情理交融的，也才是无理而妙的。

综上所述，吾人不难发现一奇怪的现象，那就是理论与论证的不平衡。作为"情韵"与"议论"对立统一之例证，不仅在数量上不足，而且在质量上也偏弱。不要说《诗经·大雅》中的诗句"不闻亦式，不谏亦入"，文天祥的诗句"疏因随事直，忠故有时愚"。只是理性的议论而已，就是备受推崇的杜甫的诗句虽然情韵与议论有相谐之处，然在艺术上很难作为此方面之最高成就。值得注意的是，那些受到称道的诗句往往出自律诗，很少出自古风歌行。古风歌行中，那些脍炙人口的名句，如曹操的"对酒当歌，人生几何"，如李白的"弃我去者，昨日之日不可留；乱我心者，今日之日多烦忧"，如白居易的"在天愿作比翼鸟，在地愿为连理枝。天长地久有时尽，此恨绵绵无绝期"，王维的"孰知不向边庭苦，纵死犹闻侠骨香"，都在诗话词话家们的视野之外。原因可能是，第一，古风歌行体多为率性之作，其手法多为直接抒情，逞才使气，想落天外，天马行空，一泻无余，以激情为主。而律诗大都以现场即景，将情感藏于景观之中，从情感的性质来说，是以温情的深厚为主。第二，由于律诗的严密的规格，其技巧性日趋程式化，而歌行体从韵法、句法到章法均无律诗那样的严密规格，故很难进行脱胎换骨的操作。久而久之，阴差阳错地被忽略了。这就造成了中国古典诗话词话即使在理论上有突破的契机，但是，这种突破，属于创作论一隅，而非本体论，而中国诗话词话的作者大都本身就是创作的实践者，创作眼界的局限遂变成了理论视野的局限。

抒情：无理而妙，
于理多一曲折耳

这里所说的"无理而妙"，是与人情对立的理，与前面形而上的天人合一的物理、事理之"理"，有根本的不同。无理而妙的"理"是指与情相对立的"实用理性"。核心理念是《陈辅之诗话》提出来的，说是王安石特别欣赏王建《宫词》中的"树头树底觅残红，一片西飞一片东。自是桃花贪结子，错教人恨五更风"。"谓其意味深婉而悠长"，这种说法，太过感性，于理论似乎不着边际。过了五百多年，明人钟惺、谭元春在《唐诗归》中联系到唐李益《江南曲》：

"嫁得瞿塘贾，朝朝误妾期。早知潮有信，嫁与弄潮儿。"以为其好处是"荒唐之想，写怨情却真切""翻得奇，又是至理"，隐约提出了理论上的"情"与"理"的关系：于情"真切"，乃为"至理"，但是，又是"荒唐"之想。又过了差不多一百年，贺裳在《载酒园诗话》中指出，这是诗歌中的一种规律，叫作"无理而妙"，不能以通常的"理"去衡量的（"此可以理求乎？"），才是"妙语"。他的结论是"无理之理"。在思想方法上，他由此总结出一条，那就是"诗不可执一而论"。什么叫作"执一而论"？从字面上推敲，就是不能在"理"这个字上拘泥，不要以为道理只有一种，从一方面来看，是"荒唐"的，是"无理"的，而从另一方面来看，又是有理的，不但有理，而且是"妙理"，很生动的。

为什么会生动呢？

王安石的"意味深婉而悠长"说法是模糊的。和贺裳差不多同时代的吴乔在《围炉诗话》中指出这种"无理而妙"，并不是绝对无理，"但是，于理多一曲折耳"。关键是这里的"理"是唐诗的"理"，和宋人诗话所谓"理"，不是一回事。宋人的理，是抽象教条之理，而这里的"理"是人情，和一般的理性不同，只是"于理多一曲折"。这就是说，这不是直接的"理"，而是一种间接的"理"。问题在于，直接就是从理到理，而间接是通过一种什么东西达到理的呢？吴乔没有回答。徐增在《而庵说唐诗》中，尝试做出回答："此诗只作得一个'信'字。……要知此不是悔嫁瞿塘贾，也不是悔不嫁弄潮儿，是恨'朝朝误妾期'耳。"意思不是真正要嫁给船夫，而是表达一个"恨"字，恨什么呢？无"信"，就是没有一个准确的期限，造成了"朝朝误妾期"，一天又一天，误了青春。这就是说，这里讲的并不完全是"理"，而是一种"情"。从"情"来说，这个"恨"，也是有一定道理的。什么道理，就是情，也就是爱，也就是理，不过这不是通常的理，可以叫作"情理"。

通常的理，简而言之，是一种逻辑上的因果关系，因为商人归期无定，所以悔不该误了青春。因为船夫归期有信，所以还不如嫁给船夫。但是，这仅仅是表面的原因。在这原因背后，还有原因的原因。为什么发出这样的极端的幽怨呢？因为期盼之切。而这种期盼之切、之深，只是一种激愤。从字面上讲，不如嫁给船夫，是直接的、实用的因果关系，而期盼之深的原因，其性质是情，是隐含在这个直接的原因深处的。这就造成了因果层次的转折，也就是所谓"于理多一曲折耳"。沈雄《古今词话·词辨上卷》说，王士禛欣赏彭羡门的"落花一夜嫁东风，无情蜂蝶轻相许"，同样可以用贺裳的"无理而入妙""愈无理则愈入妙"来解释。沈雄的杰出之处在于，当时一般诗话词话家都把"理"与"意"结合起来考虑，认为意决定理，而他却把理与情的关系提了出来。沈雄的《柳塘词话》说："'落花一夜嫁东风，无情蜂蝶轻相许'，词家所谓无理而入妙，非深于情者不辨。"很可惜的是对这样重要的"深情"导致"无理"命题，不但诗话词话家并没有给予应有的重视，连他自己也没有十分在意。以至于许多论者热衷于在字句上钻牛角尖。如李渔把"云破月来花弄影"的"弄"字，说是"词极尖新，而实为理之所有"。

其实，所谓"理之所有"，就是情之所在。无理而有情的理论，产生于十七世纪，在当时世界上，比之英国浪漫主义理论家赫士列特诗的想象理论，要早出一个多世纪。令人不解的是，这个宝贵的理论遗产，不要说在当时，就是在今天也没有得到应有的重视。倒是《红楼梦》中香菱学诗那种所谓无理而有理的说法，因为是曹雪芹的，就反复被提及，其实，香菱所说的无理，其好处，就是"合上书一想，倒像是见了这景的"。从理论上来说，还是拘于"真的"，无理之所以有理，因为是"真的"。其实，诗与真的关系并不是这样简单。比之散文，诗中的真和想象、实感和虚拟是结合在一起的矛盾的统一体。香菱学诗，只是某种粗浅的体悟，并不代表曹雪芹的诗学观念，这一点，似乎是被许多论者忽略了。

2011 年 2 月 4 日

情与理的矛盾：
名言之理与诗家之理

诗中情与理的矛盾，在诗话中引发争讼可能要从南宋严羽开始说起。当然，在严羽以前，欧阳修、严有翼对这个问题已经有所提及。欧阳修批评诗人"贪求好句而理有不通"，提示的是，好诗与理的矛盾，好句"好"，好在哪里？并不十分明确，严有翼说得更明白一些"作豪句"要防止有"畔于理"。豪就是豪情、激情，也就是激情与理有矛盾。这实际上是说感情越强烈越容易与理发生冲突。到了严羽，二者的矛盾才被充分揭开：诗有"别才""别趣"，也就是特殊的才华和趣味，特殊在哪里呢？第一，诗与理的矛盾极端到毫不相干的程度（"非关理也"）。第二，诗是"吟咏性情"，"性情"与"理"有不可调和的矛盾。第三，矛盾在哪里呢？诗的兴趣"不涉理路"，也就是不遵循理性逻辑。第四，诗"不落言筌"，"言有尽意无穷"，也就是直接用语言表达出来是有限的，而诗的意味是无限的。诗的意蕴，不在言之内，而在其外，可意会不可言传，不可捉摸到"无迹可求"的地步，但是可以感受得到。第五，这种才能与读书明理是不相干的，但是不读书不"穷理"，又不能达到其最高层次。这里的"穷理"，很值得注意，不是一般的明理，要把道理"穷"尽了，真正弄通了，才能达到"极其致"的最高的境界。从这个意义上来说，诗又不是表面上与"理"无关，"理"是它的最初根源，也是它的最高境界。

严羽这里的"理"，显然有多重意涵，最表层的"理"，就是他在下文中指出的"近代诸公""以文字为诗，以才学为诗，以议论为诗"，流于"末流者，叫噪怒张"甚至"骂詈为诗"。从这个意义上说，严羽针对的是宋朝的诗风。但是，严羽的理的意涵，并不局限于此。他显然还把理作为诗歌的历史发展过程中的一个重要因素加以考量，从这个意义上说，"理"在诗中，并不绝对是消极因素，其积极性与消极性是随史沉浮的。他在《诗评》一章中这样说："诗有词理意兴。南朝人尚词而病于理；本朝人尚理而病于意兴；唐人尚意兴而理在其中；汉魏之诗，词理意兴，无迹可求。"很显然，他认为理不能独立地研究，要把它放在和"词"（文采）、"意兴"（情致激发）的关系中来具体分析。光有"词"，而没有"理"，成为南朝诗人的一大缺陷，光有"理"，而没有"意兴"则是本朝人的毛病。只有把"理"融入"意兴"之中，才能达到唐诗那样的"词理意兴"的高度统一，更高的典范则是汉魏古诗，语言、情致和"理"水乳交融到没有分别的程度。

严羽把这个"理"的多重意涵，说得太感性，在概念上有些交叉，带着禅宗的直觉主义，并未把问题说得很透彻，但是，他的直觉很独到，很深刻，因而情与理的关系就成为日后众说纷纭的一大课题。

一方面是理与情的矛盾，被严羽说得很绝，另一方面，理与情的统一，又说得很肯定，至于怎么统一，则含含糊糊。严羽说，第一，只要把理穷尽了就行。第二，把理与情融合起来就行。第三，如果不融合，理就成为诗的障碍了。严羽的这个说法中还包含着方法论，这个问题不能孤立地研究，只有从情和理的矛盾来分析。清方观贞在《方南先生辍耕录》中提出"无理而妙"，贺裳在《载酒园诗话》也提出这个命题。吴乔在《围炉诗话》中加以发挥："理岂可废乎？其无理而妙者，如'早知潮有信，嫁与弄潮儿'，但是，于理多一曲折耳。"后世支持严羽的一派，把严羽的思想简单化了，贺裳甚至极端到将元结的《春陵行》、孟郊的《游子吟》当作"六经鼓吹"来说明"理原不足以碍诗之妙"，诗与理之间没有障碍。这就把矛盾全部回避了。而李梦阳则认为理与情矛盾，问题出在"作理语"，纯粹说理，只是个表达问题，而胡应麟等则认为"理"是个内容问题："程邵好谈理，为理缚，理障也。"但是李梦阳毕竟是李梦阳，他漫不经心地点到了体裁："诗何尝无理，若专作理语，何不作文而诗为邪！"诗是不能没有理的，但是，一味说理，还不如作散文来得痛快。这一点灵气就是反对严羽的诗话家也并不缺乏，不仅仅从情与理的矛盾中着眼，而是从理本身的内涵与体裁的关系来分析。明郝敬《艺圃伧谈》，力主情理统一，反对"诗有别趣，非关理也""天下无理外之文字"。但是，他说并不是只有一种"诗家之理"，"谓诗家自有诗家之理则可，谓诗全不关理，则谬矣"。可惜的是，他只承认"诗家之理"，并没有涉及非诗的文体，也没有分析非诗之理。明张时为《张时为诗话》有了一些发展，他把诗人之理与儒者之理对立起来分析："诗有诗人之诗，有儒者之诗。诗人之诗，主于适情……儒者之诗，主于明理。"又说，"诗人之诗"，取料之法中有"幻旨"："本为理所未有，自我约略举似焉，而若或以为然，执而言之，则固有所不通，谭子所谓'不通得妙'。"这就涉及诗中之理最根本的特点，就是，按非诗之观念来看，是"不通"的，然而，"不通得妙"。不通，是按逻辑来说的，可是按诗来说，则是"适情"的极致，按着适情的思路，就衍生出另一个情感的范畴"痴"。邓云霄《冷邸小言》中的"诗语有入痴境"，钟惺、谭元春《唐诗归》谭批语"情痴""不痴不可为情"，贺裳《载酒园诗话》言"情痴语也。情不痴不深"。但是，这个"痴"还是很感性的语言，缺乏具体的理性内涵。

问题到了王夫之的《姜斋诗话》才有所进展："非谓无理有诗，正不得以名理之言相求耳。"这可能是在中国诗话史上第一次正面提出，诗中之理与"名言"之理的矛盾。所谓"名言"之理，戴鸿森在《姜斋诗话笺注》中说，就是"道学先生的伦理公式"。这确是严羽所指的"近代诸公"的"议论为诗"，这并没有太多新意，但是，王夫之进一步正面提出："经生之理，不关诗理。"这个"经生之理"是很深刻的，实际上已经接近了实用理性不同于审美抒情的边缘，很可惜这个天才的感觉没有发挥下去，但是，多少对"理"做了具有基本范畴性质的分析，当然，这仅仅是从反面说，"经生之理"不是诗理，然而，诗家之理究竟是什么样子的呢？王夫之并没有意识到要正面确定其内涵。

把这个问题说得比较透彻的是叶燮，他在《原诗·内篇下》中这样说：

> 然子但知可言可执之理之为理，而抑知名言所绝之理之为至理乎？子但知有是事之为事，而抑知无是事之为凡事之所出乎？可言之理，人人能言之，又安在诗人之言之！可征之事，人人能述之，又安在诗人之述之！必有不可言之理，不可述之事，遇之于默会意象之表，而理与事无不灿然于前者也。

他把理分为"可执之理"，也就是"可言之理"和"名言所绝之理""不可言之理"，认定后者才是诗家之理。虽然，从世俗眼光来看，是"不通"的。他举杜甫的"碧瓦初寒外""星临万户动，月傍九霄多""晨钟云外湿""高城秋自落"为例说："若以俗儒之眼观之：以言乎理，理于何通？以言乎事，事于何有？"的确，按世俗之理，这些诗句全部于"理"不通。"星临万户"本为静止景象，何可见"动"？"月傍"处处，均不加多，何独于九霄为多？晨钟不可见，所闻者为声，远在云外，何能变湿？城高与秋色皆不变，不可能有下降的意志。然而，这种不合世俗之理，恰恰是"妙于事理的"。这种于世俗看来不通的"理"之所以动人，因为是"情至之语"。中国古典诗话在情与理的矛盾上，一直难以突破的问题，在叶燮这里，又一次有了突破的希望。第一，无理的，不通的，之所以妙于事理的，就是因为"情至"，因为感情强烈。如果说这一点还不算特别警策的话，真正的突破，乃是下面："情得然后理真，情理交至。"他和严羽等最大的不同是，在分析情与理的矛盾时，引进了一个新范畴，那就是"真"。这个真，是"理情"，然而，这个"理真"却是由"情得"来决定的，因为"情得"，不通之理转化为"妙"理。从世俗之理看来，不合理，是不真的，只要感情是真的，就是"妙"的。而那些一看就觉得很通的，用很明白的语言表达的，不难理解的，所谓"写理、事、情，可以言言，可以解解"，反倒是"俗儒之作"。如果说，光是讲情"真"为无理转化为"妙"理的条件，还不能算很大的理论突破的话，那么接下来的论述就有点不同凡响了。他说诗歌中往往表达某种"不可名言之理，不可施见之事，不可径达之情"，从不可言到可言，从不可见到可见，从不可径达到撼人心魄，条件是什么呢？他的答案是：

　　幽渺以为理，想象以为事，惝恍以为情，方为理至、事至、情至之语。

　　他在诗学上提出三分法，一是理，二是事，三是情。三者是分离的，唯一可以将之统一起来的，是一个新的范畴"想象"，正是这种"想象"的"事"把"幽渺"的变成有"理""惝恍"的，不可感知的"情"变得生动。情与事的矛盾，情与理的矛盾，是要通过想象的途径来解决的，想象能把事、情、理三者结合起来。为了充分说明这一点，他还举出李白的"蜀道之难，难于上青天"，李益的"似将海水添宫漏"，王之涣的"春风不度玉门关"，李贺的"天若有情天亦老"，王昌龄的"玉颜不及寒鸦色"等句为例。的确，于事理而言，四川的道路不管多么艰难，也不可能比凭空上天更难，这不过是李白的对于艰难环境的一种豪迈的情感表达；宫娥在寂寞中等待，不管多么漫长，不可能像把大海的水都添到计时的"宫漏"中那样，这不过是强调那种永远没有尽头不可忍受的感觉；玉门关外不是绝对没有春天的风，这不过是思乡的诗人对于异乡的感知变异；大自然是无情的，不会像人一样逐年老去的，李贺所表现的是人世沧桑变幻，而大自然却永恒不变；宫女之所以有不及寒鸦的感觉，就是羡慕它身上的日影象征着皇帝的宠幸。这些都是不合理的，不真实的，却是合情的。这样的表现之所以是"妙"的，因为是想象的，情感本来是"幽渺""惝恍"的，不可言表的，但是通过想象能得到强烈的表现。叶燮不像一般诗话作者那样，拘泥于描述性的事理，举些依附于景物，似乎是不真的形象，叫作不合事理。他的魄力表现在举出直接抒情的诗句，其想象境界与现实境界有着比较大的距离。这种距离不是情与事的差异，而是情感与事理在逻辑上的距离。

这就涉及了理的根本内涵，这可是一个世界性的课题。直到二十世纪中叶，英美的新批评，在这方面提出了若干有学术价值的论断。

在二十世纪中叶英美新批评看来，抒情是危险的。艾略特说得很清楚："诗不是放纵感情而是逃避感情，不是表现个性而是逃避个性。"[1] 兰色姆则更是直率地宣称："艺术是一种高度思想性或认知性的活动，说艺术如何有效地表现某种情感，根本就是张冠李戴。"（约翰·克罗·兰色姆《新批评》）这种反抒情的主张显然与浪漫主义者华兹华斯力主的"强烈感情的自然流泻"背道而驰。新批评把价值的焦点定位在智性上，理查兹还提出了诗歌"逻辑的非关联性"，布鲁克斯提出了"非逻辑性"[2]，只要向前迈出一步就不难发现，情感逻辑与抒情逻辑的不同。但，由于他们对抒情的厌恶，始终不能直面情感逻辑和理性逻辑的矛盾。

理性逻辑，遵守逻辑的同一律，以下定义来保持内涵和外延的确定。情感逻辑则不遵守形式逻辑同一律（排中律、矛盾律，是为了保证同一律），以变异、含混、朦胧为上，苏东坡和章质夫同咏杨花，章质夫把杨花写得曲尽其妙，还不及苏东坡的"似花还似非花""细看来，不是杨花，点点是离人泪"。从形式逻辑来说，这是违反同一律和矛盾律的。闺中仕女在思念丈夫的情感

---

1 艾略特这个说法是很极端的。其中包含着两层意思，一是反对浪漫主义的滥情主义，二是诗人的个性其实并不是独异的，而是整个文化传统所塑造的。因而，个性和感情只是作品的形式："我的意思是诗人没有什么个性可以表现，只有一个特殊的工具，那只是工具，不是个性。"
2 布鲁克斯说："邓恩在运用'逻辑'的地方，常常是用来证明其不合逻辑的立场。他运用逻辑的目的是要推翻一种传统的立场，或者'证实'一种基本上不合逻辑的立场。"参见克林斯·布鲁克斯《精致的瓮》，上海人民出版社，2008。

（闺怨）的冲击下，对杨花的感知发生了变异。变异是情感的效果，变异造成的错位幅度越大，感情越是强烈。

抒情还超越充足理由律，以"无端"为务。无端就是无理。玄学派诗人邓恩《无端的泪》（*Tears idle tears*）就是一例。对于诗来说，有理，完全合乎理性逻辑，可就是无情感，很干巴，而无理（无端）才可能有诗的感染力。在这方面，我国古典诗话有相当深厚的积累。贺裳《载酒园诗话》，并《皱水轩词筌》，吴乔《围炉诗话》提出"无理而妙"的重大理论命题，不但早出艾略特的"扭断逻辑的脖子"好几个世纪，而且不像艾略特那样片面，把"无理"和"有理"的关系揭示得很辩证。

当然，古人的道理还有发挥余地。

无理就是违反充足理由律。李清照的《声声慢》："寻寻觅觅，冷冷清清，凄凄惨惨戚戚。"首先，寻寻觅觅，是没来由的，寻什么呢？模模糊糊，目标不明确才好。妙处就在某种失落感，不知道失去了什么。其次，从因果逻辑来说，结果怎样呢？寻到没有呢？也没有下文，可妙处就是不在意结果，不在乎寻到了没有。没有原因，也没有结果，才能表现一种飘飘忽忽，断断续续，若有若无的失落感。

无理，就是可以自相矛盾。布鲁克斯说："如果诗人忠于他的诗，他必须既非是二，亦非是一：悖论是他唯一的解决方式。"（克林斯·布鲁克斯《精致的瓮》）但是，即使是悖论，也不仅仅是修辞的特点，而且是情感的特点。陆游的《示儿》："死去元知万事空，但悲不见九州同。王师北定中原日，家祭无忘告乃翁。"

明知"万事空"看破一切，还要儿子在家祭时向他告捷，在这一点上不空，不能看破。从理性上说，应该是与"万事空"自相矛盾，但全诗的好处就在这个自相矛盾上。

在中国古典诗歌中，这样的直接抒情并非神品。神品大多在蕴含的矛盾之中。如"蝉噪林愈静，鸟鸣山更幽"，把强烈的矛盾（噪和静，鸣和幽）正面展示，却显示出噪中之静，鸣中之幽。新批评把这一切都归诸修辞，其实，修辞不过是用来表达情感的手段。千百年来，众说纷纭的李商隐的《锦瑟》在神秘而晦涩表层之下，掩藏着情感的痴迷。"此情可待成追忆，只是当时已惘然"，是很矛盾的。"此情可待"，说感情可以等待，未来有希望，只是眼下不行，但是又说"成追忆"，等来的只是对过去的追忆。长期以为可待，可等待越久，希望越空，没有未来。虽然如此，起初还有"当时"幸福的回忆，但是，"只是当时已惘然"，就是"当时"也已明知是"惘然"的。矛盾是双重的，眼下、过去和当时都是绝望，明知不可待而待。自相矛盾的层次越是丰富，越是显得情感的痴迷。

无理不仅是形式逻辑的突破，而且是辩证逻辑的突破。辩证逻辑的要义是全面性，至少是正面反面，矛盾的双方的互相联系，互相制约，最忌片面性、极端化、绝对化，而强烈的诗情逻辑恰恰是以片面性和极端化为上。就以新批评派推崇的玄学派诗人邓恩的《宣布成圣》而言，诗中那种生生死死，为爱而生，为爱而死，为爱死而复生，从生的极端到死的极端，在辩证的理性逻辑来看，恰是大忌，但是这种极端，恰恰是情感强烈的效果，是爱的绝对造成这逻辑的极端。这和白居易《长恨歌》中的"在天愿作比翼鸟，在地愿为连理枝。天长地久有时尽，此恨绵绵无绝期"一样，不管空间如何，不管时间如何，爱情都是绝对的不可改变的，超越了生死不算，还要超越时间和空间。有了逻辑的极端才能充分表现感情的绝对。

中国古典诗歌的成熟期，以情景交融为主，较少采用直接抒情方式，故白居易此等诗句比较罕见。倒是在民歌中直接抒情则相当常见。如汉乐府的《上邪》："上邪！我欲与君相知，长命无绝衰。山无陵，江水为竭，冬雷震震，夏雨雪，天地合，乃敢与君绝。"这种爱到世界末日的誓言，在世界爱情诗史上并非绝无仅有，苏格兰诗人彭斯的"to see her is to love her, and love but her for ever"，爱到海枯干，石头熔化：

Till a' the seas gang dry, my Dear,

And the rocks melt wi' the sun:

O I will love thee still, my Dear,

While the sands o' life shall run.

和《上邪》的"山无陵""江水为竭""天地合"异曲同工，都是世界末日也挡不住爱情。这种绝对的爱情，和白居易超越空间时间的爱情在绝对性上是一样的。正是不通之妙，无理而妙的抒情逻辑。

柳宗元《渔翁》
最后两句是否蛇足

柳宗元《渔翁》：

渔翁夜傍西岩宿，晓汲清湘燃楚竹。

烟销日出不见人，欸乃一声山水绿。

回看天际下中流，岩上无心云相逐。

释惠洪《冷斋夜话》中说，苏东坡认为："熟味此诗，有奇趣。然其尾两句，虽不必亦可。"由于苏东坡的权威，一言既出，就引发了近千年的争论。南宋严羽，明胡应麟，清王士禛、沈德潜同意东坡，认为此二句删节为上。而宋刘辰翁，明李东阳、王世贞则认为不删节更好。

其实，这最后两句"回看天际下中流，岩上无心云相逐"是不可少的。很明显，这是从渔翁的角度，写渔舟之轻捷。"天际"，写的是江流之远而快，也显示了舟行之飘逸。"下中流"，"下"字，更点出了江流来处之高，自天而降，舟行轻捷而不险，越发显得渔翁悠然自在。如果这一句还不够明显，下面的就点得很明确了："回看天际下中流"，回头看从天而降的江流，有没有感到惊心动魄呢？没有。"岩上无心云相逐"，感到的只是，高高的山崖上，云的飘飞。这种"相逐"的动态是不是有某种乱云飞渡的感觉呢？没有。虽然"相逐"，可能是运动速度很快，却是"无心"，也就是无目的的，无功利。因而也就是不紧张的。

可以说，这两句中，"无心"是全诗思想的焦点。但是，苏东坡说："其尾两句，虽不必亦可。"李东阳说："若止用前四句，则与晚唐何异？"（《怀麓堂诗话》）刘辰翁也认为，如果删节了，就有点像晚唐的诗了。（《诗薮》）晚唐诗有什么不好？一种解释就是一味追求趣味之"奇"，而忽略了心灵的深度内涵。而苏东坡认为删节了最后两句，就有奇趣，加上这两句，就没有了奇趣。但，这种把晚唐诗仅仅归结为奇趣的说法显然比较偏颇。今人周啸天说：

> 晚唐诗固然有猎奇太过不如初盛者，亦有出奇制胜而发初盛所未发者。岂能一概抹杀？如此诗之奇趣，有助于表现诗情，正是优点，虽"落晚唐"何妨？"诗必盛唐"，不正是明诗衰落的病根之一么？（萧涤非等《唐诗鉴赏辞典》）

这显然是很有见地的，但是，只说出了人家的偏颇，并未说明留下这两句有什么好处。在我看来，最后一联的关键词，就是诗眼，也就是"无心"。这个"无心"，是全诗意境的精神所在，"烟销日出不见人，欸乃一声山水绿"，心情之美，意境之美，就美在"无心"。自然，自由，自在，自如。在"无心"之中有一种悠然、飘然。这个"无心"，典出于陶渊明的《归去来兮辞》："云无心以出岫，鸟倦飞而知还。"这种"无心"的，也就是无目的的、不紧张的心态，最明显地表现在"悠然见南山"中的"悠然"上。"悠然"，就是"无心"，也就是超越"心为形役"的世俗功利目的。而这里的"无心"的云，就是由"无心"的人眼睛中看出来的。如果有心，看出来的云就不是"无心"的了。这种"无心"的云，表现了陶渊明的轻松、自若和飘逸。以后，就成了一种传统的意象。李白，在《送韩准、裴政、孔巢父还山》中说："时时或乘兴，往往云无心。"李商隐《华师》曰："孤鹤不睡云无心，衲衣箬杖来西林。"辛弃疾《贺新郎·题传岩叟悠然阁》写到陶渊明："鸟倦飞还平林去，云肯无心出岫。"这是诗的意脉的点睛之处，如果把它删节了，当然不无趣味，有一种余味不穷的感觉，让我们再来体会一下：

渔翁夜傍西岩宿，晓汲清湘燃楚竹。

烟销日出不见人，欸乃一声山水绿。

感觉的多层次转换运动之后，突然变成一片开阔而宁静的山水。动静之间，"山水绿"作为结果，的确有触发回想的意象交叠，于结束处，留下不结束的持续回味的感觉。这种回味，只是回到声音与光景的转换的趣味，但是，趣味的背后还有什么东西呢？就只能通过"无心"去体悟了。这个"无心"，是意境的灵魂，把意境大大深化了，对于理解这首诗的灵境，是至关紧要的。

反常合道为奇趣

明人谢榛《四溟诗话》提出："诗有四格：曰兴，曰趣，曰意，曰理。太白《赠汪伦》曰：'桃花潭水深千尺，不及汪伦送我情。'此兴也。陆龟蒙《咏白莲》曰：'无情有恨何人见，月晓风清欲堕时。'此趣也。王建《宫词》曰：'自是桃花贪结子，错教人恨五更风。'此意也。李涉《上于襄阳》曰：'下马独来寻故事，逢人惟说岘山碑。'此理也。悟者得之，庸心以求，或失之矣。"此说表面上似为中国古典诗话、词话中难得之系统化。但，兴、趣、意、理四大范畴，并不全面，如缺乏"情"这个重要范畴。且所举例句，与得出之结论，或然性大于必然性，如李白'桃花潭水深千尺，不及汪伦送我情'被定性为"兴也"，很难划入"趣"

和"意"的范畴。兴、趣、意、理四者,互相缺乏统一的划分标准,故有交错,如趣与意,兴与理,皆属交叉概念。这样的随意性,表现出中国某些诗话词话带着直觉思维的局限。

把问题提得比较深邃,具有理论价值的是苏东坡的"反常合道"命题。东坡的这个命题,是从柳宗元的《渔翁》中提出来的,似乎就诗句论诗句,但是,引起千年的争讼,涉及诗的情与趣、趣与理之间的关系,很有理论价值。

"渔翁夜傍西岩宿,晓汲清湘燃楚竹。"为什么要突出渔翁夜间宿在山崖边上?他的生活所需,取之于山水,暗示的是和大自然融为一体。不过,不是一般的一体,而是诗性的一体。故取水,不叫取,而叫汲,不叫汲湘江之水,而叫"汲清湘"。省略一个"水"字,就不是从湘江中分其一勺,而是和湘江整体相连。不说点火为炊,不是燃几根竹,而说"燃楚竹",与"汲清湘"对仗,更加显示其环境的整体和人的统一依存关系。这是一种靠山吃山,靠水吃水的自然生存状态。接下去:

烟销日出不见人,欸乃一声山水绿。

这一句,很有名,可以说是千古"绝唱"。苏东坡评论:"以奇趣为宗,以反常合道为趣。"这话很有道理,但是,并未细说究竟如何"反常",又如何"合道"。本来,"燃楚竹",并不一定是枯竹,竹作为燃料,其特点是,不一定要是枯的,就是新竹,也是可以烧的。如果是枯竹,烧起来,就不会有烟了,新竹,不干，才有烟，当然可能还有自然之雾与烟融为一体。"烟销日出不见人"，人就在烟雾之中，看不见了是正常，"烟销"了，本来，应该看得出人，又加上"日出"，更应该看得出，然而却是"不见人"。把读者带进一种刹那间三个层次的感觉"反常"转换之中。第一层次的"反常"，点燃楚竹之火，烟雾之中是人和自然统一，烟雾散去了，人却不见了。第二层次的"反常"，在面对视觉的空白之际，"欸乃一声山水绿"，传来了听觉的"欸乃"，突然从视觉转变成了听觉。这就带来视听转换的微妙感悟，声音是人造成的，应该是有人了吧，但是只有人造成的声音的效果，却还是"不见人"。第三层次的"反常"是循着声音看去，仍然是"不见人"，只有一片"山水绿"的开阔的空镜头。三个层次的"不见人"，连续三个层次的"反常"，不是太不合逻辑了吗？

然而，所有这一切，却又是"合道"的。"烟销日出不见人"和"欸乃一声山水绿"结合在一起，突出的，首先是渔人的轻捷，悠然而逝，不着痕迹，转瞬之间，就隐没在青山绿水之中。其次，"山水绿"，是留下的一片色彩单纯的美景，同时也暗示是观察者面对空白镜头的遐想。不是没有人，而是人远去了，令人神往。正如"山回路转不见君，雪上空留马行处""孤帆远影碧空尽，唯见长江天际流"一样，空白越大，画外视觉持续的时间越长。三个层次的"反常"，又是三个层次的"合道"。这个"道"不是一般的道理，而是视听交替和画外视角的效果，这种手法，在唐诗中运用得很普遍而且是很熟练的（如钱起《省试湘灵鼓瑟》的"曲终人不见，江上数峰青"）。所以，这个"道"是诗歌感觉在想象交替之"道"。

这里的"反常"，可以理解为知觉的"反常"，超越常规。俄国形式主义把它叫作"陌生化"，英语有翻译成 defamiliarization 的，意思是反熟悉化。从表面上看，和"反常"异曲同工，都是为了给读者感觉以一种冲击。但，"陌生化"是片面的。因为并不是一切"陌生化"的感知和词语都是富有诗意的，只有那些"陌生"而又"熟悉"的，才是诗意的。"二月春风似剪刀"，为什么是艺术的？因为前面还有一句"不知细叶谁裁出"。"裁"字为后面的"剪刀"的"剪"字埋下了伏笔，"裁剪"是汉语中天然"熟悉"的联想，也就是"反常"而"合道"的，"陌生"而"熟悉"的。而二月春风似"菜刀"，则是反艺术的。因为只有"陌生"，只有"反常"，没有"熟悉"，没有"合道"。

仅仅从语言的角度来分析这个问题，是不够的。我国古典诗词强调"情趣"。故不可忽略从情感和趣味的方面来探讨。阮阅《诗话总龟》载苏东坡欣赏陶诗"初看若散缓，熟读有奇趣"。趣味之奇，由于情感之奇。奇在"散缓"，也就是不奇，不显著，情感不强烈，细读慢慢体悟，才觉得奇在不奇之中。苏东坡认为这样"才高意远"。"意远"相对于意"近"。"近"就是一望而知，就是情感比较显露。而"远"则是比较含蓄，比较宁静。常态抒情是情感处于激动状态，情感激动，则与理拉开距离，甚至悖理，故有趣，在吴乔那里，叫作"无理而妙"。而这种反常态的无理，则与理并未拉开显著的距离，然而有趣，故为"奇趣"。"暧暧远人村，依依墟里烟。狗吠深巷中，鸡鸣桑树颠。"表面上像是流水账，平静地对待日常化的生活，这就与常态的抒情大不相同。常态抒情，从内容来说，是对社会的不平、抗争，对自我的情感的强化，对自然的精心美化。因而，情感是强烈的，波澜起伏的。情感的强化、起伏，与趣味的生成成正比，在常态的诗中，语言是要锤炼的，加工的。这就是中外古典诗歌中常见的浪漫风格，英国浪漫主义诗人华兹华斯将之总结为"强烈感情的自然流泻"。而美国的新批评理论家布鲁克斯引用华兹华斯的话说，他总是把平常的现象，写得不平常，这是诗歌之所以成为诗歌的根本原因。但是，这样的总结是片面的。苏东坡称赞的中国古典诗歌风格与之恰恰相反。不是把平常的事与情写得不平常，而是把平常的事与情，写得平平常常。其情感的特点是：第一，不事强化的，不强烈的，不激动的；第二，没有波澜起伏的；第三，平静的心态的持续性，非转折性。这与读诗的心理预期相反，这叫"反常"。然而，这种"反常"有风险，可能使诗失去感染力，变成散文。吴乔《围炉诗话》说："无奇趣何以为诗？反常而不合道，是谓乱谈；不反常而合道，则文章也。"这里的"文章"是指当时的实用文体，包括奏折、公文之类。但是，"合道"，并不是合"理"。黄生《诗麈》说："出人常理之外，此之谓诗趣。……诗趣之灵。"但是，并不是一切超越常理的都有诗意，它和"理"的关系，既不是重合，也不是分裂。谢肇淛《小草斋诗话》说："太奇者病理……牵理者趣失。"用我的话说，情、趣与理三者乃是"错位"的关系。重合了，就没有趣味，完全脱离，也没有趣味。只有"错位"，部分重合，部分拉开距离，才有趣味，"错位"的幅度大了，就有了"奇趣"。"奇"在哪里？吴乔没有回答。应该是"奇"在深刻，深合于"道"。在陶渊明的诗中，是一种心灵的超越境界，不但没有外在的社会压力，而且没有内心欲望的压力，甚至没有传统诗的语言压力，完全处于一种"自然"的，也就是无功利的、不操心的心理状态。这种不事渲染，毫无加工痕迹的原生的、自然的语言，之所以给诗话家以"造语精到"之感，就是因为它是最为真诚的、本真的，杜绝了一切伪饰的原生语言。这样的语言的趣味，释惠洪说是"天趣"，因为它是最自然的语言。事实上，这是陶渊明开拓的常态的非常态，反常态中的"合道"的境界。

理趣与情趣

这里提出的"理趣"范畴，相当独特。一般说，中国传统的诗歌，一直以"缘情"为正宗。大抵以情胜，于情不胜者，乃陷于理。刘熙载《艺概·诗概》曰："陶、谢用理语各有胜境。钟嵘《诗品》称孙绰、许询、桓（桓温）、庾（庾亮）诸公诗，皆平典似《道德论》。此由乏理趣耳，夫岂尚理之过哉！"追求理对于诗来说，有点灵魂冒险的性质。

诗话词话中的"理"常相对于"情"，"理趣"则相对于"情趣"。二者取得平衡，得到赞赏者，凤毛麟角。诸家常举的典范为杜甫的"水流心不竞，云在意俱迟"等，范晞文就不太承认，以为是"景中之情也"，仍属情与景之对举。方回《瀛奎律髓》也说，像"水流心不竞，云在意俱迟""片云天共远，永夜月同孤""江山如有待，花柳自无私"这样的诗，也是"景在情中，情在景中"。施补华《岘佣说诗》也认为"水流心不竞，云在意俱迟"系"情景兼到"。然而早于他们的罗大经《鹤林玉露》并不把这种现象仅仅当作情与景的关系，而是换了一个角度来看：说是"迟日江山丽，春风花草香""水流心不竞，云在意俱迟"等，"只把做景物看亦可，把做道理看，其中亦尽有可玩索处"。这里的"道理"和十七世纪贺裳、吴乔提出的"无理而妙""入痴而妙"，把情感与理性对立起来观察大有不同，它是把"理"与"物"对举，这是中国古典诗话词话的特殊范畴。从方法论上看，这样的对举，亦不同于吴乔、贺裳等强调情理对立，它是强调物与理的统一，景物中就隐含着道理。

很显然，这里的"理"，不是一般理性的"理"，是一种什么"理"呢？

在明王鏊《震泽长语》中有一个解释：这是一种"人与物偕"之理。就是人与环境之间的和谐统一，而不是矛盾对立。从辩证法来说，这是不无道理的。辩证法讲求对立统一，重点在对立，强调一分为二。把矛盾看成是事物的本质，看成是事物发展的动力。对于批判形而上学的机械论，是深刻的，但是由此也带来了局限，那就是片面强调了矛盾，忽略了统一。因而难免弱化了矛盾的统一。

中国人天生懂得辩证法，不用从《老子》里去找，只要仔细琢磨老百姓的口语用词就行了。我们把一切事物通通叫作"东西”，一个东，一个西，二者相反相成，这就是说，一切事物由相互对立的成分构成统一体。看看英语的 thing（事情，东西），有这么深刻的意蕴吗？他们把做生意叫作"business"，给我的感觉是，这个名词是从忙碌（busy）中转化而来的，不过是暗示这玩意实在太忙了。我们就把它叫作"买卖"，也就是买进和卖出的对立统一。汉语的构词法，真还和黑格尔哲学异曲同工。这样的例子很多，如天地、矛盾、春秋、夫妻、衣裳（上衣下裳）、寒暄、老小、乾坤、日月、水火、一来二去、南征北战、七上八下、颠颠倒倒、瞻前顾后、朝三暮四、花开花落、嘘寒问暖，等等，给事物命名的时候，内在的矛盾构成统一成为重要的关注点。这只是一方面。另一方面，在注意到事物矛盾的时候，又不忘记它在性质上是和谐的统一体。如国家、宇宙、人民、青春、生命、平均、和平、田地、丰富、精彩、轻松、野蛮、工作、劳动、写作、耕种、奴役、驱遣、群众、亲近、心心相印、地老天荒、海枯石烂，等等。这个现象早就引起了方以智的注意，写了一本书叫作《东西均》。他在《东西均》中提出"合二而一"。（"交也者，合二而一也""尽天地古今皆二也，两间无不交，则无不二而一也"）把对立之物的主导方面放在统一上，可以说是中国式天人合一的演绎。他逝世以后近一百年才出世的黑格尔则把统一之物的主导方面放在事物的矛盾上。毛泽东就是选择了黑格尔的斗争性学说，而到了二十世纪六十年代，杨献珍试图平衡一下，指出事物不但有毛泽东指出的一分为二的规律，而且有与之相反的合二而一的特点。历史证明，中国人不但强调对立斗争，而且还强调和谐统一，这是中国古典文化传承的精华，对立面是和谐地结合在一起的，对于人和大自然的关系，不但有强调矛盾的阴阳对立，人定胜天学说，而且有天人合一和谐之说（还有和为贵，和而不同），从人与物的关系来说，最高境界就是这里所说的"与物俱化"："片云天共远，永夜月同孤"，从人与人之关系来说，就是孔夫子"吾与点也"的高度默契。王鏊把这归结为"趣"，这种趣，是一种哲理的趣，与一般人情的趣有层次的不同。这种理趣，不但要"与物俱化"天人合一，而且要与人默契。

这样的理趣，可能是世界诗歌理论中极其罕见的。

值得研究的是，这并不是个别诗论家的感悟，而是相当普遍的共识。这种境界，是一种形而上学的境界，其特点如李维桢《郝公琰诗跋》所言"理之融浃也，趣呈其体"。这里的"融浃"就是人与自然，人与人之间无差别的状态，在方回看来，作为诗，"江山如有待，花柳自无私"这种平静超脱、顺应自然的心态，和传统的诗学所谓"言之不足，故嗟叹之。嗟叹之不足，故咏歌之。咏歌之不足，不知手之舞之，足之蹈之"的激动状态相去甚远，与汉魏古诗的"生年不满百，常怀千岁忧"的焦虑亦大相径庭，与唐诗的张扬率性也天差地别，就是与山水诗之温情也大异其趣。至于和英国浪漫主义之诗论"一切好诗都是强烈感情的自然流泻"不啻天壤之别。上述中外抒情离不开情感的夸耀，而这里的特点，则是情感的消融于物，更接近于道家的自然姿态，佛家的寂灭心态。其精神全在融入大自然，融入自我的静谧自如和自洽，再加上语言上又是"无斧凿痕，无妆点迹"，乃构成一种返璞归真的美学境界。进入这样的境界就能享受天理人趣。这个趣，不是通常所谓相对于情感的理性的趣味，是天理，也是人趣，是天人合一、人心默契的趣味。这是一种形而上学的哲学理性，这是一种内在的趣味，与一般理解的形而下的世俗趣味有根本的区别

　　简而言之，这种境界是内心的绝对宁静：把"水流心不竞，云在意俱迟"解释为天人合一，还是浅层次的，更高的层次，则是类似于陶渊明的"无心"（"云无心以出岫"），不怀功利，不但没有外在的物质压力，而且没有内心的功利目的，达到物我两忘的境界，水在流，我心不动，云不动，我心也不动。把自我的心境看得比天地、云水都要宁静。沈德潜《唐诗别裁集》说到这两句："不着理语，自足理趣。"关键是这种理趣，是不能用语言明白说出来的。张谦宜《茧斋诗谈》论断："说是理学不得，说是禅学又不得，于两境外别有天然之趣。"点到了禅宗，可能就是严羽的"羚羊挂角，无迹可求。故其妙处，透彻玲珑，不可凑泊：如空中之音，相中之色，水中之月，镜中之象，言有尽而意无穷"。这个张谦宜，没有什么名声，但是其直觉感悟，相当到位。当然，钱锺书先生说得更为精到："若夫理趣，则理寓物中，物包理内，物秉理成，理因物显。赋物以明理，非取譬于近，乃举例以概也。或则目击道存，惟我有心，物如能印，内外胥融，心物两契；举物即写心，非罕譬而喻，乃妙合而凝也。吾心不竞，故随云水以流迟；而云水流迟，亦得吾心之不竞。此所谓凝合也。鸟语花香即秉天地浩然之气；而天地浩然之气，亦

流露于花香鸟语之中。此所谓例概也。"钱锺书先生说得非常系统。首先，"赋物以明理，非取譬于近"，这是寓理于物，不是以物为喻，而是"举例以概"，"例"是特殊的个别，而"概"是普遍的，故个别概括普遍，这普遍就是"理"了。从这一点来说，中国的这种艺术哲学又与西方是相通的。英国诗人威廉·布莱克《天真预言》(*Auguries of Innocence*) 从一粒沙里看世界，从一朵花看天国，在一时中掌握永恒。

> To see a world in a grain of sand,
>
> And a heaven in a wild flower,
>
> Hold infinity in the palm of your hand,
>
> And eternity in an hour.

也许钱锺书先生就是从英国诗歌这种现象中得到启发，对中国诗歌这种"例概"和比喻的区别做了深邃的阐释：这不是比喻。如果是比喻，则仍然是个别的性质。就没有目击道存，也没有"内外胥融，心物两契；举物即写心，非罕譬而喻，乃妙合而凝"的理了。其次，光有理可能还不是诗，要有诗，还得有个性，钱锺书先生认为，妙在"心物两契；举物即写心……乃妙合而凝也"。就这一点而言，中国式的理趣又和英国诗人的不同，不像他们那样把沙子、花朵和诗人的主体看成分离的，而是：心物妙合而凝为一，物我无间，乃有超越个体，天地与我共生，万物与我为一，从形而下之我，变为形而上之我，乃是物理，也是人哲。

史家论赞和诗家咏史之别

这里提出的诗人咏史和史家评断的问题。宋人费衮《梁溪漫志》提出：诗人"咏史之难"在于"要在作史者不到处别生眼目，正如断案不为胥吏所欺，一两语中须能说出本情，使后人看之，便是一篇史赞"。他说的"难处"，限于史见，只要"别生眼目""见处高远"就可以"大发议论"。赵与时《宾退录》所论与之相似，他推崇邵雍的《题淮阴侯庙》十篇皆"可以为冠"，如："一身作乱宜从戮，三族全夷似少恩。汉道是时初杂霸，萧何王佐殆非尊。""据立大功非不智，复贪王爵似专愚。造成四百年炎汉，才得安宁反受诛。"其实，这是借咏史以说教，全是理性的议论。中国诗话史上的咏史工具论在这里表现得可谓淋漓尽致。明人程敏政《程敏政诗话》把这种政治道德教化的功能归纳得比较清晰："观者讽咏而有得于美刺褒贬之间,感于善,创于恶,其于经学世教岂不小有所益哉!"

明确提出咏史诗与史论不同的是徐光启,他在《徐光启诗话》中说:"诗人作诗,不比史官作史。"不过他的所谓不同,只限于史家编年的严谨和诗家在时间顺序上比较自由的调遣。比徐光启更明确的是谢肇淛,他在《小草斋诗话》中反对以"史断"为诗,甚至对杜甫"以史为诗"都不买账,认为有失"风雅本色",对当时混淆诗情与史论的流风,则斥之为"野狐恶道"。胡震亨《唐音癸签》涉及了"情感自深",但仍然纠缠于史家"不增一字"之类的陈说。把诗与史的不同,正面提出来的是吴乔《围炉诗话》:

> 古人咏史,但叙事而不出己意,则史也,非诗也;出己意,发议论,而斧凿铮铮,又落宋人之病。

他推崇杜牧的《赤壁》:"折戟沉沙铁未销,自将磨洗认前朝。东风不与周郎便,铜雀春深锁二乔。"说是好在"用意隐然",也就是既有己意,又不落抽象议论,思想隐藏在诗意之中。

从思想方法来说,吴乔把诗与史的不同放在矛盾的两个极端上展开,并且指出二者转化的条件。咏史而无自己的意思,只是史,而不是诗,有了自己的意思而大发议论,仍不是诗,而是史。议论是可以发的,但不能像宋人那样直接发出("斧凿铮铮"），而要"用意隐然"。这就不但有抽象度更高的分析，而且所举例证亦甚得当。胡震亨所说的"情感自深"与"史断"的区分得到比较清晰的阐释。王夫之《古诗评选》把二者的区别，在叙述这一点上大大深入了。他承继了咏史抒情之说，但是并不否定诗人叙事，他的独到之处在于："诗有叙事叙语者，较史尤不易。史才固以囊括生色，而从实着笔自易；诗则即事生情，即语绘状，一用史法，则相感不在永言和声之中，诗道废矣。"他所说的诗家咏史之难和费衮"咏史之难"不同。他以为不难在"别生眼目""见处高远"，而在史家的叙事淹没了诗歌。诗家之难在于在叙述中抒情和在对话中描绘（"即事生情，即语绘状"）。他立论的焦点是诗家咏史叙事，从正面说，"即事生情"，使"听闻者之生其哀乐"，否则，诗就完了（"诗道废矣"）。从反面说，不能像史家那样直接论赞："一加论赞，则不复有诗用，何况其体？"他推崇的是李白的《苏武》：

> 苏武在匈奴，十年持汉节。
>
> 白雁上林飞，空传一书札。
>
> 牧羊边地苦，落日归心绝。
>
> 渴饮月窟冰，饥餐天上雪。
>
> 东还沙塞远，北怆河梁别。
>
> 泣把李陵衣，相看泪成血。

几乎都是叙事，而且多为概括性的，但是，情感郁积深沉。

但这并不是中国古典咏史诗之全部，充其量只是咏史中一个流派，或者是一种风格，在形式上是古体诗。此派始于汉班固，晋左思《咏史》继之。何焯《义门读书记·文选》认为："题云咏史，其实乃咏怀也。"这就是说，不仅仅是叙事，而且有直接抒情。如左思《咏史》（其六）：

> 荆轲饮燕市，酒酣气益震。
>
> 哀歌和渐离，谓若傍无人。
>
> 虽无壮士节，与世亦殊伦。
>
> 高眄邈四海，豪右何足陈。
>
> 贵者虽自贵，视之若埃尘。
>
> 贱者虽自贱，重之若千钧。

全诗概括史实，叙事朴素无华，并不排斥直接抒情，诗之后八句全是直接抒情。

与之相对的当是近体诗，清人宋长白《柳亭诗话》指出：咏史一体从杜牧以后，在汪遵、胡曾、孙元晏、元好问等人手中往往"以绝句行之"，也就是不用古诗体裁了，在思想上则"每每翻案见奇"。纳兰性德在《渌水亭杂识》中说："唐人实胜古人"就在于"翻案见奇"，他以为"东风不与周郎便，铜雀春深锁二乔"便属此类。而李商隐的"此日六军同驻马，当时七夕笑牵牛"，他认为好在"有意而不落议"，"若落议论，史评也，非诗矣。宋以后多患此病"。他的分析似乎并没有超越早他四十多年出生的吴乔。

诗中用史和史家写史

    伟大诗人的艺术成就，往往在当代得不到充分认同，相反是谤不离身，杜甫就有深切的感受："文章憎命达，魑魅喜人过。"韩愈在《调张籍》中这样写："李杜文章在，光焰万丈长。不知群儿愚，那用故谤伤。"韩愈的时代离杜甫逝世相去不远，"群儿"的"谤伤"想来亲见其甚嚣尘上。而孟棨比韩愈晚不到一百年，在他的《本事诗·高逸第三》中就把杜甫尊为"诗史"。生前穷困潦倒的杜甫，得到历史的承认竟然这么快，还是比较幸运的。

    但是，这个论断在理论上为后世播下了把诗与史混为一谈争议千年的种子。

    孟棨的原话说得很死："杜逢禄山之难，流离陇蜀，毕陈于诗，推见至隐，殆无遗事，故当时号为'诗史'。"把诗的有限表现力与无限丰富的史料之间的矛盾完全抹杀，说诗在杜甫手中，达到史的极致，话说得太绝了。但是这个说法，受到千年以来诗话家的宠爱。

就是因为太宠爱了，诗话家就分成了两类。

一类以对诗史进行不无呆气的论证。全盘接受孟氏把诗史的"史"定位在政治事件上，宋黄彻《䂬溪诗话》为之论证："观《北征》诗云：'皇帝二载秋，闰八月初吉。'《送李校书》云：'乾元元年春，万姓始安宅。'又《戏友》二诗：'元年建巳月，郎有焦校书。''元年建巳月，官有王司直。'史笔森严，未易及也。"这就无异于把"诗史"定义为编年体历史。这对于诗来说，太离谱了。从方法上，属于孤证，不足为训。这样幼稚的论证，并非个别，此后还有以杜诗中所写李光弼代郭子仪为帅的细节为之说明，当然更加软弱无力。

这就迫使另一类诗话家，不再做这种傻气的举例，而对"诗史"的内涵做出修正。

宋祁《新唐书·杜甫传》说："甫又善陈时事，律切精深，至千言不少衰，世号诗史。"把杜诗的内涵从"编年史"转化为"善陈时事"实际上是偷换概念，但是，漏洞明显缩小，得到比较广泛的认可。但是，经不起推敲。毕竟杜甫直接涉及"时事"的诗作并不是多数，就是涉及，也只是背景而已，和史家正面着笔，直书其事，大不相同。于是不能不再退一步虚化其内涵，宋王得臣《麈史》中说："予以谓世称子美为诗史，盖实录也。"这就是说，并不一定要是政治军事的"时事"，只要是符合史家的

"实录"精神就可以叫作诗史。但"实录"是一个有确定所指的历史专业原则，按事实录并不是诗，更不可能是好诗。于是论者再度把这个概念虚化。宋李复《李复诗话》说："杜诗谓之'诗史'，以斑斑可见当时事，至于诗之叙事，亦若史传矣。"经过虚化，实录的概念被偷换为"叙事"。宋蔡居厚《蔡宽夫诗话》就堂而皇之地宣称："子美诗善叙事，故号诗史。"这么一来，诗和史的矛盾表面上是完全淹没了，但是，这种说法与杜甫的艺术的矛盾更明显地扩大了。杜甫究竟是一个叙事诗人，还是一个抒情诗人呢？如果纯粹讲"叙事"，他的成就可能还赶不上白居易。何况，史的叙事，如一些论者所指出的那样"有年月地里本末之类"甚至"都邑所出，土地所生，物之有无贵贱"，而史料的罗列，恰恰是抒情的大敌。

在这一点上，还是王夫之敢于碰硬，在《古诗评选》中说得痛快淋漓："(《古诗》'上山采蘼芜')杜子美仿之作《石壕吏》，亦将酷肖，而每于刻画处，犹以逼写见真，终觉于史有余，于诗不足。论者乃以'诗史'誉杜，见驼则恨马背之不肿，是则名为可怜悯者。"只有王夫之才敢把杜甫在叙事方面的局限说得语带讥刺，又痛快淋漓。无独有偶，向来论诗有点呆气的杨慎在《升庵诗话》中说："杜诗之含蓄蕴藉者，盖亦多矣，宋人不能学之。至于直陈时事，类于讪讦，乃其下乘末脚，而宋人拾以为己宝，又撰出'诗史'二字以误后人。如诗可兼史，则《尚书》《春秋》可以并省。"不但说得痛快，而且在理论上把诗与史的矛盾、分工，正面揭示出来，甚至敢于指出杜甫诗中的"直陈时事，类于讪讦，乃其下乘末脚"。这样辣文风，诗话家个性发挥到如此旁若无人，实在是诗话中的精品，也许只有在李贽那里才有类似的回响。

诗与史二者分属实用理性和审美情感两个范畴，价值的错位不是用一个"实录""叙事"就区分得了的。在这种困境下，一个诗话家冒出来，干脆来一次空前大胆的偷换概念："老杜之诗，备于众体，是为'诗史'。"（释普闻《诗论》）这就是说，不管它是写军国大事，还是细民小事，不管它是实录，还是叙事，只要体裁众多，就是诗史。把诗与史混为一谈的论者，于穷途末路之中，敢于如此武断，显出诗人式的偏执，从文风来说，尤其显得颟顸可爱。

含蓄婉曲和豪迈直陈

中国古典诗论往往给人一种印象，那就是把委婉含蓄当作唯一的规律，其实，这是只知其一，不知其二。中国古典讲座，也不乏强调豪迈直陈的。二者应该说是相得益彰，但不可回避的是，前者一般占着优势，后者则往往容易受到忽视。但是，这仅仅在理论上如此，在创作实践上，二者其实可以说是旗鼓相当的。

在理论上占据优势，原因可能是一些经典性的诗论影响太大了。司空图《二十四诗品》有"含蓄"之品，对其内涵的概括"不着一字，尽得风流"十分生动。姜夔《白石诗说》曰："语贵含蓄。东坡云：'言有尽而意无穷者，天下之至言也'。"后世对含蓄的论述甚为纷纭，大体归结起来不外两点，一是内容上，尤其是涉及政治讽喻的，那是放在首要地位的。旧题白居易的《金针诗格》认为："诗有内外意：一曰内意，欲尽其理，理谓义理之理，美刺箴诲之类是也。二曰外意，欲尽其象，象谓物象之象。"司马光在《温公续诗话》中说："古人为诗，贵于意在言外，使人思而得之，故言之者无罪，闻之者足以戒也。"从政治功能出发，是一脉相承。直至元朝杨载《诗法家数》一仍其旧，连词语都没有多大变化："诗有内外意，内意欲尽其理，外意欲尽其象，内外意含蓄，方妙。"关键是内外都要"含蓄"。把它用到政治上，含蓄的分寸就很重要了。

施补华《岘佣说诗》把"含蓄"的分寸当成了成败的关键。"诗品人品"就在婉曲和分寸上分出高下。他以为，杜甫的"落日留王母，微风倚少儿"，李白"汉宫谁第一？飞燕在昭阳""只愁歌舞散，化作彩云飞"，都是讽喻明皇、杨妃事，因为含蓄、"婉曲"，恰到好处，就是好诗，而白居易的《长恨歌》、元稹的《连昌宫词》，因为不够婉曲，就被指斥为"讪谤君父"。至于李商隐的"如何四纪为天子，不及卢家有莫愁"这样带着几分直率的话语，在他看来则是"轻薄，坏心术"。事实上，这样的论断已经超出了含蓄婉曲的问题。施氏生活在十九世纪，居然无视《长恨歌》的伟大艺术成就，堪为诗话中王权政治标准第一的极致。当然这种极端，在诗话中，只是个别的案例，并不妨碍诗话历史对于婉曲含蓄的共识。贯彻婉曲这个原则，在阅读中达到的精致的程度，可能是举世无双的。

郎瑛《七修类稿》比较了三首宫怨诗。第一首是，唐崔道融的《班婕妤》："宠极辞同辇，恩深弃后宫。自题秋扇后，不敢怨春风。"第二首是曹邺的《庭草》："庭草根自浅，造化无遗功。低回一寸心，不敢怨春风。"第三首是宋元间陈杰的《春风》："着柳成新绿，吹桃作故红。衰颜与华发，不敢怨春风。"

他认为三诗立意相似，因为婉曲程度不同，而水平相去甚远。第一首"婉转含蓄"，明明有怨，偏偏说不怨（"不敢怨春风"），明明被弃，却说"恩深"，明明不能同辇，却说"宠极"。第二首"婉转亦工"，也是有怨而说"不敢怨"，但是，不够含蓄，说自己本来就根底浅，老天不会忽略，因而不敢怨春风不到。但，这就把话说得差不多了，"似无蕴藉矣"。第三首则是："直致，全无唐人气味。"在我看来，最后一句"不敢怨"，是抄来的，但是，抄得糊涂。人家说不敢怨，题目是"庭草"，是草不敢怨，而此首题目就是"春风"，开头两句也落实在春风上（"着柳成新绿，吹桃作故红"），"不敢怨春风"，就变成了春风不敢怨春风。第三句"衰颜与华发"是人的属性，与春风、柳绿、桃红，皆无相近相似联想渠道，太生硬，就谈不上婉曲，也就谈不上精致了。

婉曲的诗学价值，不但在政治讽喻方面，而且在艺术方面也极其重要。

光有婉曲讽喻的意向，还不是诗，《金针诗格》认为，光有"内意"，"欲尽其理"还不够，还得有外意的"物象之象"如"日月山河虫鱼草木"。"内外意皆有含蓄"才有可能成就好诗。

虽然"物象"的"象"这个范畴，早在《易传·系辞上》就有了："子曰：'书不尽言，言不尽意'，然则是圣人之意其不可见乎？子曰：'圣人立象以尽意。'"但，把"立象以尽意"用到诗歌中来，还是有相当重要的理论意义，以"日月山河虫鱼草木"之象，来尽诗人之意，作为一种艺术方法，在唐代，是和汉魏以前的诗歌不太相同的。借助"日月山河虫鱼草木"，立象以尽意（以抒情），也就是不把情感直接表达出来，而是将其隐藏在意象之中，大概可以说是道破了近体诗的艺术上的主导倾向。唐人所谓"言有尽而意无穷"，所谓"可望而不可置于眉睫之前"，以及宋人所谓"羚羊挂角，无迹可求"，说的都是把不可直接感知的内意渗透、蕴含在外部五官可感意象之中。

讽喻要深，婉曲要曲，在讽喻和婉曲两个方面取得平衡，就受到诗话家们推崇。吴乔《围炉诗话》称赞李商隐的"夜半宴归宫漏永，薛王沉醉寿王醒"（《龙池》）是"刺杨妃事"，但是，只有描述，不着痕迹。相反，杨万里《题武惠妃传》的"寿王不忍金宫冷，独献君王一玉环"，虽然"玉环"一词在字面上，是酒器，但实际上是杨贵妃的名字，这就不够委婉（"意未婉"）。不及李商隐的"其词微而意显"，这就叫作"得风人之体"。以这个"风人之体"的准则来说，得到称赞的还有韩翃《寒食》诗云："春城无处不飞花，寒食东风御柳斜。日暮汉宫传蜡烛，轻烟散入五侯家。"并没有直接说破，"唐之亡国由于宦官握兵，实代宗授之以柄"。诗写在稍后的德宗时代，只用了"五侯"两个字（指汉桓帝同时封五宦者为侯），就点出了宦官受宠。吴乔认为这

312

就是唐诗中的春秋笔法，叫作"风人之旨"，这是一种很高的思想境界，也是一种很高的艺术档次，甚至可以说是理想的层次。

从古典诗歌阅读学来说，婉曲是一个重要范畴，但在古典诗话中，也产生过过分穿凿的问题。如梅尧臣《续金针诗格》把杜甫朝拜皇帝的颂诗"旌旗日暖龙蛇动"，解读为"旌旗，喻号令也；日暖，喻明时也；龙蛇，喻君臣也"，而"宫殿风微燕雀高"，则是"宫殿，喻朝廷也；风，喻政教也；燕雀，喻小人也"。每一个字都有微言大义，则未免太实，尤其是"燕雀，喻小人也"，和把韦应物的"上有黄鹂深树鸣"解为"喻小在上"犯了同样的穿凿的毛病。拘泥于这种穿凿，解读就变成无谓的猜谜，而不是享受诗的审美境界了。

婉曲诗艺具有政治性这是无疑的，但其诗学价值远远超越了政治价值。《诗格》所列举的诗学意象限于自然环境，其实，婉曲意象遍及诗人身心：宫廷、兵革、社会、人生、爱情，都属意象之源。意象对于中国诗歌来说，并不仅仅是一种政治策略，从根本上来说，它是中国诗艺含蓄婉曲的一个重要载体，至二十世纪初，还被美国诗人仿效而为"意象派"。

叶燮《原诗》对中国诗歌的含蓄婉曲，做出了总结："诗之至处，妙在含蓄无垠，思致微渺，其寄托在可言不可言之间，其指归在可解不可解之会，言在此而意在彼，泯端倪而离形象，绝议论而穷思维，引人于冥漠恍惚之境，所以为至也。……"

诗话家们对于含蓄婉曲，很少做纯理论的分析，他们关注的焦点，似乎在理论性与操作性统一上。王夫之《姜斋诗话》提出

"以转折为含蓄"，黄生《诗麈》亦说"诗道喜曲而恶直，直则句率，曲则味永耳"。只是黄生发挥得更具操作性："意本如此，而语反如彼，或从其前后左右曲折以取之。"他举岑参"勤王敢道远，私向梦中归"为例，说明"本怨赴边庭归期难必"，却说勤王大事，不怕道路遥远，只是偷偷做梦回家。又举杜甫"渐喜交游绝，幽居不用名"说："本怨交游绝迹，反以喜言也。"

如此等等对具体作品的分析精彩纷呈。在这方面，司马光对杜甫的《春望》分析尤为精细："'国破山河在，城春草木深。感时花溅泪，恨别鸟惊心'。山河在，明无余物矣；草木深，明无人矣；花鸟，平时可娱之物，见之而泣，闻之而悲，则时可知矣。他皆类此，不可偏举。"（《温公续诗话》）所有这一切，都不是直接抒发感情，而是着重在某种心理效果上。"山河在"，是无余物的效果，"草木深"，是无人的效果，"花溅泪""鸟惊心"，是内心悲之效果。是不是可以这样说，所谓婉曲，所谓含蓄，往往就是这种抒情的间接性。因为间接效果比较强烈，才有足够的能量刺激读者的想象，追随到文字以外的原因上去。效果是单纯的几句话，而原因却是国运人命，比之有限的文字，国运人命则是无限的，故称"言有尽而意无穷"也。

古典诗话在这方面的精彩发明并没有阻碍他们把目光转向婉曲含蓄相反的方面。谢榛《四溟诗话》就举李白的"划却君山好，平铺湘水流。巴陵无限酒，醉杀洞庭秋"为例说，这样的诗，你还说它"含蓄"，"则凿矣"，太教条了。这显然不属于婉曲含蓄的范畴，其情感不是间接微妙的，而是直接夸张的。这应该是古典诗歌的另外一类诗艺。对于这一点，诗话家们并无盲点。明清之际贺贻孙在《诗筏》中提出"直而妙""露而妙"，说："《（古诗）十九首》之妙，多是宛转含蓄。然亦有直而妙、露而妙者：'昔为娼家女，今为荡子妇。荡子行不归，空床难独守'。"

这个问题提得太到位了，提示了对立面，就深刻了。小贺贻孙十来岁的施闰章在《蠖斋诗话》也指出："一口直述，绝无含蓄转折"也能"自然入妙"。他举的例子也很到位："去年今日此门中，人面桃花相映红。人面不知何处去，桃花依旧笑春风。"（唐崔护《题都城南庄》）"清江一曲柳千条，二十年前旧板桥。曾与美人桥上别，恨无消息到今朝。"（刘禹锡《杨柳枝》）

中国古典诗歌中直接抒情的杰作比比皆是，不但诗中有，而且词中也有。

豪放与婉约并不是绝对割裂的，而是互补、共生的。

贺裳《皱水轩词筌》说，甚至连通常以为是"以含蓄为佳的"的小词，"亦有作决绝语而妙者。如韦庄'谁家年少，足风流。妾拟将身嫁与，一生休。纵被无情弃，不能羞'之类是也"。还有柳永的"衣带渐宽终不悔，为伊消得人憔悴"。陈廷焯《白雨斋词话》却有异议，他提出《诗经·小雅·巷伯》"投畀豺虎""投畀有北"，当然是"痛快语也"。但是，对这种直接抒情，他说，如果以为《诗经》的好处就在这里，就大错特错了（"则谬不可言矣"）。

其实，他的感性，已经到达了理论突破的边缘，但是，他的理念把他的感性束缚住了。固然，这两句作为诗，不见得是好诗，但是《诗经》中的痛快语，精彩的直接抒情语，不止于此："一日不见，如三秋兮"，"仲可怀也，人之多言，亦可畏也！"至今还活在人们的口头。"彼君子兮，不素餐兮！""逝将去女，适彼乐土。乐土乐土，爰得吾所。"……不是很痛快，又很精彩吗？甚至"称彼兕觥，万寿无疆！"也是很痛快的祝贺语。在楚辞《离骚》里不是还有"路漫漫其修远兮，吾将上下而求索"吗？基于此等语言的普遍存在，施闰章《蠖斋诗话》提出"有一口直述，绝无含蓄转折，自然入妙"者。这就揭示了中国古典诗歌研究一个很深邃的矛盾，"含蓄""婉曲"和"直露而妙""自然入妙"的矛盾。这就向"诗道喜曲而恶直，直则句率，曲则味永"的权威说法提出了严峻的挑战。但是，这个矛盾，在诗话家中似乎一直没有引起全面的综合的兴趣，直至梁启超才正面冲破了婉曲的片面性，给予了比较系统的阐释。他在《中国韵文里头所表现的情感》中说，诗中除了婉曲的情感，还有"一类的情感，是要忽然奔进一泻无余的，我们可以给这类文学起一个名，叫做'奔迸的表情法'。……例如《诗经》：'蓼蓼者莪，匪莪伊蒿。哀哀父母，生我劬劳！'（《蓼莪》）……这些都是用极简单的语句，把极真的情感尽量表出；真所谓'一声《河满子》，双泪落君前'。你若要多著些话，或是说得委婉些，那么真面目完全丧掉了。"对此等现象，他还做出历史的分析说：这种方法在正式的五七言，也就是在近体绝句和律诗中是很少的，在词中也是很少的。他指出："这一类都是情感突变，一烧烧到'白热度'；便一毫不隐瞒，一毫不修饰，照那情感的原样子，迸裂到字句上。"这显然是和传统诗教的"怨而不怒"相悖的。而和西方谚语中所说"愤怒出诗人"息息相通。在西方文论中，这就是激情（passion）。从表现手段来说，"一泻无余的""奔迸的表情法"这些都是直接抒情，和含蓄、婉曲的寄情于物、情景交融的方法不同，这种方法的特点是情理交融。而这一路功夫，在梁启超这里，未曾形成充分的理论形态。要在理论上获得普遍性，中国诗歌还要等待几十年，直至郭沫若引进英国浪漫主义者华兹华斯在《抒情歌谣集》的序言中提出的"强烈感情的自然流泻"，激情作为诗学范畴才有了稳定的合法地位。当然，这样一来，又注定要走向另一个极端：像西方浪漫主义一样，诗歌成为感情的喷射器、概念化的图解。幸而，很快中国新诗又从西方象征派那里找到了它的对立面，那就是"客观对应物"（objective correlative）。[1] 当然，这是后话，它已经属于中国诗歌艺术另外一个历史时代的逻辑发展了。

2011 年 2 月 19 日

---

1 这个话语最初是华盛顿·阿列斯通 1840 年在关于艺术问题的演讲中提出来的，但是，作为一种文学理论范畴得以广泛传播，则要归功于 T.S.艾略特，他在 *Hamlet and His Problem* 用这一理论来阐释一切文学形象都要借助客观对应物来表达情感。

咏物、寄托、猜谜

中国古典诗歌有大量咏物诗，往往带政治道德影射性质，这不是偶然的，与中国从《诗经》、楚辞开始的美刺讽喻的强大传统有直接关系。屈原《离骚》香草喻美德的象征系统，为中国咏物诗学奠定了思想和艺术基础，拓开了咏物诗数千年的历史。然而，咏物和寄托作为统一体的平衡是相对的，矛盾消长，失去平衡，寄托超越了咏物，理念压倒感性，实属难免。特别是在进入阅读过程，由于读者多元，寄托被无限穿凿，变成捕风捉影的猜谜，造成政治诗案在中国古典诗歌史上绵延不绝。

早期咏物诗案，可以刘禹锡《元和十年自朗州承召至京戏赠看花诸君子》为代表。晚唐孟棨《本事诗·事感第二》中记载，刘氏自屯田员外左迁朗州（今常德）司马，十年始得召回京师。感慨之余，作诗赠友人曰："紫陌红尘拂面来，无人不道看花回。玄都观里桃千树，尽是刘郎去后栽。"没有过几天就因之重遭贬斥至广东连州。其实，刘氏咏桃，可以说是纪实，可以说全是大白话。离京十年，故地桃树成林，人是物非（而不是通常的物是人非），不胜感慨系之而已。但是此仅一解，不同主体联想取向不同，则连类无穷。如，桃树均为后栽，桃花之艳，或可影射新进皆后人。此等联想，其实皆为或然，而非必然，于多种可能中取其合乎己意者，此等主观移情，为构陷者之不二法门。

此类诗案在中国古典诗歌中持续千年，屡见不鲜。李泌咏东门柳，杨国忠谓其讥己，因而得祸；苏轼因乌台诗案被贬黄州；刘克庄咏落梅，谗者笺其诗以示柄臣，由是闲废十载，诸如此类的诗案至清朝，演变为文字狱，更加严酷。有传说因《咏黑牡丹》中有"夺朱非正色，异种也称王"遭清帝鞭尸灭族者。

诗与政治纠葛，世不乏见，西方亦有诗人触犯政治而遭难，如普希金也曾因诗歌遭到宪兵头子的监视、告密。但是，普希金诗是正面直接抒情，甚至有"相信吧，同志！……在俄罗斯专制的废墟上，将写上我们的名字"，如中国古典诗歌咏物诗之捕风捉影者，甚为稀罕也。

政治上的美刺，在中国诗史上有很高的价值，但是，多为借咏物以寓意，直陈其事、直抒其情者绝无仅有。《离骚》实为政治抒情长诗，只取间接之象征方法。就是最勇敢的诗人如李白，于《蜀道难》中亦只能"锦城虽云乐，不如早还家"，欲言辄止，留下千古谜团。这与中国的封建专制历史特别长，正统诗论的"怨而不怒""婉而多讽"的传统有关。但是，政治体制可能还不是最深层的原因。比政治更深层的原因在于文化价值，而文化则植根于语言。中国古典诗歌盛行"咏物"，它不仅仅是题材，而且堪称体裁，与汉语的特殊性有关。

咏物的特点乃是以物为题，表面上咏具体之物，实质上概括普遍之人间情志。从具体特殊到普遍概括，全用暗示，乃循汉语之特殊规律。汉语名词，称其名物者，非特指个别，实泛指其类。而欧美语言则不然，其名词前常有定冠词、不定冠词，以示其特殊所指，而非泛指其类。汉语咏物诗，咏一物则咏一类，而非个体也。如贺知章《咏柳》，是一类之柳。无数量之限定，亦无地点、时间之限定。而欧美诗人咏物，往往咏某一特殊之物。英语、德语、俄语诗歌，以一物为题者，则冠词不可或缺。如雪莱《云雀颂》，非咏其类，而咏其一也。英文原题为 *Ode to a Skylark*，其中"a"不可或缺，特指为云雀之一也。又如《西风颂》亦为特指：*Ode to the West Wind*，在 West Wind 前特加定冠词 the，以示确定，非泛指。

西方古典诗亦不乏寄托，其所托皆公然直接抒发，而不取汉语古典诗歌之情景交融，罕见致力"蓝田日暖，良玉生烟。可望而不可置于眉睫之前"的"景"，也很少把"含不尽之意，见于言外"当作最高的追求的。中国古典诗歌之所以将情感渗透于景物描绘中，盖因语词泛指，联想空间多元，易于将自我寄托隐藏于景观之中；而欧美诗歌，语词特指，名物联想空间较小，故其自我往往取超越名物，直接抒发。如《西风颂》并不拘于正面描绘其形态属性，并不隐藏自我，而从西风属性之一端生发，直取西风与自我之同，自我逐步出场，把自我变成西风的竖琴（Make me thy lyre），从西风驱动的云片，推向西风吹落的秋林的叶片，联系到自我狂乱的思绪传遍宇宙，有了这样的过渡，就进而直截了当宣言，通过自我的嘴唇唤醒沉睡的地球（Be through my lips to unawakened earth）。最后则是诗人把西风当成自我的号角，宣示预言（The trumpet of a prophecy! O, Wind）："假如冬天来了，春天还会远吗？"（If Winter comes, can Spring be far behind?）这里动人的是明明白白的、自豪的宣告，完全不用通过物或者景来隐藏、暗示。

寄托在中国古典诗歌中的地位如此之高，甚比杜甫追求的"佳句"（"为人性僻耽佳句"）还要更高。吴乔《围炉诗话》中批评唯求佳句而忽略寄托的倾向："作诗者意有寄托则少，惟求好句则多。谢无逸作蝴蝶三百首，那得有尔许寄托乎？好句亦多，只是蝴蝶上死句耳。林和靖梅花之'疏影横斜水清浅，暗香浮动月黄昏'与高季迪之'雪满山中高士卧，月明林下美人来'，皆是无寄托之好句。"

在中国诗歌理论史上，吴乔的许多思想和艺术感受都不同凡响，对于寄托，却未能免俗，远远落后于朱庭珍。关键在于，所谓寄托，应该是自我的寄托。朱庭珍在《筱园诗话》中提出"诗中有我"，说得相当透彻，相当勇敢："夫所谓诗中有我者，不依傍前人门户，不摹仿前人形似，抒写性情，绝无成见，称心而言，自鸣其天。勿论大篇短章，皆乘兴而作，意尽则止。我有我之精神结构，我有我之意境寄托，我有我之气体面目，我有我之材力准绳，决不拾人牙慧，落寻常窠臼蹊径之中。……今人误会诗中有我之意，乃欲以诗占身分，于是或诡激以鸣清高，或大言以夸识力，或旷论以矜风骨，或愤语以泄不平。不唯数见不鲜。呶呶可厌，而任意肆志，亦乖温厚含蓄之旨，品斯下矣。"他的思想实在有点个性解放的色彩，特别是"我有我之精神结构，我有我之意境寄托，我有我之气体面目，我有我之材力准绳，决不拾人牙慧，落寻常窠臼蹊径之中"，充满晚清思想大变动之风貌。正是因为这样，对于把自我隐藏在事物之中的咏物风气，他的批判实在痛快淋漓："至一花一木，一禽一鸟之微，咏物诗中，亦必夹写自家身分境遇，以为寄托。"他的批判还深入艺术方面，不是主客不谐就是手法陷于"双关"之套路："巧者不过双关绾合，喧客夺主，嫌其卖弄，终不融洽耳。"他的批判对于末流的咏物可以说是粉碎性的："牵连含混，宾主不分，咏物却带咏人，说人又兼说物。抑或以物当人，以人当物，分寸意境，夹杂莫辨，作一篇似可解而实不可解之语，尤为可笑。"

在诗话中，这样深邃的思想，这样尖锐泼辣的文风堪称凤毛麟角。但是，在中国古典诗歌史上，托物言志的理论和趣味长期是主流。只有理解了这一点，才会理解为什么会有谢无逸这样的人，以蝴蝶为题作诗三百首，无非是为了寄托。如果让一个西方诗人来看中国的咏物诗及其理论，肯定是大惑不解的。诗完全可以为自己的思想而自豪，为什么一定要藏起来，才叫有寄托，才是高层次呢？在同一个对象上重复三百次，去"体物之精"，这简直是发了疯。哪里可能像黄生《杜诗说》所说："无所不到""无所不尽"。西方古典浪漫主义诗视物理、物性为自我想象之束缚，以激情冲击感知，以想象的自由变异为务。张扬自我，以超越物理、物性，冲破物象属性为起点。

显然，从咏物诗即可看出汉语诗歌与欧美之诗歌实属不同流派。欧美古典诗歌（象征派以前）直接抒情，想象自由，思想容量大，叙事功能强，故有史诗，然不可否论，有感性不足，难免流于概念之局限。汉语诗歌优长在感性充沛，意境蕴藉，言有尽而意无穷，叙事功能弱，然思想容量小，故史诗独缺。像《木兰诗》《孔雀东南飞》那样的叙事诗凤毛麟角，《长恨歌》名为叙事，其实化为抒情。东西诗歌各自独立发展，直至二十世纪，苦于感情直接喷射之美国诗人乃向中国古典诗求出路，遂有意象派。后数年，中国五四文学革命发生，新诗乃师西方浪漫派之强烈感情之自然流泻。双水分流千年，一旦风云际会，遂生陌路相逢之遇合，演变出一代新诗的大悲大喜。

咏物诗"不即不离"说的局限

　　古典诗话词话论及咏物诗词，对于"不即不离"说，几乎没有争议，众口一词。这种一致性是很罕见的，从学术上说，没有争议恰恰可能隐藏着危机。

　　《瞿佑诗话》提出："拘于题，则固执不通，有粘皮带骨之陋；远于题，则空疏不切。"胡应麟《诗薮》则主张"不切而切，切而不觉其切"，这自是经验之谈。王士禛《带经堂诗话》则从禅宗取得思想资源："不即不离，乃为上乘。"这背后很显然有朴素的辩证法在起作用。形象在切与不切，即与离的矛盾中，保持平衡。但，也有从画论中取"形神"者。邹只谟在《远志斋词衷》中提出"取形不如取神"，则不得要领。显然是在理论上片面地强调了诗与画的共同性。形神之说充其量限于视觉，而视觉于诗，只是其一隅而已。形神论之局限，乃在遮蔽诗与画想象之差异。林昌彝《射鹰楼诗话》主张"咏物诗妙在离貌取神"，举萨檀河诗《春燕》："草长莺啼客路遥，故乡何处独飘萧。江村细雨吟三楚，门巷斜阳话六朝。桑榆人家迎社鼓，杏花时节卖饧箫。天涯牢落谁知己？形影相依总寂寥。"断言"此诗不即不离，可称超脱矣。"其实，从严格意义上说，此诗仍过分拘泥于物，所有关于春燕的想象均不离俗套，语言几乎全是典故的堆砌组装：草长莺啼，门巷斜阳，社鼓，杏花，实在很难算得上"超脱"。还是刘熙载《艺概·词曲概》说得到位："东坡《水龙吟》起云：'似花还似非花。'此句可作全词评语，盖不离不即也。"用"似花还似非花"来解释"不即不离"，是很聪明的，但也不无勉强。因为，不即不离，强调的是不能太贴近，也不太脱离，而"似花还似非花"则强调既要似花，又要突出非花。似花是"即"，非花却超出了"离"，"离"是远近的问题，而"非花"则是真实和假定的问题。我国古典诗话往往流露出某种拘于真实的倾向，在突出不即之时，又以不离来牵制，就是一例。其实，诗词之失往往不在不即，而在不离。离得不够，也就是想象放不开。其实，所谓"离"就是想象的自由，就是假定的出格，不离，就是想象的拘泥，就是像前述萨檀河诗《春燕》那样满足于前人话语的组装。

只要具体分析一下苏东坡的作品，就不难看出"不即不离"说的局限。

苏东坡和他的朋友章质夫都以杨花为题材写了《水龙吟》进行唱和。章质夫的如下：

> 燕忙莺懒芳残，正堤上、柳花飘坠。轻飞乱舞，点画青林，全无才思。闲趁游丝，静临深院，日长门闭。傍珠帘散漫，垂垂欲下，依前被、风扶起。　兰帐玉人睡觉，怪春衣、雪沾琼缀。绣床旋满，香球无数，才圆却碎。时见蜂儿，仰粘轻粉，鱼吞池水。望章台路杳，金鞍游荡，有盈盈泪。

以不即不离论观之，则全诗紧扣杨花的特征（"轻飞乱舞""垂垂欲下""依前被、风扶起""香球无数，才圆却碎"）又离开了杨花的特性，使其运动形态带上"玉人"的慵懒的情感特征，最后甚至直接写到玉人"有盈盈泪"，这个"盈盈泪"是人的情感表现，又是杨花飘飘忽忽的运动特征。完全是不即不离说的体现。应该说，在艺术上达到相当高水准。

苏东坡的和作如下：

> 似花还似非花，也无人惜从教坠。抛家傍路，思量却是，无情有思。萦损柔肠，困酣娇眼，欲开还闭。梦随风万里，寻郎去处，又还被、莺呼起。　不恨此花飞尽，恨西园、落红难缀。晓来雨过，遗踪何在？一池萍碎。春色三分，二分尘土，一分流水。细看来，不是杨花，点点是离人泪。

两首词都表现贵族妇女思念远离家乡的丈夫的伤感情绪，感叹青春像杨花一样地消逝。章质夫对杨花形态的描摹可谓不即不离，其中还有些前人所未曾达到的精致。但是，在他笔下，杨花始终是杨花，他不敢离开杨花的运动形态，只是在杨花和玉人统一的形质范围内施展他华彩的语言功夫。而在苏东坡笔下，杨花带上了更强烈的想象的、假定的色彩，离开了现实中杨花本来的样子。苏东坡一开始就是："似花还似非花"。是杨花，又不是杨花。到最后，则干脆宣称："细看来，不是杨花，点点是离人泪。"诗里的杨花"离"了自然界的杨花，才能变成了人的眼泪，客观的对象在性质上发生了变化，成了主观的感情的表征，也就是说，变异成了另一种物（眼泪），这种变异只有把杨花变成不是杨花才是精彩的。苏东坡作为一个大诗人，大就是大在想象大大超过了章质夫。他这种勇敢地离开了、突破了事物原始形态的想象，正是构成诗人才华的一个重要因素。从这个意义上来说，不即不离说，既不如叶燮《原诗》所说的"幽渺以为理，想象以为事，惝恍以为情"，又不如贺裳、吴乔的"诗酒文饭"，诗歌形象"形质俱变"的规律。

上述想象论、变质论，不但在理论上要深邃得多，而且在操作上也有效得多。

但是"不即不离"之说，作为咏物诗的一种总结仍然富于中国古典诗歌的特点。

虽然咏物作为诗的一体，是中国古典诗歌特有的，但是，在世界诗歌史上，以物象为对象是普遍存在的。如普希金的《致大海》、雪莱的《云雀颂》、华兹华斯的《水仙咏》、济慈的《希腊古瓮颂》，等等。但是，作为艺术方法，西方诗人与其说不即不离，不如说小即大离。如，济慈在《希腊古瓮颂》中，并没有在形态上加以描绘瓶上的绘画，而是作为抒情主体，向古瓮上的那些少男少女发出疑问。在普希金的《致大海》和雪莱的《云雀颂》中，都是诗人主体向客体诉说，直接抒发。西方以物为对象的诗歌的共同特点是诗人公然站在最前列。华兹华斯的《水仙咏》在英国广播公司以"我最喜爱的古典诗歌"为题的民意测验中，名列第五。其主题并不是水仙的形和神之美，不是把感情藏在水仙的形态之中，而是诉说自己像一片孤独的云在漫游时，为水仙的美所震撼，因而改为了自己的精神状态，我们来看最后一节：

For oft, when on my couch I lie

从此，每当我倚塌而卧

In vacant or in pensive mood

或情怀抑郁，心境茫然

They flash upon that inward eye

水仙就在我心怀闪烁

Which is the bliss of solitude

那是我孤寂时的祝福

And then my heart with pleasure fills

我的心头就洋溢着欢欣

水仙的灿烂之美，最后在它的功能上，使作者怅惘若失的孤独变成了享受天赐的福，内心洋溢着欢乐，心和水仙一齐舞蹈起来。如果按不即不离说，这就离得太远了。但是，西方的诗歌就是按着这样的想象模式发展起来的。相比起来，比中国古典诗歌要开放得多。古典的不即不离，从理论到实践，被五四新文学所扬弃不是偶然的。

解诗之忌：强制、过度、穿凿

解读文本是困难的，解读诗歌则特别困难，中国古典散文，尤其是历史散文，也产生过解读的困难，主要是其表面上是客观的、不带倾向的叙述，其实是有倾向的，只是没有直接说出来，"寓褒贬"于历史的陈述之中，这是孔夫子删订《春秋》以后就确立的原则，褒与贬，美与刺，往往就在一词一字的选择，一句话的次序安排之中，"微言"中隐含着"大义"，这就叫作"春秋笔法"，故孔夫子订《春秋》而"乱臣贼子惧"。对于后世阅读来说，揭示历史散文中"美刺"的密码，是一项艰巨任务，产生歧义是常见的。把这种方法用到解读《红楼梦》中去也同样是众说纷纭。所谓"经学家看见《易》，道学家看见淫，才子看见缠绵，革命家看见排满，流言家看见宫闱秘事"等不一而足。可是不管阅读多么艰巨，一代又一代的学者乐此不疲，并未产生放弃的理论，而解读诗歌却产生了"不可解""不必解"论。当然，解读诗歌就纷纭和混乱程度而言，要严重得多，明显离谱的"穿凿"屡见不鲜，层出不穷，穿凿的注释，有时还成为官方考试的标准答案。

《蒹葭》明明是一首杰出的爱情诗，而千年来权威学者们的解读，却大抵从王权意识形态出发，将其主题做政治性的歪曲。《毛诗序》云："蒹葭，刺襄公也。未能用周礼，将无以固其国焉。"把"所谓伊人"变成了周王朝礼制的喻体，这显然荒谬，因为"伊人"明明是人称代词，周礼则非人称。说法如此不通，却并不妨碍其成为经典性的解读。苏辙在《诗集传》中把这首诗的主题虚化为求贤："有贤者于是不远也，在水之一方耳，胡不求与为治哉。"姚际恒《诗经通论》则论断："此自是贤人隐居水滨，而人慕而思见之诗。'在水之湄'，此一句已了，重加'溯洄''溯游'两番摹拟，所以写其深企愿见之状。"说法虽然不同，但是价值准则是一致的。

所有这些离谱都以政治和道德的实用理性遮蔽抒情为特点。

这是因为人类面临的生存压力，造成了实用理性价值占着自发的优势，而情感是非理性的，审美是不实用的，故自发地处于劣势地位。再加上教育和主流意识形态、社会文化的熏陶，自发的倾向就变成了自觉的理论，只有特殊艺术修养，具有自觉审美超越预期者，才能把情感价值放在实用理性之上。正是因为这样，对经典的离谱解读，其绵延的时间才长达数千年而不绝。这并不仅仅是学者愚蠢，更是因为艺术理解的难度，欣赏和创作同样需要以非功利的情感超越实用功利，而这应该有自觉的理论，但是，自觉的理论则往往并非如此。

正是因为这样，反艺术的"穿凿"才层出不穷。

这种现象，用当代西方文论来衡量，就很有趣，一方面，从接受美学，或者读者中心论来说，一千个读者就有一千个哈姆雷特，什么样的解读都有存在的权利；另一方面，从另外一种西方文论来看，这是对文本的"过度阐释"。其原因恰恰又是放任读者中心论。放任的结果必然是脱离了文本。而要克服这种偏颇，就不得不把读者中心论加以某种程度的颠覆。

值得思考的问题还在于，这样的理论和实践的困惑为什么盛行于诗歌中，而在散文，特别是直接陈述历史的散文中却极为罕见呢？

这是由诗歌文体特征决定的。

诗歌与历史散文的不同，亚里士多德早在《诗学》中就有指出："诗比历史更富哲理也更为深刻，因为它所呈显的是普遍的事物，而历史所呈显的则是个别的事物。"这一点用来说明中国古典诗歌也十分合适。诗中的意象，往往不像散文那样有具体的时间、地点、条件的严格限定，它往往带着很强的概括性，并不像散文那样具体指称某一特殊事物，而是某一类事物。例如《蒹葭》，并没有地点、时间、人物的特指性。正是因为这样，意象、意境的好处就是其不确定性，意在言外，境在象间，可望而不可即，迫使读者以想象来参与。司空图在《与极浦书》中这样说："戴容州云：诗家之景，如蓝田日暖，良玉生烟。可望而不可置于眉睫之前也。"意象群落之中有意，意象群落之外有境，读者想象必须活跃到一定程度，才能在意象的断裂和空白中看出联系，进入言有尽而意无穷的境界。"意无穷"就是意不单一，就是想象的空间弹性，在这个空间里，主观意向起着决定作用。在那王权天授的时代，想象别无选择，首先往政治上去预期最高价值。其次往主流意识形态的道德方面去发挥，所谓"美教化，厚风俗，示劝戒，然后足以为诗"（蒋冕《琼台诗话》）。这就造成了阅读主体预期价值观念的单一化、固定化，甚至僵化到不惜对文本硬性同化和歪曲。中国古典诗话中"穿凿"的顽症就是这样产生的。

顽症之顽，就在不是按照文本提供的信息调节、变更主体的预期，而是相反，以主体预期迫使文本的信息就范。首先，读者不对文本做全面认同，而是片面抽取与预期相同信息；其次，对与预期观念不符的信息，弃之不顾；再次，对所取片面信息按预期做质的同化。黄庭坚在《诗话》中，指责糟蹋杜甫诗的"穿凿者"说："弃其大旨，取其发兴，于所遇林泉、人物、草木鱼虫，以为物物皆有所托，如世间商度隐语者。"这就把读诗变成了猜谜。对于梅圣俞的《续金针诗格》，张无尽的《律诗格》，洪觉范（释惠洪）的《天厨禁脔》的这种倾向，贺贻孙《诗筏》一概斥之为"穿凿扭捏""痴人说梦""不独可笑，抑复可恨"。

痴人说梦的极端，发展到一定程度，就产生另外一种以谢榛为代表的极端："诗有可解、不可解、不必解，若水月镜花，勿泥其迹可也。"这个说法影响很大，得到后世许多诗话家的响应。这种说法显然在实践上，表现出知难而退，在理论上则是对难度缺乏分析。但是，这并不能阻止献身艺术的论者对于诗歌深层奥秘的执着追求。朱鹤龄《杜诗辑注》之序就对"可解"与"不可解"进行了分析："可解者"如"指事陈情"，就应该解，不好好解，就可能"前后贸时，浅深乖分，欣忭之语，反作诮讥，忠悫之词，几邻怼怨"，也就是说，违反了文本的精义。他所谓"不可解"，不用解的部分是"托物设象，兴会适然"，但是，"托物设象，兴会适然"是诗家常用手法，放弃解读，就等于只解读文本一望而知的表层，放弃深度探索。

穿凿之所以会产生，就是因为直接分析文本有难度。

经典文本是天衣无缝的，水乳交融的，分析无从下手就无从深入。回避难度，最方便的出路就是向文本以外下功夫。第一，就是把作者生平的考证当作一切，费锡璜在《汉诗总说》中说"执词指事，多流穿凿。又好举一诗，以为此为君臣而作，此为朋友而作，此被逸而作，此去位而作，亦多拟度"，他认为这种"拟度"的最大毛病就是"失本诗面目"，也就是扼杀了诗意。与吴乔差不多同时代的吴雷发在《说诗菅蒯》中，说得更为彻底："论古人诗，往往考其为何年而作，居何地而作，遂搜索其年、其地之事，穿凿附会，谓某句指某人，某句指某事。是束缚古人，苟非为其人、其事而作，便不得成一句矣。且在是年只许说是年语，居此地只许说此地话；亦幸而为古人，世远事湮，但能以意度之耳。"

这种拘泥于作者生平的倾向在西方同样存在，大致相当于作家中心论的流派，在浪漫主义时代，以作者生平考证代替文学研究曾经风靡一时。与之相反的就是当代西方文论宣称"作者死了"的读者中心论。从德里达以来这种主张成为西方文论的主潮。这种倾向在我国古典诗话词话中，虽然也有过某种表现，但是，并未形成自觉的理论体系。在古典诗话词话中占据主流的，是反穿凿。最著名的笺注，特别是享有权威的集注，大体是以文本为对象的。可能相当于西方文论中的"文本中心论"。为什么仅仅说是"可能相当"？因为，我国那些注本，往往把文本话语的来源放在最重要的地位上。权威的注家，多引古籍，以"无一字无来历"著称。这种注释把解读纯粹当作学问，一味以其用字于古籍有据为务，其结果是注释越多，去诗歌审美甚远。以王琦注李白《宿五松山下荀媪家》中"跪进雕胡饭"之"雕胡"为例：

宋玉《讽赋》："为臣炊雕胡之饭，烹露葵之羹。"《本草》：陶弘景曰："菰米，一名雕胡，可作饼食。"苏颂曰："菰生水中，叶如蒲苇，其苗有茎梗者谓之菰蒋草，至秋结实，乃雕胡米也。古人以为美馔，今饥岁，人犹采以当粮。"葛洪《西京杂记》云："菰之有米者，长安人谓为雕胡。菰之有首者，谓之绿节。"李时珍曰："雕胡，九月抽茎，开花如苇芀，结实长寸许，霜后采之，大如茅针，皮黑褐色，其米甚白而滑腻，作饭香脆。"杜甫诗"波漂菰米沉云黑"，即此。《周礼》供御，乃六谷、九谷之数。《管子》书谓之"雁膳"。

这样的解读，完全是知识性的，把与诗中语言有关的知识，当成解读的一切，就彻底淹没了诗的韵味。从理论上来看，把诗当作知识，属于理性价值唯一论的表现。对这种"执典实训诂而失意象"的倾向，陈仅在《竹林答问》为之定性曰："谓之泥。"

　　所有这一切的解诗的偏向，在理论上都犯了根本性错误，就是把诗不当成诗，把诗以外的理性的成分当成一切，而对于诗以内的奥秘，缺乏真正深入的探究。要解决这样的问题，当以回到文本，文本中心为唯一的出路。

　　徐增《而庵诗话》反对"可解不可解"的说法，认为"此二语误人不浅"，不必求甚解，于诗究为门外汉而已。他主张："古诗无一字无着落，须细心探讨，方不堕入云雾中。""看诗者，须细细循作者思路，方有所得，若泛然论去……"瞄准文本的每一个字，"细细循作者思路"，以深入诗歌内部结构为务。今人蒋寅认为他这种观念是受了金圣叹的影响："古典诗学发展到明清之际，在八股文章法结构理论的影响下，开始注重对诗歌作品内部结构的探讨。其中，金圣叹提出的七律分解说是一个很有代表性的学说。"对金圣叹的七律起承转合说，徐增加以发挥。如对王维的《山居秋暝》，他这样说："要看题中'暝'字。右丞山居，时方薄暮。值新雨之后，天气清凉，方觉是秋。又明月之光，淡淡照于松间；清泉之音，泠泠流于石上。人皆知此一联之佳，而不知此承起二句来。盖雨后则有泉，秋来则有月，松、石是在空山上见。此四句为一解。'竹喧归浣女，莲动下渔舟'，人都作景会，大谬，其意注合二句上。屋后有竹，近水有莲；有女可织，有僮可渔。山居秋暝，有如是之乐，便觉长安卿相，不能及此。"

从总体上看，他所看到的是诗歌各句之间的承上启下的关系。例如，"空山新雨后"从题目"山居秋暝"的"暝"来，因为是薄暮，新雨，天气清凉，才感到是秋。而"明月松间照，清泉石上流"是承接开头的"空山新雨后"而来。因为雨后，才有泉。因为是秋天，才有月。这样的梳理不乏某些精细的因果逻辑。但是，也有牵强的、过度阐释的地方。如，因为是雨后，才有泉，又如，因为是秋，才有月，这种因果关系，就难以成立。至于对后四句的解读，因果关系就更玄了，竹喧浣女，莲动渔舟的好处是"有女可织""有僮可渔"，则明显离开了现场的感受，原作中并无浣女为织女，渔舟必有鱼僮的暗示，更无"长安卿相，不能及此"的对比。如此等等，皆是"穿凿"。此等解读，就其最佳处而言，是用散文语言把诗歌省略的成分补充出来，基本上是技巧性的，究其局限而言，乃是对于王维此诗的真正艺术优长的遮蔽。

其实，王维此诗的好处，不在语言起承转合，而在物境与心境的丰富、和谐和统一。要说其诗眼，可能并不在"暝"字上，因为"暝"字引起的联想是昏暗，而且第二句又点明是"晚来"，但是，如果全诗就意境全集中在"暝"上，就太单调了。王维的拿手好戏就是从单纯语境中显出丰富。这种丰富至少可以从三个方面来看。第一，表面上"暝"、"晚"、昏暗，实质上却是明净。"新雨"之后的秋色，使人有一种清新的联想，再加上"明月松间照，清泉石上流"，明净的景观，透露出明净的心境。空山因明月之照，清泉因流于石上（而不是溪底）而更加明净，景之明净和内心的清净相应。第二，"空山新雨"表面上强调的是山之"空"，实际上突出其并不是"空"，而是"空"的反面。有浣女惊响竹林，有渔舟推动莲叶。这种不空，不仅仅是外部的，而且是内心的空灵，听到竹喧，知是有浣女归来，看到莲叶浮动，知道是渔舟下水。空山明月是宁静的，渔舟浣女喧闹的，二者相反，但是，诗人的心境是不变的，自足的，自洽的，不为其宁静，也不因其声响而变化。第三，这种境界，在最后一联以"随意春芳歇"来做注解。题目明明是"秋暝"，却变成了"春芳"。哪怕就是"春光"消逝也不在意，不像有些诗人那样惜春，不为之激动、感叹。这就是王维特有的"随意"，它和陶渊明"云无心以出岫"、柳宗元"岩上无心云相逐"的"无心"是同一境界。

戴望舒在《论诗零札》中说："新诗最重要的是诗情上的nuance，而不是字句上的nuance。"nuance 在英语和法语中，是精微玄妙、细微差别的意思，说的是新诗，用来说明古典诗歌，特别是王维的诗也完全适用。王维的拿手好戏就是在极其单纯的情景中显示极其微妙精致的 nuance。他的《鸟鸣涧》也是这样："人闲桂花落，夜静春山空。月出惊山鸟，时鸣春涧中。"全诗写春山之空，夜之静。在一般诗人那里，静就是静了，而王维的诗里，静分化了：一方面是无声，相对于有声；一方面是静止，相对于动。王维就从这两个方面写静。一是以月出之动，惊醒静眠之山鸟，二是鸟鸣之声反衬春山之宁静。如此这般，一方面系春山之空，另一方面则系人心境之"闲"。离开了高度统一而丰富的境界，要进入这样的诗的境界，仅依八股文的起承转合，单纯梳理文字技巧上的"钩锁"（连贯），既忽略了审美情感与理性的矛盾，又无视于诗歌与散文的矛盾，只能是缘木求鱼。

也许这样的批评是对古人的苛求，但是即使从当时的条件出发，至少不应该忽略贺裳、吴乔等的"无理而妙""入痴而妙""诗酒文饭"，还有沈雄所说"无理而入妙"的原因乃是"深于情者"等的学术资源，可惜的是，当年各自孤立探索，珍贵的学术资源未能得到普遍重视和运用，因而未能将解读从纯形式的迷雾中解放出来。

历史的发展说明，解读文本有三种可能的选择，也有三种不可避免的难度。首先，读者中心论容易陷入混乱，最为新潮，一时尚未入侵古典诗歌领域；其次，作家中心论难以避免穿凿。其弊千年不绝，原因在于其易为学术外衣。在理论上，忽略了作者主体很难避免的"意图谬误"。再次，文本中心论本来是题中之义，却长期遭到轻视，原因盖在于其难。其难之一，在于阅读心理预期的实用理性的自发优势；其二，在于诗歌文本的奥秘，其感知世界的 nuance，其精微玄妙和细微差别，均处于潜在深层。对此二者缺乏理论自觉，于是造成在黑暗中摸索千年，执迷于僵硬的表层感觉而不知返。

诗无达诂和"共同视域"

董仲舒《春秋繁露》曰:"《诗》无达诂,《易》无达占,《春秋》无达辞。"首先提出了诗歌解读的多元问题。但是,这仅是个现象,并未从理论上做出阐释。

沈德潜在《唐诗别裁集·凡例》中解释说:"古人之言,包含无尽,后人读之,随其性情浅深高下,各有会心。"经典是无限丰富的,后世读者"性情浅深高下"不同,才"各有会心"。从根本上说,性情不同的读者只是从文本中获取了与自己相同的东西。这就是说,文本是无限的,读者是有限的。从阅读学来说,还是以文本为出发点,与当代西方文论所主张的读者中心说,在根本上是有差异的。

"《诗》无达诂"的前提是:第一,"古

人之言，包含无尽"，经典作品的内涵太丰富了，后人不能穷尽；第二，后世读者"各有会心"，是因为其"性情"有"深浅"和"高下"，只能如沈德潜评论"评点笺释"所说的那样"皆后人方隅之见"，最多只是文本的一个侧面而已。那就是说，经典的内涵是具有确定性的，不因为笺注的深浅和高下而改变。但是，他认为对于经典的确定性，不能太死板，笺注之学要防止的是"凿"（"阮籍《咏怀》，后人每章注释，失之于凿"），为追求唯一的解释，过了头，就造成了穿凿附会。

当代西方文论中的读者中心说的要义是，作品写出来，只是提供了一个召唤读者经验的框架结构，实际上还是半成品，读者阅读，并不是被动地接受，而是主动地参与，把自己的经验唤醒，投入文本之中。由于读者的经验、文化、个性、价值观念不同，故阅读的感知各不相同，乃有一千个读者便有一千个哈姆雷特之说。这种学说相当极端，甚至像德里达那样，宣布"作者死了"，似乎一切由读者决定。既无真假，亦无高下，更无深浅之分。这种说法的哲学基础是绝对的相对主义。事实上，读者主体性不可能是绝对的，不可能不受到文本主体的制约。故作为补救，西方文论又提出不同读者有"共同视域"。就读者主体而言，其心理图式也有开放性和封闭性的矛盾。故西方文论，又提出"理想读者"。可是对于"理想读者"，又有学者归结为不受任何理论污染的读者。显然，这是空想。又有学者提出"专业读者"。这就否定了不受任何理论污染的"理想读者"。这样的问题之所以产生，可能就是因为西方文论把读者主体绝对化。针对当代文论这样的困惑，福建师大文学院赖瑞云教授在他的《混沌阅读》中提出，不可否论的是，读者主体是相对的，"一千个哈姆雷特，还是哈姆雷特，不可能是李尔王或者贾宝玉"[1]。

中国古典诗论，从根本性质上来说，是文本中心论，当代西方前卫文论的基础则是读者中心论。抒情的质量，并不因为读者一时心情而异。这与西方文论的"共同视域"和"理想读者"乃至"专业读者"，似乎有息息相通之处。

1　赖瑞云：《混沌阅读》，福建教育出版社，2010，第286页。

见青山白水能不能发"闷"

杜甫《闷》：

> 瘴疠浮三蜀，风云暗百蛮。
>
> 卷帘唯白水，隐几亦青山。
>
> 猿捷长难见，鸥轻故不还。
>
> 无钱从滞客，有镜巧催颜。

蔡绦（蔡京之子）《西清诗话》觉得杜甫的"卷帘唯白水，隐几亦青山"难解，"若使予居此"，"吾当卒以乐死，岂复更有闷乎？"诗中意象是主客观的化合，没有完全客观的山水，一切景观的性质均由主体情感为之定性。这方面中国古典诗话词话中有相当深厚的积累。先是吴乔等人提出"诗酒文饭"之说，生活变成诗，就像米酿成了酒，形质俱变。后来王国维总结十七世纪中国诗话词话的诸多成就，得出"一切景语皆情语"。

其实，早在北宋，这一点本来是为诗之常识，蔡绦居然不理解。可能与他的地位有关。他是蔡京的儿子，在北宋宣和六年（1124）前后，蔡京独揽朝政，年高不胜于事，奏判悉委之。不久就被勒令停止。他的议论可能就发在他这个最得意时期。张邦基《墨庄漫录》说："人方忧愁亡聊，虽清歌妙舞满前，无适而非闷。"联系到杜甫的生平，就更好理解了。"子美居西川，一饭未尝忘君，其忧在王室。而又生理不具，与死为邻，其闷甚矣。故对青山青山闷，对白水白水闷，平时可爱乐之物，皆寓之为闷也。"张氏认为蔡绦"处富贵"不能理解杜甫，等到日后"窜斥，经历崎岖险阻，必悟此诗之为工也"。

这个问题从十二世纪到十八世纪，几乎没有什么争议。只是后来者对杜甫此诗有比较细致的分析。六百年间，分析得最为到位的是黄生《杜诗说》，引吴东岩之说：通章之主题乃"滞客感慨"，"次联'白水''青山'，本可遣闷，而在'瘴疠''风云'之地，山水亦殊可憎，此隐承一二也。'卷帘''隐几'，滞客无聊之事，则已暗伏七八矣。五六故作开笔，曰'捷'、曰"轻"，反形'滞'字，是欲遣闷而闷无可遣。七八紧接'滞客'字，通章之意俱醒"。黄生的高明处乃在把古典诗话的微观分析的功夫不仅仅用在词句上，而且在词句之间的结构上，或者用我的话来说就是诗歌的"意脉"上。他着眼的是，几个关联节点特别强调其间的隐性的、潜在的关联，"白水""青山""隐承"。首联客居百蛮瘴疠，而"卷帘""隐几"又"暗伏"了最后一联的"有镜巧催颜"的郁闷。这种结构关联的分析，在古典诗话词话中比之字句的推敲，更值得重视。因为字句推敲，包括贾岛"推敲"典故本身，从方法论上来说，其弊端在于孤立字眼，对整体缺乏起码的分析，可谓只见树木不见森林。

咏雪：形似与情怀

中国古典诗论作为诗学理论，最大的特点，就是其创作论指向。它不满足于一般的阐释和评价，很看重操作，往往很着意于字句、语句的"推敲"。"推敲"作为方法的特点，就是比较，不是笼统的比较，而是便于操作的同类相比。同类相比的优越性就在于具有现成的可比性（异类相比虽然更自由，但是，没有直接的可比性，须要更高的抽象能力）。"推敲"典故的起源就是同一诗句、语境中的比较。古典诗话中关于咏雪的比较相当集中，这样的资源有利于做理论上的深化。

在多不胜举的咏雪诗中，得到广泛称道的是陶渊明的"倾耳无希声，在目皓已洁"和谢灵运的"明月照积雪"。历千年而异口同赞的还有杜甫的"乱云低薄暮，急雪舞回风"。而韩愈的咏雪诗"随车翻缟带，逐马散银杯"争议就比较大。

古典诗话往往只有结论而无系统的分析和论证，就是同样得到赞赏的诗，人们往往只以感性语言下结论，很少做具体分析。罗大经《鹤林玉露》把陶渊明"倾耳无希声，在目皓已洁"这两句推崇到极端："只十字，而雪之轻虚洁白，尽在是矣，后来者莫能加也。"陈祚明评选《采菽堂古诗选》也说陶渊明的诗："风雪得神，而高旷之怀，超脱如睹。"二者同样是称赞的，但是，出发点并不相同。后者说好在表现了作者的"高旷之怀"，而前者则是强调描述了"雪之轻虚洁白"：一个突出的是主体情怀，一个强调的是客体的特征。无争议的尚且如此，有争论的则更是各讲各的，有时还用感情色彩很重的语言来骂人。这种"不讲理"的倾向，比比皆是。释皎然《中序》说"明月照积雪"好在"旨置句中"，而胡应麟《诗薮》却说它"风神颇乏，音调未谐"。对韩愈的"随车翻缟带，逐马散银杯"的评价几乎是两个极端：金末元初王若虚《滹南诗话》说"世皆以为工"，欧阳修认为"不工"；叶梦得《石林诗话》则说，韩愈力求"陈言之务去""冥搜奇谲"，刻意出新，但是"缟带""银杯"之句仍然失败；王士禛《渔洋诗话》甚至认为"缟带""银杯"这样的诗句，几乎是"笑柄"。

王士禛《渔洋诗话》还称赞王维的"隔牖风惊竹，开门雪满山"，韦应物"怪来诗思清人骨，门对寒流雪满山"。但是批评柳宗元的杰作"千山飞鸟绝""不免俗"。叶梦得《石林诗话》批评郑谷"乱飘僧舍茶烟湿,密洒歌楼酒力微","气格如此其卑",但是,又表扬苏东坡的"冻合玉楼寒起粟,光摇银海眼生花"为"超然飞动"。

对咏雪诗句,评价如此之纷纭,这有个标准问题,弄清隐含在其中的标准,对于古典诗歌的阅读有重大的理论意义。

为什么韩愈的"随车翻缟带,逐马散银杯",郑谷的"乱飘僧舍茶烟湿,密洒歌楼酒力微"遭到这么多的非议呢?

按叶梦得《石林诗话》的说法是拘泥于"体物",一味追求对雪的描述,或者说追求形似。这是有道理的。韩愈这首赠张籍的咏雪诗,长达八十句,几乎全是对雪的外在形态的描绘。把才智全放在语言的出新上,体物象形,搜奇觅怪,彩丽竞繁,曲尽其妙,比喻和细节多达百余,但是,几乎是平面的展开,却无意脉相贯通,没有纵深层次,没有情感的起伏和深化,细节和比喻越多,读者想象的负担越是沉重。叶梦得举欧阳修与客赋雪,禁止体物,"皆阁笔不能下"。也就是说,离开了体物的套路,诗人们就像西方文论所说的"失语"(aphasia)了。在王夫之那里,一味追求形似咏物,"极镂绘之工",是属于"卑格"。

从理论上来说,诗歌中的细节,其性质不仅仅是客体的反映,而且是主体的表现。诗中的物象、景语,皆是情语,是主体与客体的统一,因而,严格说来,不叫作细节,而叫作"意象",意象和细节的不同在于,它是主体情感的某一特征对客体某一特征的选择和同化,主体与客观的矛盾并不是绝对平衡的,而是主体情感特征占主导的。韩愈之失,就是几乎所有的细节中,主体情感均为缺席。不要说"随车翻缟带，逐马散银杯"仅仅描述了雪花随车逐马的外在形态，就是受到一些诗话家肯定的"坳中初盖底，垤处遂成堆"也只是说明雪在坳处，覆盖其底，隆起处造成雪堆。对如此等等的反复堆砌，感到窒息是必然的。[1]

在客体特征中表现主体情感，这是意象构成中的普遍规律。但在不同诗体，不同诗风中又有不同表现。王维的"隔牖风惊竹，开门雪满山"之所以得到称赞，原因就在于，不仅仅是描绘雪的外部形态，而且在于隐含着诗人的心情。清初张谦宜《茧斋诗谈》说："'隔牖风惊竹，开门雪满山'得骤见之神。""骤见之神"很深刻。这不是一般的雪，而是一种突然发现的雪；这不是一般的心情，而是一开门意外发现雪已经满山了的惊异。这种瞬时的触动，刹那的动情，稍纵即逝的情绪，显然是近体唐诗的风格。和王维自己的"竹喧归浣女，莲动下渔舟"是同样的发现式感受。这在唐诗绝句是特别常见的，如："葡萄美酒夜光杯，欲饮琵琶马上催。醉卧沙场君莫笑，古来征战几人回？"其妙处就在欲饮未饮之际的刹那间的情绪转换，从紧迫的催逼，到瞬时的放松，从严肃的军令到浪漫的违背，从现实的理性到对死亡的无畏，多重的情绪转换集中在一念之间。这在汉魏古诗中是很罕见的。此类情怀的特点是表现诗人激情，内心的活跃、敏感、微妙。

1　这也可以说明，诗歌不仅仅是语言的问题，还涉及主体情怀和客体的关系，以及文学形式，如诗歌的特殊想象问题。当代西方文论所谓"语言学转化"，把语言当作唯一的要素，把文学创作改称为文学书写，至少是经不起中国文学史的检验的。

当然并不是所有唐代诗人都执着于同样的表现。

杜甫的"乱云低薄暮，急雪舞回风"属于另外一种风格。这种风格的特点，是诗人情感的持续性和积累性。方回《瀛奎律髓》评杜甫《对雪》说："他人对雪，必豪饮低唱，极其乐。唯老杜不然，每极天下之忧。"王嗣奭《杜臆》说他："写雪景甚肖，而自愁肠出之，便觉凄然。"这种"愁"就不是瞬时发现的，而是长期的郁积。前面有"战哭多新鬼，愁吟独老翁"，后面有"数州消息断，愁坐正书空"。心情是沉郁的又是无奈的，所以才选择了"薄暮"的云，并且赋予其"乱"和"低"的性。"急雪舞回风"，既是雪在疾风中飞旋，也是杜甫心情的纷扰，无可解脱。这种感怀和王维的突然发现显然是不一样的。从风格上来说，因为薄暮之暗，云层之低，因而是沉郁的，由于飞雪之乱，回风之扰，因而是不可逃避的。意象的阴沉和纷乱，都以情感的持续和沉郁为特点。而这一切又是"数州消息断"，不是一时能够改变的严峻形势造成的结果。

杜甫的诗句好就好在情感与景观水乳深层交融，不着痕迹，合二而一，不可分解。

当然，也有与之不同的，不是水乳交融，合二而一，而是一分为二的。如尤袤《雪》："睡觉不知雪，但惊窗户明。飞花厚一尺，和月照三更。草木浅深白，丘塍高下平。饥民莫咨怨，第一念边兵。"方回对之给予很高的评价："见雪而念民之饥，常事也。今不止民饥，又有边兵可念。……然则凡赋咏者，又岂但描写物色而已乎？"虽然尤袤之作，不仅仅是"描写物色而已"，却没有把景观和情怀结合起来，使之水乳交融，而是将之一分为二。直至最后两句，才把情感直接道白。从艺术上来说，把体物与抒怀一分为二，与其说是以诗情取胜，不如说是以最后的思想的警策取胜。很显然，前面对雪的描述"睡觉不知雪，但惊窗户明"，写白雪的反光效果，"飞花厚一尺"，这与其说是诗的意象，不如说是散文的"白描"。"和月照三更"，重复了雪花的光照的效果。"草木浅深白，丘塍高下平"，所有细节，都沦落为散文式的"白描"，并没有带上阴沉之感，其最后的"意"（念饥民、边兵之苦）的性质和此前的"象"（光亮、洁白）是不统一的。要达到诗歌的意和象的和谐，起码要达到二者的统一。这比之郑谷被批为"气格如此其卑"的"乱飘僧舍茶烟湿，密洒歌楼酒力微"，不知要"卑"到什么程度。这种意和象分离、以"卒章显其志"的特点，是白居易总结出来的，《新乐府》和《秦中吟》中正是因为用得太多，大大影响了其艺术质量。

相比起来，水乳交融的意象往往就深厚得多。谢灵运的"明月照积雪"，毫无争议地受到历代诗话家的推崇。从表面上看来，这几乎是大白话的散文，连细节都没有。但是，其中蕴含着深厚的感怀。"明月照积雪"是高度提纯化了的。欣赏这样的诗句不能光看写了什么，而且要看它省略了什么。正如欣赏酒的酿造，要看其排除了什么样的糟粕。明月所照本可普及于屋宇、田野、山川、草木，然而，第一，这一切都为诗人所省略，代之以白雪；第二，将其所见皆毫无例外地覆盖以白雪。明月透明之光与雪之色白，遂为一体。如仅仅写到这里，只是纯净的宇宙而已。

接下去的"朔风劲且哀",则把这个纯净的宇宙定性为"哀",而且有朔风劲吹其间,长驱直入,是充满整个宇宙的悲凉。前面有"殷忧不能寐,苦此夜难颓",说明,诗人的悲凉和失眠联系在一起,长夜漫漫,盼不来天明。深感时间过得太慢,悲凉和夜色一样难以消失。最后两句"运往无淹物,年逝觉已催"又反过来,时间不断流逝,不会停留,年华消逝,又觉得岁月催人。这就是说,又嫌时间过得太快。不管太慢还是太快,都是沉郁的。这种情绪不是一时的,而是长时间积累的。诗人并不是在激动时瞬间顿悟的,而是在平静中默默体悟的。这种体悟的微妙程度、接近于零的速度、因景而增的强度都没有说出来,全渗透在明月白雪、朔风劲吹的景观之中。

这种情怀与景观达到高度的和谐统一,就是中国诗歌的最高境界:意境。

罗大经《鹤林玉露》赞美陶渊明的"倾耳无希声,在目皓已洁":"只十字,而雪之轻虚洁白,尽在是矣,后来者莫能加也。"虽然给了很高的评价,但是并不到位。"倾耳无希声",其好处固然在写出了雪落时的特征,下了一天的雪("翳翳经日雪"),而且是在冬暮,刮着凄凄的风。从景观来看,色调应该是很暗淡的。但是这种暗淡不仅仅是景观,而且是心情。意境的特征,也就是感受这种特征的心境,那就是无声的。冬暮的风是无声的,雪落也是无声的,诗人的心情也是无声的,哪怕"倾耳"辨听,也是无声的。这无声却不是一般的没有声音,而是"无希声",这是老子所说的那个"大音希声"吗?应该是的。这种无声正是"大音"，正如老子所说"大美无言"。除了陶渊明，谁会有这样的无声之美的情怀。这种情怀和王维那种情绪的瞬间转换，虽然都是意境，但有性质上的区别。这是一种宁静致远的意境。在这种孤寂的、与世隔绝的、没有知己的（"寝迹衡门下，邈与世相绝。顾盼莫谁知，荆扉昼常闭"）境界中没有欢乐（"了无一可悦"），但是，倾听那无声的雪，感受那凄凄的风，甚至雪落到睫毛上，也白得很清洁，也感到很平静。

这种宁静致远的境界，是一种概括性的情怀，以情感的从容和语言的质朴为特点，是汉魏古诗所常见的，而在唐诗中，则以情绪激化，瞬间转换和起伏，语言的华彩为多。这种宁静的境界，往往只存在于古风和部分五言古诗中。这本是中国古典诗歌统一的传统的两种不同的表现形式。但是，往往遭苛刻质疑。严羽把汉魏古风置于唐诗之上，这也许是因为，近体唐诗激情强化，文采风流，可学，而古诗宁静朴质，不可学。王世祯则与严羽相反，认为柳宗元《江雪》"千山鸟飞绝，万径人踪灭。孤舟蓑笠翁，独钓寒江雪""不免俗"，流露出对于古风式的宁静致远的意境的理解不足。但是，沈德潜在《古诗源》中又把汉人古诗之"前日风雪中，故人从此去"和"明月照积雪"一起列入"千古咏雪之式"，艺术欣赏太微妙了，即使品位甚高之人，也往往难免千虑一失。

2011 年 2 月 20 日，12 月 1 日改

自然景观和政治性强制性阐释

杜甫《初月》：

光细弦欲上，影斜轮未安。

微升古塞外，已隐暮云端。

河汉不改色，关山空自寒。

庭前有白露，暗满菊花团。

这首诗明明是写"初月"上升之自然景观的，却长期被一些诗话家说成是影射政治形势的，而且每一句都有所指。杜甫诗写成五百年后《瀛奎律髓》说："此诗喻肃宗初立。"又过了差不多三百年，王嗣奭《杜臆》说得更加有鼻子有眼的：第三句"微升古塞外"是比喻"肃宗即位于灵武"，第四句"已隐暮云端"，"比为张皇后、李辅国所蔽"。如果每句都有所指，最后的"庭前有白露，暗满菊花团"，又是影射什么呢？他的解释是："露乃天泽，当无所不沾被，乃止在庭前；润及菊花，而加一'暗'字，谓人主私恩，止被近倖而已。"这里明显有许多牵强附会。后来，唐汝询《唐诗解》说得更周详一些："玄宗以禄山之乱命太子讨贼，肃宗即位未几，则为张良娣、李辅国所蔽，此以初月为比。'光细'者，势单弱也；'轮未安'者，位未定也。才起于凤翔，即蔽于张、李，所谓升塞外而隐云端矣。才弱不足以反正，犹初月光微，不足以改河汉之色。惑于邪而使宇内失望，犹斜影之月徒起关山之寒耳。我因哀时不觉涕泗之下，亦犹月下之露暗满庭花也。"

如果按姚斯的接受美学，或者西方文论的读者中心论，任何读者都有权对经典作品拥有自己的解释，只要自圆其说，顺理成章，就应该成立。但是，绝对的自圆其说、顺理成章是不可能的。最明显的是最后一联"庭前有白露，暗满菊花团"，被解释成"我因哀时不觉涕泗之下，亦犹月下之露暗满庭花也"。何以见得菊花上的露水就是自己的涕泪呢？这里根本没有可靠的联系。难以自圆其说的原因在于，把主观的意念强加于经典文本。这种强加可以说贯穿首尾。第一联"光细弦欲上，影斜轮未安"，解读是："'光细'者，势单弱也；'轮未安'者，位未定也。"并不是必然的。首先，把皇帝比喻为月亮，这本身就缺乏必然性，至于初月的"光细"，是否一定就是政治势力"单弱"呢？至于"轮未安"也很难确定就是指皇位未定。其实，"肃宗即位于灵武"，永王璘很快就被剿灭了。皇位已经稳定了，不存在任何挑战者。"升塞外"指灵武即位，这是事实，但"隐云端"的"隐"，并没有"蔽"的意味。原文的"微升古塞外，已隐暮云端"，其间有一个因果关系，才从古塞外升起，就可从暮云端看到。如果这就是被蒙蔽，那么关键是如何解读"河汉不改色，关山空自寒"呢？按字面讲，就是关山有寒意，但是"河汉不改色"，应该是月光普照下的天空大地颜色都不会变质，就是有点寒意也是"空"的。这个"空"就否定了和蒙蔽相联系的寒意。

由此可知，解读任何经典作品，读者都不可能是绝对自由的，解读必然要受到文本的制约。和接受美学所强调的绝对自由相反，对这首诗持续上千年的阐释，众说纷纭，并不是没有错误的，并不都是完全可以接受的。这里有个原则问题，那就是读者一代又一代地变化（消亡），可是文本作品却是稳定的，甚至从某种意义上说，是永恒的、不变的。任何阐释，都只能是对文本的阐释，就是相当前卫的美国耶鲁大学理论家也不能不提出这样的命题："这里的标准是：隐含的意义是否和文本的一致性有关，而这正是我们作为文学批评家，要通过文本实现的。"历代读者的解读，充其量不过是德里达所说的，对于文本的"延异"（Diffé rance），从某种意义上说，不管阐释多么纷纭，但是，文本是"延异"的唯一基础。因而，只有那些比较接近这个基础的解读，也就是主观强加成分比较少的，才可能有比较长远的生命。

对于这样政治化的"微言大义"，显然是主观的解读，后世很多的批评保持着可贵的清醒态度，纪昀在《瀛奎律髓刊误》中说得很直率："原评未免穿凿。立乎百世以下，而执史籍之一字一句，以当时之诗比附之，最为拘滞。注少陵及义山者，同犯此病。"纪昀所说的"穿凿"，针对的是用主观的意念强加、歪曲文本的倾向。这种倾向，在中国古典文学批评中可谓源远流长。《诗经·关雎》明明是民歌，可是被朱熹解读成"后妃之德"。

　　这里有个最基本的方法问题，不管你持什么观念或者方法，最根本的出发点应该是对作品本身的尊重。应该说，严肃的诗话家们的成功往往在于对文本的具体分析。仇兆鳌《杜诗详注》这样说："(《初月》) 此在秦而咏初月也。光细影斜，初月之状。乍升旋隐，初月之时。下四，皆承月隐说。河汉关山，言远景。庭露菊花，言近景。总是夜色朦胧之象。"本来，阅读文本首要任务就是从文本中获取文本的信息，而这里却成了读者主体把自己的政治观念强加于文本。这样的现象并非个别，这是因为，阅读并不仅仅是被动地接受信息，而是主体预期和客体信息的对接。因为人的大脑并不是一张白纸，阅读前或多或少都怀着某种心理预设，或者叫作心理图式，或者叫作理论前提。没有任何预期，阅读几乎难以进行。客体信息只有被主体心理预期同化，阅读感知才能发生。因而，阅读过程中，读者预期往往倾向于以主体现成的信息去同化乃至歪曲文本信息，这就是或多或少都普遍存在着的阅读心理的封闭性。接受美学、读者中心论之失，就在于把这种封闭性当成一切，这就等于说，满足于感知到自己心理预期的东西。这就是屡见不鲜的阅读效果趋近于零的现象。为了防止这种封闭性，主体的自觉开放和自我调节就十分必要，而在这样的过程，主客体信息的搏斗就是必然的。在搏斗过程中，不能迫使封闭性开放的，也就是顽固拘执于主体固有预期者，往往连文本中最为突出的信息都视而不见，感而不知。其所感知的往往不是文本，而是自我内心固有的信息。

诗话家们意识深处，或者潜意识中，主流意识形态是强大的，在涉及主流意识形态时，心理预期因其神圣化而特别固执，往往以盲目性为特点，以致不怀任何成见的读者一望而知的东西，一代又一代学富五车的宿儒却越是皓首穷经、殚精竭虑，越是陷入云里雾中。

2011 年 2 月 7 日

三家说苏轼《卜算子》:
背后的解读原则

对于《卜算子》千年的解读，旨趣甚为悬殊。有说其为东坡与某女性之凄美单恋故事者，有说其为影射政治遭遇者，有说其为作品本身者。

众说纷纭，然而，从理论上来看，大致不出三派。以东坡与女郎凄美故事为解者，为作者中心论。其主旨全在作家之身世。然身世经历，互相矛盾，未可全信，即使为真，亦无益于作品之深层揭秘。即非"小说家言"，姑妄信之与姑妄弃之，皆于大雅无伤。至于对政治影射之解读，主观穿凿过甚。然而，按接受美学读者中心论，则不论其说多么主观，亦不当一概否决。盖阅读本无绝对客观唯一之解读也。清人谢章铤《赌棋山庄词话续编》对东坡《卜算子》这样评断："时东坡在黄州，固不无沦落天涯之感。""虽作者未必无此意，而作者亦未必定有此意。可神会而不可言传，断章取义，则是刻舟求剑，则大非矣。"所论甚为纷纭，然而其标准则一，亦即政治价值至上，而其缺失亦同：附会穿凿，或然性猜度多于理性之逻辑。与文本相验，往往不着边际。

东坡《卜算子·黄州定惠院寓居作》原作如下：

缺月挂疏桐，漏断人初静。时见幽人独往来，缥缈孤鸿影。 惊起却回头，有恨无人省。拣尽寒枝不肯栖，寂寞沙洲冷。

缺月疏桐之下，有孤独之"幽人"为主体意象，"缥缈孤鸿影"，似为"幽人"之所见，当为宾。然而下半阕"孤鸿影""拣尽寒枝不肯栖"，为其"有恨无人省"，则转化宾入主。孤鸿与幽人主宾合二而一，故"惊起却回头"，可为幽人，亦可为孤鸿。其孤独，不仅仅是形体，更在内心："有恨无人省"。意象似从曹操《短歌行》来："月明星稀，乌鹊南飞。绕树三匝，无枝可依。"然曹氏强调"无枝"，这里是有枝，不但是有枝，而且是多枝可择，只是不合，乃"不肯栖"，外部的栖息之地，是有的，有选择余地的，但是，内心的"恨"无人省识。这种幽人的"幽"、孤鸿的"孤"，在性质上，乃是不被理解，无可沟通。故可概括为"孤幽"。

这还不是"孤幽"特点的全部，而只是其一部分。"孤幽"

的另一特点是无声的，宁静的，不强烈的，和孤鸿一样是"缥缈"的，完全处于某种寂静之中的，哪怕是幽人缥缈，也会有"惊起却回头"的强烈心理效果。

"孤幽"的第三个特点是，惊起的动作并未改变选择，仍然不肯迁就。只让主体的孤幽保持在寒江枫落的静止之中。

从"孤鸿"与"幽人"的属性看，当然有某种崇拜东坡的女子的不肯随意许人的意味，但是，并不尽然。因为"幽人"与"孤鸿"均缺乏女性形象的暗示。这里当然也可能有东坡政治上的讽喻，但是，不至于坐实到南宋鲖阳居士所说的那样："缺月，刺明微也。漏断，暗时也。幽人，不得志也。独往来，无助也。惊鸿，贤人不安也。回头，爱君不忘也。无人省，君不察也。拣尽寒枝不肯栖，不偷安于高位也。寂寞沙洲冷，非所安也。"除了"幽人，不得志也。独往来，无助也"尚有某种可能，其余如"惊鸿，贤人不安也。回头，爱君不忘也。无人省，君不察也。拣尽寒枝不肯栖，不偷安于高位也"这种系统化的穿凿，不但是政治上忠君观念的强加，造成对文本显而易见的歪曲，而且是以抽象概念的穿凿附会破坏了艺术意境。

雪、云、雨、梦魂为什么会香

桂香、雪香、云香、雨香、樱桃香、鱼香、柳花香……在古典诗话中频频出现，引起了长期争议。一方认为，竹、雪、云、鱼、柳，根本不存在香的可能，而在权威诗作中屡屡出现，显然是"语病"（胡仔《苕溪渔隐丛话》）。其理论预设是不真。其中争论得最为激烈的是鱼香。"张文潜云：'陈文惠公题《松江》诗，落句云："西风斜日鲈鱼香。"……鱼未为羹，虽嘉鱼直腥耳，安得香哉？'《松江诗话》曰：'鱼虽不香，作羹芼以姜橙，而往往馨香远闻，故东坡诗曰："小船烧薤捣香齑。"'"（王楙《野客丛书》）意思是说，鱼香虽然不是真实的，但是香菜等的香是真的。至于桂香、雪香、雨香、柳香，为之辩护者大抵极言其为自然之真实。边连宝《杜律启蒙》曰："大要草木之有气味者，皆可言香，不必椒桂蕙兰也。"杨慎《升庵诗话》曰："竹亦有香，细嗅之乃知。"清人王琦《李长吉歌诗汇解》曰："香雨，雨自花间而坠者，故有香。"说得最为牵强附会的是何良俊，他在《四友斋丛说》中运用了佛学："眼耳鼻舌身，意色声香味触法。鼻是六根之一，香是六尘之一，故鼻之所触即谓之香。暑天大雨，必先有一阵气味，此非雨香而何？升庵善吟，独不求作者之意耶？"这样的说法，表面上很彻底，实际上是完全没有逻辑，明明说鼻是六根之一，香是六尘之一，二者相合的可能应该是三十六分之一，可结论却是百分之百。更有意思的是，胡震亨在《唐音癸签》转引对于云香的辩护："云未尝有香，而卢象诗云：'云气香流水。'……陈晦伯驳之，谓云雨未尝无香，引《拾遗记》，员峤山石，烧之成香云，遍润成香雨为证。"而徐文靖《管城硕记》引《唐书·南蛮传》："诃陵国以柳花、椰子为酒，饮之辄醉。"太白"风吹柳花满店香"，亦以酒言。这就更不讲逻辑了，论据是外国有一种酒以柳花为原料，结论是李白所写之柳花一定是香的。弄到这样掉书袋，钻牛角尖，只能说明机械真实论的穷途了。

中国古典诗话在理论上往往流露出最显著的局限，就是以绝对的真实感（所谓"物理"）为预设的大前提，完全无视于生理真实感与诗的矛盾。其极端者，连王夫之也未能免俗，以亲眼所见为"铁门槛"。当然，这并不是古典诗话的全部，另外一方面，中国古典诗话，又在中国古典哲学基础上建构了有无、虚实、宾主等范畴。谢榛提出与写实相对的"写虚"："写景述事，宜实而不泥乎实。""有实用而害于诗者"而"有虚用而无害于诗者"。诗人的功夫就是在虚实之间"权衡"。实际上就是写实与写虚的对立并不是僵化凝固的，而是可以相互转化的。清人黄生在《诗麈·诗家浅说》中提出挑战："有景之景"和"无景之景"。乔亿针对王夫之的"目接"，提出相反的范畴"神遇"，可以说为黄生的"无景之景"寻到原因。"景有神遇，有目接。神遇者，虚拟以成辞……目接则语贵徵实。"（《剑溪说诗》）。这个与目接相对立的范畴"神遇"，显得很有理论深度。这个"神遇"就"神"在隐含着诗的"虚拟以成辞"，也就是后来叶燮说的"想象"。

在汉语中，实和真是天然地联系在一起的，虚则和假联系在一起。怎样才可避免由虚而假，达到由虚而真呢？元好问曾经提出，虚不要紧，虚得诚乃是根本。"何谓本？诚是也。……故由心而诚，由诚而言，由言而诗也。"（《元好问诗话》）。可惜的是，这些观念，都是吉光片羽，没有充分系统化，达到理论高度，因而难以广为人知。许多诗话家在理论受制于机械的真实论时，往往能从实践上加以补正。胡震亨直接指出："诗人写物，正不必问其有出处与否。若以员峤有香云香雨方敢用之，则诗亦大拙钝矣。"这是说得很到位的。如果拘泥于生理的真和实，诗就太笨拙了。在这方面，中国古典诗话不乏独到的直觉性的猜测。田同之《西圃诗说》曰："诗人肺腑，自别具一种慧灵，故能超出象外，不必处处有来历，而实处处非穿凿者。"这里的"超出象外"其实是从司空图《二十四诗品》中的"超以象外，得其环中"演化而来的。"诗人肺腑"的特点，是一种"慧灵"，之所以能够"超出象外"（超越自然现象），凭借的是诗人的"慧灵"，用今天的话来说，就是诗人的想象。这种想象可以超越诗人生理感知的局限。说得最为到位的乃是吴景旭《历代诗话》："妙在不香说香，使本色之外，笔补造化。"这就是说，对于诗来说，大自然现象有所不足，要诗人通过想象之笔来补足、创造。联系到贺裳、吴乔等人的"诗酒文饭"之说，诗人有权利使得自然现象"形质俱变"。区区嗅觉，发生变异，乃是题中之义。由此就不难解释"梦魂香"为何在宋人诗作中被反复运用了。此亦是王维《少年行》"孰知不向边庭苦，纵死犹闻侠骨香"之成为千古名句的缘由。

"晨钟云外湿"的听觉和触觉

这里的"晨钟云外湿",是标准的通感。钟声本为听觉,湿则系视觉和触觉,二者转换,其联想转换是隐性的。可是周振甫先生以"通感"来解释云香、桂香、雪香,其实有点混淆。"通感"乃在两种,甚至两种以上之感觉之间的"契合"。波德莱尔在他的纲领性诗作中明确指出,是"颜色,芳香与声音相呼应","有些芳香如新鲜的孩肌,宛转如清笛,青绿如草地"。这里的通感是指芳香作为嗅觉和清笛作为听觉,青绿草地作为视觉之间的转移和契合,如"红杏枝头春意闹",把视觉之红转化为听觉之闹。香雨、香雪、香云,是一种感觉(嗅觉)从无感到有感的生成,其实与通感无关。

然而，周振甫先生在《诗词例话·体察》中解读"晨钟云外湿"不用通感，而从写实的角度去解释："那时船泊夔州城外，因天雨不能上岸，所以只能在船里听到晨钟。夔州地势高，寺又在山上，所以说钟声从云外传来。从云外传来的钟声要通过云和雨才传到船里，所以说钟声要被沾湿。说钟声被沾湿这是一般人所想象不到的，这样写，正显出诗人感到雨的又多又密。"这就是说，钟声之所以"湿"是因为从云外传来，"要通过云和雨"，"钟声要被沾湿"。这样解释，还是局限于显性的"写实"，殊不知早在几百年前谢榛就提出的"写虚"，乔亿力主除了"目及"，诗人还有"神遇"的想象。

　　周先生在《中国修辞学史》中，又说"称'湿'指钟声从雨中传来，想象为雨沾湿，这是修辞的'通感'。声是耳闻的，湿是肤触或眼见的，闻和触、见相通，故称钟声为湿。"周先生把一种写虚弄成了显性的写实。其实通感的好处是两感（或者三感）在潜意识中自然贯通。但是，多感要相通并不是无条件能够达到诗的贯通的，关键是要联想转换得自然。如"红杏枝头春意闹"，从红联想到火，从火到热，从热到闹，有汉语的千百年来形成的、现成的、自动的联想做基础。而钟声和湿，则并不存在这种现成的自动化的联想基础。但是，由于和此句中的云，上文中的雨结合在一起，湿的感知就不难自然产生了。"在这里'湿'是词的引申用法。从山顶寺院中发出的钟声，传到身在江舟的诗人耳里时，仿佛已被云雾润湿了。"应该是理解了其中的奥秘的，但是，在观念上，有些混淆，"仿佛"接近于比喻，而不是通感。

一方面说是"钟声，传到身在江舟的诗人耳里时，仿佛已被云雾润湿了"，其中显性层次很清晰，具有很强的散文性；另一方面，又说这是"通感"，而诗的通感是依仗隐性的联想，是不需要显在的层次过渡的，过分明晰的过渡层次，有害于诗意的蕴藉。

"春江水暖鸭先知"：
诗如何超越画的局限

　　苏轼《惠崇〈春江晓景〉二首》（其一）："竹外桃花三两枝，春江水暖鸭先知。蒌蒿满地芦芽短，正是河豚欲上时。"其中"春江水暖鸭先知"获得后世诗话家普遍称道。然，多家阐释，鲜得要领。陆游《老学庵笔记》，验之以淮南谚语，"鸡寒上树，鸭寒下水"。一媪曰："鸡寒上距，鸭寒下嘴耳。"此验失败。原因可能陆游文不对题，诗中的问题是"水暖"和"鸭"的关系，而陆游验证的"鸭寒"和"水"的关系。毛奇龄《西河合集·诗话》对此诗独持贬议，谓乃效唐人张谓《春园家宴》"花间觅路鸟先知"，而"不及唐人"。唐诗好在："觅路在人，先知在鸟，以鸟习花间故也；此'先'，先人也。若鸭则'先'谁乎？"毛氏此言似甚辩：张谓诗好在对各自飞翔之鸟之主观同化，定性为与己同样觅路，并推出，鸟比人"先知"，人不如鸟熟悉花间之路也。而"春江水暖鸭先知"，似无先后之比，比较当于二者之间，无对象，比较不能成立。

然而读者千年之传诵仍足以说明"鸭先知"优于"鸟先知"，何也？"鸟先知"，为诗人之想象，暗示诗人对鸟之喜且佩也。鸟飞，目可及之，联想之迹井然可循，则其喜油然，然非望外，则乏想象之奇。抒情之要在以奇动心，现象之起点与终点与习惯之距离近，则情之动有限，故于情为弱也。而"鸭先知"之优在于想象与习惯之距离远且隐蔽曲折。

从苏诗题目可知，这本是一首为惠崇《春江晓景》图而作的题画诗。所以，画面上，鸭浮水上，一望而知，一如鸟之可见，但"水暖"二字只是着题"春江"，其实是画不出、看不见的。最清晰可见的，仅仅是三两枝不太浓密的竹外桃花，透出点儿早春的讯息。但花发花开的原因在春暖，可"暖"属触觉，不可凭视觉而见，桃花不能感知，画家同样无法给予直观的表现。即使画面上有鸭浮于春江，亦无暖之提示。诗人灵气全在于以诗艺超越画艺，从视觉引申出触觉，凭着那静止的鸭子，率领读者想象出并不存在于画上的江水之温暖。相当雄辩地把画的视觉美，转化为诗之全方位感官体验（包含触觉）之美。这里并不是苏轼为人津津乐道的画中有诗，画中本来是没有这样的诗意的，画中的诗意，是诗人想象出来的。诗对于画来说，好就好在无中生有，而画对于诗来说，有中隐无，并非空穴来风。这就应验了张岱所言：如就惠崇之画为诗，则无如此好诗，如就东坡此诗令惠崇为画，则不能画。

苏诗艺术魅力全在想象之隐、曲而奇。

鸭于水中，虽可见，一如鸟之可见。然而，水为春之温水，虽着之于题，然画不出也。其可见者，仅为竹外桃花，而此美在鲜艳，又在"三两枝"之非浓艳，乃早春之信。而花发之因在春温。然温属触觉，不可凭视觉而见，只可体触。然，画家不能表现，桃花亦不能感知。"先知"春水之暖者，乃与水有体触者，其必在鸭也。

毛奇龄谓鸭之先与无可比附，非也。桃花属可见之视觉，水暖为不可见之触觉。春温为花发之因，故水暖为鸭"先知"，是与桃花之可视比。妙在双重意味：桃花一望而知，却为后知，鸭似无知，却为先知；桃之艳绚于外，而鸭无声，默于心。此诗之妙在于此隐含哲理也。更妙在此哲理又聚焦于鸭不可见之局部。鸭之可见者虽为躯体，然非体肤可触者，其可触者在脚，而于画上不可见。将春温集中于鸭脚，诗人想象优选之奇，一也；召唤读者于想象参与，使不可见不能见之春温转化为可感，诗人之想象之奇，二也。毛奇龄以"河豚""江鳅""土鳖"亦可先知为辩，不能成立。河豚、江鳅、土鳖皆不可见，缺乏可见与可触之矛盾也。若以现代动物学考之，鱼类乃冷血动物，无冷暖之感。而鸭为温血动物，当然于苏轼可能不知。毛奇龄又曰："春江水暖，定该鸭知，鹅不知耶？"此似有理。然，此乃题惠崇画诗，诗中有者鸭，可知为画上有者。诗中无者，当为画中无。画中无鹅，诗曰"春江水暖鹅先知"，且题于画，岂非唐突？

历代论者解读苏轼此诗，往往仅限于前两句，忽略了后两句"蒌蒿满地芦芽短，正是河豚欲上时"正是对前两句的阐发，从构思上看属于并列结构。前者之妙在突出早春的矛盾：可见之色绚于外，不可见之温默于内，暗示早春之来势，远超可见。后两句仍写此矛盾：蒌蒿满地，芦芽却短，均为可观者，然而，更为可观却是河豚。它也是看不见的，但是，也是春江水暖的必然。苏氏作为美食家之特殊审美感情，于此又见一端。写早春之美，一般诗人，往往限于目光直击（花木、云烟、山水）、听觉直闻（莺啼、燕语），苏诗后两句可赞为"神遇"，强化了早春不可见之美远较可见之美更盛，想象远较流连景观更奇，内心无声之喜远较耳目之享更妙。

《琵琶行》: 白居易诗歌语言
与音乐语言的矛盾

中国古典诗歌重意象，意象以尽意，圣人立象以尽意，很权威，而"象"乃视觉可见，故造成某种视觉意象为主流的传统。在理论上则产生了对苏轼"诗中有画，画中有诗"说的盲从。难能可贵的是五百多年后，张岱提出质疑："若以有诗句之画作画，画不能佳；以有画意之诗为诗，诗必不妙。如李青莲《静夜思》诗：'举头望明月，低头思故乡'，有何可画？王摩诘《山路》诗：'蓝田白石出，玉川红叶稀'，尚可入画；'山路原无雨，空翠湿人衣'，则如何入画？"（张岱《琅嬛文集》）张岱的质疑属机智，但是，说不上雄辩，其实只要举苏轼自己的"春江水暖鸭先知"就足以说明，画中之诗非画中之画。盖画与诗之不同，第一，乃在画为视觉直接感知，而诗则为全感官，甚至超越直接情感之艺术。第二，画为瞬间静止之图景，而诗之抒情之生命乃在动，所谓动情、动心、感动、触动等。故诗中之画，必然超越画之静止状态，可定义为"动画"，如"两山排闼送青来"之类。

张岱之论接触到了艺术形式之间的矛盾，却没充分引起后人乃至今人的注意。

不同艺术形式间的不同规范在西方也长期受到漠视，以至莱辛认为有必要写一本专门的理论著作《拉奥孔》来阐明诗与画的界限。莱辛发现，同样以拉奥孔父子为毒蟒所缠死为题材，古希腊雕像与古罗马维吉尔的史诗所表现的有很大不同。在维吉尔的史诗中，拉奥孔发出"可怕的哀号""像一头公牛受了伤"，"放声狂叫"，而在雕像中身体的痛苦被冲淡了，"哀号化为轻微的叹息"，这是"因为哀号会使面孔扭曲，令人恶心"，而且远看如一个黑洞。"激烈的形体扭曲与高度的美是不相容的"，而在史诗中，"维吉尔写拉奥孔放声号哭，读者谁会想到号哭会张开大口，而张开大口就会显得丑呢？""写拉奥孔放声号哭那行诗只要听起来好听就够了，看起来是否好看，就不用管。"（莱辛《拉奥孔》）应该说，生于十八世纪的莱辛比生于十六世纪的张岱更进了一步，即使肉眼可以感知的形体（而不是画中不能表现的视觉以外的东西）在诗中和在画中也有不同的艺术标准。

对于艺术形式之间矛盾的忽视，在诗与画方面表现已经很突出，在诗与乐方面则更是触目。把问题提出来，引起争讼的主角居然还是苏轼。他在题跋中说："昵昵儿女语，恩怨相尔汝。划然变轩昂，勇士赴敌场。"此韩愈《听颖师弹琴》也。欧阳修尝问："琴诗何者最佳？"苏轼以此答之。其实，苏轼显然回答得很草率，但是在他的笔记中出现了两次，可能是欣赏其中的象声成分很重的、带着双声叠韵意味的"昵昵""尔汝"之类。但是，语音之美和音乐之美的矛盾，比之诗与画之矛盾更加尖锐。音乐曲调是抽象的，并不具备语言符号的具体语义，语言符号不能记录音乐曲调，才有了工尺谱、五线谱和简谱。因为欧阳修不满意韩愈的这首诗，认为它写得有点像琵琶，并不能表现琴声的特点。这个要求是太高了，就是五线谱、工尺谱也不能表现出不同乐器的不同之美。苏轼才高气盛，不明语言的局限，自己后来写《听杭僧唯贤琴》，正面强攻琴音之美，是艺术上注定要失败的悲剧："大弦春温和且平，小弦廉折亮以清。平生未识宫与角，但闻牛鸣盎中雉登木。门前剥啄谁叩门，山僧未闲君勿嗔。归家且觅千斛水，净洗从前筝笛耳。""春温和且平""廉折亮以清"用了《史记》上的典故："邹忌闻齐威王鼓琴，为说曰：'大弦浊以春温者，君也；小弦廉折以清者，相也。'""牛鸣盎中雉登木"又用了《管子》的典故："凡听宫，如牛鸣窖中……听角，如雉登木以鸣，音疾以清。"但是可以为诗歌增色的典故，却没有产生多少音乐之美。宋蔡绦《西清诗话》说韩愈的"'浮云柳絮无根蒂，天地阔远随飞扬'，纵横变态，浩乎不失自然也……"一来不脱赋体之堆砌，二来这些堆砌大抵是绘画空间并列，与音乐之时间推移，音乐之美的过程性，根本矛盾。一些诗话家，盲目称颂韩愈的诗为"绝唱""足以惊天",实在是理论上的不清醒,导致评价上盲目。只要对唐诗有更细致的审视,就不难发现,不管是韩愈的还是苏轼的,比之唐诗中那些表现音乐之美的杰作实在是相去不可以道里计。起码和李白的《听蜀僧濬弹琴》相比,肯定是相形见绌。

> 蜀僧抱绿绮,西下峨眉峰。
>
> 为我一挥手,如听万壑松。
>
> 客心洗流水,余响入霜钟。
>
> 不觉碧山暮,秋云暗几重。

李白没有像苏轼那样悲壮地正面写音乐,也没有像许多诗话家所推崇的韩愈的诗那样以绘画的视觉之美代替音乐的听觉之美。他不是正面写音乐之美,而是写音乐之美的效果,不是写外部可视的动作效果,而是内心不可视的效果,听了乐曲,就升华到许由那样的高贵的情怀,好像一听尧帝要召他为官,就害怕弄脏了耳朵,去洗耳朵,其着迷于自然山水的程度,连时间的流逝都忘记了。

历代诗评家们被欧阳修和苏轼的权威话语牵着鼻子走,弄得对唐诗中写音乐最高成就的《琵琶行》都没有感觉,却一味在乐器和演奏技术上做文章,实在是缘木求鱼。殊不知,在解决声音艺术与语言艺术的矛盾方面,白居易《琵琶行》在世界诗歌史上,如果不能说是绝后,至少可以说是空前的。韩愈和苏轼的诗都力图以图画可视的形象间接表现音乐的听觉之美，但白居易的杰出在于，他不是用图画，而是直接用声音来表现乐曲：

> 大弦嘈嘈如急雨，小弦切切如私语。
>
> 嘈嘈切切错杂弹，大珠小珠落玉盘。
>
> 间关莺语花底滑，幽咽泉流冰下难。
>
> 冰泉冷涩弦凝绝，凝绝不通声暂歇。
>
> 别有幽愁暗恨生，此时无声胜有声。

可能是由于人的感官大部分来自视觉，因而视觉意象在诗歌中占有极大的优势，而听觉意象则处于弱势。这里，集中了这么繁复的听觉意象，表现的是听觉的应接不暇之感。从意象上说，前四句，大珠小珠玉盘以物质的贵重，引发声音美妙的联想。当然，这只是诗的想象的美好，实际上，珠落玉盘，并不一定产生乐音。嘈嘈、切切，声母的闭塞擦音性质，本身并不能产生美好的感觉，但是，和"急雨""私语"联系在一起，就有情感的含量。"私语"，有人的心情在内，"急雨"和"私语"富于对比的性质不难引起对应的情致联想。

接下去的"间关莺语花底滑，幽咽泉流冰下难。冰泉冷涩弦凝绝，凝绝不通声暂歇"，错综不仅仅是在句法形式上而且是在声画交替上。这就是，前四句是听觉的美为主，后四句是视觉图画（花底流莺，冰下流泉）和听觉声音（莺语、幽咽）交织的美。唐弢先生在八十年代初期，撰文称这四句美在双声和叠韵

（间关、幽咽）。但是，此说似乎太拘泥。诗歌艺术的美，和音乐的美不同，只是一种想象联想的美的情致，不是实际上的声音之美。如果真的把珍珠倒入玉盘，把流莺之声和水流之声用录音机录下来，可能并不能成为乐音。这里意象的综合效果是，珠玉之声，莺鸟之语，花底冰泉，种种意象叠加起来，引起美好的联想，这里蕴含着的并不是自然的声音，而是中国传统文化潜在意识的积淀。

白居易的惊人笔力，不但在于用意象叠加写出了乐曲之美的印象，而且还在于从实践上，解决了绘画的静止性与音乐的过程性之间的矛盾。过程性是音乐性与绘画的瞬时性的重大区别，以画之美表现音乐之美，在时间的连贯性上，毕竟是有局限的。《琵琶行》的伟大就在于，把过程性做了正面的强调。更精彩的是，不但表现了乐曲的连贯性之美，而且表现了乐曲的停顿之美，一种既无声音，又无图画，恰恰又超越了旋律的抑扬顿挫的连贯性的美。令人惊叹的是这样的句子：

冰泉冷涩弦凝绝，凝绝不通声暂歇。
别有幽愁暗恨生，此时无声胜有声。

白居易的突破在于，第一，从"冷涩"这样看来不美的声音中发现了诗意，当然又是为主人公和诗人的感情特点找到了共同载体；第二，从"凝绝不通"的旋律中断中发现了音乐美。这是声音渐渐停息的境界。从音乐来说是停顿，是音符的空白，但，并不是情绪的空档，相反却是感情的高度凝聚，是外部世界的声音的渐细渐微，同时又是主体心理的凝神专注。外部的凝神成为内在情绪精微的导引，外部声音的细微，化为内部自我体验的情致。白居易发现：内心深处的情致是以"幽"（愁）和"暗"（恨）为特点的。"幽"就是听不见，"暗"就是看不见，二者结合，就是捉摸不定的、难以言传的，在通常情况下，总是被忽略的，沉入潜意识的。而在这种渐渐停息的微妙的聆听中，却被白居易发现了，构成了一种从外部聆听，转入内心凝神的体悟：声音的停息，不是情感的静止，而是相反，是"幽暗"愁恨的发现和享受，正是因为这样，"此时无声胜有声"才成为千古佳句。

在中国古典诗史上，苏轼理所当然是放射着多彩光华的巨星，但是，此巨星即使像月亮一样，也难免有阴影，可以确定的是：第一，"诗中有画，画中有诗"的片面性；第二，更为严重的是，把诗与音乐混为一谈。在对韩愈诗的评价上已相当偏颇，在对李商隐《锦瑟》的阐释上，就更加离谱到直接把李诗当成了音乐。据宋人记载，人曾答黄庭坚问李的诗意道："此出《古今乐志》，云：'锦瑟之为器也，其弦五十，其柱如之，其声也，适、怨、清、和。'"黄朝英又对此阐释说："案李诗'庄生晓梦迷蝴蝶'，适也；'望帝春心托杜鹃'，怨也；'沧海月明珠有泪'，清也；'蓝田日暖玉生烟'，和也。一篇之中，曲尽其意。史称其瑰迈千古，信然。"（黄朝英《缃素杂记》）正是理论上这样的混淆，才使他把韩愈那首平庸的诗当作琴诗最佳的杰作。其诗画合一论幸而有张岱的反驳，而后来则无人质疑，不但当时误导了自己，而且误导了后世追随他的诗评家，音乐之美与诗歌的矛盾，始终没有提上诗话的议程。诸多诗话家于是在千年黑暗中，耗费才智，上演了盲人摸象的连续悲剧。

纵观中国古典诗论，成就辉煌，诗酒文饭之文体说，无理而妙之审美逻辑说，甚至诗画矛盾说，均为独创，领先西人数百年，特于诗与音乐之矛盾，长期缺乏感觉，不可否认，此乃中国古典诗论之最薄弱环节。

金昌绪的《春怨·打起黄莺儿》
喜剧性的意脉

南宋初韩驹认为金昌绪的："打起黄莺儿，莫教枝上啼。啼时惊妾梦，不得到辽西。"对于作诗"可为标准"。曾季貍《艇斋诗话》亦说："古人作诗规模，全在此矣"，"皆此机杼也"。这是有点令人惊讶的。金昌绪这首诗，在唐诗中虽然有特色，然而很难列入最高水准一类。不管是以钟嵘还是司空图的办法来品评，只能说是中上品。高棅在《唐诗品汇》中说："盛唐绝句，太白高于诸人，王少伯次之。"胡应麟在《诗薮》中也说："七言绝以太白、江宁为主，参以王维之俊雅，岑参之浓丽，高适之浑雄，韩翃之高华，李益之神秀，益以弘、正之骨力，嘉、隆之气运，集长舍短，足为大家。"

唐诗天宇，星汉灿烂，大家辈出，要论作诗"法式"，哪里会轮到连身世都不可考的金昌绪。洪迈《容斋五笔》用这种理论解读杜甫的诗，发现杜甫大量绝句的法式并不是这样的。其五言如"迟日江山丽，春风花草香。泥融飞燕子，沙暖睡鸳鸯"，七言如"两个黄鹂鸣翠柳，一行白鹭上青天。窗含西岭千秋雪，门泊东吴万里船"，显然和金昌绪的《春怨》在结构上并不是一个模式。杜诗的格局是前两句和后两句是分别可以独立的画面，而金昌绪的格局是不可分割的统一体。前面两句是结果（打黄莺，不让啼），后面两句是原因（啼醒了，不能到辽西），说明正在做着到辽西会见夫婿的美梦。

宋人究竟看中了金昌绪的什么呢？张端义《贵耳集》："作诗有句法，意连句圆。'打起黄莺'……一句一接，未尝间断。"说穿了，就是自首到尾，逻辑一贯。这个说法包含着两个方面的意思。第一，首尾连贯为一个整体；第二，其间有理性逻辑。宋人把金昌绪这首诗推崇为"标准""机杼"就是因为这种结构便于说理。这一点韩驹说得更明白，不但是"从首至尾，语辄联属"，而且其间逻辑有理性："如有理词状。"这话看似说过了头，混淆了诗与理的界限。但是，他们就是这样实践的。如朱熹的《观书有感》："半亩方塘一鉴开，天光云影共徘徊。问渠那得清如许？为有源头活水来。"这里的句法，是连续的，不间断的，更重要的是这里的因果逻辑是双重的。第一重，为什么田中水总是那么清呢？因为有源头活水。第二重，带着隐喻性质，为什么人心灵总是那么清新呢？因为总是观书。这好像是有点创造性的发挥。

但是，这个发挥，与其说是属于诗情的还不如说是属于理性的。

这样的逻辑结构和金昌绪诗中的逻辑在根本上是不相同的。

在金昌绪那里，逻辑的性质是抒情的，不是理性的。从理性来说这个因果关系是不能成立的。少妇因为不得到辽西这个结果，把黄莺啼叫作为原因，是不合逻辑的，也是无效的，不实用的。但是，对于诗来说，正是因为无理、无效，才是抒情的。用吴乔、贺裳他们"无理而妙""入痴而妙"的理论来阐释，正是因为无理，正是因为入痴，才生动地表现了少妇情感天真的、瞬时的激发。

从唐诗的全面成就来看，宋人这样推崇《春怨》是很片面的。黄生在《唐诗摘抄》中说，这种"一意到底"的诗但为绝句中之一格。宋人以偏概全"主此为式"的原因："盖不欲使意思散缓耳。"也就是为了意脉贯穿到底，杜甫那种四幅图画的模式，后来被杨慎批评为"断锦裂缯"，又被诗话家批评为"不相连续"。

仅就唐诗绝句而言，这种"一意到底"的说法，并不很到位。唐诗绝句中最佳的杰作，恰恰不一定是一气直线到底，而是中间转折的。按元人杨载的说法是，大致分为前面两句和后面两句，前两句是起承。第三句则是转。这个转最为关键。第四句则是顺流而下了。杨载的原文如下：

> 绝句之法要婉曲回环，删芜就简。句绝而意不绝。多以第三句为主，而第四句发之。有实接，有虚接。承接之间，

开与合相关，反与正相依，顺与逆相应。一呼一吸，宫商自谐。大抵起承二句固难，然不过平直叙起为佳，从容承之为是，至如宛转变化工夫，全在第三句。若于此转变得好，则第四句如顺流之舟矣。(何文焕《历代诗话》)

绝句的压卷之作，于第三句转折，有时，有外部的标志，如陈述句转化为疑问感叹，有时是陈述句变流水句，所有这些变化都为了表现心情微妙的、瞬间的感悟，一种自我发现，其精彩在于一刹那的心灵颤动。

压卷之作的好处，也正是绝句成功的规律，精彩的绝句往往表现出这样的好处来。孟浩然《春晓》："春眠不觉晓，处处闻啼鸟"，闭着眼睛感受春日的到来，本来是欢欣的享受，但是"夜来风雨声，花落知多少"却是突然想到春日的到来，竟是以春光消逝、鲜花凋零为结果。这种一刹那的从享春到惜春转折，成就了这首诗的不朽。同样，杜牧的《清明》："清明时节雨纷纷，路上行人欲断魂。借问酒家何处有，牧童遥指杏花村。"从"雨纷纷"的阴郁，到"欲断魂"的焦虑，一变为鲜明的杏花村的远景，二变为心情为之一振。这种意脉的陡然转折，最能发挥绝句这样短小的形式的优越。

其实，金昌绪的这首《春怨》，其间的情感脉络虽然没有曲折，但也是无理而妙的，完全没有道理的，是一种天真的感情激发，最大的特点是带着喜剧性的。

对于这一点同为宋人的张戒在《岁寒堂诗话》中说："诗人

之工，特在一时情味，固不可预设法式也。"说得是很到位的，特别是"一时情味"。只是没有深入下去。就是一时情味，也有曲折的，也有一线到底的，有抒情性的，有喜剧性的。

宋诗之不如唐诗，原因之一，在过于理性，原因之二，在于缺乏唐人绝句那样的"一时情味"，或者瞬间激发。如朱熹上述诗作，完全是长期思索所得，而且把理性的原因和结果用明确的话语正面地表述出来。这就犯了严羽所说的"以议论为诗"的大忌。

2011 年 2 月 20 日

蹈袭、祖述、暗合及偷法

艺术总是以创新为贵，以突破权威话语为生命，突破之难难在权威乃世所公认，占有现成优势，追随难以避免，追随成风导致照搬。刘熙载《艺概·词曲概》曰："词要清新，切忌拾古人牙慧。盖在古人为清新者，袭之即腐烂也。拾得珠玉，化为灰尘，岂不重可鄙笑！"当然，公然照搬是很少的，袭用却很难避免。不少大家往往在作品中直接用了前人的句子。陶渊明"鸡鸣桑树颠，狗吠深巷中"之于古乐府"鸡鸣高树颠，狗吠深宫中"，明明是照搬，王世贞《艺苑卮言》为之辩护："模拟之妙者，分歧逞力，穷势尽态，不唯敌手，兼之无迹。"可能是为贤者讳。其实，这样的情况比比皆是。杜甫《梅雨》"湛湛长江去"，同于阮籍《咏怀》"湛湛长江水"，杜甫《陪王使君晦日泛江就黄家亭子二首》"江平不肯流"，同于唐马周（一曰韦承庆）《凌朝浮江旅思》诗句"潮平似不流"。杜甫"春水船如天上坐，老年花似雾中看"从沈佺期"船如天上坐，人似镜中行""人如天上坐，鱼似镜中悬"中化来。后人遂指为蹈袭沈句。但是贺贻孙《诗筏》为之辩护："不知少陵深服沈诗，时取沈句流连把咏，烂熟在手口之间，不觉写出。"这完全可能是当时甚至后来的实际情况。"冰肌玉骨清无汗，水殿风来暗香满"，本是五代后蜀国主孟昶《木兰花》中的诗句，苏东坡将之改编为词"冰肌玉骨，自清凉无汗，水殿风来暗香满"。后人似乎并不以为是抄袭。大家的才气远远超过了袭用的对象，有姑且用之的性质。当时没有标点符号。如果有，应该会加上引号的。

照搬引人诟病。但是，变相重复，改头换面，屡见不鲜，只是很少较原作高明者。

陶渊明诗："采菊东篱下，悠然见南山。"韦应物亦有"采菊露未稀，举头见秋山"，无异于狗尾续貂，本来陶诗之神韵在于"见南山"之"见"，是无意得之，才"悠然"、自然，而"望南山"则是有意的，自由自在的意味就丧失了。"见"和"望"一字之差，两种境界。韦诗又加上个"举头"，把有意突出了，"见南山"其"悠然"的、无意的境界完全被破坏。陶渊明从无意出者不仅仅为诗，而且为文。武陵人于无意得"桃花源"之境界，南阳刘子骥有意去寻访，就无功而返了。

王昌龄《长信怨》曰："玉颜不及寒鸦色，犹带昭阳日影来。"孟迟《长信宫》也来一个："自恨轻身不如燕，春来还绕御帘飞。"这就是典型的东施效颦。本来王昌龄意象核心在于寒鸦，从而引出双重的反差，一是玉容和寒鸦的反差，二是寒鸦和日影的反差，情感强而语含蓄。孟迟诗把寒鸦变成春燕，失却了双重反差，意境全无。

梅圣俞诗"南岭禽过北岭叫，高田水入低田流"几近重复黄庭坚的"野水自添田水满，晴鸠却唤雨鸠来"。本来黄庭坚的诗句就不太高明，梅氏重复则更是平庸。王安石《北山》"细数落花因坐久"显然从王维的"坐久落花多"转化而来，其实，"细数落花因坐久"，把"落花""坐久"的因果关系说得太明白，太理念化了。而"坐久落花多"，则把因果关系隐藏起来，关键在一个"多"字，提示，由于发现落花之"多"，才觉悟坐得久了。这是一种心灵的渐悟，但是，保持平静，显得含蓄隽永，从容淡定。

当然，像这样明显的重复，比较少，多数重复的是其诗意，不重复其诗句。王楙《野客丛书》说晏几道的"今宵剩把银釭照，犹恐相逢是梦中"，盖出于老杜"夜阑更秉烛，相对如梦寐"。类似的还有司空曙"乍见翻疑梦，相悲各问年"，戴叔伦"还作江南会，翻疑梦里逢"，相思之苦以相见如梦表之，反复用之，成为套路，这就是"蹈袭"，而且是低级的，越来越差。

比"蹈袭"高明的则"偷意""偷势"，而不偷其语，有时很有突破的价值，但和"蹈袭"，甚至突破，很难区分。北宋魏泰《临汉隐居诗话》说，陈陶《陇西行四首》："誓扫匈奴不顾身，五千貂锦丧胡尘。可怜无定河边骨，犹是春闺梦里人。"世称经典，系"蹈袭"李华《吊古战场文》，其文曰："其存其没，家莫闻知。人或有言，将信将疑。悁悁心目，梦寐见之。"但是，二者的相似不如相异。相似不过是战死者家人将信将疑，"梦寐见之"，这是散文的叙述，而且六个四言句，有芜杂之嫌，而"可怜无定河边骨，犹是春闺梦里人"则是诗的想象的对比：把意象核心定位于春闺思妇之梦，战死者凝聚于河边"白骨"意象，梦是欢会之喜与白骨暴野之悲，其对比之冲击力非李华可比也。王昌龄的才华还表现在文体的转化上，从散文的概括性直陈，到诗借意象性对比以抒情，应该属于创造。

　　一般地说，盲目追随固然造成艺术腐败，但是，也不无例外，佚名《诗宪》曰："诗恶蹈袭。古人亦有蹈袭而愈工，若出于己者，盖思之精则造语愈深也。"这种"蹈袭而愈工"，并不限于在不同文体之间。在同一文体之间，更容易分出高下。王楙《野客丛书》引吴曾《漫录》说，白居易《长恨歌》"回眸一笑百媚生"，来自李白《清平词》"一笑皆生百媚"（胡应麟《少室山房笔丛》以为五代人伪作）。王楙进一步指出李白之语，又来自江总"回身转佩百媚生，插花照镜千娇出"。虽然白居易的"回眸一笑百媚生"容或有所蹈袭，但是百媚生本是一个抽象概念，而白居易则将"回身"转化为"回眸"，又将其效果强化到杨贵妃回眸一笑，唐明皇的感觉就发生了变异：六宫粉黛，三千佳丽，就一个个脸色苍白了。以效果来写美人之美，比之从美本身来写美，要独创得多，江总之失，就失在脱离了视觉主体的感情效果，在"百媚"后面加上"千娇"，又添出华丽的装束来，使得意象主要特征变得芜杂，分散了读者想象的专注。

明人张綖《草堂诗余别录》以为李清照《如梦令》："昨夜雨疏风骤，浓睡不消残酒。试问卷帘人，却道海棠依旧。知否、知否？应是绿肥红瘦。"袭自晚唐韩偓诗："昨夜三更雨，今朝一阵寒。海棠花在否？侧卧卷帘看。"二者之间的关系是否真的如此，有待考证，即使真如其所说，韩诗只是因夜寒而担心"海棠花在否"，而李清照则相反，尽管卷帘人觉得"海棠依旧"，自己没有直接观察，却仍然坚持肯定是"绿肥红瘦"。固执到越是不顾事实，越是隐含着女性对于年华消逝的隐忧，不是一触即发，而是不触也发。韩偓的诗题是《懒起》，仅仅是懒洋洋地怜花，李清照则怜己超越于怜花。二者不在同一艺术水平线上。

不管怎么说，从根本意义上说，依附前人容易落入窠臼，诗家当以个性的原创为先。但是，绝对的原创，完全脱离传统，是不可能的。正是因为这样，艾略特甚至认为诗人不可能脱离文化传统，因而他干脆主张逃避个性，天才只有在传统的基础上才能发挥。这个观念当然相当极端，但是，强调个人天才不脱离传统，有相当的道理。后来发展为一种互文性的学说。Intertextuality（互文性），也可以译成文本间性。一切文本都是互相关联的，都处于文学发展的谱系的有机的经纬结构之中，相互有所关联是正常的，不能像一些诗话家那样，看到一点关联就捕风捉影，动不动就扣"蹈袭"的帽子。

孟浩然先写了"江清月近人"，杜甫又写"江月去人只数尺"。罗大经《鹤林玉露》就认为杜甫认孟浩然为前辈，不无师承之处，但是，他又认为一个"浑涵"，一个"精工"，各有所长。细读全诗，孟诗"野旷天低树，江清月近人"是视野空旷感和亲近感的反衬，而杜诗"江月去人只数尺，风灯照夜欲三更"则并不强调空旷，而是在有限的空间中，夜色明暗的对比。比这更为明显的是刘禹锡、杜牧和韦庄都有六朝旧都怀古的诗。

刘禹锡《石头城》："山围故国周遭在，潮打空城寂寞回。淮水东边旧时月，夜深还过女墙来。"

杜牧《泊秦淮》："烟笼寒水月笼沙，夜泊秦淮近酒家。商女不知亡国恨，隔江犹唱后庭花。"

韦庄《台城》："江雨霏霏江草齐，六朝如梦鸟空啼。无情最是台城柳，依旧烟笼十里堤。"

三首写的都是南京，主题都是悼古伤今，风格近似，各有不可低估的成就。原因在于构思的意脉都是物是人非，从平常、自然的状态中，突出现实与历史的巨大的反差。刘禹锡《石头城》，缅怀当年繁华的都城，极写城墙、江水不变，但已经变成"空城"，浪花变得寂寞，这寂寞是城市的也是诗人心灵的，聚焦在一切都变了，偏偏那月亮，却是一仍其旧，不管寂寞不寂寞，不管空不空，还和旧时一样出现在女墙上面。现时和旧时，寂寞和浪声，构成强烈对比。杜牧写的也是南京，只是他强调的是，秦淮仍旧繁华，夜色仍旧美好，连那《玉树后庭花》的歌声，也都一样欢乐。但是，歌女不知道，这首歌和陈后主亡国的因果关系。这也是一种对比，是依旧繁华、欢乐和亡国之恨的对比。而韦庄则以繁华的六朝如梦的回忆，衬出诗人伤感到连鸟鸣听来都是"空啼"，可是大自然却"无情"，不管梁武帝曾经饿死台城的悲剧，台城的杨柳依然生机勃勃。以大自然的"无情"的生机来反衬人的有情的感伤。三家所用的方法，显然属于同一联想的机制，其特点是聚焦在一个单纯意象的内在反差上，构成现场联想的反衬。这似乎可以说是一种固定化的套路，抒情为什么一定要这样含蓄，总是这样欲说还休，直接抒情，不是更痛快吗？这不是一种束缚吗？和西方诗歌比较一下，就更明显。拜伦的《哀希腊》是这样的：

The isles of Greece, The isles of Greece!

Where burning Sappho loved and sung,

Where grew the arts of war and peace,

Where Delos rose, and Phoebus sprung!

Eternal summer gilds them yet,

But all, except the sun, is set.

希腊的群岛啊，希腊的群岛！

在这里，热情的莎孚曾经恋爱和歌唱，

在这里，战争和平的艺术曾经生长，

在这里，浮起了月神故乡，太阳的神像

所有的一切都还镀着永恒的、夏日的华光

但是，除了这一切，一切都已沦丧。

西方诗学艺术传统是直接抒发激情（passion），强调"强烈感情的自然流泻"，怀念往昔的繁华是直接呼喊出来的，而且是罗列式的，一泻无余的，并不刻意聚焦在一个意象，而是直接说出来，往日的文治武功，往昔的神话和爱情，虽然看不见了，但仍然镀着夏日的华光，除了这太阳的光芒，一切都无影无踪。诗人并不把感喟的意脉渗透在意象群背后。这种激情的呼喊，是中国古典诗人想象境界以外的。中国古典诗人为什么不从意象聚焦中的套路突围呢？这样提出问题是幼稚的。反过来说，西方诗人为什么总是这样直接抒情，不能把感悟隐藏在意象之内吗？这样的问题要到二十世纪意象派才能回答。从这个意义上说，意象聚焦中国古典时代的、历史的平台，其中凝聚、积淀着的艺术传统是不可小觑的。正是因为这样，贺裳在《载酒园诗话》中所说：这不应该叫作"蹈袭"，应该叫作"出处"，得到广泛的认同。他说，如果把这也叫作蹈袭，则是"苛责"，要求诗人每一句都自出心裁（"作诗者必字字杜撰"），那是不可能的。有时，后人似袭前人诗句，如李嘉祐诗"水田飞白鹭，夏木啭黄鹂"，而王维加以"漠漠"，"阴阴"变成"漠漠水田飞白鹭，阴阴夏木啭黄鹂"。田同之《西圃诗说》说，这样一加，"更觉精神飞越，岂尽得以袭取归咎耶！"是很有艺术见解的。"水田飞白鹭"，好处是水田显白鹭之影，但二者均为亮色。加上"漠漠"，一则有模糊之感，与白鹭有反衬之效果；二则具开阔之感，引白鹭群飞之联想。至于"夏木啭黄鹂"，好处是，有听觉之美。然而，夏木，则系概念。加上了"阴阴"，则不但显夏木之盛，其浓荫与黄鹂之音色之明亮，构成对比。加之黄鹂之声，可闻而不可见，亦不欲寻，多了一份淡定。其双重对比，在性质上、在程度上相当，不但表现夏日之佳景，而且显示了诗人心境的从容自如，田同之说这就表现了诗人之"精神飞越"，似乎过头了，整个诗情是持续性的，而不是飞越性的。

诗话家们对"蹈袭"扩大化的捕风捉影（"多摘前人相似之句，以为蹈袭"），对所谓"夺胎换骨"大抵都有相当的警惕。但对诗作中间或有相同相近词句，常取宽容态度。吴衡照《莲子居词话》说："词有袭前人语而得名者，虽大家不免。"他举贺铸《青玉案》词句为例："试问闲愁都几许？一川烟草，满城风絮，梅子黄时雨。"指其出自寇准的诗句："杜鹃啼处血成花，梅子黄时雨如雾。"

贺铸虽然对寇准有所师承，但是，其水准远高出于寇准。寇准旨在描绘梅雨之性状，而贺铸则以之表现不可直接感知的"闲愁"，并以之与"一川烟草，满城风絮"叠加，并使三者构成一幅图画，烟草、风絮、梅雨，在性质和程度上统一和谐。二人在立意的独特和意象的丰富上，不可同日而语。

类似的情况还有柳永《雨霖铃》词句："今宵酒醒何处？杨柳岸、晓风残月。"

明俞彦《爰园词话》指出其实乃承魏承班《渔歌子》"窗外晓莺残月"。二者在艺术上有天壤之别。"窗外晓莺残月"只是写景，而"今宵酒醒何处？杨柳岸、晓风残月"，暗示昨日不知醉倒何处何时，"晓风残月"提示至晨方醒，可见送别之痛。

类似的现象在中国古典诗歌中并不罕见。情况相当复杂，须要具体分析。有时，直接照搬，成为名句，而原作却湮没无闻。如秦观《满庭芳》词句："斜阳外，寒鸦万点，流水绕孤村。"实出自隋炀帝诗："寒鸦千万点。流水绕孤村。"可能是因为炀帝的名声太坏，人们很少有兴趣为他鸣不平。辛弃疾《祝英台近·晚春》词："是他春带愁来，春归何处？却不解、带将愁去。"出自他的朋友赵德庄《鹊桥仙》："春愁元自逐春来，却不肯、随春归去。"而赵词又出自李汉老杨花词："蓦地和春，带将归去。"像这转辗相因，可能是中国诗学的特殊情况，有时师承者的确点铁成金，有时，明明大家全盘照搬，但由此名垂千古，而原创者，仅仅因名声不及，却湮没无闻。这是不公平的，没有道理的。但是，历史的偶然性不是偶然的。

　　　　　　　　　　　　　　　　　2011 年 1 月 19 日

诗家写愁如何翻新

古典诗话词话，常常有一种咬文嚼字的倾向，显示出创作论和鉴赏论的交融，这显然是一种优长，往往咬出了很高的水准。这里提出的是关于表现忧愁的命题，总结出以水喻愁以及以山喻愁的方法，其实理论的潜在量很大，但是过分着重于操作性，造成了把目的单纯定位在师承上，虽然其局限性不可讳言，但是，对于作者和读者艺术感受的熏陶有着不可低估的意义。光是以水喻愁所积累的历史线索就很有启发性。

最初北宋的陈师道在《后山诗话》中引王荐的话，从秦观《千秋岁》"春去也，飞红万点愁如海"，上溯至李后主"问君能有几多愁？恰似一江春水向东流"。得出结论曰："例袭陈言"，不过是"以'江'为'海'尔"。这种研究方法有很深厚的传统，其过程往往长到上百年，甚至上千年。南宋王楙《野客丛书》中，又上溯到唐朝刘禹锡的"蜀江春水拍山流……水流无限似侬愁"，得出的结论是好处在"翻而用之"。对于这样的追根溯源，诗话词话家是颇有耐心的，后来罗大经在《鹤林玉露》中把这种上百年的接力赛延续了下去，又梳理出了以水喻愁，出自唐人李群玉的"请量东海水，看取浅深愁"。陈郁《藏一话腴》则又梳理出最早的根源应该是李白："请君试问东流水，别意与之谁短长？"下接寇准的"愁情不断如春水"。又过了几百年，明朝的孙绪在《孙绪诗话》中提出唐朝的赵嘏有"此时愁望情多少？万里春流绕钓矶"。但此人生于李白之后一百多年，他认为李后主等"赵皆祖于白者也"。

诗话词话家们当然也注意到有时有"青出于蓝而胜于蓝"，"意味更长"的。但是，他们把最大的注意力放在继承上。对于为什么以水喻愁有这样长的生命力，则没有深究。这也许就表露了古典诗话词话重具体赏析，而不重理论的局限。

夫"愁"不可直接感知，以物象喻之，则可感。以水喻之虽可感，然单薄，以江喻之，则有流动感，且有滔滔不尽之联想。同样以江水喻愁，李后主的"问君能有几多愁？恰似一江春水向东流"，比之李白的"请君试问东流水，别意与之谁短长"可以说更胜一筹。原因盖在于，李白以东流之水喻离别之意，显系夸张。只要还原到前面的"金陵子弟来相送"之中，不难感到其中多少有些与萍水相逢之女郎的应酬成分，而李后主《虞美人》

"雕栏玉砌应犹在，只是朱颜改。问君能有几多愁？恰似一江春水向东流"，其中，亡国之痛，年华之逝，则无疑要深沉得多。

相比之下，秦观《千秋岁》之"日边清梦断，镜里朱颜改。春去也，飞红万点愁如海"，固然有对李后主某种师承的痕迹（如"朱颜改"），但不仅仅是沿袭，也有创新，"飞红万点"，在色彩上本非愁意，然融而为愁绪，其中有反衬。如海之飞红新异于一江春水者，又在其飞动，而非流动也。

至于到了二十世纪钱锺书先生在《宋诗选注》中又提出——苏轼《虞美人》："无情汴水自东流，只载一船离恨向西州"；陈与义《虞美人》："明朝有酒大江流，满载一船离恨向衡州"；李清照《武陵春》："只恐双溪舴艋舟，载不动许多愁"；辛弃疾《水调歌头》："明夜扁舟去，和月载离愁"；张可久《折桂令·西陵送别》："画船儿载不起离愁，人到西陵，恨满东州"；贯云石《清江引》："江声卷暮涛，树影留残照，兰舟把愁都载了"——这里愁和江水的关系，已经不是喻体与被喻的关系，而是把喻体江水，转向与之相联系的"船"，而这种转喻，又不取船之形态而是取其功能："载"。形象构成，修辞技巧更趋新异精致。到了王实甫的《西厢记》第四本第三折："遍人间烦恼填胸臆，量这些大小车儿如何载得起！"则又由载超越了船，而转向了车。斯可谓举世无双的接力赛矣。

不以水喻愁，而以山喻愁者则比较少，如杜甫的"忧端如山来，澒洞不可掇"，赵嘏的"夕阳楼上山重叠，未抵春愁一倍多"，总的来说，和以水喻愁者相比，不但在数量上，就是质量上也比较低。原因可能是，愁与山固然在重压上有一点相通之处，但是，愁无定形，难以捉摸，而山有定状，一望而知，不若水之无形，且有流动感也。

但是，不管水之喻有多精彩，诗人之最佳选择当以脱出窠臼，超越山水喻愁的套路，想落天外为上。故贺铸之"试问闲愁都几许？一川烟草，满城风絮，梅子黄时雨"，其出奇制胜之妙，在于不但不做山水之喻，而且不直接抒情，而以一幅景观代之。以三种意象高度统一，自然叠加。更胜一筹者当为李白之"抽刀断水水更流，举杯消愁愁更愁"，将直接抒情和即景结合起来，在动作中显示无奈，所获得的情感自由，就不是拘泥于比喻所能达到的。至于李清照的《声声慢》主题是"怎一个愁字了得"。她没有用水，也没有用山的意象，而是用直接抒情的手法。"雁过也，正是旧时相识"，一年又过去了。时间太快，令人愁怨。因为"满地黄花堆积"，"憔悴损"的，是自己的生命，而"守着窗儿，独自怎生得黑"则是时间过得太慢。特别是"梧桐更兼细雨，到黄昏、点点滴滴"，一直在提醒自己时间在慢吞吞地过去。这就是另外一种思路，是作者感知的突破，也就是艺术上的创新了。故这样的词，比之在山水意象中转来转去的，在诗话、词话中评价更高。

"夺胎换骨" 贵在换骨

在我国古典抒情诗论中，最早的《诗大序》曰："在心为志，发言为诗。"天真地以为有意则有言，有言则有诗。没有意识到情感往往可以意会，不可言传。陆机《文赋》发现了言不逮意，意不称物。如何以言称物逮意呢？这正是为诗之难，光是称物，状难写之景如在目前，已属不易，可并不一定符合诗的要求，还要含不尽之意尽在言外。要不着一字，才能尽得风流。诗要从意到言，又不能全靠言。这就是创作论的尴尬，究竟是从意出发，还是从景（物）出发，或是从言出发呢？三者都有难处。

中国诗话家在这三维抽象思辨方面，似乎没有投入更多的精力，倒是在具体操作方面颇有发明。所谓"夺胎换骨"法，就是干脆从言出发。言最好是要新的，但是夺胎换骨法，则是从旧言出发，"取古人之陈言入于翰墨，如灵丹一粒，点铁成金"（《黄庭坚诗话》）。这个说法影响相当广泛，宋阮阅《诗话总龟》、胡仔《苕溪渔隐丛话》、李颀《古今诗话录》、魏庆之《诗人玉屑》、南宋蔡正孙《诗林广记》及《扪虱新话》《懒真子》《云麓漫钞》《五总志》《萤雪丛说》诸书均加以引述。

这个观念值得研究，还因为它颇具中国艺术理论的特征。

中国画家并不像西洋画家那样，从写生，从物的模仿出发，而是讲究气韵生动，骨法用笔，如《芥子园画谱》就是从笔法、墨法的摹写开始。中国书法，也不是像许慎《说文解字·序》所说的那样："仰则观象于天，俯则观法于地，视鸟兽之文与地之宜，近取诸身，远取诸物"，进行直接创造，而是从临大家之帖入手。这种方法，表面上并不是溯其源，而是取其流，但源流之间，自有互相转化的规律。这就在理论上提出"夺胎换骨"的必要。为什么呢？黄庭坚一语道破——"自作语最难"，因为直接的原创太难了，只能走间接的道路：依托旧语求新，以期点铁成金。

什么叫作"夺胎"？"窥入其意而形容之，谓之夺胎法。"什么叫作"换骨"？"不易其意而造其语，谓之换骨法。"这是释惠洪在《冷斋夜话》中提出的。这个解释表面上不无道理，实际上经不起推敲。二者的核心都是"窥入其意""不易其意"，都是不脱前人之"意"，将人之意为己意，从字面上来说，这个"意"并没有变，在实践中，这几乎是不可能的。他举了郑谷《十日菊》为例："节去蜂愁蝶不知，晓庭还绕折残枝。自缘今日人心别，未必秋香一夜衰。"王安石在《和晚菊诗》中把后面两句改成："千花万卉凋零后，始见闲人把一枝。"苏东坡在《南乡子·重九涵晖楼呈徐君猷》则改成："万事到头都是梦，休，休，明日黄花蝶也愁。"惠洪以为："凡此之类，皆换骨法也。""换骨法"的要领是不易其意。这里郑谷原诗的"意"是，并不是节气一过，菊花就完全失去了香气，客体可能没有什么变化，只是人心因为历法上节气已过，就觉得蝴蝶还要围绕残枝是无意义的。而王安石的诗，是说，秋日千花万卉凋零了，只有菊花还能引起"闲人"把玩。苏东坡的词则是说，世事如花开花落，变幻无穷，花落与花开之反差如此之大，连蝴蝶也不能不忧愁。应该说，三者在意上并不能说没有变易，其相同处只在从花开花落变幻，引起人生感喟，但正面表述，则转化为蜂蝶的无知或有知的想象。从这个意义上说，"夺胎换骨"所谓的"意"主要并不是人的思想情感，而是诗的想象立意，也就是想象的触发点（花开花落与蜂蝶之关系）。

仅从此例就可以看出，这种号称"换骨"的方法，其实是在原创的想象圈子打转，语言上有些变化，想象辐射角度也有些变化，但是，辐射的焦点是不变的。这种理论，为想象的因循推波助澜。越是追求点铁成金，越是点金成铁。李白诗云："白发三千丈，缘愁似个长。"王安石来个"缲成白雪三千丈"。刘禹锡诗云："遥望洞庭山水翠，白银盘里一青螺。"黄庭坚"点化"

成："可惜不当湖水面，银山堆里看青山。"卢仝诗云："草石是亲情。"山谷"点化"之，则云："小山作朋友，香草当姬妾。"很明显是越弄越糟，诗情衰减。这就怪不得王若虚在《滹南诗话》中要骂黄庭坚这个始作俑者："鲁直论诗，有'夺胎换骨、点铁成金'之喻，世以为名言。以予观之，特剽窃之黠者耳。"事实上，等而下之的蹈袭比比皆是。韦居安《梅磵诗话》提供了最有说服力的材料："陆鲁望诗云：'溪山自是清凉国，松竹合封萧洒侯。'戴式之《赠叶竹山》诗云：'山中便是清凉国，门下合封萧洒侯。'王性之诗云：'云气与山为态度，月华借水作精神。'式之《舟中》诗云：'云为山态度，水借月精神。'"对此他的批判是很直率的："如此下语，则成蹈袭。"冯班《钝吟杂录》对此等腐败、没出息的现象骂得则更是直率："夺胎换骨，宋人谬说，只是向古人集中作贼耳！"

当然，任何规律都有例外，就这种带着某种腐朽气味的"夺胎换骨"也一样。杨慎《升庵诗话》指出南陈僧慧标《咏水》诗："舟如空里泛，人似镜中行。"被沈佺期偷到《钓竿》篇中："人如天上坐，鱼似镜中悬。"而杜甫居然也未能免俗，蹈袭之为"春水船如天上坐，老年花似雾中看"。但，杨慎以为杜甫"虽用二子之句，而壮丽倍之，可谓得夺胎之妙矣"。这倒不是强辩，为尊者讳，而是的的确确，杜甫把本来是写景的，突出水的透明、山水之美，变成了春水透明与老年目力模糊的对比。从这个意义上说，这已经超越了夺胎换骨说"不易其意"的原则了。

"池塘生春草"妙在何处

　　谢灵运的"池塘生春草，园柳变鸣禽"，这么朴素的两句诗，长期得到极高的评价，评价者还是像王昌龄、李白、皎然、贾岛、胡应麟、王夫之、沈德潜、王国维那样的高人，推崇的理由集中在"情"上，特别强调其"情在言外"，朴素无华。王昌龄在《诗格》中认为："诗有天然物色，以五彩比之而不及。由是言之，假物不如真象，假色不如天然。如'池塘生春草，园柳变鸣禽'，如此之例，皆为高手。"意思有二，一是，语言自然朴素（"天然物色"）比之文采华丽（"五彩比之"）要强，二是，写实（"真象"）比之虚拟（"假物""假色"）要好。这从理论上来说，可能并不十分周密；但是，应该说，有道理。持反对意见者不止一人，释惠洪、王若虚均赞成李元膺之说，"反复求之，终不见此句之佳"。这就须要对原诗做些具体分析。谢灵运《登池上楼》原诗：

> 潜虬媚幽姿，飞鸿响远音。
>
> 薄霄愧云浮，栖川怍渊沉。
>
> 进德智所拙，退耕力不任。
>
> 徇禄反穷海，卧疴对空林。
>
> 衾枕昧节候，褰开暂窥临。
>
> 倾耳聆波澜，举目眺岖嵚。
>
> 初景革绪风，新阳改故阴。
>
> 池塘生春草，园柳变鸣禽。
>
> 祁祁伤豳歌，萋萋感楚吟。
>
> 索居易永久，离群难处心。
>
> 持操岂独古，无闷征在今。

称赞"池塘生春草"的，大抵强调"情"。但是，以情取胜，这是古典诗歌的一般规律，具体到这首诗好在什么地方，就要弄清，在这里情的特点是什么。对于这一点，古典诗话是有些聪明的评点的。

王直方引田承君之说："'池塘生春草'，盖是病起忽然见此为可喜，而能道之，所以为贵。"（《王直方诗话》）俞文豹在《吹剑录》说："谓池塘方生春草，园柳已变鸣禽。曰变者，言其感化之速，往往人未及知。"明人黄谆耀《黄谆耀诗话》则在方法上进一步指出不能"单拈此句"，这句的妙处，不仅仅在此，四句之前之"'卧疴对空林''衾枕昧节候'，乃其根也。'褰开暂窥临'下历言所见之景，而至于池塘草生，则卧疴前所未见者，其时流节换可知矣"。清人牟愿相《小澥草堂杂论诗》主张"是卧病初起，耳目一新"，对于"王泽竭而草生，候将变而虫鸣"穿凿之说，则不屑一顾。

以上诸论至少有两点很有价值，第一，要从全篇出发，第二，要分析诗人心态的前后变化。

全诗二十二句，全是对仗，从情绪节奏上看，是比较单调的。但是，语言风格上似乎并不统一。一开头"潜虬媚幽姿，飞鸿响远音"，显然有些枯涩。追求文采，耽于虚拟。题目是"登池上楼"，所述当为所见，"飞鸿"尚可视，而"潜虬"则何可见之？至于"媚幽姿"，既是"幽姿"，何以见其"媚"？实为辞藻对仗所误，造成扭捏，失心态之自然。接下去是"薄霄愧云浮，栖川怍渊沉"，"薄霄"承"飞鸿"，"栖川"接"幽姿"，关锁隐其中，语言风格一仍其旧：以虚拟的景观和物象间接抒发情感。如果一直这样吞吞吐吐下去，外部对仗不变再加上借景抒情的不变，单调感将不可收。所幸，到了第三联，诗人改变了写法，从寓情于景转向了直接抒发："进德智所拙，退耕力不任。徇禄反穷海，卧疴对空林。"这多少带来了情绪和话语节奏上的变化，可惜语言太理性了，完全放弃了感性。

这就是这首诗在艺术上的矛盾：开头四句有情感，但是，经营意象的虚拟过分，失去自然之致；接下来四句，直接表达，又太直白了，失去了感性。这样缺乏感性的直白，在后面六句不能说没有改变："衾枕昧节候，褰开暂窥临。倾耳聆波澜，举目眺岖嵚。初景革绪风，新阳改故阴。""衾枕""窥临""聆波澜""眺岖嵚"，都有诗人的动作和心绪的展示，但是，大体都是叙述，带着很强的概括性，虽有感性，但还是缺乏登楼的鲜明的现场感，到了"初景革绪风，新阳改故阴"，诗人的心情进入了现场，感到了的变化，但是"革绪风""改故阴"这样的语言，太抽象，连起码的意象都没有，因而诗人的心灵还是缺乏波澜。

抒情的目的是要感动读者，感情不同于一般的感觉，在于"动"，故汉语中才有"感动""心动""触动""情动于衷"，反之则为"无动于衷"。"池塘生春草，园柳变鸣禽"，恰恰解决了感而"动"之的问题。有了感性意象，而且有心灵的变动。好处在，第一，"池塘生春草"，当为俯视景观，点到了题目"登池上楼"，突出了现场感。第二，把"革绪风""改故阴"这样的概括性感受，变成了瞬时的发现，"生春草"。这个发现，不但是景观的，而且是心灵的自我发现。久病的诗人，突然发现春天早就到来，自己却一直没有感觉。春草，本来不应该生在池塘里，而是应该生在别的地方，如田野，如路边，可是，偏偏从池塘里冒出来，说明草之茂，春之深，却一直被自己忽略了。第三，正是因为发现是猝然的，是一种触动，甚至是一种微妙的颤动，往往被一般人，甚至被诗人忽略了。然而，谢灵运却抓住了这个刹那的颤动，把颤动，变成触动，把触动又变成了感动。但是，有了诗人的感动并不一定就有动人的诗。诗并不像《诗大序》所说的那样简单，"情动于中而形于言"。有了情意就一定有相应的语言。这句的好处，并不在意与言的统一，而是矛盾，释皎然说得很清楚"意在言外"。功夫全在写出来的语言之外。

情本身有一种可意会不可言传的性质，情和言的距离对于一般人来说不啻于万里长城。要把难以直接感知的情，转化为形象，对于诗来说，这就要以最为精练的语言，抓住最有特点的细节。有特点的细节，是少量的，抓住它，就意味着排除大量的细节。在这里，就是把在田野、路边普遍存在的青草省略掉，只突出生长在池塘里的青草。这就不是一般的细节，一般的语言，而是雄辩的细节，精练的语言。正是在这个意义上，"意在言外"的意思是诗意不仅仅在写出来的东西中，而且在被省略的东西中，那些在田野、路边，在墙头、屋角的春草，好像都不存在似的。诗人把读者习以为常的、到处可见的春草遮蔽掉，把极为罕见的池塘中冒出来的春草作为唯一的存在。当诗人把这样的精练的语言写到诗里去的时候，读者习以为常的记忆就被唤醒了，突然被触动了，诗人的感情和读者的感情就沟通了。这心灵的电波从五世纪一接通，至今一千多年，毫无例外地打动了一代又一代的读者。这就叫作艺术的感染力，艺术的不朽就表现在这里。

也许真是谢灵运潜意识的饱和积累，确乎电光石火，神秘触发。也许谢灵运意识到这句诗的魅力，编造了梦中得此句的故事，正是因为这样，这句诗在五世纪初写出来以来，至今仍然保持鲜活的艺术感染力。但是，对之做出确切的阐释并不容易。

下面一句"园柳变鸣禽"，相比起来，就显得比较弱。虽然也是诗人心灵的发现，但是，"鸣禽"在柳，系通常景观，触发的能量不足，即使听之，渐觉非往日之禽，需时间之持续，缺乏春草在池塘那样的异常性，也就没有瞬间的视觉冲击力。故有人以为"园柳变鸣禽"不若"池塘生春草"。贺贻孙《诗筏》则在字眼上推敲："'池塘生春草'，'生'字极现成，却极灵幻。虽平平无奇，然较之'园柳变鸣禽'更为自然。"这恐怕是钻牛角尖。《石林诗话》以为应该是"变夏禽"，就是太糊涂了，明明前面池塘里生的是"春草"，鸟怎么会变成夏天的呢?

"推敲"公案：
看局部与看整体结论不同

中国诗话传统讲究炼字，为一个字的优劣，打上近千年的笔墨官司，这在西方是不可想象的。但是，在中国这是司空见惯的寻常之事，最有名要算贾岛的《题李凝幽居》，为了其中"推"字还是"敲"字好，至今争论不休，不但成为一宗未了的公案，而且"推敲"成为现代汉语中的常用词。此事最早见于刘禹锡《刘宾客嘉话录》：

> 岛初赴举京师，一日于驴上得句云："鸟宿池边树，僧敲月下门。"始欲着"推"字，又欲着"敲"字，练之未定，遂于驴上吟哦，时时引手作推敲之势。时韩愈吏部权京兆，岛不觉冲至第三节，左右拥之尹前，岛具对所得诗句

云云。韩立马良久，谓岛曰："作'敲'字佳矣!"遂与并辔而归，留连论诗，与为布衣之交。自此名著。

以后，五代何光远《鉴诫录》等书，辗转抄录：据陈一琴选辑的《聚讼诗话词话》此则，又见宋阮阅《诗话总龟》引录《唐宋遗史》、黄朝英《缃素杂记》、计有功《唐诗纪事》、黄彻《碧溪诗话》，元辛文房《唐才子传》，文字有增减，本事则同。

一千多年来，"推敲"的典故，脍炙人口。韩愈当时，是京兆尹，也就是首都的行政长官，又是大诗人，大散文家，他的说法很权威，日后几乎成了定论。但是为什么"敲"字就一定比"推"字好呢? 至今却没有人从理论上加以说明。朱光潜在《谈文学·咬文嚼字》中提出异议：认为从宁静的意境的和谐统一上看，倒应该是"推"字比较好一点：

古今人也都赞赏"敲"字比"推"字下得好。其实这不仅是文字上的分别，同时也是意境上的分别。"推"固然显得鲁莽一点，但是它表示孤僧步月归寺，门原来是他自己掩的，于今他"推"。他须自掩自推，足见寺里只有他孤零零的一个和尚。在这冷寂的场合，他有兴致出来步月，兴尽而返，独往独来，自在无碍，他也自有一副胸襟气度。"敲"就显得他拘礼些，也就显得寺里有人应门。他仿佛是乘月夜访友，他自己不甘寂寞，那寺里假如不是热闹场合，至少也有一些温暖的人情。比较起来，"敲"的空气没有"推"的那么冷寂。就上句"鸟宿池边树"看来，"推"似乎比"敲"要调和些。"推"可以无声，"敲"就不免剥啄有声，惊起了宿鸟，打破了岑寂，也似乎频添了搅扰。所以我很怀疑韩愈的修改是否真如古今所称赏的那么妥当。

朱氏仍用传统的批评方法，虽然在观点上有新见，但在方法上仍然是估测性强于分析性。其实以感觉要素的结构功能来解释，应该是"敲"字比较好。因为"鸟宿池边树，僧推月下门"，二者都属于视觉，而改成"僧敲月下门"，后者就成为视觉和听觉要素的结构。一般来说在感觉的内在构成中，如果其他条件相同，异类的要素结构会产生更大的功能。从实际鉴赏过程中来看，如果是"推"字，可能是本寺和尚归来，与鸟宿树上的暗示大体契合。如果是"敲"则肯定是外来的行脚僧，于意境上也是契合的。"敲"字好处胜过"推"字在于它强调了一种听觉信息，由视觉信息和听觉信息形成的结构的功能更大。两句诗所营造的氛围，是无声的静寂的，如果是"推"，则宁静到极点，可能有点单调。"敲"字的好处在于在这个静寂的境界里敲出了一点声音，用精致的听觉（轻轻地敲，而不是擂）打破了静寂，反衬出这个境界更静。（孙绍振《文学创作论》）

这种诗的境界，其实质是想象性的，而不是散文那样写实的。有些读解者忽略了这一点，提出一些可以说是"外行"的问题。例如："这两句诗，粗看有些费解。难道诗人连夜晚宿在池边树上的鸟都能看到吗？其实，这正见出诗人构思之巧，用心之苦。正由于月光皎洁，万籁俱寂，因此老僧（或许即指作者）一阵轻微的敲门声，就惊动了宿鸟，或是引起鸟儿一阵不安的躁动，或是鸟从窝中飞出转了个圈，又栖宿巢中了。作者抓住了这一瞬即逝的现象，来刻画环境之幽静，响中寓静，有出人意料之胜。倘用'推'字，当然没有这样的艺术效果了。"（萧涤非等《唐诗鉴赏辞典》）

　　说是作者的感觉（以有声衬托无声）虽然没有错误，但是，理论上混淆了散文和诗歌的区别。散文是写实的，具体到有时间、地点、条件、人称。诗中所写景象（"鸟宿"）并不一定为作者所见，可能是想象的，概括的，没有人称的。是谁看到的，还是作者想到的（灵视），在诗歌中，是没有必要交代的，交代了，反而煞风景。"僧敲月下门"，究竟是什么僧，是老僧还是年青的僧，是作者自谓，还是即兴描述，把想象的空间留给读者是诗的审美规范之一。但是，读者的想象，又不能完全脱离诗人提供的文本。不能因为诗中有"鸟宿"二字，就可以自由地想象，鸟不但宿了，睡了，而且飞了，不但飞了，而且叫了，因为有这种叫声才衬托出幽居的静。这不但是过度阐释，而且是多此一举。因为诗中本来就有"敲"字的音响效果，反衬出幽居的宁静，不用凭空再捏造出宿鸟惊飞而鸣的景象来。诗的想象，只能从文本中整体的提示激发，超越文本的添枝加叶，只能是画蛇添足。其实，这与"蝉噪林愈静，鸟鸣山更幽"，是同样的手法。更精致的是王维的《鸟鸣涧》："月出惊山鸟，时鸣春涧中。"同样的意境，整个大山，一片寂静，寂静到只有一只鸟在山谷里鸣叫，都听得很真切。而且这只鸟之所以叫起来，通常应该是被声音惊醒的，在这里却不是，而是被月光的变化惊醒的。月光的变化是没有声音的，光和影的变化居然能把鸟惊醒，说明是多么的宁静，而且这宁静又统一了视觉和听觉的整体有机感，把视觉和听觉水乳交融地结合起来成为和谐的整体。每一个元素，都相互补充，相互渗透，相互不可缺少。一如前面的"人闲桂花落"，桂花落下来，这是视觉形象，同时也是静的听觉。因为桂花很小，心灵不宁静，是不会感觉得到的。这里的静就不仅仅是听觉的表层的静，而且是心理的深层的宁。只有这样宁静的内心，才能感受到月光变化和小鸟的惊叫的因果关系。

在表面上，写的是客观的景物的特点，实质上，表现的是内心的宁静统一了外部世界的宁静，这样内外统一，就是意境的表现。

这里的意境，就是同时驾驭两种以上的感觉交流的效果，把两种或两种以上的感觉交织起来就形成了一种感觉"场"，这种"场"，是不在字面上的，权德舆和刘禹锡有"境在象外"之说，翻译成我的话，就是场在言外。

毛泽东的《忆秦娥·娄山关》也是这样，不过略有不同。上阕主要是以单纯的视觉衬出清晰的听觉："长空雁叫霜晨月"，看得见的，只有发光的月亮和月光照着的霜，其他的一概略而不计；听觉却能清晰地感受到天上大雁的叫声，听觉清晰和视觉朦胧之间的反差衬出进攻前阵地上是多么宁静，而在进攻的过程中视觉几乎完全关闭了，只有听觉在起作用："马蹄声碎，喇叭声咽。"只写声音，不写形状，视觉一概省略。写胜利，则相反，不写声音，只写形状："苍山如海，残阳如血。"所有的听觉一律关闭。和"推敲"故事中的视觉和听觉渗透构成交融不同，这里是视觉和听觉的交替，形成了一种"场"（境）的效果，同样是有机的、水乳交融的，不可分割的两种感觉的结构，或者叫作视觉和听觉"场"（境）的功能，不仅补充了被省略的，而且深化了情志：战争虽然是残酷的，但又是壮美的。

说了这么多，只是说明了一个道理，那就是，"敲"字因为构成了视听的交融，因而，比"推"字好。

如果这一点能够得到认可，仍然潜藏着矛盾。用来说明"敲"字好的理论，是整体的有机性。但是，这里的"整体"仅仅是一首诗中的两句，把它当作一个独立的单位，从整体中分离出来，是可以的。不过这只是一个次整体，或者亚整体。从整首诗来说，这两句只是一个局部，它的结构，它的场，是不是融入了更大的整体，更大的结构呢？如果是，则这首诗还有更高的意境，有待分析，如果不是，则这首诗从整体来说并不完美，应该是有缺陷的，只是局部的句子精彩而已。

这样，就不能不回过头来重新分析整首诗作。贾岛的原诗的题目是《题李凝幽居》，全诗是这样的：

闲居少邻并，草径入荒园。

鸟宿池边树，僧敲月下门。

过桥分野色，移石动云根。

暂去还来此，幽期不负言。

幽居，作为动词，就是隐居，作为名词，就是隐居之所。第一联，从视觉上，写幽居的特点，没有邻居，似乎不算精彩。全诗没有点到"幽"字上去，但是，在第一联中，有两点值得注意。第一个是"闲"。一般写幽（居），从视觉着眼，写其远（幽远）；从听觉上来说，是静（幽静）。这些都是五官可感的，比较容易构成意象。但是，这里的第一句用了一个五官不可感的字："闲"（幽闲，悠闲）。这个"闲"字和"幽"字的关系，不可放过，因为它和后面的意境（感觉的场）有关系。

第二句，就把"幽"和"闲"的特点感觉化了："草径入荒园"。这个"草"，是路面的草，还是路边的草，如果是在散文里，很值得推敲，但是，在诗歌里，想象的弹性比较大，不必拘泥，大致提供了一种荒草之路的意象。这既是"幽"，又是"闲"的结果。因为"幽"，故少人迹，因为"闲"，故幽居者并不在意邻并之少，草径之荒。如果，把这个"幽"中之"闲"作为全诗意境的核心，则对于"推敲"二字的优劣可以进入更深层次的分析。"僧敲月下门"，可能是外来的和尚，敲门的确衬托出了幽静，但是，不见得"闲"。若是本寺的和尚，当然可能是"推"。还有个不可忽略的词："月下"。回来晚了，也不着急，没有猛擂，说明是很"闲"的心情。僧"敲"月下门，就可能没有这么"闲"了。僧"推"月下门，则比较符合诗人要形容的幽居的"幽"的境界和心情。以"闲"的意脉而论，把前后两联统一起来看，而不是单单从两句来看，韩愈的"敲字佳矣"，似乎不一定是定论，还有讨论的余地。

关键是，下面还有四句。"过桥分野色，移石动云根"究竟是什么意思，不可回避，因为有诗话家认为这两句更为精彩。胡应麟《诗薮》说：

> 晚唐有一首之中，世共传其一联，而其所不传反过之者。……如贾岛'鸟宿池边树，僧敲月下门'，虽幽奇，气格故不如'过桥分野色，移石动云根'也。

这个见解是很奇特的，但是，千年来，这两句的含义，还没有十分确切的解释。当代的《唐诗鉴赏辞典》说："是写回归路上所见。过桥是色彩斑斓的原野"。但是，从原诗中（"分野色"）似乎看不出任何"斑斓"的色彩。问题出在"分野"这两个字究竟怎么解释。光是从字面上来抠，是比较费解的。从上下文来看，应该是描述地形地物的，现代词书上说是"江河分水岭位于同一水系的两条河流之间的较高的陆地区域"，简单说，就是河之间的地区。从上下文中来看，"分野"和"过桥"联系在一起，像是河之间的意思。"过桥分野色"当是过了桥就更显出分出不同的山野之色。这好像没有写出什么特别的精彩来，至于"移石动云根"，石为云之根，尽显其幽居之幽，但是，"移"字没有来由，为什么为一个朋友的别墅题诗要写到移动石头上去？殊不可解。幸而这并不是唯一的解释，在王维的《终南山》中是另外一个意思：

> 太乙近天都，连山到海隅。
> 白云回望合，青霭入看无。

分野中峰变，阴晴众壑殊。

欲投人处宿，隔水问樵夫。

这里的"分野"是星象学上的名词。郑康成注《周礼·保章氏》曰："古谓王者分国，上应列宿之位。九州诸国之分域，于星有分。"有国界的意思。联系上下文，当是过了桥，或者是桥那边，就是另一种分野，另一种星宿君临之境界了。接下去"移石动云根"，"云根"两字，很是险僻，显示出苦吟派诗人炼字的功夫。石头成了云的"根"，则云当为石的枝叶。但是，整句有点费解。可能是：移云动石根之意，说的是，云雾溟漫飘移，好像石头的根部都浮动起来似的。这是极写视野之辽阔，环境之幽远空灵。对于这一句，历代诗评家是有争议的。《唐诗选脉会通评林》说："'僧敲'句因退之而传，终不及若第三联（按：即此两句）幽活。"而《唐律消夏录》却说："可惜五六呆写闲景。"一个说"幽活"，比千古佳句"推敲"还要"活"；一个说它"呆"。究竟如何来理解呢？

从全诗统一的意境来看，"分野"写辽阔，在天空覆盖之下，大地像天空一样辽阔。"云根"写辽远。云和石成为根和枝叶的关系，肯定不是近景，而是远景。二者是比较和谐的。但是，与推敲句中的"月下门"与"鸟宿"的暗含的夜深光暗，有相矛盾之处。既然是月下，何来辽远之视野？就是时间和空间转换了，也和前面的宁静、幽静的意境不能交融。用古典诗话的话语来说，则是与上一联缺乏"照应"。再加上，"移石"与"动云根"之间的关系显得生硬。其失在于，专注于炼字功夫，却不善于营造整体意境。故此两句,"幽"则"幽"矣,"活",则未必。

最后两句"暂去还来此,幽期不负言"则是直接抒情,极言幽居之吸引力。自家只是暂时离去,改日当重来。诗的题目是《题李凝幽居》,应该不是一般的诗作,也许是应主人之请而作,也许是题写在幽居的墙壁上的。说,自己还要来的,把自己的意图说得这么清楚,一览无余,是不是场面上的客套话呢?说是定了日期来此隐居,是不是真的?很值得怀疑。事实上,贾岛早年出家为僧,法号无本。元和五年(810年)冬,至长安,见到张籍。次年春,至洛阳,始谒韩愈。后还俗,屡举进士不第。文宗时,因诽谤,被贬长江(今四川蓬溪)主簿。开成五年(840年),迁普州司仓参军。武宗会昌三年(843年),在普州去世。从他的经历来看,这可能是一句不准备兑现的客套话。正因为是客套话,就不是很真诚,因而也就软弱无力。

如果这个论断没有太大的错误,那么,韩愈的说法只是限于两句之间。一旦拿到整首诗歌中去,可靠性就很有限。朱光潜先生在上述同篇文章注意到:"问题不在'推'字和'敲'字哪一个比较恰当,而在哪一种境界是他当时所要说的而且与全诗调和的。"但是,朱光潜先生在具体分析中,恰恰忽略了全诗各句之间是否"调和",他似乎都忽略了这首诗歌本身的缺点就是没有能够构成统一的、贯穿全篇的意境。

2011 年 3 月 1 日

说不清的"诗眼""词眼"

　　古典诗人把炼字，当成作诗的基本功，杨载《诗法家数》甚至认为不会炼字"便是俗诗"。古典诗歌讲究语言的"推敲"，表面上看，似乎是每一个字都费琢磨，实际上，从"推敲"这个典故来看，讲究的并不是每一个字，而是这两句诗中最关键的一个字。汉语本来就有"字眼"这样的词语，在特别讲究语言的诗中，顺理成章地就产生了"诗眼"的说法。不过这个在中国古典诗学中相当重要的观念，却并没有严密的规定。

　　起初在释惠洪的《冷斋夜话》中，诗眼指的是"句中眼"，也就是一句诗中的关键字，如，王安石："江月转空为白昼，岭云分暝与黄昏。""一水护田将绿绕，两山排闼送青来。"又如，苏东坡："只恐夜深花睡去，故烧高烛照红妆。"可是这些诗句中眼在何字，却不明确，只是称赞其"造语之工"。到了南宋魏庆之《诗人玉屑》中就有了明确的规定："眼用活字。五言以第三字为眼，七言以第五字为眼。"如"孤灯燃客梦，寒杵捣乡愁"中的"燃"和"捣"，又如"白沙留月色，绿竹助秋声"中的"留"和"助"。这个说法，确有精到之处。"燃"的本来是灯芯，这里的直接宾语却是"客梦"；"捣"的本来是寒衣，直接宾语却成了"乡愁"。二者于逻辑似乎无理，"客梦"和"乡愁"本来是抽象的、不可感的，有了"燃"和"捣"这样的暗喻，不可直接感知的情感，就具有了可视、可听的效果。同样，"白沙留月色"，本来是不通的，白沙没有意志，不可能"留"月光，但是，这里的"留"暗示，月光照在白沙上，比之照在其他地方更为明媚，更为生动，好像专供诗人欣赏，特别"留"在那里等待似的，这个"留"是月光的"留"，也是诗人的意向的"留"，舍不得，二者都在其中。而"绿竹助秋声"中的"助"，本来也不存在助与不助的问题。秋天的风吹在一切草木上，本来都是一样的，可是诗人说，秋声得到绿竹的帮助，就分外动人。这种因果关系是不能成立的，在客观的逻辑上是无理的。但是，从诗人的感情来说，这种因果超越了客观的物理因果，就构成了诗的因果，属于审美价值。而超越了客观的、物理的因果的关键就在"留"和"助"这两个字眼上，在诗歌中，就顺理成章地成为"诗眼"。

在中国古典诗人看来，诗的语言是要呕心沥血地提炼的，虽然不一定能每一句都达到"语不惊人死不休"的程度,但是,至少也得像方回在《跋俞则大诗》中讲的那样"一首中必当有一联佳,一联中必当有一句胜,一句中必当有一字为眼"。他还在《瀛奎律髓》中举杜甫《奉酬李都督表丈早春作》的"红入桃花嫩,青归柳叶新"为例说:"桃花对柳叶,人人能之,唯'红'字下着一'入'字,'青'字下着一'归'字,乃是两字眼是也。"这个"入"字,的确精彩。本来写桃花之红,很容易陷入俗套,但是,有了这个"入"字,和后面的"嫩"字,构成因果关系。桃花嫩红,一望而知,本来是同时呈现的,而诗人却把它分解为一种因果关系:因红主动进入而嫩。这是一种诗的想象的、假定的境界,是诗人怜爱桃花的情感所致。

诗话词话中热衷于对关键字眼的欣赏和阐释,不惜成百上千年地做智慧的接力赛,在世界文学史上可能是绝无仅有的。因此,对于这个传统吾人应该分外珍惜。

当然这种"诗眼"的说法,不可能十全十美,其缺点,在日后的创作实践中逐渐暴露了出来。第一,太死板、太机械,往往不能自圆其说。如魏庆之说五言的诗眼在第三字,可是方回举杜甫的"红入桃花嫩,青归柳叶新"的诗眼"入"和"归"却在第二字。到了陆辅之《词旨》就不能不放宽了:"五言字眼多在第三,或第二字,或第四字,或第五字。"这就是说,五言诗句除了第一个字,其他字都可以成为诗眼。但,放得这样宽,还是没有改变其根本缺点:仅仅着眼于字,忽略了意,常常弄得很生硬,不自然。毛先舒《诗辩坻》批评说:"固不可率尔下字,然当使法格融浑，虽有字法，生于自然。自宋人'诗眼'之说，摘次唐人一二字，酷欲仿效，不能益工，只见丑耳。"这个批评是很苛刻的，但是不能不说道破了诗眼之说一味在字眼上死抠，只见树木不见森林之弊。贺贻孙在《诗筏》中说得更为直率，说陷于字眼、"诗眼"可能变成"死眼"："今人论诗，但穿凿一二字，指为古人诗眼。此乃死眼，非活眼也。凿中央之窍则混沌死，凿字句之眼则诗歌死。"有人问陈仅：《诗人玉屑》谓"古人炼字，只于眼上炼，五字诗以第三字为眼，七字诗以第五字为眼"，然否？他在《竹林答问》中回答："炼字无定处，眼亦无定处。古今岂有印板诗格邪？"刘熙载《艺概·诗概》曰："炼篇、炼章、炼句、炼字，总之所贵乎炼者，是往活处炼，非往死处炼也……诗眼，有全集之眼，有一篇之眼，有数句之眼，有一句之眼；有数句为眼者，有以一句为眼者，有以一二字为眼者。"《艺概·词曲概》则进一步补充说："其实辅之所谓眼者，仍不过某字工，某句警耳。余谓眼乃神光所聚，故有通体之眼，有数句之眼，前前后后无不待眼光照映。若舍章法而专求字句，纵争奇竞巧，岂能开阖变化，一动万随耶？"这个说法是很精辟的。不能孤立地从一句看，甚至不能从几句看，而要从"通体"看，所谓"开阖变化，一动万随"就是既有丰富的变化，又有内在有机联系。这样才能从整首上判断，看其完整不完整，和谐不和谐。黄生《诗麈》说得更为坚决，反对在字眼上做文章，诗的好处，并不一定如宋人所说，在某个字眼上，关键是要看其字眼是不是服从整体。他说："宋人论句法，谓句中有眼，宜着意炼此一字，然此特句法之一耳。试问杜甫之'清新庾开府，俊逸鲍参军'；温庭筠之'鸡声茅店月，人迹板桥霜'，眼在何处？不尽读唐诗，识其锤炼之妙，未可轻言句法也。"

这些议论都说中了"诗眼"的局限。

对诗而言，孤立地"竞一字之奇"，早在六朝时期，就受到了批评。当然，有不少诗的美，有时就集中在一字之奇上，如陶渊明之"悠然见南山"的"见"字，换成相近的"望"字，就意味尽失。有时则相反，不在寻章摘句之美，而整体之中。如王维《鸟鸣涧》："人闲桂花落，夜静春山空。月出惊山鸟，时鸣春涧中。"无一字之奇，通体和谐。这属于中国诗学的另一个范畴：意境。类似的还有："清浅白石滩，绿蒲向堪把。家住水东西，浣纱明月下。"

全诗都用平常字眼，然而高度统一于水之明净，白石可见为水透明的效果。绿蒲堪把，为水清而不盛的表现，再加上明月之光，则这种透明更加纯净。浣纱者为女性，美人家住如此美景中，与海德格尔所说的艺术均产生于"惊异"之感不同，兀自习惯性地、平静地劳作。这样的诗境每一句都没有任何突出的字眼，可谓标准的"不着一字，尽得风流"，这是一种整体美；而诗眼美，则是局部美，二者不尽相同。也许可以说是对立的。如果诗眼不是孤立的句子的眼，而是整首诗的眼，那就是意境美的密码。局部美从属于整体美，二者在对立中是可能统一的。但是，局部毕竟是局部，过分突出的局部，反面有碍于整体的和谐。如"推敲"故事所强调的"敲字佳"，而就整体来说《题李凝幽居》外部感知和内在意脉，并不完全统一，特别是最后一联"暂去还来此，幽期不负言"，根本就脱离了"僧敲月下门"的那种宁静的意境。王国维高度推崇的"红杏枝头春意闹"，说是"着一'闹'字，而境界全出"，得到广泛认同。但是，细读宋祁的《玉楼春·春景》整体似乎并不如此：

> 东城渐觉风光好，縠皱波纹迎客棹。
> 绿杨烟外晓寒轻，红杏枝头春意闹。
> 浮生长恨欢娱少，肯爱千金轻一笑。
> 为君持酒劝斜阳，且向花间留晚照。

　　从整首词看，"闹"的红火，生机勃勃，只是意境的一个侧面，另一个侧面则是夕阳短暂，欢愉有限，当及时行乐。故春意固然热闹，然而浮生不再。王国维的说法于此诗不但并不全面，而且在理论上也片面。如果把他的话改成"着一'闹'字，而境界半出"，可能更恰当。

"香稻啄余鹦鹉粒"句法
和节奏的矛盾

中国古典诗话对于格律和语言的关系是很考究的。杜甫《秋兴八首》（其八）："昆吾御宿自逶迤，紫阁峰阴入渼陂。香稻啄余鹦鹉粒，碧梧栖老凤凰枝。佳人拾翠春相问，仙侣同舟晚更移。彩笔昔曾干气象，白头吟望苦低垂。"（香稻，《草堂》本作"红豆"，一作"红稻"，一作"红饭"）其中"香稻啄余鹦鹉粒，碧梧栖老凤凰枝"，引起了持久的争议。称赞的一方说，其句法灵活。沈括《梦溪笔谈》说"此亦语反而意全"，"语反"，就是语序倒装的意思。范梈《诗学禁脔》："错综句法，不错综则不成文章。平直叙之，则曰：'鹦鹉啄余红稻粒，凤凰栖老碧梧枝。'而用'红稻''碧梧'于上者，错综之也。"这相当于当代所说"倒装"句法。对于这种倒装的好处，周振甫在《中国修辞学史·沈括》中，指出这是格律上的要求："'红稻——鹦鹉啄余粒，碧梧——凤凰栖老枝'，倒装成'啄余鹦鹉''栖老凤凰'，所以要倒装，是平仄关系。因为'鹦鹉'是平仄，第二字仄，是仄音步，这里要用个平音步，'啄余'是仄平，第二字平，是平音步，所以调一下。'凤凰'是仄平，是平音步，这里要用个仄音步，'栖老'是平仄，是仄音步，所以调一下，成了倒装。"此论颇为细致。

当然，仅仅从外部形式来看问题，是肤浅的。历代论者，早就指出其中暗示的重点主要在"香稻"和"碧梧"。这首诗的根本精神是杜甫流落川中，对当年的怀旧集中在与岑参兄弟旧游之繁华景观。金圣叹说："先生年老，浪迹夔州，意在归隐。因昔尝同岑参兄弟游渼陂，经昆吾、御宿，喜其风土之良，故切切念之，特挂笔端耳。"争论的原因在于，论者昧于香稻、碧梧皆实的抒写，而凤凰、鹦鹉为虚的想象，二者皆为美化"香稻""碧梧"。边连宝《杜律启蒙》说，这样的诗句表面看来"极言物产之盛耳"，其实，那个地方，"不但凤凰无有，即鹦鹉亦生陇西而不生长安"。此言相当雄辩。故黄生《杜诗说》说："三四旧谓之倒装法，余易名'倒剔'。盖倒装则韵脚俱动，倒剔不动韵脚也。设云'鹦鹉啄余红豆粒，凤凰栖老碧梧枝'"，亦自稳顺，第本赋红豆、碧梧，换转即似赋凤凰、鹦鹉矣。"这就比单纯从格律形式上看句法要深刻得多。凭直觉感受到突出"香稻""碧梧"的论者不少，吴齐贤《论杜》说这样的句法，其中有"无限感慨"，如果写成"鹦鹉啄余红豆粒，凤凰栖老碧梧枝"，就太"直而率"了。其实，并不是直率，而是转移了意象的核心，感情的脉络。这一点，周振甫先生也是有感觉的，但是，启功先生在《汉语现象论丛·古代诗歌、骈文的语法问题》中说得更为透彻："作者在这首诗里主要是写那个地方风景之美，而不是要夸耀珍禽。红豆、碧梧是那个风景区中名贵物产，作者有意地把它们突出，所以放在首位。也就等于是说：红豆是喂够了鹦鹉的粒，碧梧是爬够了凤凰的枝。如果改为：'鹦鹉啄余红豆粒，凤凰栖老碧梧枝。'句法并无不可，只是侧重写珍禽的动作，稍与作者原来意图不同罢了。"

这种语序结构的自由变换是中国古典诗歌，尤其是律诗的特别的优长。

本来汉语句法与欧美句法有明显的不同，那就是语序不同则语义不同。欧美语言动词有人称、时态、语态的变化，名词代词有性、数、格的词尾变化，全句的变化要高度一致，故语序往往并不改变其意义。如莱蒙托夫的《我爱祖国》俄语的原题是：Люблю отчизну я。直译成汉语是："爱祖国我"，是不通的。但是，这在俄语中并不会导致混乱，因为动词 Люблю 是主语第一人称的形态。如果把主语 я 放在首位，就打乱了这首诗的轻重交替的抑扬格律。把主语放在最后，由于动词形态的变化，既不会导致意义的混乱，又可构成音韵上的特殊效果，可谓两全其美。同样的，普希金的《假如生活欺骗了你》，俄语的原题是：Если жизнь тебя обманет。如果按原题的词序直译则是"假如生活你欺骗",而汉语的词序如果这样变换,则意味着在逻辑上施事与受事的变化,会导致意义的颠倒,不是生活欺骗了你,而是你欺骗了生活。但是,由于动词 обманет 是第三人称单数形态,主语则不可能是第二人称的"你",肯定是第三人称的"生活"。在现代汉语中,把狗咬人说成人咬狗,是绝对要闹笑话的。但是,在汉语古典诗歌中,恰恰相反,像杜甫这样的词序倒置,并不意味着施事与受事的转换。读者不会把"香稻啄余鹦鹉粒"理解为香稻是施事,可以发出啄的动作,也不会误解"碧梧栖老凤凰枝"为碧梧可以把凤凰栖老。这种语序严谨而又自由的变化和平仄交替对仗一起经历了四百年以上的建构成为普及的技巧,并且为读者心理预期的组成部分,故得到广泛应用。只是很少像杜甫这样与散文语序的矛盾这样突出,这样"险"而已。所谓险,就是与散文逻辑矛盾尖锐到直接冲突的程度。也许正是因为这样,引起了长期的争论。挑剔的论者大多以为虽然无可厚非,但是,毕竟技巧玩弄得太显眼了,不算是杜甫最好的作品。蔡居厚《蔡宽夫诗话》曰:"'红稻啄余鹦鹉粒,碧梧栖老凤凰枝'可谓精切,而在其集中,本非佳处;不若'暂止飞乌将数子,频来语燕定新巢'为天然自在。"这应该说是持平之论。至于高友工、梅祖麟在《唐诗的魅力:诗语的结构主义批评》中以此为例而论证"措辞的不和谐是杜甫后期诗风的主要特征",杜甫用它继续缅怀自己昔日的荣耀。"'香稻啄余鹦鹉粒,碧梧栖老凤凰枝'即使不分析该联的语法和意义,仅从措辞上也能看出它内在的不和谐。'香稻''鹦鹉''碧梧''凤凰'都带有某些舒适的感性特征……但'老'和'余'则可能引起一种能随美的消逝而必然产生的悲哀情绪。"这就未免显得对诗情的感悟不够,甚至给人一种外行的感觉。本来,杜甫此诗就是晚年流落川中,缅怀当年盛世繁华,意脉的特点就是交织着赞美(不仅仅是"某些舒适的感性特征")和失落,很难以"悲哀情绪"来概括。这种抒情意脉的把握不足,是句法结构的系统的分析所难以挽救的。

李清照《声声慢》
十四叠字好在什么地方

从当时到当今，大多词评家都集中赞赏李清照《声声慢》的十四个叠字。张端义《贵耳集》说："本朝非无能词之士，未曾有一下十四叠字者。""使叠字俱无斧凿痕。"罗大经在《鹤林玉露》中回顾了诗词中用叠字的历史，列举了诗词中一句用三叠字，连三字者，两句连三字者，有三联叠字者，有七联叠字者，只有李清照，"起头连叠十四字，以一妇人，乃能创出奇如此"。还有人指出：元朝著名曲人乔吉的《天净沙》中，有"莺莺燕燕春春，花花柳柳真真。事事风风韵韵，娇娇嫩嫩，停停当当人人"之句，是"由李易安'寻寻觅觅'来"。

李清照《声声慢》叠字的使用，千年来，引起这么大的反响，原因固然在于韵律的特殊，因为叠词作为一种语言现象，是汉语的特点；其次在诗词中如此大规模而成功地运用叠字，确系空前绝后。但是，从修辞技巧来说，这样连续性的叠词，并不是越多越妙，太多，也可能给人以文字游戏的感觉。如刘驾的"树树树梢啼晓莺，夜夜夜深闻子规"，前面两个字叠字完全是多余的；又可能造成单调烦冗，像韩愈《南山诗》的"延延离又属，夬夬叛还遘。喁喁鱼闯萍，落落月经宿。闿闿树墙垣，嶻嶻架库厩。参参削剑戟，焕焕衔莹琇……"一口气用了八个对仗的叠词，十六个字，但是，给人以牙齿跟不上舌头之感。而李清照的十四个叠字，却用得轻松自如。这当然与她用的都是常用字有关，但是还有一个最为根本的原因，是在内容上、情感上的深沉。

对于李清照的这首词的解读，近千年来，词评家们往往被她的叠词的韵律迷了心窍，大都忘记了她的叠词的成功在于，表达她的感情特征方面，达到了高度的和谐。

一开头就是"寻寻觅觅"，这是没有来由的。寻觅什么？自己也不清楚。寻到了没有呢？没有下文。接着是"冷冷清清"，跟"寻寻觅觅"没有逻辑的因果。再看下去，"凄凄惨惨戚戚"，问题更为严重了，冷清变成了凄惨。这里有一种特别的情绪，是孤单的，凄凉的，悲戚的，这没有问题。但是，为什么弄出个"寻寻觅觅"来呢？一个寻觅不够，再来一个，又没有什么寻觅的目标。这说明，她自己也不知道寻觅什么，原因是她说不清自己到底失落了什么。这是一种不知失落的失落。在《如梦令》里，"应是绿肥红瘦"，她还清楚地知道自己失落的是青春，别人不知道，她知道。她是不是有点感到孤独？不太清晰，但是她不凄惨，至少是不冷清。而在这里，她不但孤独，冷清，而且凄惨；一个凄惨不够，再来一个；再来了一个还不够，还要加上一个"戚戚"，悲伤之至。她知道，失去的东西，是看不见、摸不着的，也是寻觅不回来的。她是朦胧地体验着孤独，忍受失落感。这种失落感，和她词中叠词里断续的逻辑一样，是若断若续的。这样的断续，造成了一种飘飘忽忽、迷迷茫茫的感觉。这是第一个层次，就是沉迷于失落感之中，不能自已，不能自拔。

下面转到气候，"乍暖还寒时候，最难将息"。是调养身体吗？照理应该是。但是从下文看，"最难将息"的可能不是躯体，而是心理。为什么？她用什么来将息、调理自己的身体？用"三杯两盏淡酒"。喝酒怎么调养身体？尤其对于古代女性。是借酒消愁？但酒是淡酒，不太浓。淡酒，不仅是酒之淡，其联想是情感之性质，不确定的，缥缈的。李清照所营造的"寻寻觅觅"，是不知道寻觅什么，也不在乎寻到了没有。感情状态就是失落，不知失落了什么，也不准备寻到什么。因而其程度，是不强烈的，朦胧的。淡酒的淡，就是在这一点上与之呼应，为之定性的。"乍暖还寒时候，最难将息"，不但是情怀，而且是气候，也是如情绪一般，不稳定，冷暖不定。"将息"，调养的效果，也是不确定的。

但是，情感的性质不确定，"冷冷清清，凄凄惨惨戚戚"，又不能不说是确定的。这并不是感情本身的性质，而是寻觅无果的效果。虽然性质不明，但是效果强烈。不强烈的寻觅，造成的心理效果却是强烈的。这就是"淡酒"的双重的联想特点了。虽然淡，但仍然是酒，而不能是茶。那种"寒夜客来茶当酒"的情调，在程度上，是不够强的。

酒的性质，就是情感的性质，酒的分量，就是情感的分量。这种分量是很精致的，分寸上是很精确的。这酒虽然淡，却不是杜甫那样的"浊酒"。"浊酒一杯家万里"，与"潦倒"联系在一起（"潦倒新停浊酒杯"），与经济上的贫困相关。李清照写的不是这个。这当然也不是"美酒"。王维的"新丰美酒斗十千"与"咸阳游侠多少年"联系在一起，那种酒代表一种豪情，这与李清照的精神状态相去甚远。当然也不是陆游的"腊酒"，"莫笑农家腊酒浑"，虽然质量不高，可也足以用作丰年的欢庆。李清照的精神状态，只能以一个"淡"字来起头。醉翁之意不在酒，在于打发日子也。

李清照这里的"淡"字，还有一个功能，就是引出下面的大雁。本来是用酒来抵挡晚来的寒风的，可是无效，抵挡不住，但风把李清照的视觉从室内转移到室外，从地上转向了天空。"雁过也"，空间视野开阔了，心情却没有开朗，原因是，"正是旧时相识"，大雁激起的却是时间感觉，一年又过去了。时间之快，突然发现，也就是年华消逝之快的警觉。失落感产生的原因明确了，不再是迷迷蒙蒙的了。

但是酒的功能没有用上，敌不过"晚来风急"。风急了，就是冷，酒挡不住寒气。李清照如果光是为了挡寒的话，就俗了。她借着"风"字，来了一个空间的转换，目光从孤独狭窄的住所转移到了天上去："雁过也"。这个"也"字，韵味不简单，是突然冒出来的语气词，有当时口语的味道（当然也是古典文言，但"也"本来就是古代的语气词，古代的口语）。这个"也"字，是不是有点喜悦轻松的语气？这个大雁，是季节的符号，说明秋天来了；加上又"正是旧时相识"，是老朋友了。本该"有朋自远方来，不亦乐乎"，可是李清照却乐不起来。绿肥红瘦，春光明媚，尚且悲不自禁，秋天来了，群芳零落，更该悲了。本来"悲秋"在中国古典诗词中就有传统，李清照当然要悲凉一番。这种悲凉，又因旧时相识的归雁更加沉重：又是一年了。这个雁，还有一层暗示：鸿雁传书。早年她写给丈夫的词中，就说："云中谁寄锦书来？雁字回时，月满西楼。"（《一剪梅》）岁月催人老，加上写此词时，已是"靖康之难"之后，李清照已是家破夫亡，即便大雁能传书，也无书信可传，这自然更令人神伤。这里隐藏着一个意脉的节点，那就是时间太快，生命消逝得太快。

这是第二个层次，将息，心理调整不但失败，反而加重了悲郁。

下半阕，心事更加沉闷。"满地黄花堆积，憔悴损，如今有谁堪摘？"这比"绿肥红瘦"更加惨了，不但憔悴，而且有点枯干了。"有谁堪摘"，不说什么人摘。有人解释，说这个"谁"字，是"什么"的意思，也通，但也不能否认，"谁"字作人称代词，指"什么人"，二者兼而有之。是不是有人老珠黄之感，留给读者去想象。

这是第三个层次，悲郁之至，对自己无可奈何，几乎是无望了。青春年华只剩下满地枯败的花瓣。

无计可施，只有消极忍受。没有办法排遣，希望这白天不要这么漫长，早点过去，让天色早点黑下来，眼不见，心不烦。但又不是干脆睡大觉，而是守着窗子。"守着窗儿"，是不是舍不得离开？毕竟是孤孤单单一个人，冷冷清清，不如守着窗子，多多少少还能转移一点注意力。但是，时间是那样漫长。为什么那么漫长？这里有个暗示，因为是"独自"，只有一个人，怎么能熬到天色暗下去？这是第四个层次，对老天放弃抵抗，无可奈何，忍受排遣不了的孤单。这里的意脉发生了对转，痛苦不是来自时间过得太快，而是相反，时间过得太慢了。以下所有意象，都集中在一个慢的心理效果上。

　　第五个层次，是全词的高潮。已经是对自己、对天都无可奈何了，选择了认命，忍受时间的慢慢过去。好不容易等到黄昏到了，视觉休息了，心情可以宁静了吧？可是听觉却增加了干扰。那落在梧桐叶子上的雨，一点一滴的，发出声音来。秋雨梧桐，本是古典诗词中忧愁的意象（如白居易："秋雨梧桐叶落时"）。李清照突出了它的过程，点点滴滴，都在提醒自己的孤独寂寞、失落、凄惨。这个"点点滴滴"，用得很有才华。一方面是听觉的刺激，虽然不强烈，但持续漫长，不可休止；另一方面是和开头的叠词呼应，构成完整的、有机的风格。叠词的首尾呼应的有机性，与情感上的层次性的推进，最后归结为"这次第，怎一个愁字了得"。次第，就是层次，变化，一个"愁"字，就是众多层次都集中在一个焦点上，从内容到形式，从情绪到话语，高度统一，水乳交融。

有些专家，不从内在的联系上寻求结构的完整性，而是从时间上，说这首词，从早晨写到晚上，认为"晚来风急"当为"晓来风急"，这样与后来的黄昏凑成一整天，时间上就完整了，而且也符合李清照《声声慢》的"慢词"体制，故"纯用赋体"[1]。从内容上来看，这首词虽然属于"慢词"，情感节奏上却并不慢，一共二十一个句读，情绪却有五个层次，平均每一层次只有四个句读左右，变化应该是非常快的。最长的层次，也只有六句，全是抒情的跳跃性意象组合，谈不上什么"赋体"，既没有多少篇幅是叙述性的，更没有任何敷陈渲染，有的是意象组合，空间时间的转换，外感与内心的活动，都有逻辑的空白，给读者留下了很大的想象空间。所谓一天的过程，并不是像赋体那样有头有尾的。就算是"晓来风急"，从早晨到黄昏，中间并没有时间的递进，说一天，只是早晚，当中的时间过程，不是李清照的词里有的，而是专家们的想象被召唤，被激活，用自己的经验补充创造出来的，而这恰恰不是赋体的功能。如果不拘泥于从早到晚，老老实实承认从一开头就是"晚来风急"，时间上集中在傍晚、黄昏，但是心理上纵深层次很丰富，不是更加具有情采和文采的"密度"吗？

1　唐圭璋《唐宋词简释》："此首纯用赋体，写竟日愁情。"参见吴熊和主编《唐宋词汇评·两宋卷》（第二册），浙江教育出版社，2004。

后 记

　　古典时代早已过去，表现千百年前之社会人生之诗歌仍家喻户晓，为全民所热爱。诗人已复归泥土，其即兴之情，一时之挥毫，仍如墨迹未干，激活情志。童年成诵，终老不忘。而现代诗歌却有相当一部分不为当代人所接受，权威人士甚至笑谈，给二百大洋也不看。古典诗歌不朽的艺术奥秘何在？

　　这个问题，可以毫不夸张地列入诗坛之歌德巴赫猜想。

　　从宋代诗话产生，千年以来，流派迭起，众诉纷纭，至近代王国维之《人间词话》，均不乏新见，甚至灼见，然不脱印象式判断。学院派专家皓首穷经，囿于旧说之考释，述而不作，鲜有启人心智之言。

新晋理论家贬之为"僵死"，可能偏颇。但是，毫无原创、系统化之智，当系其缺乏生命之根由。

五四以降，求助于欧美经典美学及文艺理论，在概念清晰性和逻辑的系统性方面，开一代启蒙之新章。然百年以来，于诗艺之解密，收效甚微：生搬硬套，妄贴标签者有之；概念空转，以其昏而自娱者有之；强制性歪曲，尽毁诗意者有之。至二十世纪八十年代乃求诸欧美前卫文论，然此辈已经宣称文学虚无，其泰斗级人士 J. 希利斯·米勒坦承其"理论与阅读不相容"。

中国古典诗学乃陷于茫然，守旧者一仍其旧，唯新者无新可唯。

学者、明星随意、谬误解读当道，艺术贫血症与精神枯萎病自由泛滥。亵渎经典、信口胡柴者比比皆是。读者饥不择食，误作金科玉律。众口铄金，蒙昧遂成霸权。粉丝甚至宣称，吾人无资格批评。

本人专业本非古典文学，近年业余关注，睹此昏昏与共之危，乃奋而有志，取古典诗话词话之隐性精华（如诗酒文饭说，无理而妙说，理、事、情三元说），结合西方古典美学（主要是康德之真善美三元说，黑格尔之对立统一转化说），协同建构中国古典诗学。不取概念范畴体系之定义为先，而以艺术细胞形态之基因解剖为先，然后克隆诗艺之整体系统。十余年来，据福建师范大学赖瑞云教授粗略统计，解剖总量不下五六百篇，在此基础上，乃草创与西方前卫文论对话之《文学文本解读学》。

古典学术文献之积累，为本人所短，幸有挚友陈一琴君，数十年来，积学储宝，沙里淘金，提供大量资源，开吾眼界，壮吾情志，笔端凡有学术精神处，皆拜一琴先生所赐。适逢《中国诗词大会》之盛，潘新和教授提供前四季之网络视频，于闲暇间，断续观赏，未及窥其全豹，惊其谬误频频。乃遽尔为文，得《中华读书报》舒晋瑜女士之支持，陆续刊登。不意王蒙先生赏识，转编者致意。刘春先生慧眼，约请集此类文章汇为一册。乃略取积稿，遂成此书。幸得编辑郭静女士之悉心编审，订正疏漏，一字为师，良有以也，于余论及杜甫"香稻啄余鹦鹉粒"处增加学术资源，确为学者编辑，不愧"金牌"之盛誉。

草草数言，非致谢之套语，实感一册之成非一人之功也。

孙绍振

2021 年 4 月 24 日